天使・雲雀（ひばり）

佐藤亜紀

角川文庫
22277

目次

天使

I

寒くて、それに空腹だった。父親が戻るのを待つ間のことだ。一間しかない部屋では水差しに氷が張った。服を着たまま毛布を被って震えていると、鎖を引きずるように重い足音が、踊り場ごとに途絶えながら上がって来る。鍵を手探り、鍵穴に差し込んで回すのが判る。扉が軋みながら開くと、片手に楽器のケースとずだ袋を下げ、片手に蠟燭を持った父親が現れる。

父親はストーヴに火を入れる。袋から酒壜と、どこかの屋敷で出た下がりものの包みを取り出す。ジェルジュはそれで漸く空腹を満たす。父親は酒壜の封を切ってブリキのコップに注ぎ、ヴァイオリンを取り出し、草臥れきった両手を軽く揉み合わせると、弾き始める。

文句を言う者はなかった。倒壊寸前の建物の大半は倉庫に使われ、残りは空き家だった。ここで眠るのは彼らだけだ。父親は巧みという以上の弾き手だった。飲んだ方が数等いいと言う者もいた。ジェルジュに判るのは、顎当ても肩当てもなしで頬に挟んだ楽器を、父親が愛撫するように弓で撫でたかと思えば、鞭で打つように叩いたり、引っ掛って動かないのを引き離そうとするようにぎしぎし鳴らしたりすることだった。それは歌というより、叫びや呻きに似ていた。空っぽの暗闇に何かを囁くようだった。咽喉が潰れるまで絶叫するように聞えることも、すすり泣きながら訴えかけるようなこともあった。手を休めるとコップに注いだ火酒を呷り、また弾き始める。そのまま酔い潰れて眠るまで、ジェルジュは寝台の上で、膝を抱えて聞いていた。

時折、客があった。

大抵は父親が弾き始めて暫くしてからだった。足音はずっと確かで軽く、踊り場で立ち止ることもなかった。扉を叩く音に応えて父親が錠を外すと、夜会用の外套の下に白い襟巻を垂らした男が立っていた。父親は男を顧問官閣下と呼んだ。どことなく白貂を思わせる瀟洒な身仕舞の客は、身振りで続けるように示すと、寝台の前の食卓に酒の壜を置き、椅子を引いてそこに坐った。それきり何も言わず、片手を軽く顎に当てて聞いていた。

最後の訪問の時、父親が酔い潰れると顧問官は腰を上げ、名前は、と聞いた。答えるとかぶりを振り、君の父親の名前だ、と言った。

ジェルジュは困惑した。名乗るべき名前が、今そこで酔い潰れている男とは違うことを知っていたからではない。何故そんなことを聞くのか判らなかったからだ。目を凝らした——大抵は、そうすれば見える。何を考えているのか、何を感じているのか、何を知りたがっているのか。だが、この男は駄目だった。何も見えなかった。霧にまかれたような気がした。

男は軽く身を屈めて、彼の肩に手を掛けた。いい子だ、と言った。すると、もっとずっと判るようになった。男がこんな風なのは、彼を驚かせたくないからだった。聞きたいのは名前ではなく、一緒に暮しているのが実の父親でないことを知っているかどうかだった。そして、彼が答えるまでもなく、答を知っていた。

「なかなかお利口だ」と言って、顧問官は笑った。それから綺麗な革の紙入れを出し、中から文字の書いてある白い小さな紙片を取り出した。「酒をやめさせなさい。難しいとは思うがね。私がそう言っていたと伝えなさい。そしてもし万が一のことがあったら」と言って渡した。「私に知らせなさい。判ったかね」

顧問官がそう言ったと伝えると、父親は三日間、酒を断った。ただし、三日だけだった。一際寒さの厳しい晩に、父親は路上で死んだ。

葬儀を出したのは女たちだった。通り掛った男たちに死体を家まで運ばせたのも、葬儀屋を呼んだのも、神父に掛け合ったのも、みんな女たちだった。男たちはやってきてはうろうろし、楽器を取っては、これはどうするんだろうと囁き合い、いい死に方をしたもんだぜと嘯き、葬式代は誰が出すんだと訝しんだ。ジェルジュの面倒を見てくれたのは管理人の女房だった。彼が示した紙片を見て、ウィーンに電報を打ってくれたのも彼女だった。麗々しい肩書きと名前を刻み込んだ紙片を見て、神父の態度は豹変した。葬儀はつつましいが厳粛なものになった。楽器は楽団仲間が持ち去ったが、手元に残っても弾こうとは思わなかっただろう。怖かったからだ。彼は涙を流さなかった。父親はさして死ぬのを恐れていなかった――そんなことはもうどうでもよかったのだ。

管理人の女房が、荷物を纏めて駅まで送ってくれた。荷物と言っても小さな鞄ひとつで、それも殆ど空だった。ジェルジュが事実上着たきりなのを知って、彼女は、可哀想にね、もっと気を付けてあげればよかったね、と言った。気持ちに偽りがないのは事実だったが、それまでジェルジュのことなど気に掛けていなかったのも確かだった。ただ、冬のさなかに外套もないことを知ると、ジェルジュは別に平気だったが、一番下の子のお下がりを持って来た。「相手は貴族様なんだからね、お行儀良くするんだよ」と女房は念を押した。

ウィーンの駅に着いた時、ジェルジュは眠っていた。見知らぬ若い男が彼を揺り起した。男は名乗らなかったが、ジェルジュが付いて来ることを知っていたし、実際、彼はすぐに、男が自分を迎えに寄越されたことを理解した。

馬車の中で、ジェルジュは男を眺めた。顧問官の時と同じく、そっけない空白があるだけだったが、顔をしかめたので、それ以上探るのをやめた。むこうの探り方は遥かに手慣れていた。ジェルジュは自分が手際よく引き出しを開けられ、ひっくり返され、矯めつ眇めつされるのを感じた。はじめてのことだったが、苦痛はなかったし、驚きもしなかった。それから、何故顔をしかめたのかも判った。彼の探り方は乱暴すぎたのだ。

「ごめんなさい」とジェルジュは言った。言葉は通じなかったが、意味は通じた。

窓の外はまだ明るかった。澄んだ冷たい空気に漂う聞きなれない言葉に、彼は耳を澄ませた。男を見遣った。ただ今度は、痛みや不快を感じさせないよう気を付けた。

「要領がいい」

ジェルジュは言葉の意味だけを汲み取った。男は軽く身を乗り出し、ジェルジュの手を取って、自分の額に触れさせた。感じるか、と言った。ジェルジュは頷いた。

「手を離せ」

おそるおそる手を引くと、男が途中で合図をした。半ば前に乗り出したままのジェルジュに、男はもう一度、感じるかどうか聞いた。

「判ったか。それがこつだ」それから背凭れに凭れなおした。接触は一瞬で断たれた。

「じろじろ見るのはよせよ——お前さんに見られた日にはひどい頭痛を覚悟しなきゃならないようだからな」

顧問官は留守だった。大きな肥った女中が、この子はほんと、放ったらかしのロマの子みたいだねえ、と言いながら、面倒を見てくれた。不愉快ではなかった。彼女が自分を一目で気に入って、大事にしてくれることが判ったからだ。ジェルジュは耳の裏まで綺麗に洗い上げられ、寝間着を着せられて温かいスープを貰い、寝台に入れられ、上から雲のような布団を掛けられた。灯（あかり）を消されると、幾らもしないうちに暑くて仕方なくなったが、我慢した。他に気を取られることがあったのだ。

それは囁きだった。何かにひと撫でされるような感触だった。かぶりを振ると手探りされる感じは消えたが、囁きあう声は消えなかった。闇の奥に目を凝らしても、人がいるようには見えなかった。寝返りを打ち、寝息を立ててみた。そのうち本当に眠くなり、寝入った瞬間に、また何かが触った。

びくりとして目を覚ますと、感触は消えた。彼はもう一度、闇の中を見詰めた。囁き声は彼に対する関心を失ったようだったが、まだ聞こえていた。耳には聞こえないが、それは確かに人の声だった。

翌朝は随分と早く起された。寝台の中で温めた牛乳を飲んで着替えると、別な部屋に連れて行かれた。そこにはまだ若い女性がいて、彼に読み書きを教えると言った。言葉は判らなかったが、確かにそう言ったことは判った。彼女が言う通りの声を出しながら、彼女が言う通りの印をノートに書き付けた。鉛筆の持ち方から教わらなければならなかった。彼女がするようにまっすぐ線を引くことも、滑らかに曲げることもできなかったので、ひどく苛々（いらいら）した。

これ以上我慢できなくなる寸前で、彼女はジェルジュを小さな朝食用の食堂に連れて行き、そこで食事をさせた。これはもっとうまくいかなかった。ジェルジュは空腹だったし、温かい皿に取り分けられた卵や火を通した野菜は食べたことがないくらい美味（おい）しそうに見えたが、言われた通りにしようと脇に添えられた銀器をいじり回す間に、どんな下がりものよりも冷たくなった。ジェルジュは危うく癇癪を起すところだった。それから、泣きたくなった。彼女はジェルジュに何か言った。巧みに銀器を使って食べものを口に運んで見せ、彼を促すと、同じようにするまで、自分も食べなかった。

食事が終るまでに二時間近く掛った。その後でまた部屋に戻り、染みのようなものが描かれた本を広げて見せてくれたが、ジェルジュはもう、彼女の言葉を理解する気もないほど疲れていた。解放されると寝室に戻って、暫く眠った。

階下に連れて行かれたのは、午後も遅くなってからのことだ。

どこかで人の気配が騒めいていたが、ここは静かだった。空の部屋が幾つも続いた。案内をしている従僕の後を追い掛けて部屋から部屋へと抜けるたび、ジェルジュは辺りを見回した。何か影のようなものが視界を通りすぎた。繰り返すうちに気分が悪くなってきた。肝心の部屋に入るよう促された時には目が回っていた。扉が後で閉められると、ぎらりとする何かが一斉にこちらを向いた。

「気にしなくていい」と顧問官が言った。

高い窓の下の日溜りに椅子を出して紙巻煙草を吸っていた。上着さえ脱いで、すっかりくつろいだ様子だった。彼にも判る言葉で話したが、それは随分と尊大に、重々しく聞こえた。

「それとも知りたいか」顧問官はほとんど独り言のように言うと、まるでジェルジュがすぐそばにいるかのように、ポケットからハンカチを差し出した。「目隠しを」

ジェルジュは歩み寄ってハンカチを取り、頭の後に結び目を作って目隠しをした。途端に何も見えなくなった。

「なるほど、コンラートの言った通りだな」と顧問官は呟いた。「目で見ていた訳か」

「目で見てはいないの」

「君は目で見てはいない。触る、と考える者もいる。コンラートはそうだ。妙に器用なのはそのせいだろう」

ジェルジュは困惑した。

「手を」と顧問官は言った。

ジェルジュは手を差し出した。顧問官はその手を肩に置かせた。

「私はどこにいる」

それははっきりと判った。顧問官は手を外させたが、見失いはしなかった。

「では、これはどうだね」と言って、顧問官は自分の傍らの壁を示した。ジェルジュは咄嗟に顔を向けた。

太陽が映っているのだと思った。眩しさに目を瞑ったくらいだった。それから、目隠しをしていることを思い出した。顧問官が立ち上がって、彼の傍らに、肩に手を掛けて立った。目を閉じていても、その姿は見えた。

「君が見ているのは君自身だ。何故コンラートが見られたくないと言ったか、これで判っただろう。後はどうだ」ジェルジュが振り返ろうとすると、顧問官は手でそれを押しとどめた。「振り返る必要はない。見える筈(はず)だ」

　確かに、はっきりと見えた。あのちらちらしていた影、部屋に入るなり目を射た影は自分のものだった。それは映し取った何かをそのまま彼に返してきた。鼓動が速くなった。息が詰った。彼は目隠しをむしり取った。

「君には居心地の悪い部屋だろう」

　目に見える世界は俄(にわか)に色褪(いろあ)せていた。ただし、それは幾らか常軌を逸した世界だった。高い窓の風景が、奥の壁の、窓そっくりに作られた鏡に反映していた。二階の窓の外がそのまま映って、宙に浮んでいるようだった。ジェルジュが最初に見た壁には両開きの幅の広い扉があり、それもまた鏡で張られていた。反対側の壁にもそっくり同じ鏡があった。

「私には役に立つ。何よりこうしておくと、外の音が殆ど入ってこない」

　耳に聞こえる音のことではなかった。外の街路を行く車輪や蹄鉄(ていてつ)の音は、無遠慮なくらいはっきりと聞こえて来た。にも拘(かかわ)らず、この部屋は静かだった。響くのは顧問官の声だけだ。「君には幾らか役に立ちすぎるようだ」

　顧問官は肘(ひじ)掛けに腰を下ろし、そこにあった七宝の小さな灰皿で煙草をもみ消した。

「私は君を、教育のある紳士に育てたい。それはマドモワゼル・ランクレがやってくれる。午後はここに来て私と過ごす。彼女には教えられないことがあるからな。目隠しを」

ジェルジュは言われた通り目隠しをした。目で見えるものも見えないものも、同じように見えなくなった。もう一度後の鏡を見ようとしたが、ひどく難しかった。目隠し越しに顧問官を窺いかけたが、コンラートに言われたことを思い出して、やめた。かわりに、両手を体に押し付けたまま、彼がいる場所を手探りした。

「まず私が君に要求するのは二つだ。目隠しなしでも、目隠しをした時と同じように何も見ずにいること。目隠しをしても、していない時と同じように見ること。鏡を見るたびに眩暈を起したくはないだろうし、目隠しをするだけで何も感じられなくなるのでは困るだろう。感覚は完全に統御できなければならない。まずは他の感覚から切り離すことだ。目で鏡を見ても、感覚では見ない。目を塞がれていても、感覚で見る。それができるようになりなさい」

顧問官が取り出し、無造作に落した何かを、ジェルジュは手を出して受け止めた。ざらりとした硝子と、滑らかな絹の飾り紐の感触が掌に収まった。重い液体が小壜の内側を舐めた。

「君には見ないことの方が難しいだろう。マドモワゼルの授業を受ける前にこれを使うといい。指の先が濡れる程度取って、舐める。それ以上は駄目だ」

「全部飲んだら？」

顧問官が笑うのが聞こえた。何故笑うのか、ジェルジュには判らなかった。ただ、その笑い声は彼をぞっとさせた。

一人きりになってから、ジェルジュは言われた通りに指先に一滴だけ取って舐めてみた。恐ろしく苦かった。じきに、目の焦点が合わなくなった。マドモワゼルが夕方の散歩に呼びに来たので失敗したと思ったが、どう言い訳するのも難しそうだった。彼女はジェルジュの手を引いて、徒歩で外に出た。

細い街路を抜けるとすぐに、広大な広場に出た。両側に巨大な騎馬像が見えた。マドモワゼルが何か言った。ジェルジュは彼女の顔を見た。彼女はまた何か言った。目はちゃんと見えていることに、ジェルジュは気が付いた。見えていないのは——完全にではないが、ほとんど見えていないのは別の感覚だ。

広場とひとつながりの公園を、彼らと同じように夕方の散歩をする人々がいた。連れと話したり、物思いに耽ったりする人々を、ジェルジュは音を立てて動く彫像のように眺めた。子供たちもいた。親や、ジェルジュのように家庭教師に連れられた子供たちは、彼を見ると目配せをしたり、笑ったり、舌を出して叱られたりしていたが、ジェルジュはマドモワゼルの手を強く握りしめただけだった。彼女はジェルジュの顔を覗き込んだ。脅えきったジェルジュをマドモワゼルは急いで連れ帰った。

マドモワゼル・ランクレはジェルジュの聡明さに折り紙を付けた。相槌を打ちながら、顧問官は幾つか、意外な発見をした。その最たるものは、彼女が示す恋愛に等しい熱狂だった。

確かに、彼の養い子は利口だった。何より素直だった。ほんの二月でどこの若様かと思うほどのびやかな行儀作法を身に付け、マドモワゼル・ランクレの幾らか硬いドイツ語を、ごく自然に崩して話せるようになるには半年と掛らなかった。

彼女には想像も出来ないことがある——マドモワゼル・ランクレの授業の間は感覚を閉ざせという彼の命令を、ジェルジュは生真面目に守った。一、二週間薬を使って慣れると、自力でその状態を保てるようになった。半年で言葉を覚えたというのはその上での話だ。完全に感覚を閉じた状態でも、言葉が幾らかは代りをしてくれることを理解したからだ。十歳の子供が。それを聡明と言うだろうか。

あらゆる面で、ジェルジュは鋭敏だった。顧問官は目隠しをしてドミノで遊ぶことを教えたが、彼を驚かせたのは、ジェルジュが彼の視覚を通して並べられた札を見、続く札を繋げていくのを苦もなく覚えたことではなかった。そのくらいは出来て当り前だ。むしろ、彼の目から見えないように隠して、象牙の札に刻まれた窪みの数を指で探るしぐさだった。感覚を働かせる度に鏡が返す眩暈を受け止める表情だった。目隠しをしたまま顧問官に勝とうと、五感を傾け、感覚を働かせ、知恵を絞る生真面目さだった。哀れにさえ感じた。ジェルジュが札を握ったまま、鏡に映った顧問官の手の内を読もうとしているのに気付かなければ、マドモワゼル・ランクレを付けて田舎にでもやることにしていたかもしれない。

無論、そんなことはできない。

顧問官は偽の手を鏡に映して見せた。鏡像を読めば確かに相手には気取られにくいが、真偽の確認もまた難しい。顧問官が次に繋いだ札を見て、ジェルジュは動揺した。目を凝らして窺う癖が出るほどの動揺ぶりだった。刃物を突きつけられるような感触に肝を冷やしながら、顧問官は繰り返した――そんなことはできない。それでは惜しすぎる。

最初の夏を、彼らはケメルンの城で過ごした。

到着まで薬なしで感覚を閉ざしておく、という、幾らか酷な課題を顧問官は課した。列車の中でのジェルジュはいつになくお喋りだった。マドモワゼルは遠出のせいで興奮しているのだと解釈したが、顧問官は窓の外に目をやりながら、ジェルジュが消耗していく様を観察した。屋敷でなら、気が散るものは一切ない。二、三時間なら、その状態でも他の子供たちと大声をあげて遊ぶこともできる。だが赤の他人と一緒に車両に乗せられ、窓の外を見知らぬ土地が過ぎていく中で、何時間もの間、完全に感覚を殺しておくのは大人にも難しい。

旅程も半ばを過ぎると、ジェルジュは次第に無口になった。マドモワゼルに断って通路に出て行った時には、姿の見えない場所で一休みして戻って来るつもりかと思ったが、ジェルジュは立ったまま窓硝子に額を押し付けてじっとしていた。

別に罰をちらつかせた訳ではない。ジェルジュに鞭は不要だった。仕込まれるために引き取られたことを知っていたし、課される要求に応えることによってしかつけは払えないことも理解していた。ただ、要求は厳しければ厳しいほどよかった。何故なのかは自分でも判らなかっただろう。顧問官には判っていた——何ができるか証明して見せるのが快かったからだ。

ケメルンの駅に着いた時、ジェルジュがどんな顔をするのか、顧問官は既に知っていた。マドモワゼル・ランクレがあんなにも胸をときめかす控えめな自負の下には、ほとんど肉体的な快感がある。ある種の薬物中毒者が感じるような、命取りの快感だ。

ジェルジュは戻ってきて、立ったままマジャール語で言った。

「どうしてあの人たちは隣にいるの」

両脇の車室にいる護衛のことだった。マドモワゼルはもちろんジェルジュにも教えてはいなかったのだが、通路から目をやった途端に気が付いたらしい。

「隣の車室に行ってもいい？」

顧問官は承諾した。カーブに差しかかった車両の傾きに足を取られながら、ジェルジュは隣の車室に移動した。

中に入る許しを求めると、護衛は新聞を読みながら頷いた。ジェルジュはその向い側に坐り、窓の外を眺めるふりをしながら様子を窺った。誰かを目で観察していれば、感覚を閉ざしていてもほとんど苦にならない。

もちろんジェルジュは、コンラートをはじめとする男たちが、顧問官の下で何をやっているのか理解していた訳ではない。屋敷の人が出入りする部分で彼らを見かけることは稀だ。顧問官は朝の八時から仕事を始め、午後の二時に切り上げて食事にするまで執務室に籠(こも)りきりだったが、その間、屋敷の表を出入りするのは普通の官吏だけだ。男たちは屋敷の裏階段を使った。奥の方には部屋があって、昼夜、何人かが詰めていた。呼ばれて通されるのは必ず、あの鏡張りの部屋だった。夜、寝台に入ったまま、ジェルジュは彼らの声を聞いた。時々一人がカードの勝負を切り上げて顧問官のところへ行った。外からでは、部屋の中の話はよく判らなかった。ただ、口にしてはならないことなのは知っていた。

　ジェルジュはしつこく男に話し掛けた。男は苛立(いらだ)った。それは目で見るだけで判った。新聞を持ち上げて顔を隠した。ジェルジュは更に話し続けた。返答を強要した。この男がさして器用でないことは判っていたのだ。顧問官は隣室で笑いを噛(か)み殺していた。それが尚更(なおさら)男を苛立たせた。ジェルジュは無邪気を装って更に追及した。相手が何を考えているのか知らなくていいのは素敵なことだと思った。それがむこうにはっきり判るのも、おなじくらい素敵だった。胸がどきどきしてきた。ほんのちょっとでいいから相手の心を覗きたいという誘惑を押し殺し続けるのもたまらなかった。ジェルジュは興奮して、ほとんど金切り声に近い叫びを上げた。

「静かにしてろ」と男が唸(うな)った。

　平手打ちを食わされたようだった。息が止りかけた。自分が粉々になって床に散乱したように思えた。それをどうにか纏(まと)め上げ、呆然(ぼうぜん)として相手を見た。男は新聞の縁からこちらを窺(うかが)っていた。

「大丈夫か」と男は囁いた。手加減がうまくできなかったらしい。

「平気だよ」とジェルジュは小声で答えた。頭の芯が軽く疼いていたが、それもすぐに収まった。男は再び新聞を読み始めた。

殴られたのはそれがはじめてだった——彼らはそう言うことを、ジェルジュはじきに覚えた。小突くとかぶちのめすとか言うのも聞いた。実際にやられたのはこの一回だけだ。顧問官は別に男を叱責しもしなかったし、ジェルジュにも注意はしなかった。ただ、その教育的効果は絶大だった。

毎夏の三箇月間を、ジェルジュはケメルンのそばの城で過ごした。顧問官はそれを面白半分に「放牧」と呼んだ。マドモワゼルの授業はウィーンと同じように続けられたが、昼食を済ませてしまうと、ジェルジュは与えられた馬に鞍を置いて行方を晦ました。

乗馬の手解きをしたのは顧問官だった。きちんと背筋を伸ばし、長く伸ばした鐙に爪先を掛け、踵を下げる硬い乗り方を、ジェルジュはすぐに覚えた。だが、一人の時の乗り方はまるで違っていた。鐙をぎりぎりに短くした馬に跨ると、ジェルジュは手綱を緩め、膝で立つようにして駆け去った。青白かった肌は日に焼けて金色になり、引き締まった手首がひと夏でシャツの袖から覗いた。屋敷に戻ってくる頃には、靴は紐で結び合わされて肩からぶらさげられていた。裸足のまま厨房に入って来ると、料理女に耳打ちして食べものをせがんだ。埃まみれでぼさぼさになった髪からは太陽と川の水の匂いがした。心配顔の料理女に、僕は幾らでも泳げるよ、と自慢をした。

それから着替えをして、紳士顔でマドモワゼルの散歩に付き合った。背丈はいつの間にか小柄なマドモワゼルを追い越した。ジェルジュは非の打ち所のないフランス語で、川泳ぎや森の話をした。時折、土地の者の使うボヘミア語の方言を交えて見せた。その素晴らしく愉快な言葉を、彼は完全に覚えていたからだ。

ジェルジュが十四になった年、マドモワゼルは暇を出された。急に老け込んだように見える彼女は、涙を浮べながら去っていった。女中のイヴァナを除けば、周りは男ばかりになった。複数の通いの教師が、数学や歴史や古典語でジェルジュの頭をくたくたになるまで揉み解した。武器の扱いや素手での組み打ちも教えられたが、これはある程度以上は上達しなかった。挫折感と嫌悪の板挟みになりながら、お願いだからやめさせて欲しいと切りだしたジェルジュに、顧問官は剣術で自分から三本取れるなら修了と認めてもいいと答えた。

ジェルジュはひどくおずおずと打ち込んできた。先に二本取るのは、何年も体を動かしていない顧問官にとってさえ簡単だった。感覚は閉じなくていいと言うと動きははっきりと変った。見紛いようのない力と俊敏さの調和は優美と言うに相応しいくらいだった。にも拘らず、何かが彼を抑え込んでいた。自分でもどうにもできないようだった。

顧問官は理由を尋ねた。ジェルジュはひどく狼狽えたが、目を伏せたまま、こう答えた。

「手を滑らせるのが怖いんです。夢中になると他のどこかまで動かしてしまう。それであなたや誰かを傷付けたくないんです」

「私は別に構わんよ。お手並みを拝見しよう」

ジェルジュは目を上げて顧問官の顔を見た。「あなたがそのために僕を引き取ったことは知っています。でも、僕にはできません。誰かを傷付けるのが、苦痛を与えるのが怖いんです」それから、剣術でも射撃でも、人を傷付ける術は一切御免だと言った。五年目にしてはじめての拒絶だった。どんな甘言にも交渉にも、ジェルジュは応じなかった。どうしてもというなら叩き出してくれとさえ言った。

顧問官は受け入れざるを得なかった。

ジェルジュは夜、裏階段を下りていくことを覚えた。マドモワゼルが暇を取らされてすぐのことだ。階下の一室は煙草の煙と酒の臭いが充満していた。男たちは四人一組でするカード遊びに興じていたが、ジェルジュが入って来ると、気安い様子で小突いた。ジェルジュは軽く受け流して部屋の隅に坐った。男たちはひどく面白がった。

ゲームのルールはこんなふうだった――カード遊び自体には誰も興味を持っていない。まず肝心なのは相手の手札を読むことであり、自分の手札を隠すことだ。次に重要なのは、相手の手札を無理矢理読み、自分の手札を何としても読ませないことだ。一番得点が高いのは、頭の中だけで行われるある種のいかさまだった。偽の手札を読ませたり、必要な札を捨てさせたりするのである。乱暴な連中はいきなり相手を殴ったり、蹴りを入れたりした。動揺して手札を読まれたら負けである。誰の目にも見えない暴力は正当な手段として認められていた。腹を立てるのは御法度だった。賭け金は相互の能力差を前提とした計算方法で精算された。

男たちはこのゲームを、延々と世間話をしながら続けるのだった。

三日目の夜、顧問官から呼び出された一人が席を立った。席を立つ時にジェルジュを手招きした。ジェルジュは特に嬉しそうな顔もせず席に着き、伏せられていたカードを取った。もちろん、勝てはしなかった。だが、手札は誰にも読ませなかった。

ジェルジュはほとんど毎日、足音を忍ばせて裏階段を下りた。勝負の仲間に入らない時は、酒を飲み、煙草を吸うことを覚えた。カードそのものにも熟達した。彼らはほとんど興味を持たなかったが、五十三枚の札がどう配られ、どう動くかには神秘的な魅惑があったのだ。手札さえ読ませなければ、あとはカードで勝てる——少なくとも、コンラートさえいなければ。

コンラート・ベルクマンは裏階段では最強の勝負師だった。彼もまたカードそのものに興じることを知っていた。顧問官の言葉を借りるなら器用でもあった。手札を盗み読む手際たるやほとんど腕利きの掏摸だった。一晩の間にジェルジュは三度、手札を読まれた。四度目は、遠慮も会釈もなく殴り付けてきた。躱さなければ痛い目に遭っていただろう。ところで次の瞬間、ジェルジュはまたも手札を読み取られていた。

「口の堅さと逃げ足だけが取柄か」とコンラートは笑った。「そっちも読まないと、勝負は貰っちまうぞ」

力尽くでなら簡単に読み取れる。それが問題だった。ジェルジュは自分が大抵の相手より強いことを知っていた。力の加減は難しい。相手が少しでも抵抗すれば、その気がなくとも傷付けてしまう。迷っている間に勝負は付いた。コンラートは一同に祝杯を回し、それからジェルジュを呼んで階段を下りた。

屋敷の裏手の路地で、コンラートは紙巻煙草をくわえて火を点けた。それからジェルジュを振り返ると、ふいに片手を伸ばし、額を掴むようにしてジェルジュを壁に押し付けた。

「動いてみろ」とコンラートは口の端から煙草をぶら下げたまま言った。

体のことではなかった。ジェルジュが躊躇っていると、コンラートは蟀谷に掛けた指に力を入れた。頭の芯に痛みが走り、ジェルジュは短く喘いだ。コンラートはジェルジュの顔を覗き込んだ。

「こうやって人を殺せるんだ。知ってたか」

ジェルジュは恐怖に駆られて頭を振った。殴りそうになって震え上がったが、コンラートは素早く手を放した。

「離れてやり合ったら、確かにお前の勝ちだろうさ。だが、一旦押さえ込めばそれまでだ。おれも痛い目を見るだろうが、とどめはさせる。試してみるか」

ジェルジュはコンラートの顔を見詰めた。裏口に付けられたガス灯の光はそこまで届いていなかった。

「力は問題じゃない――まあ、大抵の場合はな」コンラートはうつむいて煙草をふかした。「だが、ないよりはある方が器用になれるのは確かだ」

「どうやって」

「手を読むのか。あれは簡単だ。息を読む」コンラートは大仰に呼吸をしてみせた。「息をする瞬間に隙ができる。充分に素早く割り込めば、怪我をさせるどころか相手が気が付く前に必要なものを盗める。おれがお前の手を読んだ時のことを思い出せるか」

ジェルジュは頷いた。

「あれだよ。別に息を合わせる必要はないが、まあ、気分の問題だな。上に戻ってやってみろ」

「ちょっと試してからでいい？」

「ほんとのことを言おうか」コンラートは声を落した。「お前の練習台になるのは、おれは御免だ。虎とじゃれるようなもんだ。あいつらもよくお前なんか入れたよ。怪我はさせないようにしろ」

数箇月後、ベルリンから戻って再びカードの卓に着いた時、コンラートは訝しげにジェルジュを見遣った。半年足らずで盗まれたことさえ見過ごしかねないくらいの素早さを身に付けたのが信じられなかったのだ。コンラートが防戦に努めると、二度ばかり、ぎくりとするほど鋭い陽動を掛けた。手を盗まれると気付いた瞬間の身のこなしも見事なものだった。卓にいる残りの二人は降りたも同然の状態で彼らの勝負を眺めていた。コンラートは歯噛みをした。結局は技に溺れたジェルジュの負けだったが、まるで勝った気がしなかった。

十六になる頃には、勝ってもジェルジュの取り分はゼロに等しくなっていた。彼の圧倒的な強さは誰の目にもはっきりしていたからである。巧妙さにも磨きが掛った。たとえばジェルジュは隣り合せの相手の手を向いの相手に摑ませた。思考までそのまま借りていることがあったが、これは卓にいる一同から、うるさいのでやめてくれという苦情が出た。そこまでやらなくても勝てるだろう、とコンラートが訊くと、意味がないのは判ってるけど面白いから、という答えが返って来た。

「餓鬼は始末におえない」とコンラートは言った。

能力差は別の手段で調整される必要があった。

裏階段の部屋でジェルジュが最後にやった勝負には、特殊なハンディキャップが課されていた。ジェルジュの前にはトルコ人がコーヒーを飲むような小さなグラスが置かれ、火酒が縁まで注がれた。カードを一枚捨て、一枚ひくたびに、ジェルジュはそれを一杯ずつ呷る。一同の予想では、二、三杯で使いものにならなくなる筈だった——ある種の薬物同様、アルコールは感覚を鈍らせる。

確かに、三杯目で頭が朦朧としてきた。傍目にもそう見えることは判っていた。だが、他は何の影響も被っていなかった。必ずしもうまい手札が揃っている訳ではなかったが、上手に切れば切り抜けられそうだった。幾らかは酔いに任せてしだらなく意識の防御を緩めた。三人はジェルジュをこじ開けるべく必死になった。そうなれば、カードで勝つのは簡単だ。隙に乗じて綺麗に上がった。

再びカードが配り直され、ジェルジュは七杯目を呷った。息が苦しくなりはじめたが、右目の奥の、鈍く疼き始めた箇所を酷使するのが快感だった。アルコールによる麻痺は思ったより早く回りつつあったが、あえてそれを押すことができるというのは、素晴らしく愉快だった。不規則な呼吸をしながらも、ジェルジュは御機嫌だった。見物のコンラートが耳打ちをした。

「いい加減にしないと後が辛いぞ」

酒のことなのか、感覚の酷使のことなのかは判らなかった。ジェルジュはその勝負を圧勝で終え、三度目の勝負に掛った。ハンディキャップが意味をなしたのは、漸くそこからだった。蹴りを躱し損ねた。頭がぐらりとした。卓に着いている三人も、見物人も、息を吞むのが判った。だが、それだけだった。手札は読ませなかったのだ。もう一度入れられた蹴りは、躱そうともせずに撥ね付けた。相手は罵声を上げた。全身が冷や汗で湿りだし、杯を呷る時には、嫌悪のあまり胃が中身を逆流させようとするのを抑え込まなければならなかった。それでも、札の切り間違いは一度もなく、運もまたジェルジュに味方した。

三回目の勝負が終った時、ジェルジュは立ち上がった。何か言おうとした。それからそのまま真後に転倒して、失神した。十三杯目を空けた後だった。翌日は地獄だった。午前中は吐き続けた。午後は布団を被って泣いていた。頭が割れるように痛かった。感覚が完全に戻って来るには丸々三日間を要した。四日目、まだ食べものを受け付けない胃をひくつかせながら性懲りもなく裏階段を下りていったジェルジュに、男たちは言った。

「おれたちは別にお前を殺したいって訳じゃないんだよ」

それから猛然と食ってかかるジェルジュをなだめすかして、以後、勝負にはけして入れなかった。

夜になると、ジェルジュは裏階段の仲間に気のない挨拶をしながら外に出て彷徨い歩いた。

別に面白いことがある訳ではなかった。寒さをやり過ごしたければ、居酒屋へ入るか、劇場に入るかしかない。一度か二度、大学生を捉まえて飲み歩くのに紛れ込んだが、三十分としないうちに、彼らの誰一人として目を瞑ったまま仲間を見分けたりはできない——目を開けていてさえ見分けられないということに気が付くと、もう一緒にはいられなかった。カフェでぼんやりと坐り込んでいると、小声で眠たげに言葉を交わす客たちの中で、自分だけが目を覚ましているような錯覚に捕われた。

何もかもを忘れて眠り込みたかった。ブダペストの屋根裏部屋に口を開いた深淵を思い出した。だが、名だたる名手たちの滑らかな音はジェルジュを苛立たせるばかりだった。巨大なオーケストラが不吉な響きで吠え哮る最中にも、どう誤魔化しようもない物足りなさに嘖まれた。もっと不愉快な音、神経に鑢を当てるような音、もっと狂おしい音に浸って、感覚ごと押し流されてしまいたかった。戻るのは真夜中過ぎだった。眠りに落ちるのは、まだ暗い町にその日最初の息遣いが戻って来てからだった。イヴァナがどれほど揺り起しても、ジェルジュは布団を被ったまま返事をしなかった。教師たちには待ちぼうけを食わせた。姿を消した。顧問官はジェルジュを叱責しようとさえしなかった。イヴァナは口うるさく窘めたが、ジェルジュが暗い目で彼女を見詰めたまま口答えひとつしないことに気付くと、何一つ言わなくなった。

ひどく寒い晩、アルベルティーナに近い堡塁の名残のところで、薄汚れた外套に身を包んだ男がヴァイオリンを弾いているのに遭った。前に楽器の箱を置いていた。少し離れた角で足を止めた。身震いした。階段を上がってくる徒刑囚めいた足音を耳にした気がした。道を渡って男の前に立った。

「弾いて欲しい曲がある」

ジェルジュは短い旋律を口ずさんだ。男は彼の顔を覗き込んだ。

「あんた、タトラの出かい？」

いや、とジェルジュは答えた。だよな、と男は言った。「どっかの坊ちゃんだもんな」

男はヴァイオリンを顎当てても肩当てもなしに頬で挟むと、顔を突き合わせるような距離で弾き始めた。ジェルジュは幾度も繰り返し弾かせた。路面の敷石を踏みしめた足が冷えて痛みはじめたが、気にも掛けなかった。与える金が底を突くと、時計をやろうとした。堪忍してくれよ、と男は言った。

「このまんまじゃ凍え死にだぜ」

そこではじめて、雪が降りだしたことに気が付いた。絡み合った雪の結晶が、街灯の光に黒い影を作って彼らの肩に落ちかかった。町は羽毛に似た白い氷に覆われつつあった。男は楽器を仕舞って身震いしながら立ち去った。ジェルジュは階段に腰を下ろした。すぐ脇の居酒屋から漏れてくる物音も、不審そうな顔で通りすぎる人の足音も聞こえなかった。雪は顔を上げて眺めるジェルジュの額で溶けて火照りを奪い、肩と膝に積もり、足と階を埋め尽くした。

翌日、彼はレオポルトシュタットの泥濘の中にある木賃宿に現れた。手には質流れのヴァイオリンを下げ、宿のおかみに丁寧な口調で案内を請うた。狼狽したのは辻楽師の方だった。滑らかな毛織の外套に身を包み、上等な革の手袋を嵌めた手に綺麗な麻のハンカチを持った少年は、それで鼻を押さえながらかすれた声で、弾き方を教えてほしい、と言うのだった。

その冬、ジェルジュの頭に他のことは一切なかった。

「辻楽師に弟子入りしてヴァイオリンを弾いてます」とコンラートは報告した。

顧問官は怪訝な顔でコンラートを見遣った。

「心配はいりませんよ。ひどいもんだ。音にさえなりゃしない」

　必ずしも事実ではなかった。ジェルジュはヴァイオリン弾きの頭の中を覗き、その動きを写し取った。合わせて弾く時には、知らないうちに半ば、相手の意識に入り込んだ。ヴァイオリン弾きが鏡を見ながら弾いているような気になるまではすぐだった。だが、ジェルジュは最後の一線を注意深く避けた。その先へはどうしても行けなかった。相手の頭の中に渦巻いているものが恐ろしかった。同じものが自分の中で首を擡げる瞬間はもっと恐ろしかった。あんなにも求めていた忘却と眠りがそこにあるのに、それが両手の間で口を開けて自分を飲み込もうとすると、怖くなった。

「不満顔することはないだろ。指は回るんだしな。お上品な御婦人方をうっとりさせるには充分だ」

　ジェルジュは食って掛った。楽師は小馬鹿にした口調で言った。

「要するにお前には魂がないんだよ」

　それからたっぷりとその日の教授料を取って、追い払った。

　ジェルジュが階段を下りていくと、コンラートが煙草を吸っていた。

「こそこそ付けまわしてるなんて言われたかないからな」と彼は言った。

「他にも仕事はあるだろ」

「こういう仕事が一番楽だ」とコンラートは言った。「おれは満足してるよ。お前が袖の下をくれればもっと満足する」

「あんたを満足させるほど持っちゃいないよ」とジェルジュは言った。「第一、顧問官に何て言うんだ」

「口止め料を寄越しました、って報告するさ。それだけだ」

二人は肩を並べて歩き始めた。コンラートが煙草をくれた。

「何だってヴァイオリンなんだ」

「親父が弾いたから」

「実の親父じゃないだろ」

「僕には必要なんだ」

「何が」

言葉に詰った。あの忘却と眠りと虚無に満ちた深処をどうやって見せてやればいいのか判らなかった。

「女と寝たことはあるか」と、暫く歩いてからコンラートは訊いた。「いや、こりゃ純然たる修辞的質問ってやつだな。寝たことがないのは知ってる」

「寝たよ」とジェルジュは言った。

「いつ」

「もう何回も。帰りがけに。一杯いるもの。みんな親切だよ」

コンラートは顔を顰めた。「街娼はやめとけ。病気を貰うぞ」

「別に女の人が欲しいって訳じゃない」ジェルジュはしばらく黙り込んだ。それから呟くように言った。「難破して漂流してる船乗りになったような気がする。飲み水がなくなって、仕方がないから海の水を飲む。咽喉が渇く。それでまた飲む」

「お前、海を見たことがあるのか」

「ない」

「船に乗ったことは」

「ないよ。くどいな」

「顧問官に頼め。おれが付いてってやる。幾らでも羽目が外せるぞ」

「どうだっていいよ、そんなこと」

　コンラートに促されて居酒屋に入った。ジェルジュは顔を顰めた。何とも気の滅入る空気が充満していたからだ。隅で既に酔い潰れている男がいた。彼らはその脇に坐った。

「はしかみたいなもんだ。女で駄目なら、飲め。そのうち治る」コンラートは給仕を呼んで、パーリンカ、と言った。「これだろ、お前の親父の酒は」

　出て来た酒を、ジェルジュは少しだけ舐めて顔を顰めた。カードをしながら飲まされたのと同じ酒だった。「駄目だよ、飲めない、気持ち悪いよ」

「十三杯も飲んだだろうが」

「あれは嫌だ。あれだけは御免だ」

「そうかい？　おれはまた、お気に召したと思ったがね。支離滅裂な酔い心地だっただろ」

「飲んだら、普通になれるかな」

「普通？」

「何も感じなくなりたい」

「十三杯飲んだ時はどうだった」

「そうじゃなくて」脇の酔漢を示した。「ああなりたい」

　コンラートは溜息(ためいき)を吐いた。確かに何か理解したようだった。

「酒に溺れて道端で野垂れ死に。非道(ひど)い死に様だぜ。何がいいんだ」

　ジェルジュは黙って酒を呷(あお)った。コンラートがもう一杯取ってくれた。顔を顰めながら、止める間もなく飲んだ。三杯目を両手で覆って考え込んだ。

「感覚を潰したい」とジェルジュは言った。

「お前、自分の値打ちがそれだけだってこと知ってるんだろうな」

　ジェルジュは顔を上げた。ひどく傷付いた風だった。が、コンラートは気付いたそぶりさえ見せなかった。「そのご大層な外套だのお育ちのいい喋(しゃべ)り方だの頭の中の御立派なラテン語だのが、何と引き換えか判ってるか」

「そんなもの欲しくなかった」

「代わりにヴァイオリンか。結構な御趣味だ」コンラートは身を乗り出した。「指も触れずに人をぶちのめす大した才能をお持ちなのにな」

「そんなことはしたくない。僕に親がいたらそんなことはさせないよ」

コンラートは一瞬、狐に摘(つま)まれたような顔をした。それから笑いだした。げらげら笑いながら膝を打ち、痛みに顔を顰めながらもまだ笑っていた。笑いながら、そりゃまあ、普通の親ならな、と言った。「実の親父がお前を育ててたら、ろくすっぽ読み書きも教わらないまんま、親父が来る十分前に扉を蹴破(けやぶ)って入って、中のごろつきどもが無礼を働かんように痛い目を見せておくのが仕事になってただろうよ。お前はついてる。顧問官はまだしも文明的だ」

「知ってるの」

「この仕事をしてて知らん奴はいない。お前だって、いずれ顔を拝む時が来れば思い知る。親子の情なんてもんで右往左往するたまじゃない」ジェルジュの無防備な意識に軽く触れて舌打ちをした。「忘れろ。お前に親父なんてものはいない。それにおれは何も言ってない。こんな話をしたことが顧問官殿にばれたら首が飛ぶ」

判ったよ、とジェルジュは言った。コンラートに迷惑を掛ける気はなかったし、実の父親とやらがどこで何をしていようと興味はなかった。厳然たる事実からは逃れようがない。父親はブダペストで死んだ。その後で自分を引き取って育てたのは顧問官だ。見知らぬ誰かではない。

「お前がどこの誰で、親がどうお前を隠そうと、結局は顧問官のところにいることになってただろうよ。でなけりゃ軍の情報部か、外務省だ。どれだって大差はない。どんなに用心しいしい暮してたって、連中は必ずお前に目を付ける。声を掛ける。そうなりゃおしまいだ。お前は必ず連中のところへ行く」

「どうして」

「おれは今でも顧問官を恨んでる。あの人がおれを呼んで、馬車に乗せて、自分の下で働く気はないかと言ったことをな。勿論断ったよ。おれは堅気だった。御婦人方相手に反物を商う店で働いてて、もうじき帳場に回して貰える筈だった。なのにもうそんな生活が堪らないんだ。何かに摑まってて手が死ぬほどくたびれたみたいだった。幾らもないうちに転げ落ちた。半年くらい飲んでたよ。ある晩、真冬だったが、路上で袋叩きにされて放り出された。途中までは寒くて仕方がなかった。それから刺すように痛くなった。ふわふわといい気持ちになったのは最後の最後だ。おい、お前は今凍え死にしかけてるぞ、と自分に声を掛けた。で、何とか起き上がって帰った。家で気が付いた後はどんな二日酔いよりひどかった。恥ずかしくてな」

「恥ずかしい？」

「人間は塵芥だ。どこで野垂れ死にしたって誰も気にはしない。なのにわざわざ死ぬ必要がどこにある。嫌がらせにさえなりゃしない」コンラートは厳かな顔で低い天井を見上げた。「で、起き出して顧問官のところに身売りに行った。結構高く買ってくれた。普通の人間のふりして堅気に暮すよりは全然いい」

「苦しかった？」

「死にかけた時か」

「反物屋にいた時」

「いや。気にしたことはなかった。飯も削って小金を貯めてた。それが結構愉快だった。何とか帳場係になって、所帯を持って、ちっぽけな家を買って、一生、店と家と、度を越さない程度に居酒屋の間を行き来して暮す。人の頭なんか覗(のぞ)いても気が付かないふりをしてだ——悪くない。我慢できりゃな」コンラートは振り払うようにかぶりを振った。

「判るなよ。まだ判らなくていい」

ジェルジュは困惑して三杯目を呷った。暫く沈黙が続いた。ふいに、コンラートは凶悪な微笑を浮べた。

「顧問官殿の横っ面を張り飛ばしてやるにはいい機会だな」

「あの部屋では無理だよ」とジェルジュは言った。鏡の絡繰(からくり)は知っていた。あの部屋は顧問官の感覚の反映で溢(あふ)れている。彼でさえ、顧問官に触れることは難しい。コンラートはジェルジュの過ちを正すように、短く二回、舌打ちをした。

「秘蔵っ子を潰されたら、あいつはどう思う」

階段の下でコンラートに額を摑まれた時のことを、ジェルジュは思い出した。「あれは嫌だ」

「おれだって嫌だ。だから教えてやる——自分で自分を潰せ」

「どうやって」

「感覚を完全に解放する」

　コンラートの理論はこうだった。

「顧問官殿にしごかれただろ――目で見ずに感覚を使え、ってな。だが最初から目で見ていた訳じゃない。おれは、子供の頃に死んだ妹やお前も含めて、餓鬼を何人か知ってるが、生れたばかりの赤ん坊なら見たりはしてない。感じてるだけだ。大人になってもそのまんまの奴もいる。役にもたたないことが殆どだけどな。大抵は、ある時期から、感覚を使って見たり触ったりするようになる。何でそうなったか思い出せるか」

　ジェルジュはかぶりを振った。

「おれたちには五感は必要ない。ただ、そのままだったら一生、人間とは違う場所に暮すことになる。同じ空気を吸って、同じものを飲み食いして、同じように寝たり起きたりしていても、それはまるで別物だ。おれたちがどうやって寝るか、普通の奴らにどう説明できる。感覚を広げたまんま、その網の真ん中にぶら下がって、雨風じゃ目は覚めないが、獲物が掛れば目が覚めるってことをどう教えてやればいい。そりゃ無理だよ。巣の真ん中にいる蜘蛛みたいなもんだと教えてやろうにも、あの感触を、普通の人間にどうやって呑み込ませたらいいのかね――おれたちは部屋の隅っこに巣を掛けた蜘蛛を、巣の糸がびくんとする感触で感じ取る。おれたちにとっての蜘蛛ってのは、その感触のことだ。最初、世界はそんなもんで一杯だ。他のものが入り込む余地はない。だけどある時に何か来るんだよ。おれたちの世界は体に合わせて裁ち直され、縫いあわされる。

おれたちの感覚は細切れにされ、肌で感じ取れる世界に組み込まれる。何を感じるにも、おれたちの感覚は五感の延長として働くようになる。感覚を使い潰そうと思ったら、それを取っ払わなけりゃならない」

「試してみたの？」

「一遍な。目を瞑って、耳を塞いで、体の感覚を全部切り離す」コンラートは身震いした。「裏返しにされたような気がするぞ。どっちが上でどっちが下かも判らん。上だの下だのってのは、体があって感じることだからな。坐ってることもできない。床にのびたって宙に浮いているような気がする。最悪なのは、感覚が抑えられなくなることだ。抑えようにも、どこをどう抑えていいのか判らん。大体、何を感じているのか見当も付かなくなる。色々なものがぐちゃぐちゃになって入り込んでくる。確かに知ってる筈のものなんだが、何なのか見当も付かない。慌てふためいたってもう手遅れだ。感覚がどんどん広がって、見当も付かないものの中に入り込んでいく。引き戻しようがない。自分がどこにいるかも判らないんだからな」

「どうなったの」

「失神した。体の方が先に参っちまったんでな。起きられるようになるには二週間掛ったし、ものがもとのように見えるのに一月掛った。半年、感覚が麻痺した。顧問官は三月から先の給料をくれなかった。ひでえ目に遭ったよ、全く」

ジェルジュは不安を覚えた。「それを僕にしろって言うの」

「おれがその程度で済んだのは、おれがその程度だからだ。体を使い潰すにも限度がある。それだって、ものの五分で心臓が止りかけた。お前がやったらどうなる」

ジェルジュは目を伏せた。

「怖いならやめとけ」

「するよ」と言った。

「ウィーンじゃやるなよ。屋敷でやられたら傍迷惑だからな」

二人は居酒屋を出て、西駅へ行った。まだブダペスト行きの夜行があるとコンラートが言うからだ。ジェルジュはその前にケメルンに電報を打つと言った。

「何で電報なんか打つんだ」

「暖房を入れて貰わないと」と言ってから、ジェルジュは言ったことを恥じた。今更、暖かいかどうかになど何の意味もない。「駅まで迎えに来て貰わないと」それもまた恥ずかしかった。自分はどうしようもない坊ちゃんだと思った。

コンラートは何も言わなかった。ただ、ケメルンへの電報を頼んでくれただけだった。切符も買ってくれた。

「止めないの？」

「止めたからどうなるってもんでもないだろ。精々頑張るんだな」

翌朝、イヴァナからジェルジュが戻っていないと知らされた顧問官はコンラートを呼び付けた。

ブダペスト行きの夜行に乗せた、とコンラートは言った。例の怪しいヴァイオリン弾きに巻き上げられてすっからかんだと言うので、ケメルンまでの二等料金を立て替えた、払ってくれ、とも頼んだ。

「何をしに行ったんだ」

「感覚を潰して、うまくいくならそのまま死のうって魂胆でしょう」涼しい顔でコンラートは答えた。顧問官が確実に一瞬は動揺したのを見て、彼は幾らか溜飲を下げた。「差し向いでとっくりと話しあいましてね、これは止めても仕方がないだろうと。もう着いている頃ですが、人をやるのは止めた方がいいです。おれも行く気はありません。とんでもないとばっちりを食いかねない」

それから、ジェルジュに提案した方法を披露した。顧問官はコンラートの独創性に常々半ば呆れ半ば感心していたが、中でもこれはとびきり創意に満ちた詐術であった。

「そんなやり方じゃ潰れやしませんよ。息を止めて死ねって言ってるようなもんだ。まあ、一月か二月は使いものにならないかもしれませんがね」と言って、コンラートはげらげら笑った。「ちょっと血を抜けば、大人しくなって帰ってくるでしょう」

顧問官はケメルンに電報を打ち、無茶をしない限りは好きなようにさせておくよう伝えた。

ジェルジュがケメルンの駅に着いたのは早朝だった。駅まで橇が迎えに来ていた。電報を受け取ってすぐに火を入れたが、夏から使っていないのでひどく冷えている、と管理人は言った。彼らが住み着いている厨房の隣の部屋で朝食を食べさせてもらった。それから、一人にして欲しい、と頼んだ。

天井の高い回廊は氷室のようだった。ジェルジュは扉を閉め切ると、幾らかぬくもりの感じられる陶器のストーヴの前に安楽椅子を引きずって行き、外套を着たままそこに腰を下ろした。弱々しい陽光が、一面に凍った窓硝子を通して差し込んだ。その光を顔に受けて、椅子の背に身を凭せ、目を瞑った。

階下で管理人夫妻が何か話しているのが感じられた。ウィーンでどれほど感覚を抑え付けていたかがはっきりと判った。浅くゆっくりと呼吸しながら、体を緩め、蟀谷の緊張を解いた。頭蓋の底が騒めき始めた。内側から押し上げる力を感じた。

それを少しずつ膨れ上がらせた。酒を飲んだ状態で押すのに似ていたが、はるかに自然で、殆ど快くさえあった。中庭の木に小鳥が来ているのを見付けた。小さな体の重みや羽毛のふくらみ、陽の光に溶けて滴る枝先の水滴まで感じ取れた。彼はその暖かい塊を手の中に包み込むように感覚で包んだ。それから、軽くつついた。小鳥は驚いて飛び去った。更に体の力を抜いた。捉えられる全てのものが眩いくらいに鮮明になり、影は濃さを増した。どこにも注意を向けることができなくなった。どこかに気を引かれると、その強烈な色彩が視野を塗り潰そうとするからだ。抑え込もうとしたが突き上げる力に振り切られた。衝撃とともに、世界が暗転した。

時打ちの置き時計が甲高い音で鳴るのが聞こえた。ジェルジュは目を開けた。頭がふらふらした。

ジェルジュは回廊の扉を開けて城の奥に入った。板戸を閉ざされ、家具は覆いを掛けられたままの部屋を幾つも抜けた。顧問官の書斎の扉は鍵が掛っていなかった。探していたのは、十五分おきに時を打つ時計だった。顧問官が置いてきたと言ったのを覚えていたのだ。机の引き出しに放り込まれていた。振子を巻いた。竜頭を回して針を動かすと、銀色の側を震わせて一度だけ鳴った。

ジェルジュは回廊に戻った。外套を脱ぎ捨てた。部屋はすっかり暖まっていたのだ。それから安楽椅子に坐り、時計の鎖を手首に絡めて目を瞑った。

五感を押し流して感覚が溢れ出す、あの瞬間を克服しなければならない。

十五分ずつ時間を区切り、手の中の時計に意識を集中した。幾らか顧問官の感触が残っていたが、歯車の動きが掌で感じ取れるようになると、気にもならなくなった。内側からの噴出が始まるまで一気に押し、そこから、勢いに押し切られないよう少しずつ緩めた。感覚は急速に鮮明になった。強烈な色彩が視野を焼き尽くした。窓硝子が震える甲高い音が耳を塞ぎ、口の中に泥の味が溢れた。身に着けている衣類の感触で気がふれそうになった。それを、時計が鳴るまで堪えた。

管理人が昼食を告げに来た時にはくたくたになっていた。食堂で食べる間も、眠気で何度も匙を取り落としかけた。空腹がひどくなければ途中でやめていただろう。それから寝室に入って、朝まで眠った。

管理人夫妻は何も言わなかったが、顧問官から連絡があったことをジェルジュは知っていた。どうせ何も出来ないと高を括っているのだ。イヴァナが身の回りのものや着替えを纏めて送って来ると聞いて、余計惨めになった。回廊に戻って、昨日のままになっている椅子に坐った。ひどく広かった。そして空っぽだった。

目を瞑り、五感が感覚を捕えておこうと狂いだすところまで押した。体が振り切られるのを、ほとんど興奮とともに感じることができた。一度目の時計の音を無視した。耳に聞こえていた音が絶えた。目の前が暗転し、体の下にあった椅子が消えた。暗闇の中に投げ出された。もう一度鳴るまで、と自分に言い聞かせた。体が消えた。自分が虚空の中で小さな渦を巻いているのが感じられた。

何かがその回転の中心で小さな響きを立てた。そこまでの過程が一瞬で覆された。ジェルジュは時計まで引き戻され、痙攣する体の中に叩き付けられた。意識が遠のきかけるのを堪えながら、時計の振動を手探りした。触覚が戻って来た。そこから、他の感覚をたぐり寄せた。

全身が細かく震えていた。恐怖と、消耗のせいだった。立ち上がって、ふらつく足取りで回廊を出、台所へ下りていった。それから、ほとんど回らない舌で、お茶を淹れて欲しい、と頼んだ。管理人の女房が心配そうな顔をしているのに気が付いた。

「大丈夫だから」と言った。少し気持ちが楽になった。

昼食を取り、横になった。目を覚ましてからも、しばらく寝台の中にいた。額に手を当てた。熱があるような気がした。呼び鈴の紐を引っ張って、具合が悪いので起きられないと伝えた。管理人の女房は寝台に入ったまま食事が取れるようにしてくれた。

　死にはしない、とジェルジュは考えた。コンラートの言葉にはひどい誇張がある。消耗はするが、それで死ぬことはない。時計の音ひとつであれほど乱暴に引き戻されるのだ。体が持ち堪えられなくなれば、おそらくは昏倒して終りだ。感覚を潰すことも不可能だ。戻って来る時、ひとつ間違えればひどい混乱を来すことはあるだろう。とことん消耗すれば暫くは感覚が働かなくなるかもしれない。だが、潰れることはない。向う側へ行くのは、むしろ自然な行為だ。難しくはあった。踏み止まらなければ簡単に引き戻されてしまう。だが、自分を傷付けるようには思えなかった。それは全力で走ったり、川の流れに逆らって泳いだりするのとよく似た行為だった。

　ジェルジュが望むのは、今や死ぬことでも感覚を潰すことでもなかった。灯を消して目を閉じても、容易には眠れなかった。自分がどこまで行けるか、辛うじて肉体の束縛を振り切った、あのむこうに何があるか、それが知りたかった。

　翌日一日は、持って来たヴァイオリンを弄って過ごした。実験を繰り返すには疲れすぎていたからだ。父親が弾いていたのを思い出しながら、ゆっくりと音を出した。見えたものを思い出そうとした。直截な、生々しい何か。おそらく目では見ていなかったのだろう。辻楽師がタトラの曲だと言った陽気な旋律を、ぞっとするくらい陰鬱な音で弾いてみた。ごく自然に、それこそ呼吸するように、こう続けただろうと思える即興の旋律が生れた。まるで指が知っているようだった。弦のかすかな軋みが、弓の弾みが快かった。音は今や、ますます陽気に、ますます速くなりまさる旋律に、虚無が口を開いたような暗さを付け加えた。

我に返ってヴァイオリンを下ろしたのは、扉の向こうで、管理人の夫婦が立ったまま耳を澄ませているのに気が付いたからだった。随分と長いこと弾いていたらしい。それも、彼らが何事かと思うような激しさで。自分でも驚いた。満足もした。魂がないなどとは、もう誰にも言わせないと思った。それから片付けて食事に下りて行った。

四日目、朝食を終えたジェルジュは再び回廊の安楽椅子に坐った。天気の悪い日だった。雪は、無理矢理幾何学庭園に仕立て上げた裏庭を白く塗り潰し、中庭に吹き溜りを作った。回廊は寒くはなかったが、暖まった窓硝子で一旦溶けた雪は、花のような模様を作って再び凍りついた。

用心深く、ゆっくりと、ジェルジュは感覚を解放した。五感の軛から解き放たれ、体を抜け出すのは、冷たい水に身を委ねるように心地よかった。ひと掻きで上下も何もない空間に漕ぎ出し、水面に浮ぶように自分を拡散させた。無数の何かが揺らぎながら姿を現した。見ても、感じてもいなかった。ただ、名付けようもない全てがそこにあるだけだった。水紋が広がるように、様々なものが次々に立ち現れた。その度、世界は揺らぎ、軋みを上げた。

そこで、時計を握りしめた。目を開いた。五感は戻って来たが、感覚は解き放たれたままだった。立ち上がって、音を立てて振動する窓の硝子に指を触れた。感覚に捉えられるものとだぶって、目の前のものは全て、燃えるように輝いて見えた。映らないように注意しながら暖炉の上の鏡に目だけを向けた。表情をなくした自分の姿は内側から白い炎を放っていた。視覚を鏡に固定して感覚を閉じた。世界は再び、くすんだ色合いの中に沈んだ。

立っているのも辛いくらいの脱力感の中で、ジェルジュは時計を見た。始めてから五分しか経っていなかった。

ジェルジュが戻って来たのは一月ほどしてからだった。

夕方、机にむかって仕事を片付けていた顧問官は、微かな気配を感じて顔を上げた。ジェルジュが立っていた。他の誰かなら、もう少し慌てただろう——入って来たことにまるで気が付かなかったからだ。病み上がりのように痩せていたが、鋭くなった輪郭から大人の顔が現れつつあった。何より、表情が落着いていた。

「あの方法では死ねないだろう」と顧問官は言った。

「コンラートが嘘を吐いたのはすぐに判りました」

「一月も何をしていた」

「色々」とジェルジュは言った。「どうやって感覚を完全に解放するか。それで何ができるか」

「何ができる」

「まだ判りません。でも十五分くらいなら、その状態で動けます」

顧問官は眼鏡越しにジェルジュを眺めた。鏡に映る姿は、顧問官の目で見ても普通の人間と変らなかった。が、時折走る漣(さざなみ)のような干渉が、ジェルジュが感覚を抑えているに過ぎないことを感じさせた。ジェルジュはポケットから時計を取り出した。

「これ、僕が持っていてもいいですか」

顧問官は時計に手を伸ばした。どこにあるのかも忘れていた時計だった。触れる寸前で躊躇(ためら)った。指先に刺すような痛みを感じた。

「君が持つには高価すぎると思うがね」

ジェルジュは答えなかった。次の言葉を待っていた。くれるのが当然だと確信しているようだった。

「いいだろう。持っていなさい」

部屋を出て行こうとするジェルジュに、顧問官は言った。

「私が知る限りでは、十五分は記録だ」

日課は規則正しく再開された。教師たちはジェルジュの集中力に感心した。中断していた時間を生真面目に取り返そうとしているようだった。拳闘(けんとう)の練習を見に行った顧問官は気が付いた――執務室に現れた時既にそうだったように、ジェルジュは感覚を抑えていた。殆(ほとん)ど完璧(かんぺき)な、よほど注意しなければ普通の人間と思って見過しかねないくらいなほどの抑制だった。にも拘らず、相手の動きは全て読み取っていた。時折、素早く探りを入れる動きは、顧問官も感嘆せざるを得ないほど見事に統御されていた。

　コンラートはジェルジュを連れ歩いた。賭博で金を作り、レストランの個室に女を上げて遊び、大酒を飲むのに付き合わせるためだ。賭事をする金もない時には、見物人を集めて路上で殴り合いをやらせた。幾ら上背があっても、十七や八の痩せた若造に賭ける奴はいない。勝てば結構な上がりになる。

　ジェルジュはコンラートとも賭をした。感覚を完全に閉ざしたまま勝てたら上がりは全部取るという賭だった。これはかなり危険だった。素早さや拳の重さには自信があったが、一発食えばふらふらになる（嫌ならもう少し肉を付けろよ、とコンラートは言った）。大抵はコンラートに担がれて帰る破目になったが、ジェルジュはこの賭に熱狂した。小金を持っている時でさえやりたがった。

「頭を殴られてぶち壊れたらどうするんだ」

「殴られたくらいで壊れるもんか」とジェルジュは答えた。「それで壊れてくれれば御の字だ。せいせいする」

　それでも五回に二回くらいは勝てた。幾らもしないうちに五回に三回は勝てるようになり、半年の後にはほぼ負け知らずと言ってよかった。見物人はジェルジュの顔を覚え、利は薄くなった。コンラートは賭の中止を宣言した。

「何で」

「金が稼げるからやってただけだ。別にお前をぶち壊したいって訳じゃない」

「いつもそれじゃないいか」

焦らなくても、そのうち嫌というほどそういう目を見るだろうよ、とコンラートは考えた。だが、口にはしなかった。ポケットに両手を突っ込み、背中を丸めたジェルジュは、頬骨の上の痣を昂然とひけらかして傍らを歩いていた。


十八歳の冬、ジェルジュははじめて燕尾服を誂えた。仕立屋は顧問官から詳細な指示を受けていた。贅沢すぎても流行を追いすぎていてもいけない。ただし、裁断は完璧でなければならず、何より、本人の意向は一切入れてはならないと厳命されていた。それははじめて正装をする良家の子弟が身に着けるものとしては極めてありふれた燕尾服でなければならなかった。

仮縫いの間、ジェルジュは息の詰りそうな思いをした。仕立屋の言う完璧な裁断がどれほど動きを拘束するものかを思い知らされたからである。コンラートの薫陶よろしく、ジェルジュはひょろりと背の伸びた体を大きめの上着や外套の中で泳がせるのを好んだ。楽なだけではない。口の端から煙草をだらしなくぶら下げて、ちょっと背中を丸めるとそれなりに粋だ。第一、まるで坊ちゃんに見えない。コンラートが馬鹿をやらかすのに巻き込まれた時でも走って逃げられる。

今日はそうは行きません、と仕立屋は勝ち誇って宣言した。きちんとした服とはどういうものか、坊ちゃまにも御理解いただかなければ。言われるがままに歩きながら、ジェルジュは鏡を見るように仕立屋の目に映る自分を検分した。体を締め付ける正装は、背中の起し方や腕の動かし方、脚の振り出し方までも制約した。こんなものを着ていたら、博打場ののっそりした用心棒にも簡単に襟首を摑まれてしまう。にも拘らず、その不自由な動作は優雅だった。まるで自分ではないようだった。

当日の午後には床屋が来た。髪を切るためではなく、顔を当たるためだ。爪まで磨かれた。夕方、部屋に閉じ籠り、いつもより時間を掛けて慎重に着替えをした。結んだタイをちょっとだけ引っ張って歪めた。それで、ずっと寛いだ気分になった。

馬車の中で、顧問官はジェルジュに言った。「君は招かれていない」

正確には、そもそも敷居を跨げない筈の場所へ行くのだ、と言うべきだろう。この世には、ジェルジュになど声も掛けない人間が幾らでもいる。彼らの間にあっては、人間は辛うじて顧問官閣下からはじまるのであって、ジェルジュ・エスケルスなど、従僕や馬丁程度にしか存在しないのだ。ウィーンにいる以上、ジェルジュもそれはよく知っていた。

「何をすればいいんです」

「楽しめ」

馬車は凍りついた路上で散々待たされた揚げ句、漸く車寄せに着いた。扉が外から引き開けられ、顧問官はジェルジュに見向きもせずに下りた。試されていた。顧問官には開かれている幾つもの扉を、彼はこじ開けながら付いて行かなければならない。最初の扉がこれだ。

ジェルジュは後に続いて馬車を下り、顧問官の後に続いた。使ったのは厚かましさだけだ。車寄せの使用人は、馬車から誰が下りてくるかになど殆ど注意を払ってはいない。相応しい身形をしていればそれでいいのだ。軽い足取りで顧問官に追い付き、当然のように後に従って中に入った。誰も止めなかった。このゲームが愉快になりはじめた。意識しなくても口元に微笑が浮かんだ。

問題は、二階の入口で客の名を呼ばわる従僕だった。

招かれた客の全てを騙すことはできない。その可能性を、ジェルジュは早々と却下していた。目だけ誤魔化して潜り込むこともできる。が、それでは一晩中そうして過ごすことになる。

従僕の頭に滑り込ませた自分の名前が、顧問官と対で告げられるのを、ジェルジュは得意満面で聞いた。コンラートに仕込まれた技術がものを言った——同じ賭場で稼ぎ続けるには、ただカードを読み取る以上に繊細で巧妙な技術、ありもしないものを滑り込ませ、誘導し、相手の判断を狂わせる技術が必要なのだ。これで、ジェルジュは正式の客だ。訪れる資格のない客の名が告げられることはない。顧問官は彼の自慢顔には応えなかった。次の瞬間に起ることを知っていたからだ。

扉の奥から複数の注視が向けられた。

誰もいないとでも思ったか、と顧問官は言った。足を停めようともしなかった。ジェルジュはその後に従った。床が急に頼りなくなった。彼らが入ろうとしている部屋の、二十人を優に越える客が全て後景に退いてしまったようだった。値踏みされていた。一瞬の恐怖は軽い苛立ちに変った。感覚を抑え、客たちに——彼らの中へと滑り込んでいく顧問官に注意を向け直した。客間のざわめきが戻って来た。そのざわめきで意識を満たしたまま、相手を盗み見た。どこかの若い武官が、五メートルほど離れたところにいる御婦人に軽口を叩いた。ひどく姿勢のいい老人がジェルジュを目で追っていた。探り当てられたことに気付いたのは一人きりだった。むこうは即座に感覚を閉じて客の中に溶け込んだ。顧問官がジェルジュを軽く突いた。深追いはするなと言うのだ。ジェルジュは従った。隣室から自分を睨め回す視線の詮索は後回しにした。顧問官が、ジェルジュの目にはひどく権高に見える女性——屋敷の女主人であるライバッハ公妃の名を親しげに呼び、手を取ったからだ。

ジェルジュは彼女に軽い困惑を吹き込んだ。確かに知っているのに名前が思い出せないという困惑だった。彼女は微笑みながら小首を傾げてジェルジュを見遣った。奇妙に若やいだ動作だった。

「ゲオルク・エスケルスです、奥様」と顧問官が言った。

ジェルジュはバット・イシュルで彼女が連れていたパグの話をした。十年以上前の話だ。公妃はほっとしたようだった。子供の頃を知っているだけの相手なら、思い出せなくても礼を失したことにはならない。部屋の中からの視線はもう気にもならなかった。武官と話をしていた女性は、彼に微笑まで送って寄越した。ジェルジュは頭の中で役者のようなお辞儀をして見せた。彼らは声を立てずに大笑いした。

部屋の外の誰かは別だった。

「伯父様が待っておいでよ。早く行って、戻っていらして」と公妃は言った。顧問官は一揖すると、ジェルジュを更に奥の一室へと連れて行った。蜂の羽音のような唸りが、ジェルジュの軽い興奮を冷ました。一人ではない。それははっきりと判った。だがそれ以上は何も感じ取れなかった。薄気味悪かった。ほとんど意識せずに身構えた。

顧問官は躊躇うジェルジュの肩を押すようにして近付いた。部屋の一隅に置かれた古い安楽椅子に、七十近い老人が腰を下ろしているのが見えた。傍らの、ジェルジュより幾つも年嵩ではない若者が老人の耳に身を屈めて何か囁いた。小柄だが驚くほど美貌の、女性的にさえ見える若者だった。彼らの背後に、人間の気配をまるで感じさせない、痩せた白髪の男がいた。視線はもう視線ではなく、頭の芯に加えられる剝き出しの圧力として感じられた。男は屋敷の中で起る全てを視野に収め、感覚で描き出した境界線で老人を周囲の無用な好奇心から切り離していた。その中には進めなかった。ジェルジュの躊躇に薄い笑みを浮べたのは、男ではなく、老人の方だった。ヨーゼフ・フェルディナント大公は見えない目をあらぬ方に見開いたまま、白髪のマレクの目と感覚を介してジェルジュを観察していた。若いディートリヒシュタイン伯の、形のいい薄い唇に意地の悪い期待が滲んだ。

顧問官の手を振り切るようにしてジェルジュは踏み込んだ。身じろぎも出来ないくらいに締めつけられた。そのままでは何も読み取れない。隠すことさえ難しい。だが、怯もうとは思わなかった。内側を軽くひと撫でされるに任せた。

「なるほど」と大公は言った。「よく躾けたな」

「僕はどうかと思いますね、スタイニッツ男爵」ディートリヒシュタインが口を挟んだ。「ブダペストの溝から拾ってきた馬喰の息子を、いっぱしの紳士のように仕立て上げて連れ歩くなぞ、お世辞にもいい趣味とは言えない」

「私の仕事をさせるには必要なのですよ」ジェルジュの背後に用心深く一歩退いたまま、顧問官は言った。物言いは柔らかかったが、幾らか脅かすようでもあった。「いずれは私以上に殿下のお役に立つ筈です」

ディートリヒシュタインの顔から僅かに血の気が引いた。顧問官はあくまで穏やかな表情のままだった。大公は言った。

「君は野心家だな、スタイニッツ」

「神と皇帝に奉仕することを野心と言われるなら、その通りです」

ジェルジュはひどく困惑した。顧問官の声には、自分自身と大公に対する根深い軽蔑があった。思わず大公の顔を見遣った。何も感じ取れはしなかったが、僅かに愉快そうな表情が浮んだのは鈍さのせいとは思えない。

「それほどの逸材かね」

「試されてはいかがです」

何のことなのか考える暇も与えられなかった。眩暈がした。マレクが自分を押し潰そうとしていることに気が付いたのはそれからだった。頭の底が圧力に反応して甲高く鳴りだした。内側から押し返そうとする力が勝手に動きだした。大公が目で見て取ったかのように片眉を上げるのが見えた。どうすべきか迷った。幾らか持ち堪えられるところを見せれば充分だ。それから、ごく儀礼的に、参りました、と言う——顧問官はそう示唆していた。感覚を体に結び付けておくのが難しくなってきた。暴発する前に手を上げなければならない。

ディートリヒシュタインがいきなり殴り掛ってきたりしなければ、そうしていただろう。反射的に、ジェルジュは男を押し戻し、ディートリヒシュタインの一撃を躱した。顧問官が低い声で叱責したので、それ以上は構わなかった。ただ、男がもう一度捩じ伏せようとするのは礼儀正しく退けた。今更猫を被っても仕方がない。

大公は短く笑った。「前言は撤回しよう——生意気な若造だ」

「申し訳ありません」と顧問官は言った。

「謝ることはない。だがマレクの手にも負えないのは少々困るな」大公はジェルジュに顔を向けた。「シャンパンを飲んで踊るのが目当てなら、行って、好きなようにしたまえ。君がどこの誰であろうとなかろうと、今夜、この屋敷に君を摘み出せる者はいない」

　ジェルジュは一揖して退出しようとした。ディートリヒシュタインが後を追おうとするのを、大公が声高に呼び止めるのが聞こえた。

「お前が行くことはない。紹介なぞしてやらなくとも、自分で何とかするだろう」

　ジェルジュは顧問官の憮然とした顔を意識してポケットに片手を突っ込んだ。そのまま、今は人もまばらになったもとの客間へ――それから食事が供される部屋へと進んだ。若い娘たちが一塊になっているのに微笑みかけながら、同じくらいの年の若い男に声を掛けた。相手は驚いた顔をした。それから、満面に笑みを浮べ、手を握って振り回した。一緒にいる友人達に何かまくし立てた。握手攻めにされ、何人かには肩さえ叩かれた。娘たちは儀礼的な接吻のために頬さえ差し出した。

　立食式の食卓に就く時、ジェルジュは話しながら背後の席の椅子を拝借しようとして、五十絡みの男の顰蹙を買った。大人しく詫びて椅子を返しながら、仲間にだけ判るように片眉を上げて見せた。共犯者の押し殺した笑みが、数人の若者の間に広がった。見ようともせずに従僕に合図をした。椅子は速やかに提供された。

　ジェルジュは有頂天だった。自分に酔っていた。それほど喋り散らした訳でも機知をひけらかした訳でもなかったが、短い相槌を打っただけで、無邪気な若者たちには充分だった。やったことはと言えば、旧知の誰かだと思わせただけだ。ほんの一言で、彼らはジェルジュに魅了された。ごく控えめな身振りひとつで、仕立てのいい燕尾服の青年たちは笑い転げ、胸を刳った衣裳を纏うようになったばかりの娘たちは心地よい危うさを味わった。娘たちのひとりはジェルジュの顔をまっすぐに見詰めた。何の衒いもない視線がジェルジュを動揺させた。長い手袋をした彼女の手を取り、ごく軽く唇を触れた。ギゼラ・フォン・ライバッハはびっくりしたように手を引いた。

「お気に召したなら大変結構、従妹殿」と言った。少なくとも今夜だけは、それは真実だった。

それから、ほとんど駆けるような早足で、一同は舞踏室に殺到した。ジェルジュはギゼラの象牙の板の手帳に書かれた名前を何度も書き直し、当の本人たちには約束を忘れさせた。むしろおずおずと彼女の手を取った。幾度繰り返しても戦きが消えないのが不思議だった。抱き寄せたギゼラからは、何かの花の匂いがした。コルセットで締められた胴の丸みを手の中に収めながら、ジェルジュはその甘い匂いに恍惚とした。香りに引き込まれるように、感覚を抑えていた力を少しだけ緩めた。ギゼラは顔を上げ、微笑んだ。何も感じている筈はないのに、確かに何かを感じ取ったのだ。

彼らは抜け出して温室に隠れた。まだ真夜中前だった。紗を掛けたガラスの天井に、春先の重い雪が落ちてくるのが見えた。もう少し静かなら音まで聞えそうだった。ギゼラは奥へと駆け込んだ。ジェルジュが追うと、一本の木を背にして振り返り、頭上の枝に手を伸ばしてゆすった。外の霜からガラスで隔てられた温もりの中に、分厚い、不透明な花弁を持つ小さな花が強く匂った。

「オレンジの花よ」と言った。まだそれほど深くは刳り込んでいない胸元を突き出した。葉を取って小さな鞠のように纏めた花が飾られていた。「今朝、摘んで自分で作ったの。この匂い、好き？」

ジェルジュは花飾りの匂いを嗅いだ。彼女の肌の匂いも感じられた。鼻先が触れた。ギゼラの僅かな身震いが、自分の身震いのように感じられた。自分がまだ若いことに——ほとんど子供であることに、ジェルジュは感謝した。たとえばもう半年もしたら、或いは三月、ことによると一月の後には、こんなことはさせてくれないだろう。

「キスしてもいい？」

彼女は僅かに躊躇ってから、一度だけならね、と言った。ジェルジュは彼女の胸に唇を触れた。ひどく危うい姿勢だったので、ギゼラの腕に手を添えなければならなかった。一瞬、腕が拒むように強張り、それからゆっくりと自分の手の中に戻って来るのを、ジェルジュは感じた。自分の手の熱さを彼女の肌から感じ取りながら、唇で彼女の肩へ——それから首筋へと這い進んだ。顎を撫で上げ、啄ばむように何度も唇に唇を触れた。半ば開いた唇の間から舌先を触れ合わせた。ギゼラは首を振るようにして彼の唇から逃れ、頭を肩にもたせ掛けた。無言で、小鳥のように温かく息衝く彼女を、ジェルジュは抱きしめた。

「僕と一緒に来る？」と囁いた。

どこへなのかは判らなかった。人気のない上の階へ。外へ。どこでもいい。家へ連れ帰ることも、怪しげな曖昧宿に連れ込むことも、どこか途方もない遠くへ行くことも考えた。彼女を欲望で滅茶苦茶にしたかった。抱かなければ死んでしまうと思った。同時に、一晩中こうやって抱きしめていたいだけだとも思った。

彼女の手を取って出口へ向おうとした途端、顧問官の、冷静な、無関心な、眠たげでさえある声が聞こえた。ジェルジュは足を停めた。帰るぞ、と言われた。有無を言わせない口調だった。顔と名前は消せ。

「どうしたの」とギゼラが言った。

ジェルジュは微笑んでみせた。顔が強張って、ひどく時間が掛った。それから彼女を抱き寄せて、額に唇を触れながら、ギゼラの中をそっと撫でた。彼女が自分でも気付かないまま、その愛撫に身を委ねるのを感じた。そんな風に受け入れられ、求められたのははじめてだった。

そのまま背を向け、温室を出た。ギゼラはもう、何が起ったのかも、出て行くのが誰なのかも、覚えていなかった。次に会っても、顔さえ忘れているだろう。

馬車は車寄せを回って走りだした。顧問官は黙り込んだままだった。それからふいに言った。

「大公が摘み出せと言えば、お前は摘み出される。殺せと言えば、殺される。経験不足は命取りだ。本気でマレクとやり合えば、お前は死ぬ」

「だからどうだと言うんです」

「何も言う必要はなかろう、ジェルジュ。お前は至極賢明に振舞った。大公は君の従順さに満足しておいでだ。私も不満はない」

顧問官の気怠い声には、拭いがたい軽蔑と疲労が感じられた。その軽蔑が自分にも向けられていることを、ジェルジュは痛いほど感じ取った。

「賢明さって一体何なんです」ジェルジュは金切り声を上げた。「あなたは卑屈なだけだ。僕までそうさせようとしている。あなたが何と言おうと、僕はあんな連中、三人とも纏めて叩きのめしてみせますよ。もしあなたが」言葉を切った。自分が言おうとしていることの無意味さに気が付いた。残りの言葉は、感情も何もなく、塵芥屑のようにこぼれ落ちた。「あなたが命じさえすれば」

顧問官は答えなかった。代りに、馬車の中を照らす灯を絞った。ジェルジュは声を殺して泣いた。

II

翌日、ジェルジュはペテルブルクへ行くよう命じられた。拒否はしなかった。ウィーンなぞもう見たくもなかったのだ。一番古ぼけた外套を纏い、洗面道具と替えのシャツだけを持って家を出た。何故とはなしにほっとした。このまま行方を晦ましたとしても、顧問官に返すべきものは、どうしても手放したくなかった時計を除けば、自分自身しかない。

その晩は三等客車で眠った。ひと並びに三人が押し込まれた木のベンチで、ジェルジュは自分がどこででも熟睡できることを発見した。目を覚ますと、乗客たちはてんでにお湯を沸かしてお茶を飲んだり、黒パンや林檎やひどく大蒜臭い腸詰を頬張ったりしていた。向い側に坐った女が林檎を半分、分けてくれた。雑多な言語や訛りがそれぞれの思考と混じり合って作り出す響きにぼんやりと浸りながら、ジェルジュは自分が不思議なくらい寛いでいることに気が付いた。硝子を拭って外を眺めても、見えるのは、小暗い空の下に続く果てしない白と灰色の起伏だけだ。ごく習慣的に、ポケットに手を入れ、時計の捩子を巻いた。指先を刺す感触がまだ染みついていた。頭の奥が軽く反応した。返したところで、顧問官には触れることさえできないだろう。時計は記憶ごとポケットの底で眠らせておくことにした。どちらも、今は必要ない。

　国境の手前で、列車は停車した。雪のためだった。再び走り出して暫くすると、オーストリア側とロシア側の係官が旅券を改めにやって来た。ロシア側の係官は、集めた旅券にある名前を読み上げ、手を上げて応えたジェルジュの顔を脅かすように一瞥した。

「目的地は」

「ペテルブルクです。兄がいるので」

　頭から無理矢理搾り出したようなぎこちないロシア語に、係官は憫笑を浮べた。ジェルジュは不機嫌になった。自分がまるで一人前ではないことを――普通の人間にとってさえ一人前でないことを思い知らされたからだ。

　駅からの道順は、通行人から読みながら行けばいい――とジェルジュは思っていた。両替を済ませて駅の外に出た時もそう思っていた。街が、思ってもいなかった愛想の良さで彼を迎えているように見えた。底が抜けたように青い空と太陽にもかかわらず、乾いた雪が融ける気配も見せていないことは見逃した。顔が冷えた空気でひりつくことさえ、あえて気が付かないことにした。列車の中が暑すぎたのだ。大体、彼が行くべき場所を遠すぎると思っている人間は一人もいなかった。

歩くうちに体が暖まってきた。暖まるどころか、火照って汗をかき始めるくらいだった。いつのまにか急ぎ足になっていた。川に差し掛った。灰色に開けた河口から吹く風が、細かく凍った雪を吹き付けてきた。体が冷え始めた。が、今更引き返す訳にはいかない。もう随分と歩いている。道程の半分か、それ以上。引き返しても一層凍えるだけだ。ドナウ運河に掛っているのと同じくらいと思えた橋は、ほとんど無限に続いた。途中で過ちに気が付いた。橋はあまりにも広く、あまりにも長かった。対岸の建物はあまりにも大きかった。それが距離感を狂わせたのだ。着ていた外套はこの寒気に持ち堪えるにはあまりにもすっきりと洒落ていすぎた。つまりは薄すぎた。

目的の路地に入り、目的の建物の階段を一番上まで上がり、目的の扉を叩いた時には、ジェルジュは気が遠くなりかけていた。扉が細く開いた。凍えて震える唇を辛うじて開いた。

「アントン・ペトラシェフスキーさんはいますか」

言いながら、ひどい失望を覚えた。ペトラシェフスキーはとうにここにはいない。中から覗いた女は扉を閉めようとした。ジェルジュは齧り付いて訴えた。「中に入れて下さい。理由は話しますから。お願いです。僕は凍えているんです」

アルカージナ・Kは、麦藁色の髪を断髪にして、男物の綿入れの上着をジャージー織の胴着の上から引っかけていた。若い女というよりは、高い頬骨の上の落ち窪んだ目のせいで革命暦四年の公安委員のように見えた。上着はペトラシェフスキーとの生活の名残だった。あいつはシベリアよ、とこともなげに言った。

ちっぽけなストーヴの脇の長椅子で、外套の上から毛布に包まり、差し出された火酒を顔を顰めて舐めていたジェルジュは、その言葉で顔を上げた。そうするのが自然だと思えたからだ。まだ体の芯が凍えていた。

「あんた誰？」

どう言うんだっけ、とジェルジュは、凍りついていてうまく動かない頭の中で考えた。何と言えと言われてきたんだっけ。途方に暮れた。ペトラシェフスキーは捕まった——逃げる手だては幾らでもあるのに、ただの革命家のようにただの秘密警察の手に落ちて、大人しく護送されてしまったのだ。

「ゲオルク」

「ゲオルク何？」

「クレッツェ」

顧問官はまだ知らないに違いない、と思った。でなければ、連絡の手段も与えずに送り込んだりする筈はない。ジェルジュは全てをペトラシェフスキーから教えられることになっていた。こうなったら、何もかも自分で考えるしかない——彼の末路をどうやって顧問官に知らせるかさえ。

「何であいつのこと知ってるの」

ジェルジュはアルカージナの顔を見遣(みや)った。それから少し考えて言った。「ウィーンで聞いたんだ。行けば、仲間にしてくれるって」

「あんたみたいな坊ちゃんを」

それはジェルジュの申し訳ばかりの偽装をほとんど剝(は)ぎ取った。「もう十八だ」

「暖まったら列車に乗って家へ帰んなさい。遊びじゃないんだから」

ジェルジュは震え上がった。追放同然に出て来たウィーンにすごすごと引き返す不名誉を考えたからではない。もと来た道を駅まで戻ることを考えたのだ。「死んじゃうよ」と言った。「お願いだから置いてよ」

アルカージナ・Kは暫く上目遣いで考え込んだ。ジェルジュが何やらひどく欲望をそそるものと考えることになる表情――あとになってもそれしか思い出せない表情がそれだった。唐突に言った。「幾ら持ってるの」

「五十ルーブリ」

「カンパしなさい。そしたら置いたげるわ」

「その後は」

「働くのよ」

ジェルジュはイヴァナに手紙を書いた。ごく当り前の、到着を知らせる手紙だった。追伸に、アントンは引っ越したってアルトゥールに伝えて、と書き添えた。差出人はゲオルクとだけ記した。それ以上の用心は考え付かなかった。顧問官にまだその気があるなら、何かの手段で連絡を寄越すだろう。

翌朝早く、アルカージナの連絡を受けた同志がやってきて、外套の中にペトラシェフスキーの綿入れを着込んだジェルジュを印刷工場の前へ連れて行った。彼らのではなく、ボリシェヴィキのである。

「ばれたら袋叩き(ふくろだた)きだ」と同志アンドレイ・Eはジェルジュを小突いた。「当分は真面目に働け。任務は追って知らせる」

ジェルジュは工場の入口の前に、労働者諸君に交じって並んだ。ひどく目立った。若すぎはしなかったが、身形(みなり)が良すぎたし、薄着過ぎた。特にその華奢(きやしや)な街履きの靴——ここまで来る間に何度も滑って転びそうになり、今は地面の冷気をそのまま伝えて足の感覚を失わせている靴は場違いだった。上背がありすぎたし、栄養状態も良すぎた。一言で言うなら、まるでプロレタリアートには見えなかった。どこかで着るものを手に入れなければならない——人目を引くし、寒すぎる。ジェルジュは肩を抱え、足踏みしながら工場が開くのを待った。一斉に中に入ると、眼鏡を掛けた男が一人ひとりをチェックしていた。ジェルジュを呼び止めた。

「ここに来たら仕事があるって聞いたんですが」とジェルジュは言った。努力するまでもなく、ひどく哀れっぽい口調になっていた。男はジェルジュを眺め回した。より正確に言うなら、ジェルジュの肩や腕を眺め回した。それから別な、前掛けを着けた男に引き渡した。

最初にやらされたのは、倉庫と印刷所の間を往復することだった。ひどく狭くて足場が悪く、おまけに階段まであったので、人間が紙を背負えるだけ背負って輪転機まで運ばなければならないのだ。仕事は政治結社の機関誌の印刷所とは思えないほどきつかった。部数は闇雲に出ていたのだ。昼には、疼く肩と背中を庇うようにして、その辺の食堂で肉片と野菜屑の浮いた塩辛いスープと、酸味の強い、胃に重いパンを詰め込んだ。不潔な臭いのするキャベツの酢漬けが出た時にはとても食べられないと思ったが、午後一杯を真面目に働くには嫌でも詰め込まなければならない。毎水曜日には搬入された用紙を荷車から降ろし、倉庫に積み上げる仕事が加わった。その日は、アルカージナのところへ帰る道で眠り込まないようにするのが精一杯なほど疲れ果てた。

彼女ともほとんど口を利かなかった。家に帰るとそのまま長椅子に横になり、手も顔も洗わず、食事もせずに眠ったからだ。アルカージナはジェルジュを無理矢理起して食事をさせた。甘いところは欠片ほどもなかった。ジェルジュも納得していた。顧問官に拾われていなければ、八歳で、十二歳で、或いは十六歳で、こういう暮しをしていた筈だ。ジェルジュはむしろ今の境遇が誇らしかった。もっと早く気が付くべきだったと思った——顧問官の世話になどならなくても、生きてはいける。叩き出してやると言われたら、はい判りましたと言って立ち去ることさえできるのだ。

最初の給金を貰った時には本当に嬉しかった。帰りに、ふらふらに疲れてはいたが、大きな通りにある菓子屋に寄って、チョコレートとリキュールを買った。通りそのものがジェルジュには既に眩く見えた。きらびやかに飾り立てた店に入る時には気後れを感じたくらいだった。態度や言葉遣いが自分でも気が付かない間に身形を裏切っていたので、店員はごく丁寧に応対してくれたが、それが不思議に思えるくらいだった。飾り立てた小さな箱に収められたチョコレートと、けばけばしい壜に入ったリキュールは彼の一週間分の重労働の報酬からすれば信じられないほど値が張ったが、ポケットにはまだウィーンから持って来た現金が入っていた。有り金全部をアルカージナに渡してしまうほど、ジェルジュは間が抜けてはいなかったのである。

「馬鹿な子ねえ」とアルカージナは呆れ果てたような顔で言った。「何でこんなもん買うのよ」

それでもアルカージナは、上等なチョコレートを夢中でしゃぶり、歯が腐るのではないかと思えるくらい甘い外国製のリキュールを舐めた。心が蕩けるほど甘美で贅沢なものを貢がれては無政府主義者の女もけして嫌な顔はできない、ということに、ジェルジュは驚いた。その夜は長椅子ではなくアルカージナの寝台で眠っていいと言われた。彼女は骨の髄まで唯物論者でもあったので、ひとつの寝台で眠ることにプラトニックな意味合いはまるでなかった。ジェルジュはそれきり長椅子には戻らなかった。狭苦しい座面で体を丸めなければならない長椅子より、手足を伸ばし、暖かい体に寄り添って、必要とあらばお互いの欲求を満たしながら眠ることができる寝台の方が百倍も居心地が良かったからだ。

　倉庫番は文句も言わずによく働くジェルジュをいたく気に入った。春になる頃には二人分の仕事をこなしていた。肩も背中も、何時間働こうと（正確には昼食の休憩を除いて十時間）印刷用紙の重みごときで拉がれることはなくなった。人数が足りない時は印刷機に紙を入れる仕事もした。かつては意識しなくても常に手入れされ、清潔という以上に美しく保たれていた手は、自分で思っていた以上に強く、器用で、何よりも正確だった。指に挟んだ厚みで紙の枚数を量れるようになると、掌紋はすり減って消えた。乾いて血さえ滲ませた爪の縁のささくれを、ジェルジュはキャベツの皿を前に、得意満面で眺めた。

　脇に坐っていた年配の労働者が尋ねた。

「どっから来たんだ」

「ウィーン」

「何しに」

「革命家になりに」

「ウィーンでなりゃいいだろうに」

「あそこの奴らは駄目だよ。お役人になりたがってるだけだ」

　何故なら、アルカージナがそう言うからだ――言うだけではなく、信じているからだ。彼女自身はウィーンなぞ見たこともなかったが、そのまた聞きによる信念は、ジェルジュの知っているところと一致していた。一致していない事も沢山あったが、それは忘れることにした。ジェルジュ・エスケルスには幾らか異論があっただろう。が、ゲオルギー・グレゴーリヴィチ・クレッツェは、印刷工場の給与同様、アルカージナの信念を何の疑いもなく共有していた。時々、ジェルジュ・エスケルスは考えた——もしかすると僕は搾取されているんじゃないだろうか。印刷所に。アルカージナに。彼女の結社に。だがそれはゲオルギー・グレゴーリヴィチが早朝から夕方まで生真面目に働き、週末に渡される給与のほとんどをアルカージナが金を貯めておく大きな空き缶に入れる邪魔には少しもならなかった。帰っても目を開けていられるようになるやアルカージナが与えたパンフレットや本を、昔、ロシア語を覚える時にやったように丸覚えする邪魔にはまってならなかった。ジェルジュはアルカージナの優等生だった。あきれ顔の同志アンドレイ・Eに、アルカージナはそう断言した。ジェルジュは大人しく、かつ優越感に満ちた顔で聞かないふりを決め込んだ。この男がアントン・ペトラシェフスキー以前のアルカージナの情夫だったことを知って以来、ジェルジュは幾らか生意気な態度で苛付かせてやることにしていたのだ。それはこの報われぬ情熱でやつれたのか貧困でやつれたのか今一つ判然としない男との関係に、何とも無政府主義者的な、ぴりっとしただらしなさを加えてくれた。

その手のだらしなさに掛けては更に上手がいることを、ジェルジュはすっかり忘れていた。

ペテルブルクの空は、ジェルジュがまだ分厚い外套を手放せずにいるうちに、暮れることをやめた。それだけで頭がおかしくなりそうな夏の始まりだった。アルカージナの部屋のある建物を入るなり、ジェルジュは足を停めた。コンラートが建物のてっぺんにある部屋から挨拶した。アルカージナの寝台に寝転がって、林檎を齧っていた。ジェルジュは階段を駆け上がった。扉を開けると、コンラートは身を起したが、それはごく儀礼的なものだった。

ジェルジュは何も言わなかった。コンラートは肩を竦めた。

わかった、おれが悪かった、もう寝ない。それでいいか。起き上がって、服を着始めた。外へ行こう。な。腹減ってるんだろ。おごってやるよ。

ジェルジュは無言で後に付いて外に出た。そのまま一言も口を利かなかった。

あの女は、転がり込んだ男なら誰とでも寝るのさ、とコンラートは言った。お前が相手ってのは、あの女にとっちゃ随分と自惚れ心をそそるらしいがな。チョコレートとリキュールね。ひよっこの癖して結構な凄腕だ。

ジェルジュは立ち止った。コンラートは目もくれなかった。

おれがお前に嘘を言ったことがあるか。意味がないだろ。ほんとか嘘か読むのは、お前にゃ息をするより楽なんだから。

別れた方がいいかな。

仕事だ。続けろ。

仕事？

アントンの馬鹿野郎はふけた。誰かここにいてくれないと、おれが困る。

二人は細い通りに出たところにある居酒屋に潜り込んだ。

ふけた、って何。

逃げたんだよ。勝手に足を洗ったんだ。あいつももう四十だからな。シベリア送りってのはいい口実だ。その辺の駅で勝手に乗り換えるだけだもんな。おれはベルリンで会った。アメリカに行くと言ってた。お前によろしくだとさ。顧問官殿はかなり腹を立ててるが、わざわざ探すってほどのたまじゃない。お前が足を抜く時はそうはいかんな。掛った元手が違う。

見捨てられたと思ってた。

頭が冷えるまでほっとけと言われてたのさ。

ジェルジュはコンラートの顔を窺った。どこまで知ってるの、と聞いた。

お前がライバッハのお姫様を連れ出そうとしたってのは有名だよ。フランス大使館の若いのが触れ回ったからな。豪気なこった。戻ったらまたやるか。

もういいよ。

あのお姫様には引っ掛るな。あれはあの爺いが見込みのありそうな若いのをこき使う餌だ。ディートリヒシュタインと競らされたいか。

ジェルジュはむっとした。自惚れるつもりはなかったが、あの程度の奴と比べられるのは屈辱でしかない。あいつは馬鹿だ、とジェルジュは言った。

だがお家はいい。それが大事なところさ――ちょっとやそっとの頑張りじゃ、あの馬鹿の頭を抑えて上には出られない。悔しいだろ。爺いの思うつぼだ。何でもやってのける羽目になる。もう片っぽじゃ非力な若様が、それこそ忠義の限りを尽してる。しなくていい外回りまでやってな。そうでもしなけりゃお前に抜かれちまう。そこで躊躇えば死なずに済むって線を、お前らは競って越える。爺いにとっちゃ結構極まりないい士気の高揚だ。

顧問官は。

落着くまで帰って来るなとさ。散々手を焼きながら育て上げたんだ、爺いに踊らされて無茶をやらかすのは見たくなかろう。

ジェルジュは溜息を吐いた。

ウィーンに比べりゃ、外は簡単だ。今夜からお前、見張りが付くからな。

どこの。

秘密警察。

その名称はジェルジュをぞっとさせた。アルカージナから恐ろしい話を嫌になるほど聞かされていたからだ。

コンラートは鼻で笑った。普通のお巡りを怖がってどうするんだ? おれたちにはおれたち専門の連中がいる。お前ならまあうまく躱すだろうが、覚悟はしとくんだな。

仕事の話はそこまでだった。ジェルジュは空腹だったし、コンラートに至っては飢えていた。二人は無言で食べた。再び話し出したのは、カツレツだのボルシチだのをしこたま詰め込んだ後だった。ジェルジュは印刷工場の話をした。コンラートは大笑いした。嫌な気はしなかった。コンラートは昔のことを――はじめて丁稚奉公に出た時のことを思い出していた。

ひょろひょろの餓鬼に反物だの紙だのを担がせるってのは、旦那衆お気に入りの洒落だな。

共産主義者だよ。

共産主義者にだって旦那衆はいるさ。お前の言う通り、役所に椅子を欲しがる真っ赤な博士様は幾らだっているんだからな。現にお前、幾ら貰ってるんだ。

気にしてない。どうせアルカージナに渡すから。

コンラートはさらに大笑いした。大笑いしながら、机の下から輪ゴムを掛けて丸めた札束を握らせた。顧問官殿からだ。活動資金だとさ。

ジェルジュはそれを受け取ってポケットに収めた。後で隠さなければならない。アルカージナが滅多に気にしないストーヴの裏に、ジェルジュは自分用の空き缶を持っていた。コンラートは残ったウォッカを一気に呷った。それから身を乗り出した。

仕事の話だ。手紙をマットレスの下に入れて来た。明日、駅まで行ってポルディに渡せ。奴が大使館の郵袋と一緒にウィーンに運ぶ。

明日は駄目だよ、とジェルジュは言った。工場がある。

お前の仕事は何だ。印刷工場の下働きか。ポルディは夜八時の夜行に乗る。七時には駅にいるだろう。几帳面だからな。ロシアの警察には、気付かれてもいい。だがベルリンの連中がいたら気付かれるな。ポルディが殺される。中身は読むな。お前が後で困る。

ジェルジュが戻ると、アルカージナは既に寝台に入って本を読んでいた。眼鏡を少し下げて、上目遣いにジェルジュを見た。ジェルジュは服を脱ぎ捨て、裸になって彼女の脇に横になった。

アルカージナは優しかった。コンラートは必ずしも正しくないと、ジェルジュは思った。確かに彼女は誰とでも寝る。例の信念だ。男と寝るのはコップ一杯の水を飲むようなものだと信じているのだ。だが、実際に彼やコンラートがコップ一杯の水に過ぎないとは、ジェルジュには思えなかった。彼女はジェルジュを愛していた。コンラートと寝たことを後悔してはいなかったが、気付かれるのを案じていた。ジェルジュはいつもより少し熱心にお勤めを果たした。そうでなければ自分も気が済まなかったし、何より、彼女を安心させたかったのだ。

彼女が眠りに落ちるのを感じながら、ジェルジュは目を瞑った。目を瞑る前からすでにうつらうつらしていた。毛布に包まるように意識を閉じ、感覚を拡散させた。蜘蛛の巣のまんなかで繭になるような気がした。すぐ脇にアルカージナのぬくもりがあった。建物の中には幾つもの気配が漂っていて、ひとつがふいにくっきり浮び上がったかと思うと、再び曖昧なまどろみに融けた。開け放った窓の外には今まで感じたことのない気配もあった。敵意は感じなかった。が、注視していることは判った。ジェルジュは寝返りでも打つように内側へと潜り込み、眠りの中に沈んだ。

駅に着いたのは七時半だった。ポルディは一等の待合室で新聞を読んでいた。

見張られるのがこれほど苛付くものだとは思わなかった——窓の外の気配は一日中ジェルジュに付き纏い、おかげで感覚をきつく抑えておかなければならなかった。確かに、コンラートの言う「ベルリンの連中」ではない。彼らは——ペテルブルクの「おれたち専門の連中」は、コンラートが何のためにジェルジュと接触したのか、そもそもジェルジュは何者で、ペテルブルクで何をしているのかを知りたがっているだけだ。まさか追放の憂き目を見ているとは思うまい。

　不自然ではない程度に意識は開け放った。仲間や倉庫番の御機嫌を読んでいるところも見せてやった。無用な警戒心は与えたくない。同時に、相手の注視の密度も注意深く観察した——意識の隠蔽にも、感覚による探索にも、体の揺らぎによる波がある。ある幅の中に収めることはできる。相手の手の届かない高さに保つこともできる。が、一定に保ち続けることは難しい。小さな波は、目を覚まし、眠るまでの揺らぎの影響を受けて、更に大きく上下する——その底を摑まえれば、お前が幾ら警戒してたっておれにも読める、とコンラートは言ったものだ。何か注意が逸れるようなことが重なれば尚更結構だ。十日くれれば、一番の隠し事だって盗み出してみせる、と。コンラートが法螺を吹いていた訳ではない。見張られている間、二度くらい、危い瞬間があった。相手がコンラートなら幾らか掠め取られていただろう。だが相手もまた揺らいでいた。倉庫と輪転機の間を行き来しながら盗み読みを続けるのは簡単だった。

夕方になるにつれて、むこうの注意は著しく散漫になった。疲れて来たのだろう。昨日の晩から交代もしていないのだ。ジェルジュが駅に入るなり気を引き締めはしたが、もはや朝方の、ジェルジュを苛付かせた粘り着くような視線ではなくなっていた。隙を突くのは簡単だった。ジェルジュは人を捜すふりをして駅から出ながら、すれ違いざまに、仕立てのいい夏外套の男を摑まえ、ポルディに合図を送り、ポケットにコンラートの手紙を滑り込ませた。

アルカージナは同志たちとの会合にジェルジュを連れて出るようになった。馬鹿げた会合だった。無数の提案と無数の決議は、彼らが完全に流れから落ちこぼれていることを感じさせた。ジェルジュは印刷所から運び出される新聞の内容を熟知していたし、時々、何やら言い争いながら印刷所の上を巡る回廊に現れる編集委員たちの頭の中を覗いてもいたから、彼らの急進主義に居場所がないことは悟っていた。もしジェルジュが本当にウィーンから革命家修業に来ていたなら、とっくに河岸を変えていただろう。本気でその思い付きを玩んでいる自分に気が付くこともあった。だが、ウィーンの博士たちにとって革命より大学かホーフブルクにしかるべき場所を占めることの方がよほど大事だったように、アルカージナの側にいることとの方が、ジェルジュにはよほど大切だった。

同志たちはジェルジュに、印刷所の紙やインクをくすねる可能性を尋ねた。ジェルジュは無理だと言った。夜中に輪転機を動かせるかどうか聞いた。ジェルジュはできないと答えた。凄い音がするのだ。できるのは、市内に出回る前に新聞の内容を知らせること、どの記事を誰が書いたか調べること、その誰かがペテルブルク市内にいるのかフィンランド国境のむこうにいるのか、或いはドレスデン辺りから送ってきているのか突き止めることくらいだ、と言った。たとえば、論説委員のひとりはベルリンにいて、ペテルブルク駐在ドイツ大使館宛の外交郵袋に原稿を入れてくる。

この答は同志たちを感心させた。彼らに言わせれば、同志ゲオルギー・Kは大変な才能――間諜としての――の主ということになるのだった。問題は、そんなことを突き止めて何に使うかだ。まさか秘密警察に売る訳にも行くまい。彼らはその件について一晩議論した。白熱した議論だった。決議が提案され、決が取られ、可能性を検討するに止める、ということになった。情報は、取るより使う方がよほど難しい。

印刷所の仕事は急に退屈になった。さぼりはしなかったが、同じ仕事をこなすのに必要な労力は急速に少なくなりつつあった。仕事で疲れて食事も食べられないなどということはもうなかった。むしろ、仕事を終えると頭が騒めきだした。退屈を紛らわすために、ジェルジュは街を彷徨い歩き、灯の点った窓や既に暗くなった窓を眺めながら、革命家たちの痕跡を追い回した。経歴。係累。関係。それは網の目のようにペテルブルクを覆い、モスクワへと流れ、フィンランドや、ドイツやイギリスや、ウラルの彼方に消えていた。その思想。嗜好。幾らかは嫉妬や憎悪の入り交じった相互の評価。性格。資金源。外国政府からの援助を受けて活動している者もいた。大物はほとんどそうだ。彼らの厚顔さに、ジェルジュは感嘆さえ覚えた。お互いに指を突き付けあって、お前はイギリスの、或いはドイツのスパイだろうとやりあうことは始終だったが、誰も自分がそうだとは考えていなかった。

時々、慌てて意識を閉じ、感覚を殺して立ち去らざるを得ないことがあった。むこうはこちら以上に竦んでいた。感覚を具えた者が全てどこかの政府の御雇いという訳ではない。だが、今はまだ、彼らも名乗り出てはいなかったし、革命家たちも使おうとはしていなかった。

書き残しはしなかった。顧問官に報告しようとも思わなかった。コンラートにさえ話さなかった。役に立つとは思わなかったのだ。後になってそうした知識が必要になった時、ジェルジュは自分の物覚えの良さに呆れることになった。全ての記憶は、印刷所の上の回廊で腕を振り回しながら何か喚いていた男から網状に辿って再現できたからである——世界が奈落の底に転げ落ちるのを見た後でも、赤の他人の誰がボリビアの葉巻を好み、誰が絶対に吸わないかを覚えているのは異常なことではないだろうか。

ペテルブルクの二度目の春を、ジェルジュは古着の将校外套と銜え葉巻の取り合わせで迎えた。路地はぬかるみ、割って並べた木の舗装は歪み、厩から引き出された馬車は半年ぶりに起き上がった病人のようにふらふらと角を曲がって走っていったが、外套のポケットに両手を突っ込み、太い葉巻をこれ見よがしに銜えたジェルジュには全てが素晴らしく順調だった。バルト海の干潟から浮び上がった幻の都市を、彼は外套の重い裾を軽快に捌きながら歩いた。

イギリス・クラブで貰った葉巻はまだ六本も内ポケットに入っていた。パトロンの一人に資金の件で請願に出向いた時に貰ったのだ。ジェルジュには苦もないことだったが、クラブの奥までそんな格好で乗り込んでくる厚かましさはパトロンを大いに面白がらせた。葉巻を一ダースくれた。また貰いに来いとさえ言われた。ただし、金は引き出せなかった。この種の交渉は苦手なのだ。

腕を上げたのはふたつだけだった。尾行を撒くこと。他人の懐にものを入れたり出したりすること。後の方の技術は、たまたま駅で見付けた本職の掏摸を三日間尾け回して覚えた。ヴァイオリンを習いに通った時のように、ジェルジュは掏摸の頭の中に入り込み、その瞬間に思考が、視線が、指が、体全体がどう動くかを自分に叩き込んだ。実践には幾らか工夫が必要だった。掏摸はジェルジュに比べると至極目立たない外見をしていたし（無論、この目立たなさは卓越した技術の産物であり、ジェルジュはそれも覚えようとした）、そもそも極端に小柄だった。自分の上背が、腕の長さが、手の大きさが、こういう時には邪魔だった。流れるような動作で一瞬のうちに相手の懐を探れるようになるには、かなりの熟練が必要だった。

それも、尾行の警官の前でだ。

ジェルジュは定期的に居所と行動を確認されていた。週に二回。大抵は普通の警官だった。時折、例の白茶けた髪の男が現れて二、三日尾け回した。ベルリンからコンラートが消えたという情報が入るからだ。ロシア国境は魔法の門のように開いてコンラートを迎え入れ、同時に、ジェルジュは本格的に監視される。ポルディに受け取ったものを渡す技術を、ジェルジュは追究した。普通の警官の前で堂々と赤の他人のポケットを探るのと同じように、白茶けた髪の男の前でも、ジェルジュは逆回しの掏摸を演じて見せた。むしろ楽なものだった。男はジェルジュが感覚を動かす瞬間にだけ注意を向けている。ジェルジュは頭の中を耳と目から入ってくるもので一杯にする。それを無防備にさらけ出した下で、感覚を受け身に開いて、運搬者を選別する。後は頭も、感覚も使わない。体と指と、そこに繋がっているごく機械的な判断力だけが全てをやってくれる。男が気付くのは、終った瞬間、ジェルジュがほとんど無意識に緊張を解くからだった。それさえも、じきに抑えられるようになった。

コンラートはほぼ一月おきにやって来た。ウィーンには戻っていなかった。直接の連絡さえ取っていなかった。監視が厳しくなっていたからだ。ウィーンに戻ろうとすれば即座に追っ手が掛る。そうなったら助からない、とコンラートは考えていた。自分の能力には欠片ほどの幻想も抱いていなかったのだ。

おれが生き延びてるのは、誰も彼もが仲違いしてるからさ、とジェルジュの差し出した葉巻の口を食いちぎり、火を点けて、コンラートは言った。ベルリンじゃ外務省と参謀本部が仲違いしてる。参謀本部がどんなに金切り声を上げても、外務省はおれを泳がせ、ペテルブルクまでの身の安全を保障してくれる。ウィーンじゃプロイセン贔屓の大公殿下が、顧問官殿の鉄面皮な面従腹背に苛付いている。ペテルブルクにとっちゃ美味しい話だ。ただ、あの古狐を無条件で信用する訳にも行かない。だからベルリンがロシアでおれを狩るのは許さないが、お前を見張るし、ポルディからは目を離さない。お前の身柄も奴の旅行も取り敢ずは安全だ。

それは随分と歪んだ地図だった。少なくともジェルジュが思い描いていたヨーロッパの地図とは随分違っていた。コンラートはジェルジュを軽く小突いた。

覚えろ。でなけりゃ生き残れないぞ。

あなたは大丈夫なの。

おれが巧く渡り損ねたら戦争になる、とコンラートは得意顔で言った。酔いのせいか幾らか蒼褪めていた。危ない橋を長々と渡る気はないけどな。今だってもう長過ぎるくらいだ。顧問官殿を説得できるだけのねたが手に入ったら、ベルリンとはおさらばだよ。

僕も行こうか。

コンラートは静かにジェルジュを見詰めた。来いと言われると思った。だが、コンラートはかぶりを振った。地図を覚えさせるだけで一手間だ。おれはそれほど暇じゃない。

だが、お前には教えておいてやるよ。セルビア人どもがボスニアで一騒動起そうと企んでる。焚き付けてるのはペテルブルクじゃない。ベルリンの参謀本部だ。オーストリアがセルビアに宣戦布告でもしようものなら、ロシアはセルビアを庇って参戦せざるを得ない。ってことは、こっちじゃプロイセンが、むこうじゃフランスとイギリスが乗り出して来るってことだ。連中に言わせれば、ロシアはもちろんフランスとも一遍で片を付ける好機ってことになる。

ジェルジュは黙り込んだ。顔から血の気が引くのを感じた。コンラートは引攣った笑みを浮べた。

少し間が開くかもしれんが、次に来る時が最後だ。おれが預けるものはポルディには渡すな。お前が持って帰って、顧問官に直接渡せ。

自分で持って帰ればいいじゃないか。

もちろんそうするよ。二人いれば、少なくともどっちかは世界を救えるさ――おれか、お前かは。

その後の待機は長く感じられた。何もできないことがこれほど辛いとは思わなかった。駅の待合室の外から、柱に凭れて煙草を吸いながらポルディに声を掛けた。別に何を渡す為でもなかった。そう言うと、ポルディは俄に無愛想になった。

何しに来た。

コンラートが心配なんだ。

ポルディは溜息を吐いた。死んだって話は聞いてない。捕まったって話もな。どっち、かならベルリンが得意満面で顧問官に知らせてくる筈だ。あいつはある種の有名人なんでな。何か言われてるのか。

心配なだけだ。

我慢しろ、とポルディは言った。それきり、一言も答えなかった。

仕事の能率は下がった。倉庫番は始終ジェルジュを怒鳴りつけた。アルカージナはジェルジュがいつも上の空なことに気が付いた。自分でも驚いた。それに辛かった。印刷所で働くことも、アルカージナの同志兼情夫であることも、俄に色褪せて来たのだ。半ば目覚めながら夢にしがみ付いているような気がした。幾らかでも生きた人間に感じられるのは、週に二回の尾行の警官だけになった。だが彼らは、自分が何をやらされているのかまるで知らない。ジェルジュはひたすらに、例の白茶けた髪の男を待った。それだけがコンラートの訪問の前触れだったからだ。

現れたのはコンラート自身だった。

まだ昼日中のことだった。気分が悪いと言って一方的に早引けしたジェルジュは（倉庫番が馘首にするぞと言って脅すのをぼんやりと聞いて、ものも言わずに出て来た）、路地に入る手前で立ち止った。居酒屋の奥にコンラートがいた。ジェルジュが外にいることにも気付いていなかった。朦朧としたまま、強い酒を立て続けに呷っていた。酒で朦朧としているのではなく、苦痛と恐怖を紛らわすために飲んでいたのだ。ジェルジュが入っていくと、表情のない灰色の顔をゆっくりと上げた。かすれた声で言った。

「運の悪い奴だ」

腕を問に合わせの布で吊っていた。折れたというよりは砕けた骨の痛みを、ジェルジュは自分の腕に感じ取った。周りを探ろうとすると、止めた。漠然と宙を示した。ジェルジュはそこではじめて気が付いた——何かが空気に満ちていた。ひどく曖昧な視線の気配だった。鳥肌が立った。

コンラートは無事な片手で杯をずらした。一コペイカ玉があった。ジェルジュは手を伸ばしてそれを取った。やりあうな、行け、と言われた。同時に、コンラートは代金を置いて席を立ち、裏口へと向った。気配が消えた。見事な消え方だった。ジェルジュは感嘆しながら表側の戸口から出た。外套のポケットの穴から上着のポケットを探り、時計の裏蓋にコペイカ玉を押し込んで閉めた。途端に、小柄な中年の男にぶつかった。失礼、と詫びた。

その不自然さに思い至る暇もなかった。どんなに混んだ往来でも、ジェルジュは人にはぶつからない。その前に、ほとんど考えもせず、肩をひねって躱すからだ。ぶつかって詫びてから、変だと思う前に衝撃を感じた。目の前が暗転した。膝を突こうとして、襟首で捉えられ、顔を上げさせられた。周りの人間は誰も彼らに気付いていなかった。男の顔を呆然と眺めた。男もジェルジュの目を見詰めた。視線が頭にねじ込まれる痛みで、ジェルジュは悲鳴を上げた。

途端に、放り出された。痛みで震えながら、何故放り出されたのかを悟った。コンラートを燻りだすのに使われたのだ。壁に縋るようにして立ち上がり、ジェルジュを案じて寄って来た通行人を押しのけて後を追った。脚が縺れた。男は路地に面した扉のひとつに消えた。ジェルジュはふらつきながら走って中に飛び込んだ。

コンラートの気配はなかった。どこかで息を潜めているのだ。男は階段を上がりつつあったが、ジェルジュが入って来たのに気が付くと足を速めた。ジェルジュは男に追い縋り、飛び付いた。一緒になって転げ落ちながら、男は聞きなれない罵声を上げた。同時に、手ひどい一撃を受けた。体がどこにあるのか判らなくなった。無抵抗になったところを、二度、三度と繰り返し殴り付けられた。

銃声がした。男の感覚が反射的に動くのが判った。何かがすぐ側で炸裂したような気がした。

階段の手摺に縋って目を開いた。上の踊り場で、銃を持ったままのコンラートが後に倒れるのが見えた。男はジェルジュを放して、また階段を上がり始めた。足にしがみついた。殴られた。吐気と眩暈で感覚の焦点が合わなかった。男はナイフを抜きながらジェルジュを引きずって階段を上がり、もう一度殴って引き剝すと、殆ど失神しているコンラートの衿を摑んで吊し上げた。

　自分の鳩尾に匕首を滑り込まされたような気がした。ジェルジュは悲鳴を上げながら身を捩ったが、それはコンラートの体が匕首の切先で痙攣する動きそのままだった。砂のように、コンラートは流れ落ち、ジェルジュの指の間から零れ落ちて消えた。

　男は死体を離し、ジェルジュを引きずり起した。壁に叩き付けられる勢いで感覚まで押え込まれた。頭蓋の底が唸りはじめたが、男は平然と力を加えた。握り潰されないようにするのがやっとだった。咽喉に掛った手首を摑んだ。ナイフを握った手を捉えた腕が震えはじめた。腹を蹴り付けた。頭の中を押え付けていた力が僅かに緩んだ。箍が外れたように感覚が暴発した。

　文字通り、裏返しになった。弾き飛ばされた相手の叫びを聞きながら、無我夢中で体を取り戻し、コンラートの銃に身を投げ出した。一撃されて目が眩み、体が潰れた。ほとんど見もせずに殴り返した。手を伸ばして銃を摑み、向けた。

　誰もいなかった。

　ジェルジュはそのまま床に倒れた。足音がしても、それが誰なのか確認することさえできなかった。銃を取り上げられ、抱き起され、外に引きずり出された。人だかりができていた。アルカージナの気配があった。自分がぼろきれでできた人形のように抱えられ、引きずられていくのが見えた。

　逃げなくちゃ、と考えた。だが、体はもう動かなかった。意識もまた、蠟燭の炎が燃え尽きる時のようにゆらいで、消えた。

何度も外から小突かれたことは覚えていた。誰かが、ジェルジュの閉じ籠った意識不明の殻をこじ開けようとしていたのだ。だがジェルジュは眠り続けた。眠りながら、目が覚めたら牢獄にいるだろうと考えていた。

実際には、布張りがすり切れた長椅子の上にいた。最初に目に入ったのは雑然と書類を積み重ねた事務机だった。それからサモワールだった。サモワールのところで、二人の男がお茶を飲んでいた。ジェルジュは体を起した。

一人は、例の白茶けた髪の男だった。

動揺はしなかった。ただ猛烈にお茶が欲しくなった。もう一人が呆れた顔でお茶にジャムをたっぷりと入れて持って来た。受け取って、飲んだ。甘さが体に染み渡るような気がした。舌が焼けそうに熱かったが、ジェルジュはその甘味を貪った。

「呆れた餓鬼だな」

ジェルジュは顔を上げた。

「メザーリとやりあって、伸びて、気が付いたら甘いものが欲しいだけか。殺されなかったのは運が良かったんだぞ」

「メザーリ？」

「アレッサンドロ・メザーリだ。知らないのか」

ジェルジュはその名前を記憶に刻み付けた。

「ベルクマンと一緒だったところからすれば、ウィーンの顧問官殿の手下だろ——名前は何だ」

「ゲオルク・クレッツェ」

そりゃ偽名だ、と白茶けた髪の男が口を挟んだ。「坊ちゃん面に騙されるなよ。さんざんおれたちをおちょくってくれたんだからな、そいつは」

「おれたちじゃないだろ。お前だろ」

「忠告はしたからな」

もう一人の男はジェルジュの顔を覗き込んだ。「我々は君の邪魔をしたい訳じゃない。必要なことさえ教えてくれれば、いつでもウィーンに発たせてやれる。国境までの身の安全は保障しよう。君は誰だ。ペテルブルクには何のために来た。何をしていた。何が起った。ベルクマンは何故殺された」

「メザーリにだぜ」サモワールの方から声がした。「ベルクマンを片付けるのにメザーリか。ベルリンもとち狂ったもんだな。鼠を牛に蹴殺させるのか」

ジェルジュは答えなかった。コンラートの死に様を思い出して体が震えだした。恐怖ではなく、怒りのためだった。

「甘く見るんじゃねえぞ。専用の監獄だってあるんだからな。ぶちこんで、出て来る時には廃人だ。お坊ちゃまが何様だろうと、二度と使いものにならないようにするなんざ簡単なこった。そうなりたいか」

　黙ってろ、と言って、男はジェルジュに話し掛けた。「少なくとも今は、君は逮捕されてはいない。保護されているだけだ。必要なことさえ話してくれれば、すぐにも帰す。意地を張って帰れなければ、任務は果たせない。そうだろう」

　ジェルジュは男の顔をじっと見詰めた。それから自分のポケットをまさぐり、時計がないことに気が付いた。事務机の上に、財布や小壜と一緒に置かれていた。茶碗を置いて、礼を言った。立ち上がった。

　男は押し止めようとしたが、手が肩に触れる前に膝を突いて倒れた。白茶けた髪の男は驚いてジェルジュを捕えようとしたが、軽く触れてやるとそのまま昏倒した。ジェルジュは事務机の上にあった所持品をポケットに入れた。外套は椅子の上に放り出してあった。肩に掛けて、外に出た。誰にも見咎められはしなかった。自分を消し去る術を、ジェルジュはメザーリから学んでいた。


　ウィーンに回送される特別車両には火の気ひとつなかった。外套を着たまま、ジェルジュは綺麗にしつらえられた寝台の上で目を瞑った。眠ってはいなかった。窓をこじ開けて潜り込んだ瞬間から疲労と頭痛で体を起していられなくなったが、それでも眠れはしなかった。幾らかまどろんでは、びくりとして目を見開いた。眠ったままあの男の姿を見たような気がした。男が厚ぼったい瞼を上げると、少しずつ、黄ばんだ白目に浮ぶ奇妙に黒い虹彩が現れる。そのまま、また眠った。夢に現れる男の顔は、写真でも見るように鮮明だった。女のように小さな冷たい手も、そのぐじゃりとしたおぞましい感触も、ひどく生々しく思い出せた。わけても瞳孔が洞のように開いた黒い目だ——その視線を頭の奥まで突き立てられた瞬間が、何度も甦ってきた。

自分が飲まず食わずで眠り通したことに気が付いたのは、列車がポーランドに入ってからだった。クラカウで、機関車の繋ぎ替えの間に駅まで行って食べるものを買った。特別車両にもう一度潜り込んで、夢中でむさぼり食った。それから眠った。今度はウィーンまで夢も見なかった。列車が止ったのにも気が付かなかった。こじ開けられた窓に気付いた車掌が入って来て、揺り起された時には心底狼狽した。思わずドイツ語で話していた。

「すいません、適当な列車がなくて」

一瞬、しまった、と思ってから、それで良かったことに気が付いた。何かまくしたてようとした車掌は、扱いに困るほど上品な抑揚を聞いて静かになった。ジェルジュを品定めして、手を差し出した。ジェルジュは財布の中にあった札を何枚か渡した。

そのまま、歩いて外に出た。クラカウで降りた時と違って足はしっかりしていたし、頭痛は治っていた。操車場の柵を乗り越え、市電でブルクリンクまで出た。ヘルデンプラッツを抜け、エステルハージ宮の裏手に廻り、裏階段から入って顧問官のところへ行った。着替えもしなかった。少しでも躊躇ったら、二度と顔を出す勇気が出ないことは判っていた。

執務机の上にコペイカ玉を置くと、漸く顧問官は顔を上げた。銅貨を手に取った。それからごくそっけなく、ご苦労、休んでいい、と言った。

「コンラートは死にました」

「知っている。ロシア人が得意顔で連絡してきた」

ジェルジュは顧問官の顔を眺めた。むこうもジェルジュを眺め返した。何の表情も浮んでいなかった。ひどい違和感を感じた。が、言わなければならないことがあった。

「皇太子殿下が暗殺されます。僕をサラエヴォへやって下さい」

「一人でか」

「はい」

「行ってどうする」

ジェルジュは言葉に詰った。ベルリンに煽られた民族主義者たちを見付け出して、彼らの計画を阻止する——そんな風にしか考えていなかった。阻止するというのが、一人残らず逮捕することなのか、抹殺することなのか、ただ単に失敗させることなのか、それさえ考えていなかった。大体自分に人が殺せるかどうかさえ、ジェルジュは知らなかった。

顧問官は溜息を吐きながら椅子の背に寄り掛った。憐れむようにジェルジュを見た。手にしていたペンを玩んだ。頭の中を軽く浚われるのを、ジェルジュは感じた。

「自分が何を望んでいるかも知らないのか」言葉を切った。「ボスニアに送りこまれた連中がどこに匿われているか、見付け出すだけで事だ。無論、それはやろう。手立てはないではない。が、見付け出して、どうする。どうやって止める。皇太子殿下のサラエヴォ訪問までは半月もない。となれば実力行使しかないが、君のような、経験もろくにない若者に、他に幾らでも仕事のある部下を使い潰されるのは堪らんな」

「人なんて貸してもらわなくても結構です。自分でやります」

「失神してロシア人に担ぎ出される有様でか」

ジェルジュは屈辱と怒りで蒼ざめた。感覚の抑えが効かなくなり、部屋中の鏡という鏡が共振でびりびり震え出した。顧問官はちらりと目を遣っただけで気怠そうに続けた。

「まあ、今はそんなものだろう。だが、サラエヴォは論外だ。君の手には負えん」

「普通の人間でしょう」

「そう思うか――だから簡単だと」

鏡の震えは止んだ。顧問官は身を乗り出した。

「普通の人間でも、訓練すれば充分以上に使える。銃を突き付けられることさえある。君が相手を摑まえる前に、相手は君を撃つ――そんな状況で君にまともな判断ができるとは、私には思えない」

ジェルジュは反論しようとした。が、何も言えないことを知ってもいた。

「コンラートを助けに行ったのは間違いだ。君まで死ぬところだった」

「逃げた方がよかったと言うんですか」

「君にそんな選択ができるか」

ジェルジュは黙り込んだ。

「行くなら、死なせるな。それができないうちは誰も君に任せる気はない」

ジェルジュは大人しく頷いた。

「コンラートの件は残念だった。が、君は任務を果たした。立派にとは言えないとしてもな。後は私の仕事だ」

ジェルジュはもう一度頷いた。

「もうひとつ知っておいてほしいことがある。どうするか決めるのは、君でも、私でもない。大公殿下だ」それから呼び鈴を振って、従僕を呼んだ。「車を――大公のところへ行く」

「僕も行きます」

「行かなくていい。暫くケメルンへ行って休め。用ができたら呼ぶ。逃げ出さないように見張りを付けた方がいいかね」

ジェルジュはかぶりを振った。部屋を出て行きかけた顧問官は、戸口で振り返った。

「出来るだけのことはする。だから急ぐな。君にはまだやって貰わなければならないことが幾らでもある」

ケメルンの川の水は冷たかった。ジェルジュは対岸の木立にむかって大きく蛇行する流れに体を沈め、中央を貫く一際冷たく速い水の塊に逆らって潜った。肺が空気を求めて震えだした。体が浮ぶに任せながら、前へと腕でかいた。水面に顔を出した。息を吸った。浅瀬に向って流され、河原で仰向けになった。風が木立を騒めかせると、肌を陽光が焼く感触はそのままなのに鳥肌が立った。半ば目を閉じて、瞼が赤く透けるのを眺めた。雲ひとつない空は光に満たされながら、しかも底なしに暗かった。

ペテルブルクが自分に何の痕跡も残していないことが、ジェルジュには信じられなかった。咽喉に残っていた指の跡も、階段を引きずられてできた打ち身も、ケメルンに来て幾らもしないうちに黄色く薄らいで消えた。重荷に身構えてこわばっていた体は、数日で軽薄なしなやかさを取り戻した。労働を免れた両手は手袋をして馬に乗るうちに柔らかくなった。少しきつくなった上等なシャツに袖を通す度、その滑らかな感触を何とも思わない自分に気が付いて、ジェルジュは混乱した。鏡の中で身繕いをする自分は、子供のように軽い騎手しかのせたことのない馬か、一度も狩に出たことのない甘やかされた猟犬のように見えた。最後まで残ったのはアルカージナの記憶だった。夜半、目が覚めるとアルカージナを求めて手を伸ばす習慣だけは、夏の間中消えなかった。

顧問官が迎えを寄越したのは六月の終りのことだった。村では号外が出回っていたが、不思議なくらいの無反応を引き起しただけだった。ジェルジュは顧問官の部下の一人が運転する自動車でウィーンに戻った。

「お前も身の振り方を考えといた方がいいぜ」とローベルトは言った。「顧問官殿は大公殿下の不興を買ってる。放り出されるのは時間の問題だ」

「何かしたの」

「方針の違いって奴だ。大公は皇太子殿下が嫌いでな。殺されたと聞いた時にはご満悦だったとさ」

「戦争になるかな」

「まさか」というのが答えだった。「あんなせこい国に皇太子を殺されただけで戦争を仕掛けるほど、お偉方も馬鹿じゃなかろう。あいつを好きだった奴なんて誰もいないんだからな」

屋敷に戻っても、顧問官はいなかった。走り書きが一枚残されているだけだった。名前と住所が記され、一月以内にクロアチア語を習得すること、と書かれていた。紙には何の痕跡もなかった。出掛ける前にひどく急いで書いたことが判っただけだった。

シュテファン・ヤルノヴィチはジェルジュが何者なのか知らなかった。顧問官が誰なのかさえ知らなかった。宮中に繋がりのある誰かが頼み込んできたという認識しかなかった。弁護士だったが、ギリシャ語の碑文を研究し、モチーフも韻律もひどく込み入った難解な抒情詩を書くのが趣味で、クロアチアには足を踏み入れたことさえなかった。ただ祖父母と両親が家では故郷の言葉で話したというだけだ。至極にこやかに、ただ幾らか困惑気味に、彼はジェルジュを迎えた。手入れの行き届いた小さな庭で、夫人はお茶を淹れ、自分で焼いたお菓子を出してくれた。

授業らしい授業はしなかった。ジェルジュはクロアチア語で普通に話してくれるよう頼んだだけだった。語彙と文法を頭に流し込み、それから片言で話しながら、相手の頭の動きを丸覚えした。最後には感覚を閉ざしたまま会話をした。ぎこちなさが取れるのに三週間とは掛らなかった。それは、むこうの態度のぎこちなさがほぐれるまでの期間でもあった。口にされる以上に多くのことを、ジェルジュは知った――裕福で教育のある、ギリシャもエジプトもインドも知っているが祖父母の出身地は見たことさえないウィーンの人間にとって、世界は飾り棚の上に置き放された精巧な紙細工に似ていた。いつまでも同じ場所にあると思っていたのに、気が付くと永遠に失われているのだ。

ジェルジュは魅せられたように彼らの下へ通った。小さな庭付きの家は質素だが完璧な趣味で整えられていた。ひとつでも何か動かしたら二度と元通りにはできないように見えた。飾り綱で無造作に引き上げられた窓掛けは、光がうつろうにつれ少しずつ形を変えた――夫人が、通りかかる都度に、軽く引いたり上げたりするのだ。小さな庭も、これ以外のありようはない、ささやかで危い快さを作り出していた。夫人はピアノを弾いた。素晴しく達者だが、囁きで簡単にかき乱されてしまいそうな演奏だった。ヤルノヴィチは声には出さずに黙読するよう求めて詩を読ませてくれた。その類稀な、ほとんど独創的と言っていい韻律は、確かに、声に出したが最後、濁って聞き取れなくなってしまいかねない諧調を響かせていた。彼らは怯えていた。口にはしなかったが、何が起りつつあるのかは知っていた。そしてこの小さな、おだやかな、完璧な世界を逐われたら生きては行けないだろうと考えていた。

夕方、ジェルジュが辞去する時、ヤルノヴィチは必ず言った。

「気を付けて帰りたまえ」

「デモに巻き込まれないで。人込みを見たら避けるのよ」と夫人は言った。彼女の恐怖は夫以上に生々しかった。ウィーンで生れ育ちながら、彼女の血は曾祖母や曾々祖母たちが被ったポグロムの記憶を留めていたし、リンクシュトラーセに溢れ出したプロレタリアートの群れは、その記憶を生々しく呼び覚すのに充分だった。

リンクシュトラーセまで下りる都度、市電は止り、ジェルジュは歩いた。ゆるく弧を描く大通りは人で埋め尽くされていた。まだ高い日の下を、灰色の塊が怒号を上げながらゆっくりと動いていた。ジェルジュが覚えていたリンクシュトラーセの夕べとはあまりにもかけ離れた光景だった。瀟洒な夏服の散歩者たちは通りを逐われてはいなかった。だが、ウィーンの封印された部分から溢れ出た着たきりの労働者階級に交じって歩くことを躊躇ってもいなかった。そこには奇妙な連帯があった。アルカージナが夢見た平等と友愛の世界が現実になったような錯覚を覚えた。声を合わせて、彼らは報復を――戦争を求めていた。何百もの人々が溶け合った昂揚は、感覚を閉じてなお、籠った殻の外側から彼を揺振った。頭の中に反響する叫びを聞きながら、ジェルジュは通りを渡るために彼らとは反対方向へと歩いた。

自分がこの古びた残酷な世界に抱いている愛着にはじめて気が付いた。野蛮な、敵意に満ちた、立っているだけで傷だらけにされてしまいかねない世界が、崩壊を前に、恐ろしいほどの美しさを顕にしたような気がした。コンラートのことを考えた。僕たちは負けたんだ、と思った。この世界が滅びて新しい世界が生れるまで、たぶん、手酷く負け続けるのだ。

無力感も恐怖も感じなかった。灰色の群れの咆哮を傍らに聞きながら、ジェルジュは内側の深い場所を音もなく流れる昂揚に気が付いた。何度でも負かせばいい、と思った。幾ら打ちのめされても、少なくとも自分は、昂然と頭を上げて次の世界に入って行くだろう。

真夜中、本を枕元に放り出してまどろんでいたジェルジュを、顧問官が呼んだ。目を覚してからも暫くじっとしていた。眠気が抜けなかったのだ。それから、寝間着に着ていた長いシャツのまま寝室を抜け出し、空の食堂を通り抜けた。階下にはほとんど人の気配がなかった。夜通し無線を聞いている者が一人、裏階段に詰めている者が二人、残っているだけだ。こんな静かな夜ははじめてだった。彼らの気配を足の下に感じながら次の間を抜け、扉を叩いて、顧問官の居間に入った。

長椅子に仰向けになっていた。酔っていた。顔も上げないまま、幾らか混乱したやり方で、部屋の隅に置かれた小さな棚を示した。ジェルジュはそこからグラスを取り、顧問官の前に椅子を置いて坐った。小卓の上の罎から火酒を注いで呷るのを、顧問官はじっと眺めていた。

「大公はあなたを放り出すだろうと、ローベルトから聞きました」

「首は繋がったよ。戦争になるからな」

「いつ」

「明日、宣戦が布告される」

ジェルジュは暫く黙っていた。それから穏やかな、明るくさえある声で言った。「僕はいつでも発てます」

「慣習上は一週間の猶予がある。最後の列車に間に合えばいい」

「どこへ？」

「まずベオグラードだ。義勇兵に志願しろ。それからボスニアへ送り込まれるようにすればいい。後で連絡係の居所を教える。できるか」

「できます」ジェルジュはグラスを小卓に下ろし、顧問官が取ろうとした罎の首を片手で押さえた。「デモを見ましたか」

顧問官は怪訝な顔でジェルジュを見上げた。「陸軍省の前にいるのは見た」

「コンラートは僕に、二人いればどちらかは世界を救えると言いました。でも何もできなかった。三人でも同じことです」

顧問官は微笑した――ジェルジュが自分を慰めようとしているのが可笑しかったし、

それがまた何とも奇妙な慰め方だったからだ。

「僕にも、あなたにも、変えられないものは変えられません。皇太子殿下が殺されるのを防げたとしても、次に起る何かを防げるとは限らないし、そうなれば、戦争になることも止められない。大公だって、大臣だって、もしかすると皇帝陛下だって、あの群衆と何の違いもないんですから」

無防備にさらけ出された生真面目さはひどく少年めいて見えた。それもじきに消えるだろう、と顧問官は考えた。そうなればもう幾らも摑まえてはおけない。ひとつ間違えば、いつでも自分の下から去る。

「奇妙な考えだな」

「僕は幾らか無政府主義者なんです」

「では何をしに行く」

「できることはある筈です。でもひとつだけ教えて下さい。あなたはコンラートのために首を賭けた——そう思ってもいいですか」

「難しい質問だな」と顧問官は言った。「私が死んだ部下のために判断を曲げたのかと訊きたいなら、答えは否だ。コンラートはそれをよく知っていた。だから完璧な仕事をした——訓練を受けてボスニアに潜入した一味の名前と顔も、身元も、ベルリンの参謀本部の首謀者の狙いも、完全に洗い出していた。あれでは私も逃げられない。すべきことをするしかあるまい」

「それで大公殿下の意向に逆らったんですか」

「そう表立って逆らいはしなかったよ。むこうは全てお見通しだったが。残念かね」

ジェルジュは暫く考えた。それから、いいえ、と答えた。その方がいいです、と言ってから、言い直した。「僕はその方が好きです」

顧問官は体を起し、指で、ジェルジュがそれ以上飲ませまいと押えていた壜を片付けるように示した。「明日の朝、八時に執務室に来たまえ。指示しておくことがある」


ベオグラードへ向う列車は騒々しかった。車掌が手を焼いて、興奮しきった若い連中を最後尾に押し込んだからだ。抱き合い、接吻し合い、喚き合う自称セルビア人やボスニア人やクロアチア人の中で、ジェルジュは揉みくちゃにされた。全員が、ベオグラードで志願するつもりでいた。全員が、ベオグラードなど見たこともなかった。

前の方の車両を支配する重苦しい沈黙とは対照的だった。列車はひどくのろのろと走った。荷物を抱えた老人や家族が、畑の途中から乗り込んで来た。若い連中はカーブで速度を落したところに飛び付いて乗ってきた。三日目、警官が現れた時には、法学生くずれの指示で全員が旅券を隠した後だった。空気がひどく不穏だったので、警官はセルビアの旅券を提示できる十数人で満足しなければならなかった。列車が漸くハプスブルク領を出た時、隔離車両は三両に増えていたが、その全てで熱狂的な叫び声が上った。それから歌を歌いだした。言葉の判らない連中は、ひどいドイツ語訛りで音を真似た。

はしゃぎ疲れて眠った。席が足りないので、ジェルジュは他の数人と並んで床に直に坐り、座席の脇に寄り掛って寝た。そこら中に誰かが坐っており、ごく当り前のように、お互いに寄り掛ったり、折り重なったりしていた。眠れない者は小声で何か囁いていた。

「お前、ウィーンからだろ」と小柄な若者が低い声で言った。「何やってたんだ」

「何もしてない。家出してたから。連れ戻されたばっかりだ」

「女か」

「まあね」

「人生棒に振ってんな」

「今度は違うよ」

「そう願うね」ジェルジュを小突いた。「寝ろよ。おれも寝る」

言われなくても、ジェルジュはまどろみかけていた。まどろみながら、まあね、と考えた。僕もそう願うよ。

駅に着くと、彼らは整列させられて、志願兵の受付所まで連れて行かれた。手続きの後、そのまま兵営に放り込まれた。制服を与えられ、頭を丸刈りにされた。ジェルジュにはちょっとした痛手だった——覚悟はしていたが、徒刑囚でもないのに髪を刈り上げられた顔を鏡で見た時には情けなかった。下仕官がせせら笑わなければ、暫くは腐っていただろう。

「いいざまだ、社会主義かぶれの女たらしが」

　それは全くの事実だった。三箇月前まで、無政府主義者の女をたらし込んで情夫に納まっていた。今は徒刑囚同様の罵詈雑言と暴力に耐えなければならない新兵だ。大いに結構。軍曹が、頭を刈り上げ同じ服を身に着けた百人もの若者の中からジェルジュを見分けたことも幸先が良かった。目を付けてくれたなら、後はやりやすい。

　大人しくしていたのは最初の三日だけだった。

　別段軍隊に何か期待していた訳ではなかったが、整列や分隊行進をやらされた時点で、ジェルジュは後悔した。自分がまるでこういうことに向いていないことを悟ったのだ。夜中に号令で叩き起され、背嚢を背負って集合させられるに至っては、馬鹿ばかしさで気が遠くなりかけた。実際、ひどく寝付きのいいジェルジュは、最初の号令でも目を覚まさずに眠りこけていたのである。木製の寝台の上の段から慌てふためいて下りる音で眠りを破られ、暫く考えてから起き出して、要求された身支度で練兵場に集合した。もちろん、全員が既に集った後だった。びんたを食い、毛布まで乗せた背嚢と木製の銃を背負ったまま、へばったふりをするまで走らされた。もう一度びんたを食って帰された。同じ轍は二度と踏まなかったが（軍曹をよく見ていれば、その晩やる気になるかどうかは昼間から判った）、それでも、馬鹿ばかしさは拭えなかった。

　昼間の教練は更に馬鹿ばかしかった。散々並んで走らされ、例の木の銃で殴り合いをさせられた。銃を持たせて貰えても、弾はくれなかった。撃つふりだけをさせられた。これで前線に出されるのかと思うとぞっとした。その辺は軍曹も心得ていたらしく、理由はたびたび、しつこいくらいに説明された——祖国が求めるのはお前らの血だ、と言うのだった。バルカンのピエモンテたるセルビアを救い、南スラヴに統一を齎すのは、傭兵じみた小器用さなどではなく、祖国のために喜んで血を流す覚悟だと言うのであった。敵を一人殺すことより死ぬことの方が尊い、と言われた時には、ジェルジュは仲間が心底可哀想になった。彼らは大層感動していた。死ぬことにではなく、敵のひとりも殺さずに死ぬかもしれないということにである。

無論、これは極論だった——軍曹はジェルジュを目の敵にしていたので（自分を叩けば他の連中が締まるのは確かなので、大して不当とも思わなかったが）、ジェルジュがとっくにものにしているような技術は嫌でも否定して見せざるを得なかったのだ。予算が許さない、と言う問題もあった。新兵訓練に弾薬を回していたら、セルビアは戦争の最初の一月で消滅していただろう。ジェルジュは渡された五発を的のほぼ中央に命中させて見せた。必死になって藪に逃げ込もうとする兎を撃つより大分楽だった。午後中、凍えて空腹なジェルジュをケメルンの森の中を引きずり回し、散々狙いだけを付けさせた後で、顧問官は最後の一匹を撃たせた。仕留めそこねたら夕食を抜かれるのは判っていたので、ジェルジュは引き金を引いた。狙われた兎の小さな心臓が恐怖で張り裂けんばかりに打つのを、感覚を閉じて頭から追い出しながら、拳ほどの頭を撃ち抜くのだ。それなら、死の瞬間に兎を捉える痙攣を感じなくて済む。頭を撃ち抜いて意識そのものを粉々に砕かなければ、幾ら感覚を閉じていても、兎の断末魔に自分の方が撃ち抜かれかねなかった。時々はわざと外した。その方がましに思えたからだ。顧問官がどう命じようと、台所の全権を握る管理人の細君は、麦粥くらい作ってくれる。顧問官は気が付かないふりをした。生きものを殺すことへの抵抗が空腹より強いとしたら、今更一食完全に抜いても罰にはならない。

二週間目に、視察があった。整列した彼らの前を、総司令部から来た少佐の肩章の男がゆっくりと通り過ぎた。顔色の悪い、猫背の男だった。痩せた撫で肩に引っ掛った軍服は仮装のように見えた。ジェルジュはその顔を顧問官から教えられていた。ベルリンと組んでサラエヴォの事件を計画したザヴァチルの副官だ。感覚を抑え、意識を閉じた。慎重に振舞えと言われていた――ザヴァチルのボスニア・ヘルツェゴヴィナでの動きを探るのがジェルジュの仕事だった。が、接近しすぎるなとも言われていた。迂闊に近付けば必ず見破られる。そうなればベルリン仕込みは容赦がない、と顧問官は言った。

マルコ・カラヴィチは通り過ぎながらジェルジュをひと撫でし、顔を見ようともせずに選り出した。抑えていても生じる干渉を感じたのだ。他に二人――開けっ放しの感覚に乗せて意識を無防備に垂れ流す、少し知恵の足りない若者と、彼が撒き散らす無内容なひとり言に苛立っていたひどく神経質な男――が残るよう命じられた。軍曹はジェルジュを口を極めて罵った。兎も角反抗的で、頑固で、殆ど馴致不可能な若造だ、馬だったらとっくに缶詰工場送りだ、と。それが、兵営生活の間、ジェルジュが印象付けようと努めた性格だった。カラヴィチは無表情にそれを聞いていた。それから、目を遣ろう

とも せずに突いて来た。

恐怖を感じるほどの相手ではなかった。突かれたとしても大事はなかっただろう。だが動きは研ぎ澄まされていた。反射的に払っていた。寸止めだったことに気が付いたのはその後だ。

男はジェルジュを事務室に連れて行き、人払いして、椅子をくれた。それから、自分は前に立ったまま、無愛想に訊いた。

「何故隠す」

「同じことが前にもあったからです。ウィーンで」

「誰に」

「剣術の師範のところで遭った男に散々仕掛けられました。それから外務省の役人だと名乗って誘ったんです。僕は断りました」

男は黙ったまま、長い間、ジェルジュの顔を覗き込んでいた。畜生、とジェルジュは覚えたばかりの兵隊言葉で毒突いた。感覚そのものを誤魔化すことより、動揺を誤魔化すことの方が難しい。

「今はもう隠す理由はない」

「あなたは一体誰ですか」ジェルジュは憤然と問い詰めた。半ばほどは、本当に憤慨していた。簡単に燻り出されたことが腹立たしかったし、寸止めを見切れなかったことには我慢ができなかった。畜生、とジェルジュはもう一度毒突いた。馬鹿な若造になりきるための景気付けだ。「僕はオーストリアの間諜じゃありません」それはひどく簡単だった――馬鹿な若造に過ぎないのは事実だからだ。

「私は君が間諜だなどとは一言も言っていない」

「ウィーンでは」と言って、ジェルジュは言葉を切った。「間諜をやれと言われました。僕のような人間はそういう仕事をするものだと」

「君は実際にはどのくらいできるんだね」

「人が言葉で考えていることを読み取れる程度です」

「嘘を吐くな」カラヴィチは短く言った。ジェルジュは恨みがましい顔で睨み付けた。

「さっきのは間違いだと思って下さい。使いものにならないと思わせるためなら、嘘くらい幾らでも吐きます。間諜なんて御免です。僕を戻して下さい。僕は兵士になるために来たんです」

「見せてみろ」

ジェルジュは諦めた――この男が本気でジェルジュの頭をこじ開けに掛ったら判ってしまうことだ。感覚を抑えていた力を少し緩めた。

「諦めが悪いぞ」

感覚を体に繋ぎ止めておく最後の掛け金を掛けただけの状態で、ジェルジュはカラヴィチを見遣った。それも、いつでも外せるばかりになっていた。裏返しになる一歩手前まで解放した感覚をどこにも向けずにいるのは、剃刀の刃の上に片足で立つようなものだった。長い間試してもいなかったが、それが苦もなくできることを確かめるのは愉快だった。背後にあった硝子(ガラス)の水差しが甲高い音を立て、水の中に水紋が広がった。相手がたじろぐのが判った。ジェルジュは再び感覚を抑えた。

「僕には間諜なんかできません」

「問題は間諜かどうかではなかろう」

「こそこそ人の頭を読んで手柄にするのはお断りです」

カラヴィチは短い笑い声を漏らした。尋問の間に見せた唯一の感情だったが、それはこの男を余計酷薄に見せた。「残念だが、君を手放す訳にはいかん。少なくとも大佐には報告をしなければならん。もし大佐が君を必要だと考えれば、君は従わねばならん。判るな」

「はい」

「それまでは別の任務を与える。敵の後方にいる部隊への伝令だ。任務としては正規軍の伝令と変りがない。君が臆病(おくびょう)で拒絶したのではないことを証明して欲しいものだな」

ジェルジュが行くように言われたのは、市街の外にある古い建物だった。地下に寝棚を並べた一室があり、ジェルジュは棚のひとつを宛(あ)てがわれた。同じように連れて来られた若者が十数人、すでにそこで寝起きしていた。僅(わず)かでも感覚のある者は一人もいなかった。その意味では、カラヴィチは嘘を吐かなかった訳だ。

髪を伸ばし、農民や行商人が着るような衣類を着慣れるよう命じられた。大半が都市部で育った新兵だったので、挙措や言葉は殊更に厳しく矯正された。爆薬や無電の扱いを教えられた。凍えるほど冷たい水の中を着衣のまま泳ぎ、夜通し仮眠も休憩も取らずに歩き、鞍なしの馬で一昼夜移動した後でも、完全な明晰さと集中力を維持していることを要求された。仲間の中には、それこそ、馴致不可能に分類されて追い出されて来た者が何人もいたが（彼らは揃って「缶詰工場送りになった」と自称していた）、頑固さも反抗心も最初の数日で雲散霧消した――殆ど眠っていないばかりか肉体的にも疲労困憊した状態で、何時間も身じろぎもせずに銃を構え、号令を待って撃つことを求められたり、前日に丸暗記させられた複雑極まりない暗号を自然な言語のように使いこなさなければならないと言われたりすれば、馴致不可能と言われる手合いであればあるだけ、頑固でも反抗的でもいられなくなる。身体と精神の能力の極限を要求された揚句に出来上がってくるのは極めて奇妙な精神のありようだった。愛国心や大セルビア主義は忘れ去られた。今や彼らを動かしているのは、自分ならその程度のことはできなければならないという自負だった。ジェルジュには判った――ある意味では、彼らは皆、ジェルジュによく似ていたのだ。

再びカラヴィチに呼び出され、ボスニアに入るよう言われたのは、十月も末のことだった。

開戦当初の攻勢をどうにか押し戻した後の時期だった。ドナウ川はオーストリア軍の河川部隊に制圧されていたが、それでも、盲点はあった。たとえば戦前から活動していた密輸人の船だ。彼らは支流や中洲に隠された流れを使って夜の間に川を遡り、オーストリア側に入り込んだ。黙認されているきらいもあった。オーストリア側もセルビアに人を送り込む時には彼らを使ったし、セルビアから人が送り込まれる時には情報を提供させることもできたからだ。現地の指揮官は賄賂さえ受け取っていた。

ジェルジュはそうした小舟の一隻でボスニアに送られた。見窄らしい毛織の外套の首に毛糸の襟巻を巻き付け、どうにか髪の生え揃った頭に羊の皮の帽子を被っていた。肩から下げた布の袋に最低限の食料と、油紙で包んだ数通の指令書を入れていたが、武器は持っていなかった。オーストリア軍の哨戒に引っ掛った時、銃を持っていたら言い抜けられない。

船はゆっくりと、頭上を木の枝に覆われた細い水路を辿った。所々では頭を下げなければならなかった。櫂は漕ぐためではなく、専ら底の泥を突いて進むために用いられた。浅くなると下りて歩いた。ジェルジュは密輸人たちの後について積荷を背負い、足跡を残さないよう浅瀬を辿って、水路が交わって幾らか深くなったところで再び乗り込んだ。それを何度も繰り返した。

やがて、船は音もなく進み始めた。闇のむこうに人の気配が現れ、カンテラの灯が一瞬見えて消えた。密輸人たちは船を岸に上げた。別な船が支流を下ってきた。僅かな灯の中で手早く船を横付けし、荷を積み換えた。

密輸人たちの傍らに、ジェルジュと幾つも変らない若者が立っていた。黙ったまま、手を差し出した。ジェルジュはその手を軽く握った。促されて、言葉も交さずに新しい船に乗り込んだ。船は舳先を返し、幾度も方向を変えながら細い流れを遡った。

ヨヴァンは物静かなほっそりした青年で、背恰好はジェルジュに近かった。最初の晩に匿われた農家では兄弟だと思われた。極度に口数が少ないので打ち明け話はしなかったが、これでもう四箇月目だとは言った。ドナウ河畔からボスニアの奥まで、オーストリア軍や憲兵の目を盗みながら協力者の家を泊まり歩く生活が四箇月間続いている、という意味だった。

泊めてもらった納屋で、藁に埋れて眠りに落ちるまで、ヨヴァンは絶えず手を動かし続けた。小刀で何か彫っていることもあったし、藁で何か作っていることもあった。靴底の穴を塞いだり、衣類の綻びを繕ったりするのはお手の物だった。書類入れのような革の手提げ鞄に背負い紐を付けて使っていたが、中にはその種の細工に使えそうな木切れや布や革の切れっぱしが詰め込まれていた。ジェルジュは彼がカンテラの光の中で器用に指先を動かす傍らで眠った。奇妙な気安さと信頼があった。経験や土地勘に対する信頼とは別のものだ。そうした点に限って言うなら、僅か四箇月は心許ない。

自分が何者なのかを、ジェルジュは意識しなかった。意識していたら、ヨヴァンの生真面目さや人の好さは堪え難いものになっていただろう。少なくとも今は、カラヴィチに与えられた任務を忠実に果たすことだけを考えればいい。憲兵隊や軍の哨戒の目を潜って進んでいくことを、ジェルジュは楽しんだ。ヨヴァンもそれは同じだった。木立に身を潜めてオーストリア兵をやり過ごすことは、彼らには最高に愉快な遊戯だった。眠っていた地下の穴蔵の上げ蓋を開けられた時でさえそうだった。泥の臭いを放つじゃがいもの樽の傍らで、毛布を被って熟睡していたところに、オーストリア軍がやってきたのだ。

ジェルジュは狼狽したヨヴァンの口を塞いで、肘で動かないよう抑え込んだ。オーストリアの軍服を着た鈍そうな兵士が上げ蓋から下を覗き込み、それからカンテラを下げて下りて来た。ヨヴァンは狂ったように暴れようとしたが、ジェルジュは身じろぎもせずにヨヴァンを抱き込んでいた。兵士はジェルジュを見詰め、ジェルジュは兵士を見詰め返した。それだけだった。兵士は踵を返し、ひどいボヘミア訛りで上に向って、誰もおりません、軍曹殿、と叫んだ。それから、本当に誰もいなかったかのように出て行って、蓋を閉めた。

ヨヴァンは怪訝な顔をした。翌日一日、何が起ったのか思い悩んでいた。ジェルジュはもちろん教えてやらなかった——ほんとうは自分一人なら兎も角ヨヴァンのことまで消せるかどうか自信がなかった、などと言っても仕方がない。まして、しくじったとしてもぶちのめすのは簡単だと思っていたとは、口が裂けても言えない。おそらくは理解できないし、理解できたとしてもヨヴァンが怒りだすのは目に見えていたからだ。

雪がちらつき始めても、彼らの上機嫌は変らなかった。寒さは身に堪えたし、うっすらと雪に覆われた平地を移動するには一層の慎重さが必要にもなったが、それは遊戯の規則を幾らか難しくしただけのように思えた。泊めてもらった民家に嵐で足止めを食った時には、ジェルジュは眠って過ごし、ヨヴァンは細工物を作り続けた。二人とも焦りはしなかった。最初に接触すべき部隊はすぐ側にいる。後は仲間の助けを借りて進めばいい。気持ちのいい連中だよ、とヨヴァンは保証した。ジェルジュは頷いた。自分を彼らの仲間だと感じるのは奇妙なものだった。ヨヴァンの仲間意識を快く受け入れてしまうのと同じくらい奇妙だった。

嵐が止むと、あたりには一面に雪が降り積った。ペテルブルクの硝子片のように輝く雪に比べれば、ふんわりと暖かくさえ感じられる雪だった。二人は木立の中を、雪を漕いで歩いた。誰かがそれを見付けた。ベオグラード行きの列車の中で、人生棒に振ってんな、と言った若者だった。わざと音を立てて古い猟銃を構えた。ヨヴァンは立ち止り、ジェルジュもそれに倣った。むこうは姿を現すと、歯を剝いて笑い、先頭に立って歩き出した。

石造りの古い狩猟小屋に、一味は居心地よく巣くっていた。ジェルジュたちが入って行った時、暖炉の前で藁椅子に坐っていたのが指揮官だった。ジェルジュとヨヴァンの勇敢さを褒め上げると（若いもんは殴りながら褒めて育てる、というのが、この下士官上がりの指揮官のやり方だった）、彼は封をした油紙の包みを開き、自分宛の指令書を取った。残りは包み直して細紐で括り、結び目に蠟を垂らして封印した。ものも言わずに目を通してから、例の若者を呼んで、偵察に出した。平地の農場への移動を命じられていたのだ。

「下りて行っていきなり、ずどん、はかなわんからな」

その晩は彼らのささやかな歓待を受けて休んだ。強い地酒を何杯も呷らされて酔い潰れた、と言うべきかもしれない。朝、まだ暗いうちに起された。行き先を指示され、案内を付けるかどうか訊かれた。ヨヴァンは断った。そこならよく知っていたからだ。

「早く出た方がいい。降り始めるぞ」と言われた。

山越えをして昼前に着く筈だった。ただ、ヨヴァンがそこを通ったのはまだ秋口のことだ。尾根を越える前に、雪は急に深くなった。もたついている間に軽い細かな雪が降り始めた。引き返そう、とジェルジュは言った。ヨヴァンは自分からは言うまいと考えたからだ。

もと来た道を引き返す間に、前が見えないほど降り始めた。彼らは転がるように山を下った。下るにつれて雪片は大きく、重くなり、視界は前ほど悪くはなくなったが、ジェルジュが上って行った時の痕跡を逆に辿ることができなければ、とんでもない場所に出ていただろう。

木立の下に小屋を見下ろす場所で、ジェルジュは足を停めた。ヨヴァンは先に進もうとしたが、ジェルジュは肩を押えて止めた。ヨヴァンは怪訝な顔をした。

「誰もいない」とジェルジュは言った。

それは正確ではなかった。いるのは確かだ。ただ、人間の気配ではない。どうやって説明したものだろう、と思った。何か残っている。心臓が音を立てて打ち始め、胸がむかつくような何かだ。知っているという気がした。木立を躱しながら斜面を滑り降りた。ヨヴァンは困惑しながら後に続いた。途中で、小屋の前の雪に何かが半ば埋れているのが見えた。

例の若者の屍体だった。後手に縛られ、額を撃ち抜かれていた。ジェルジュは屈み込んで、触れた。とっくに空っぽになった体には、額に銃を突き付けられ、引き金を引かれる時の恐怖が残っていた。相手の目も、銃を突き出した外套の袖口のがさつく音も、死のそっけない感触も、自分が感じたかのように感じられた。ヨヴァンは開け放ったままの小屋に駆け込んだ。声を殺して立ちすくむのが判った。

雪は一層ひどくなった。

彼らは屍体を馬小屋に運んだ。七体あった。全滅だった。馬小屋には一頭だけ、不安に慄いた馬が繋がれていた。ヨヴァンに、鞍を置いてすぐに出せるようにしておいてくれと頼んだ。

「何故」

「天候が悪すぎる。奴らは戻って来る。早く出ないと」

ジェルジュは小屋に入った。弾丸で体を裂かれ、絶命する人間の発した叫びが空気に染みついていた。暖炉に屈み込んで、辛うじて残っていた熾火を掻き立てた。布の袋から油紙の包みを出して開き、触れた。

　マルコ・カラヴィチは指令書に思考の痕跡を残すほど不用心ではなかった。むしろ、それは不自然なほどに隠蔽されていた。紙のざらつきとペンの跡以外は何の感触もない。あるのは皮肉な嘲笑だけだった。

　ジェルジュは一通ずつ炎に翳して焼き捨てた。ヨヴァンが戻って来た時には、最後の五通目が灰になるところだった。ジェルジュはヨヴァンを見上げた。

「敵の手に落ちるよりはいい」

　カラヴィチに騙されて人が死ぬ手引きをするよりはずっと良かった。それだけは確かだった。あとのことは考えないことにした。カラヴィチがボスニアの義勇兵をオーストリアに引き渡していることも、自分が彼らを助けていることも、考えるのは後回しにしなければならない。凍えて血の酔いも醒めた男たちがすぐそこにいた。彼らに気付いていた。

　ヨヴァンに、馬を出すよう言った。ヨヴァンが裏口から出て廐に廻るのを待って、暖炉の脇から窓に向って二発、撃った。すぐに撃ち返してきた。正面の窓を割って弾丸が飛び込んで来る中を、裏口まで這った。扉が開けられるのを待って、もう一発、撃った。すぐに数発が返って来た。外に飛びだした。

　ヨヴァンは鞍を置いた馬を引き出していた。追い縋り、後に飛び乗った。裏口から出て来た兵士が、銃を向けながら中に向って、外から裏手に廻れ、と言うのが聞こえた。行け、とジェルジュは叫んだ。裏口の兵士が出鱈目に発射した一発が耳元をかすめた。目の前の吹きだまりに飛び込んだ兵士が銃を構えた。

裏口の兵士はジェルジュに再び狙いを付けていた。それははっきりと判った。だがジェルジュが見ていたのは、ヨヴァンが視線を向けて凍りついている兵士の方だった。背後の兵士が引き金を絞るのを感じながら、ヨヴァンの視線に乗せて、目の前の兵士を突いた。銃声が聞こえた。背後から叩き潰されたような気がした。ジェルジュの体を貫通した弾丸が書類鞄にめり込み、ヨヴァンは竦み上がった。ただし、喚き出したのはそのせいではなかった。

ジェルジュが体を必死で引きずり上げているのが判った。裏口の兵士が銃を僅かに下げて命中を確認していた。一旦小屋に入った数人が、猟犬のように吠えながら表に転び出た。死んだように重い体が目の前の雪の中に沈んでいた。何故それが見えるのか、彼らの息遣いや興奮まで、耳元で感じるように感じ取れるのか、ヨヴァンには判らなかった。何より、自分がどこにいるのか、体がどこにあるのか、何でどこを見ているのか判らなくなった。ジェルジュが腕を摑んだ。顔を前に向けさせられた。頭蓋の底に響く甲高い響きに耳を塞がれながら、ヨヴァンは馬に蹴りを入れた。

ジェルジュが離れるのを感じたのは、雪の中を暫く駆けた後だった。同時に、背負い鞄に掛けられていた手が緩むのが判った。体が、主を失ったように後に滑り落ちた。馬は脚を止めた。

ジェルジュは雪の上で動かなかった。胸元が血で黒く濡れていた。今までヨヴァンにしがみついていた何かは、傷付いた体の奥に、堅く、小さくなって蹲っていた。咽喉を鳴らした。ヨヴァンは馬から飛び降り、抱き起して頭を横に向けた。口の端から黒ずんだ血が筋を引いて雪に滴り、小さな穴を穿った。ジェルジュが目を開けた。ヨヴァンに触れた。目を覚したばかりの感覚を外側から閉じさせた。

唇を噛んでその状態を維持しようとしながら、ヨヴァンはジェルジュを抱えて立ち上がらせた。鞍の上に押し上げるには、何度も名前を呼んで正気付かせなければならなかった。ジェルジュが馬の首に顔を押し付けるようにして目を閉じると、ヨヴァンは手綱を引いて歩き出した。どれほど感覚を閉じようと試みても、傷付いた体の感触を追い出すことはできなかった。歩きながら、すすり泣いた。自分が撃たれたような気がした。撃たれたのが自分ではないことが辛かった。

最初の村に入る頃には、日が暮れかけていた。雪は止み、空は薔薇色に凍てついていた。村外れの家の扉を叩いた。


手当てを受ける間、ジェルジュはほとんど何も感じなかった。ヨヴァンが泣きながら部屋の中を右往左往していることも、医者が、手の施しようはないと考えていることも、弾が右肺を貫通していることも知っていたが、何も感じなかった。おまけにこの医者は獣医だった。ジェルジュがそれに気が付くと、ヨヴァンはびくりとした。ジェルジュは意識を閉じた。ひどく簡単だった。小さく身を丸めて奥へと潜り込むだけだ。痛みはなかった。ただ息が苦しかった。俯せに寝かされ、横に向けられた口から、時折、黒い血の塊が零れた。意識しなくても自分が内側へと丸くなりながら底のない深みに沈んでいくのが判った。その度に、ヨヴァンが乱暴に揺り起した。何度目かに、目を瞑ったまま、呟いた。

大丈夫、死にはしないよ。

ヨヴァンが泣きながら自分を罵るのが可笑しかった。微笑みが浮んだ。こんなところでこんな風に死ぬもんか。それから、また暗い深みへと引き込まれるのを感じた。少しだけ浮び上がろうとした。これでいいんだろ。ヨヴァンが頷いた。深みへと引き込む力はそれほど強くはなかった。血の一滴一滴、肉の一かけら一かけらが生き延びようと必死になっていた。体が熱を帯びるくらいだった。もう一度微笑んだ。ジェルジュは何度も繰り返した。大丈夫、死なないよ。

それから、長いまどろみが訪れた。時折眠りを破るのは、すぐ側に現れるヨヴァンの気配であり、唇に触れる匙であり、傷を洗って包帯を巻き直す手であり、眠りの中に取り残されたまま動かない自分の体の重さだった。やがて、少しずつ何かが動き始めた。手や足が敷布に触れる感触に、軽い痙攣が神経を走った。干涸びた口に匙で流し込まれるスープや白湯の味で目を開いた。天井に梁が走っているのが見えた。暖かかった。階下の暖房の熱が溜まっているのだ。

屋根裏部屋の藁布団の上で、ジェルジュは貪るように眠った。短い覚醒はひどくぼんやりしており、夢と記憶の区別は付かなかった——たとえば柵のところで喘いでいる夢だ。微熱で怠い体を引きずって、菜園と通りを隔てる柵の横木に額を付ける。背後にある家はひどく大きい。裕福な農家なのだ。子供が何人かいて、ジェルジュだけが貰われて来た子だ。誰も、彼には似ていない。誰も、彼には触れてくれない。食事を与えられ、眠るところを与えられ、衣服を与えられて、育ち上がるのを待たれていた。働き手は幾らでも必要だ。だが、今はもう、何も期待されていない。ジェルジュは言葉を覚えない。誰とも話さない。言われれば従うが、返答の代りに相手をじっと見詰めるだけだ。春先から咳をするようになり、微熱でぐったりしていた。養い親は、子供がそうなれば幾らもしないうちに死んでしまうことを知っていた。

そこに、女の人が来て、彼に触れる。ジェルジュは彼女のことを、お母さん、と呼ぶ。彼女は笑う。そんな言葉をどこで覚えたの。僕は病気で、もうじき死んじゃうんだよ、とジェルジュは言う——言葉ではなく、そう訴える。ジェルジュには言葉はほとんどない。養い親が、夜、暖炉の傍らでそう囁きあう時、ジェルジュが理解するのは言葉ではないからだ。

大丈夫、死んだりはしないわ、と彼女は教えてくれる。あたかもそれが単純な事実でもあるかのように。ちょっとだけ大人しくしてれば、必ずよくなるわ。

それからジェルジュを抱き上げて、台所へと入って行く。女と話をする。納屋からやってきた男とも話をする。手首を飾っていた綺麗な腕輪と耳飾りを渡して、女の人はジェルジュを抱いたまま外へ出て行く。村の外れにある小さな集落へと。歩きながら言う。

「名前はなんて言うの」

ジェルジュは頭の中で思い浮べようとするが、彼女はかぶりをふる。

「口で言いなさい。声に出して言うの。聞かせて頂戴」

「ジェルジュ」

「お父さんの名前は」

「グレゴール・エスケルス」

「お母さんは」

「お母さん」

彼女は笑って、また、指先で触れるように、軽く、優しく、ジェルジュの内側に触れる。キスをされるより、撫でられるより、ほんの少しでいいから触れて欲しかったことに気が付く。ヴァイオリンを持った男が、彼らをブダペストに連れて行く。男は彼を自分の息子と呼ぶ。ヴァイオリンを弾く。小首を傾げて聞き入るジェルジュを、彼女は後から抱き上げる。抱き上げられながら、自分が小さいことにびっくりする。悲しみで一杯になる。彼女が死んでしまったことを知っているからだ。

ジェルジュは目を開いた。ヨヴァンが低い声で何か囁いているのが聞こえた。がっしりした男が振り返った。眼鏡を掛けていた。ヨヴァンは口を噤んだ。男は歩いてくると、ジェルジュの上に屈み込んだ。

ザヴァチルだ、と思った。ジェルジュは狼狽した——その瞬間まで、自分がどれほど衰弱しているか知らなかったのだ。何も読めなかった。自分が読まれたかどうかさえ判らなかった。眠りながら意識を閉ざしてはいたが、ヨヴァンなら兎も角、この男にどの程度通用するのか見当も付かなかった。

「ベオグラードが陥ちた」とヨヴァンが言った。

「心配するな」ザヴァチルは静かに微笑みかけた。「君のことはマルコから聞いている。一刻も早く戦線に復帰して欲しい。今は、一人でも多く、我々のような人間が必要なのだ。君の友人には一緒に来て貰う。君は、回復し次第、司令部に出頭したまえ。ベオグラードは奪還しておく」

ヨヴァンは部屋の向う側に、申し訳なさそうな顔をして立っていた。ザヴァチルの顔は見えていなかった。穏やかだが誰にも抗弁を許さない、低い声を聞いただけだ。ジェルジュには見えていた——同意を求めるように、軽く、片眉を上げた。あからさまな挑発だった。眼鏡の奥の目には、皮肉と嘲笑があった。

ジェルジュは目を閉じた。その瞬間、自分を捉えた怒りをヨヴァンに気付かれたくなかったのだ。

「起きられるようになり次第、出頭します」と答えた。

寝床で体を起すのにさえ、更に二週間が必要だった。眩暈がして、頭を上げていることができなかった。辛うじて立ち上がっても、脚が震えてうまく歩けなかった。動けなくなって屋根裏の隅に蹲っているジェルジュを見付けると、獣医の老いたる母親は、ひどく訛った言葉を並べ立てた。こんなことになって、あんた、お母さんに申し訳ないとは思わないの、と言うのだった。

「その辺で犬みたいに撃ち殺させるために産んだ訳じゃないって言うに決ってるよ、全く、極道者どもが」

彼女は腹を立てていた。それは辛うじて判った。完全に感覚が麻痺した訳ではない。ただ、ひどく弱っているだけだ。言葉に出せるくらい形を整えた思考なら、充分に読める。

「いつまでも迷惑を掛ける訳にはいきません」

「オーストリア兵のことを言ってるのかい」両手を腰に当てて、大人しく寝床に戻ったジェルジュを見下ろした。「あんたが伸びてる間に二度も来たから、もう来やしないよ。来たって追い返すだけさ」

それから、息子に答えさせると言うのだった――あと何日寝ていればいいか、何日したら起き上がっていいか、何日したら出て行っていいか。

獣医はひどく困惑していた。本当はすぐにでも出て行って欲しかったのだが、母親がそれを許さないからだ。ジェルジュは手首に付けたままのプラチナの鎖を渡した。どうせ無一文になった時の換金用に与えられたものだ。

　言われるままに大人しく療養した。今の状態では使いものにならないことは判っていた。オーストリア軍が撤退したとしても、ベオグラードに戻るなど自殺行為だ。そもそも辿り着けない。

　獣医の家を出た時には、春が近付いていた。

　自分が半病人なのは判っていた。感覚はほとんど戻っていなかった。辛うじて人の気配を感じ、言葉に出せるくらいはっきりした思考が読み取れた。それでも普通の人間よりは随分とましなのだ、と自分に言い聞かせた。ヨヴァンは同じ道程を、感覚なしで、四箇月も行き来していたと言わなかったか。健康だった時に一日で歩いた距離を歩こうとは、最初から思わなかった。荷車に乗せてくれる百姓でもいれば別だが、これ以上体が弱らないように少しずつ進み、頼み込んで途中の家で泊めて貰った。金は取られたが、じきに、その方が賢明なことに気が付いた——春が近付くにつれて、オーストリア軍はセルビアの協力者の逮捕や家の焼き打ちを始めたからだ。農民たちはむしろ進んでジェルジュを泊めてくれた。密告されたことは一度もなかった。一銭の金も要求されずに暖かい寝床と食事にありつくことさえあった。自分が何者かは明らかにしたことがなかったが（尋ねられると「学生」だと答えた——どうやっても農民や行商人に見えないことは知っていたからだ）、彼らはオーストリア軍や警察にひどい反感を持ち始めていた。

　つらいのは、むしろもどかしさを抑えることだった。二、三時間も歩くとふらふらになるのは腹立たしかったし、哨戒部隊や憲兵を恐れて身じろぎもせずに藪の中に潜んでいると、ここまで慎重でなければならないのか、と自分に詰め寄りたくなった。焼け落ちた家の水浸しの地下室で体を丸めて震えながら、一晩中、頭上を行き来するオーストリア兵の気配を探っていた時には、何度も、真剣に、外に飛び出して逃げることを考えた。感覚さえ戻っていれば簡単なことだっただろう。が、今は論外だ。こんなところで捕まったり死んだりする訳には行かない。ジェルジュは、どちらも自分には同じ結果を齎すだろうと確信していた。ボスニアの牢獄のひどさは有名だった。名乗ったところでウィーンに照会して貰える見込みはほとんどない。照会してくれたとしても、回答があるまで持ち堪えられるとは思えなかった。

　木立の中を流れるドナウ川の支流に出た時にはほっとした。頻々と哨戒部隊が現れるので夜しか進めなかったし、水嵩が増して様子がすっかり変ってはいたが、それでもほっとした。二晩目に、積荷を積み換えている船を見付けて、慎重に近付いた。なけなしの金を全て渡して、乗せてくれるよう頼み込んだ。

　船は音もなく水嵩を増した水路を辿った。明け方の霧に乗じてサヴァ川との合流点を越え、更に下流でジェルジュを下ろした。ベオグラードには夜が明け切る前に着ける、と言いながら、密輸人は、手を翳しても見えないほど濃い霧の奥を指差した。

　歩くに連れて霧は次第に明るみ、乳白色に輝く希薄な物質に変った。霧の奥に輪郭を浮び上がらせる物体は一切の色を失っていた。感覚がほとんど麻痺しているせいで、普通なら街路が返してくる記憶や感触が何も感じられなかった。影の街に入ったような気がした。うつろな混乱の気配だけがぼんやりと浮んでいた。血の気を失ったまま疼き続ける額に、冷たい湿り気を残して流れ去る霧が心地よかった。

　立ち止って、そっと辺りを探ってから、手探りでがたついた扉の把手を摑み、引き開けて滑り込んだ。

　建物の中は静まり返っていた。ほとんど無人だったのだ。目を閉じて、イェレーナ・ツェドニクを探した。鈍くくぐもった頭からどうにか使いものになる程度の感覚を引き出すには、信じられないほどの集中力が必要だった。彼女が目を覚ますのが判った。上がってくるように言われた。

　階段の手摺に触れると、漸く、人の残した気配を感じ取れた。足を止めて自分の手を見遣ってから、足音を忍ばせて上った。濁った天窓の彼方を見上げた。明るかった。イェレーナが扉を開けた。

　部屋は明るんでいた。粗末な薄い窓掛けのむこうには凍るように冷たい光が満ちていた。霧に沈んだ向いの建物の半壊した屋根の上に青空が開けていた。

　小さな盥を使って、ジェルジュは体を洗った。髪は耳を覆うくらいに伸び、傷は胸の側では拳より幾分小さい薔薇色の引攣れに変っていた。背中の傷口はそれよりも小さいことを、彼は知っていた。イェレーナの部屋着を借りて着た。丈は足りなかったが、痩せた肩は充分に収まった。微かに体臭が籠っていた。ジェルジュは自分でも気が付かないままに微笑んだ――女の匂いを嗅いで、すっかり安心している自分が可笑しかったからだ。

食事を取る間も、イェレーナは何も言わなかった。何も尋ねなかったし、何も告げようとはしなかった。それが有り難かった。ほんの一瞬でいいから安心して休みたかったのだ。長椅子で横になってぐっすりと眠り、気が付くと夜になっていた。今度はたっぷりと味わって食事をした。ジェルジュにとっては豪華無類の晩餐だった。彼女は何やらぼそぼそした甘いものと、チコリの代用コーヒーまで出して来た。コーヒーは堪らなかったが、甘いものには飢えていたので嬉しかった。

「あと三時間したら連絡を取るわ」とイェレーナは言った。「軍の情報部が夜のうちに迎えを寄越してくれるでしょう」

「いるの？」

「河川部隊の船にね」

なるほど、と思った。その気になれば、大して苦労もせずに戻れる訳だ。

「僕は帰らないよ。ザヴァチルに呼ばれている。司令部に出頭しろって」

イェレーナは黙り込んだ。閉じたままの意識の表面にはどんな言葉も浮んでいなかったが、呆れ果てていることは顔を見るだけで判った。

「別に怖がらなきゃならないことは何もない。ザヴァチルは僕が誰だか知ってる。怪我をして寝てる時に、頭を探られたんだ。大したことは読まれてない。でも、僕が顧問官の部下であることは判っていると思う」

「あなた、幾つ」

「二十歳だけど」

「二十歳で死ぬの。馬鹿はやめなさい」

「殺すつもりならその場で撃ち殺した筈だ」

「じゃ、何」

「面白がってる。何もできないと思ってるんだ」

「何もできないわ」

「できる」

イェレーナは溜息を吐いた。「顧問官にはどう報告すればいいの」

「怪我をして、今も半病人でふらふらしている。感覚はほとんど使いものにならない。ボスニアでザヴァチルに遭って正体はばれている」自分でも溜息が出そうになった。お粗末な話だ。これでこの馬鹿は何をしようと言うんだ？「でも司令部に出頭するよう言われた。そうするつもりだ。帰る気は全然ない」

「顧問官の判断に従うって約束してくれる？」

「約束はしない。でも、彼には逆らえない」

イェレーナは席を立った。ジェルジュは台所まで皿を運んで、自分で洗った。洗いながら、暫く考え事をした。戻って来て、長椅子の上で両脚を組み、眉間に皺を寄せて暗号を組んでいる彼女に言った。

「もうひとつある」

「何」

「マルコ・カラヴィチの情報を信じているなら間違いだ。おとりしか摑ませていない」

イェレーナは返事をせずに、ジェルジュに紙と鉛筆を渡した。自分で組めという意味だった。ジェルジュは彼女の腰の辺りに坐り、彼女が見せてくれた頭の中の置き換えを使って書き下した。推敲までした。終った紙を渡すと、彼女は困惑してジェルジュを見遣った。

「マジャール語だ。顧問官は判る」

「受けるのは軍よ」

「そのまま渡せって言えばいい」

今度は寝台で眠っていいと言われた。イェレーナは小さな椅子を窓の脇に置き、ジェルジュに横顔を見せたまま、目を瞑った。軽い振動がジェルジュの感覚を一時的に目覚めさせた。首を起し、顎を上げ、両手を軽く開いたまま膝の上に置いて、彼女は街を抜け、川面に滑り出した。霧に覆われた水面に身を投げるように感覚を広げ、その内側にあるものを全て感じ取った。ひと撫でされても、よほど敏感でなければ彼女のこの上なく希薄で精妙な存在を捉えることはできないだろう。相手はエンジンを切って投錨した船の甲板で彼女を待っていた。蜘蛛の糸のように細い接触を張り渡すと、イェレーナは目を開いた。ジェルジュには読めない遣り取りをすこししてから、声に出して読み上げるように読み上げ、復唱を受けて、切った。

立ち上がると、少し草臥れた様子で戻って来た。寝台に腰を下ろした。ジェルジュの顔を見て、微笑した。

「そんなに驚くことはないわ」

ジェルジュは口籠ったが、結局、好奇心が勝った。「どのくらい遠くまで行けるの」

「街じゃ四、五キロがせいぜい。真夜中でもね。人が邪魔になるから。田舎でなら三十キロか四十キロはできるわ」

ジェルジュは寝台の奥に詰めた。彼女は服を着たまま、脇に横になった。

「朝の五時にもう一度通信するわ。その時にウィーンから何も言って来なかったら、もう一日、ここにいるのよ」手を伸ばして、ジェルジュの髪に触れた。ごく自然な動作だった。

彼女が感じているものを、ジェルジュも快く感じ取った。不思議な充足が、何の抵抗もなく、二人を満たしていた。二人とも、何も考えてはいなかった。ただお互いの存在を、お互いの体のぬくもりを、お互いの感覚を共有しながら、眠りに落ちた。

だから明け方、ふいに揺り起された時にはぎくりとした。快い愛撫が平手打ちに変ったような感じだった。イェレーナはジェルジュに鉛筆の走り書きを見せた。彼女には理解不能な文字の羅列は、ジェルジュには完璧に意味を為していた。

続行すべし。ただし慎重に。必要と思われる情報は軍に直接提供せよ。

「軍の情報部があなたの面倒を見るわ。カラヴィチの名前にひどく神経質になっているの。わたしが毎日、真夜中と明け方にあなたの無事を確認するわ。眠っていても大丈夫。でも彼らと接触したかったら、その時に言って」

「確認て、どうやって」

「探せるわ。あなたの感触はとても変ってるから」

「彼らに見付かるよ」

「わたしは見付からないの。だからここにいるのよ」

ボスニアから来たままのひどい風体で部屋を出る時、ジェルジュはイェレーナの頬を捉えて軽くキスをした。彼女は抗わなかった。それからひどく真面目な顔で言った。

「あなたが捕まれば、わたしも捕まるわ。だから気を付けて」

ジェルジュは笑ってみせた。何かあっても死ぬのは自分だけだと高を括っていた迂闊さにはじめて気が付いたが、そんなことはおくびにも出さなかった。勿論そうだ——何があっても、イェレーナを危険に曝すようなことはあってはならない。つまりは自分も危険に曝してはならないことになる。

「大佐はボスニアだよ」とカラヴィチは鉛筆で拍子を取りながら言った。「戻られるのを待つしかあるまい。使いものにならないなら普通の歩兵部隊に転属させてくれるだろう。かねてのお望み通りだ。それまでは事務くらいしか任せられん」

それでもカラヴィチは、砲撃で半ば粉砕された兵営の敷地内にある将校宿舎の個室をくれた。名誉の負傷は名誉の負傷だからな、とは言っていたが、体のいい軟禁だった。

ジェルジュは毎朝、血どころか泥の染みひとつない制服を着て、カラヴィチの執務室の次の間で仕事をした。事実上の秘書だった。カラヴィチを訪れる人物も、カラヴィチの手に渡り彼の手元から出る書類も、屑籠の書き損じまで、ジェルジュの手に委ねられた。感覚は鈍ったままだった。だが指先は生きていた。書簡は開封し、広げ、他の書類と揃えてカラヴィチの机の上に置くことになっていたが、印刷所仕込みの手付きで隅を弾くだけで、文面にあることもないことも、頭の中に入った。カラヴィチから渡され、綴じ込んだり届けたりする書類ははるかに用心深く作成されていたが、それでも、所々に思考の染みを発見することができた。カラヴィチが横柄な口調で呼び付け、片付けるように命じる屑籠の中身は更に無防備だった。カラヴィチが自分を嬲って面白がっていることは知っていたが、埋め合わせは充分以上にあった。

真夜中、ジェルジュは宿舎の部屋の窓を開け、どうにか手に入れた煙草を一本だけ吸った。イェレーナの温かい指先が、けして深入りせずにひと撫でするのを待つ間だ。空気の精のように希薄で軽い接触を、ジェルジュは心待ちにした。一言でいいから言葉を交したい気持ちは抑えた。見張られてはいない。が、彼女が留まる時間が長ければ長いだけ、見付かる可能性は増える。ジェルジュにできるのは、軽く触れ返すことだけだった。それから窓を下ろし、煙草を灰皿に捨てて眠りに就いた。

一週間目に、参謀本部の事務局に忍び込んだ。

カラヴィチから盗み出せるだけのことは、既に盗み出していた。後方攪乱のためにボスニアで組織された義勇兵部隊は、冬の間にほぼ全滅していた。にも拘らず、カラヴィチは顔色ひとつ変えなかった。むしろ上機嫌でさえあった。ほとんど挑発するように、溢れかけた屑籠を爪先で蹴って押し出しながら、雪が融ければオーストリア軍を一気に押し返せると言いさえした。

カラヴィチが信じられるものなら信じていただろう——彼がオーストリア軍か、ことによると顧問官の手先で、忠実に職務を果たしているのだと。だがジェルジュにカラヴィチを信じる気はまるでなかった。自分が運んだあの命令書の感触を忘れてはいなかったし、そういいながら口許に浮んだ、袖口にカードを隠した賭博師を思わせる歪んだ笑みを信じようという気にはなれなかった。

参謀本部が置かれていた建物には、ほとんど毎日、使い走りに出された。事務局以外はクラグエヴァツに移っていたので、ジェルジュが会うのはひどく歳の行った連絡将校だったが、ザヴァチル一味がベオグラードに残らされた理由はそれでよく判った。連絡将校はジェルジュが感覚を具えているのかどうかを知りたがった。問い質しさえした。認めたのでそれ以上は追及しなかったが、否定しても結果は同じことだっただろう——

彼はザヴァチルを毛嫌いしていた。マルコ・カラヴィチも、その部下もだった。自分の頭の中など、一片たりとも、読まれたくなかったのだ。

ということは、正面からは入れて貰えないということだ——感覚で何をできるものか、彼らが殆ど知らないとしても。

決行の日の昼間、用を終えた後で手洗いに行くふりをして文書庫に入り込み、窓に細く捻った紙を挟んで掛け金が下りないようにしておいた。外からでは、窓は思ったより高かった。歩哨の目を盗んで飛び付き、自分の衰弱ぶりを痛いほど感じながら体を持ち上げ、窓の框にしがみついたままはね上げ戸を持ち上げて、中に転げ込んだ。当直や無線係が起きている建物の中を息を殺して歩き、事務局の部屋に忍び込んだ。それを三晩、繰り返した。三日目の晩には、自分は運がいいだけだと思った。

いきなりセルビア軍を崩壊させかねないような大仰な情報が欲しい訳ではなかった。あったとしても、そんなものを見付け出すのは至難の業だ。見たいのは、ごくありふれた命令書や予算の承認書だった。転属。配属。部隊の編成替え。移動。それに伴う金の動き。カラヴィチや連絡将校の思考はそんなもので占められていた。とすれば、その辺りを理解するしかない。暗がりの中で、ほとんど夜通し、書類をなぞり続けた——一字一字読まなければならないとしたら、とてもこんなことはやる気になれなかっただろう。それを、ベオグラードが奪還され、部隊が再編された後の定員表と比較する。もちろん、上に上がってくる数字はかなりいい加減なものだ。兵士は逃亡するし、内輪の喧嘩で殺されもする。食い扶持を減らさないために、そうやって減った人数をひた隠しに隠す部隊は、特に前線では、幾らでもある。だがジェルジュが探しているのは、そうした散発的な消滅ではなかった。再編成の時に、新兵も含め、新たに編成された小隊がいくつかあって、それが直接ザヴァチルの指揮下に入り、そのまま消えていた。ただし、予算は生きていた——ザヴァチルは三百人前後の兵士を養い、武装させられるだけの額を受け取っていた。

予算の最後の執行命令書が、まだ係官の机の上に載ったままだった。金額は冬とは比べ物にならないくらい上乗せされていた。理由を想像するのは難しくはなかった。ザヴァチルは攻勢に出るつもりでいる。それを、参謀総長も知っている。命令書には承認の署名があった。普通の人間が署名をしながら紙に残した痕跡なら、読むのはたやすい。勝つ気でいた。ザヴァチルを怪物だと思っているとしても、彼の行動には全幅の信頼を置いていた。

机の上に前夜置き放されたまま、動かさないよう触れていた書類の上に、明け方の最初の薄明かりが差し込んだ。ジェルジュは階下に下り、入って来た窓から注意深く滑り出た。夜よりもずっと簡単だった。ドナウ川とサヴァ川から上がってきた霧が、全てを注意深く覆い隠していたからだ。既に明るくなりはじめていた。歩きながら、これ以上残るのは意味がないと考えた。三百人をどこに隠したのか、いつ、どのように行動を起させるつもりか——それがあるのはザヴァチルの頭の中だ。帰りを待ち構え、こじ開けて、拾い上げれば簡単だが、今のジェルジュの手には負えない。諦めて迎えを呼ぶべきだろう。

今日一日だけだ、とジェルジュは考えた。宿舎に戻ってイェレーナの訪れを待ち、話をしたら顔を洗って、朝食のコーヒーに大量の砂糖を入れて飲む。そのままカラヴィチのところへ行く。姿が見えないというので捜し回られたりはしたくないからだ。仕事をして、引けたら夜を待って街に出る。今夜はドナウ川の上だ。ポケットに両手を入れて、ジェルジュは足早に歩いた。外套を着ていないので寒かったのだ。

一瞬、頭の中を何かが通りすぎた。感覚が戻って来たような気がして、麻痺を振り切るように押してみたが、返って来たのは、一晩中酷使されて草臥れきった手応えだけだった。ポケットから両手を出し、鈍りきった感覚を受け身に開いたまま、補いを付けるように歩みを緩めた。また何かが動いた。今度は存在を隠そうともしていなかった。ジェルジュは足を停め、後ずさった。後から肩を摑まれた。カラヴィチだった。

ジェルジュは振り返らなかった。開いただけの感覚が、カラヴィチとは桁違いの何かを捉えていた。ヨヴァンだ。そう思った途端に、捉えられ、こじ開けられた。本能的に体を捩って振り払ったが、ヨヴァンが裏切りを悟るには充分だった。カラヴィチは許可を与えるようにジェルジュから離れた。拳と同時に、何かが叩き付けられた。声にならない叫びを上げながら膝を突こうとするジェルジュを、ヨヴァンは襟で捉えたまま蹴り上げ、殴り付けた。その度に体がばらばらになったような気がした。

地面は冷たく、湿っていた。ヨヴァンは金切り声を上げた。
「何故だ」
ジェルジュは答えなかった。答える言葉などないからだ。カラヴィチに引きずり起され、腕を取って無理矢理歩かされた。ヨヴァンは泣きながら後を付いて来た。裏門に止っていた馬車に乗せられた。どこへ連れて行かれるのかは判らなかった。頭が割れるように痛んだ。

馬車から降ろされ、暫く歩かされた。霧は晴れていた。生い茂る灌木に遮られていたが、確かに川の側だった。小さな木の橋を渡ると、ほとんど四阿に近い、見捨てられた小屋があった。

そこがジェルジュの監禁の場所だった。目隠しをされ、手足を縛られて、古い籐椅子に坐らされた。カラヴィチが立ち去ると、ヨヴァンは縄を少し緩めてくれた。目隠しの下で、ジェルジュは目を瞑っていた。ひどく混乱していた。たとえば一体何故、司令部ではなくこんなところに連れて来たのか見当も付かなかったし、何故まだ殺されていないのかも判らなかった。何が起ったのか理解するのも難しいくらいだった。混乱の理由の幾らかはヨヴァンにあった——逃げることもできたのに、ヨヴァンには殴られても仕方がないと何故思ったのか、自分でもうまく説明が付かなかった。銃を向けられても大人しく撃ち殺されたのではないかという気がした。

ヨヴァンが動き回る物音だけが聞こえていた。ジェルジュは目隠しをした目を天窓の光に向けたまま、その音に聞き入った。奇妙に懐かしい物音だった。

「黙れ」とヨヴァンは言った。

僕は何も言ってない。

黙れ。

その声は、今のジェルジュには些かよく通り過ぎた。ぐちゃぐちゃに叩き潰されたところに一撃を食ったような気がした。傷を舐めるように意識を内側へと閉ざした。二時間くらいすると、ヨヴァンはジェルジュに水を飲ませに来た。ジェルジュは話し掛けなかった。ただ、押し付けられた金属製のコップから飲んだだけだった。自分がどれほどヨヴァンを好きだったかを思い出した。オーストリア兵をやり過ごした後で、二人でどれほど笑い転げたか、ジェルジュは覚えていた。

ヨヴァンは落着きがなかった。矢鱈とまめにジェルジュの縄を点検したり、水を飲ませたるするのは、半分くらいはそのせいだった。心理的には半狂乱だった。運ばれてきた昼食を受け取ると泣きながら食べた。それから少し落着いて、食べ残しをジェルジュに与えた。幾らかはジェルジュの世話をして過ごした冬の習慣だった。幾らかは、彼にも判っていなかった。ふいに、ひどく慈悲深い口調で言った。

「大佐殿は君を殺さないと言っている」

ジェルジュは身を強張らせた。セルビアの牢獄で、感覚を叩き潰され、廃人同様になって数箇月を生き延びることを想像したのだ。

「君は僕たちの味方になると言っている」

ジェルジュは答えなかった。ひどい無力感と軽い悲哀を同時に覚えた。

「死ぬよりはいいだろ」

「命乞いをしたのか」

ヨヴァンは口籠った。「獣医の家を出てすぐに言われた――君はオーストリアの間諜だと。僕には信じられなかった。だって君は何度も僕の命を救ったじゃないか。僕はそう言った。それこそ、何もかも、後になって説明が付いたことまで、君が指令書を焼いて残りの部隊を助けようとしたことまで全部、言ったよ。ザヴァチルは聞いていた。君のことを若いのに信じられないくらい優秀だと言った――優秀な裏切り者だと。僕は信じなかった。取って返して、君の口から聞かない限りは信じられない。だって、まさか僕に嘘は吐かないだろ」

「嘘は吐いてたよ」

「黙っていることと嘘を吐くことは違う。僕が訊いたら、君は嘘を吐かない。ザヴァチルは、起きられるようになれば君は必ずベオグラードに戻ると言った。愛国者でも、裏切り者でも。だからその時に確認すればいい、と。もし裏切り者ならどうするね、と訊かれた。僕は答えられなかった。そうしたら、ザヴァチルは言ったんだ――殺したりする必要はない、君は僕たちの味方になる」

最初からそれが目的か、と思った。手の込んだ徴兵もあったものだ。

「僕には信じられない。今だって、君が僕の知ってた君じゃないなんて思えない。本当にオーストリアの間諜なのか」

「頭の中を見ただろ」

「見たって信じられない。だったらどうしてオーストリア軍に投降しない」

「信じては貰えない。撃ち殺されて、指令書を奪われるだけだ」

「何故僕を庇ったんだ」

「君が撃たれたら、僕たちは捕まってた」

「何故指令書を焼いたんだ」

ジェルジュは口を噤んだ。自分でも、よく判らなかったからだ。「君はカラヴィチを信じてるだろう」

「ああ、信じてる」

「ザヴァチルも」

「当然だ」

「僕はどっちも信じてない」ヨヴァンが激昂するのを押し止めて、ジェルジュは続けた。

「人間として信用できない」

ヨヴァンは黙り込んだ。それから低い声で訊いた。「何が言いたいんだ」

「僕たちがボスニアの義勇兵に運んだのは、オーストリア軍に確実に捕まる場所への移動を命じる指令書だった。だから焼いた。どこの兵隊だろうと、自分が運んだ指令に従ったせいで人が死ぬなんて御免だ」まして騙されては御免だ、とは言わなかった。それ以上言えば、ヨヴァンは逆上する。

ヨヴァンは何も言わなくなった。動き回る音さえ絶えた。用を足させてくれるように頼むと拒絶した。縄を解かなければならないからだ。

「逃げないよ」とジェルジュは言った。「ザヴァチルが来るんだろう」

ヨヴァンは縄を解いて、手洗いに連れて行ってくれた。戻って来て、もう一度縛り上げながら尋ねた。

「会いたいのか」

「顔を見てやりたい」

それからまた目隠しをされた。意味がないと言ってもヨヴァンは、命令だから、と言い張った。ジェルジュは少し眠った。頭痛は和らいだ。ヨヴァンは身じろぎもせずに部屋のどこかにいるようだったが、その気配も、感情も、ジェルジュには感じ取れなかった。天窓から射す光は籐椅子の肘から床に廻り、壁を舐めて、消えた。空気が冷え始め、ヨヴァンはカンテラに火を灯した。それからまた、動かなくなった。

我に返るのはジェルジュの方が先だった。感じた訳ではない。目隠しのせいで聴覚が敏感になっていたのだ。ヨヴァンは感覚を外に向けるとすぐに立ち上がった。扉が開く方が早かった。不躾にひと撫でされた。ジェルジュは身を竦めた。

「自業自得とは言えひどいやられようだな」とザヴァチルは言った。「何だって目隠しなんて馬鹿なものをしてるんだ」

マルコ・カラヴィチが何か答える声がした。ザヴァチルはやけに甘ったるい口調で言った。

「どうせ目で見ちゃいない。そう仕込まれているんだろう。目隠しをしていてもはっきり判る筈だ——私とマルコとヨヴァンを殴り倒して逃げるなんてことが、今の君にできるかね」ヨヴァンにむかって頷いて見せた。「縄を解いてやりなさい。目隠しもだ。君の戦友を敵として扱う気はない」

ヨヴァンが縄を切ってくれた。目隠しは自分で外した。軍服を着たザヴァチルはジェルジュの前に立つと、ふいに顎を摘んで横を向かせた。

「この顔を見てグレゴール・エスケルスの私生児だと気が付かなかったとは、君も間が抜けてるな、マルコ——ひどく痩せてはいるがね」

「ライタ男爵だって小僧っ子の頃は痩せてたでしょうよ」とカラヴィチは答えた。

ジェルジュは静かに顔を振ってザヴァチルの指から逃れた。

「何か突き止めたかね」

ジェルジュは口を噤んでいた。ザヴァチルは頷いた。

「非常にいいね。虚栄心は強いが馬鹿じゃないというのは、素質としては買える。君にとっていいことかどうか、それはまた別だがね」

「ひとつだけ聞かせて欲しい」

「何だ」

「ボスニアの義勇兵をオーストリアに引き渡したのはあなたの命令か」

「私が命じた」

「最初から、彼らは囮だった」

「そう、最初からね」ザヴァチルはヨヴァンには見向きもしなかった。軽く肩を抑えて若者を止めたのはカラヴィチだった。「次の作戦を円滑に進めるためだ」

「何人死んだか覚えてるか」

　ザヴァチルはくすりと笑った。「君が知っているより多いことは確かだな」

　ジェルジュはザヴァチルを睨み付けたまま、籐椅子に身を任せた。椅子の背がジェルジュの体を受け止めて鳴った。「僕はあなたの味方にはならない。殺せ」

　ザヴァチルはかぶりを振りながら、舌なめずりでもするように繰り返し、ジョルジュ、ジョルジュ、と呼んだ。「私は彼らの同意を求めなかった。君の同意だって求めないさ」指先で軽く額を小突いた。「そんなのは君同様、不確かなものだからね」

　叫んだのはヨヴァンの方だった。ジェルジュには声を出すことさえできなかった。長い針で頭を貫かれたような気がした。体は操る糸を断ち切られた木偶のように放り出された。ザヴァチルが手を引いて顔を覗き込むのが見えた。安心していい、と言う声は、耳ではなく頭の中に響いた。

殺したりはしないよ。君だって本当は死にたくはないだろう、ジョルジュ。死ぬというのはどんなことか、君はすぐ側で見た筈だ。

体が規則的に痙攣を繰り返すのを、ジェルジュは感じていた。それだけが、動かすことさえできない四肢が返してくる唯一の反応だった。頭は蝶の標本のように留め付けられたまま、ザヴァチルが触れるに任されていた。弾丸が胸に抜けた時の衝撃と恐怖が甦った。一際激しい痙攣が背中を走り、息が止りそうになった。黒い血が口から溢れ出した。

何も死ぬ必要はない。君はまだ二十歳だろう。失って取り返しの付かないものなぞ、まだ何もない。生きてさえいれば、全てが、放っておいても君の手の中に飛び込んで来る。

息ができなかった。背中に狙いを付ける視線と、手袋をしたまま引き金を絞る感触を感じ、恐怖で意識が消し飛びそうになった。記憶と現実の区別が付かなかった。頭の中をかき回されているのだ、と初めて気が付いた。ザヴァチルは手の中の小鳥を抑えるように、軽く、ジェルジュを締め上げ、親指で腹を割くように彼の中を手探りした。鳩尾を匕首で突き上げられたコンラートが両手の指の間から零れ落ち、二度と日の目を見ない地下の虚無へと呑まれていくのを感じた。無力感と怒りで見境なく暴れようとした。が、何一つ動こうとはしなかった。ザヴァチルの手が更に奥へと差し入れられるのが判っただけだった。

君だって死ねば同じことだ。天の国も、死後の栄光もないということが、君にはよく判っているだろう。死ねば、消えるだけだ。こんな所で、何一つ成し遂げられず、感覚さえ失ったまま死にたいのか。君は信じがたいくらい勇敢だ。頭もいい。君のような感覚を持って生れて来るのは一世代に精々一人か二人だ。せめて感覚は取り戻してから死にたいだろう——勿論、取り戻せるさ。生きてさえいれば、一月か二月で回復する。もう一度、世界がどんな姿をしていたか見てから死にたいだろう。その時には、私なぞ、君には手も触れることはできない。覚えているかね。マルコが君を挑発した時、自分がどれほど誇り高い姿をしていたか。堕天使そこのけだったとマルコは言っているが、私には想像が付くよ。君の自惚れに相応しい、目も眩むばかりに壮麗な姿がね。

甘く、ぼそぼそに乾いた何かが、舌の上の水気を吸いながら口の中に現れた。それはチョコレートの内側に練り込まれた詰め物のわざとらしいアーモンド臭に変り、揚げた練粉の外側にまぶした砂糖と、内側から溢れる甘く煮詰めた桜桃のジャムに変り、むかつくくらいに甘ったるいリキュールに変った。本当に吐気がした。全身の細胞が、流し込まれたアルコールを拒否して身を捩って吐いているような気がした。これ以上はないくらいに薄いガラスの感触が唇に甦った。刃物のように鋭く、しかも丸い縁から、どこか苦い酸味を帯びた液体が泡立ちながら溢れて口を濡らした。絡み合って大きな羽根のようになった雪片が、音を立ててガラスの屋根に落ちてきた。ジェルジュはザヴァチルに懇願した——これ以上は見たくない。思い出したくない。オレンジの枝が、葉を鳴らしながら白い花の香りを撒き散らしてしなやかに撥ねた。ジェルジュは泣いた。灯を落とした馬車の中は、外套に包まっていてさえ、信じられないくらい寒かった。暗がりの向こうに坐っている相手の疲弊と軽蔑に満ちた沈黙は、それよりももっと冷たかった。

ザヴァチルは微笑んだ。ほとんど優しくさえあった。無論、君には充分な値打ちがあるさ、と言った。どんな愛にも、どんな栄光にも、君は値する。ただ、彼らが拒んでいるというだけだ。君には判っているだろう――彼らのうちの一体誰に、君が冒したような危険が冒せるね。確かに、馬鹿者なら、やるかもしれない。だが、生き残れるかどうかは別だ。まして、君ほどの成果を収められるとは思えない。だから私は君を敵とは考えないのだ、ジョルジュ。君は素晴しい。ひとつだけ、私から君に相応しいものを贈らせてはくれないか。ウィーンの顧問官殿が君に拒んだもの、ウィーンが君に拒み続け、これからも拒むであろうものを、君は受け取るべきだ。彼らに忠実である理由はない。私が君を、彼らから自由にしてやろう。

自分が聞いているかどうか、ジェルジュにはもう判らなかった。ザヴァチルは囁きながらあらゆる記憶を甦らせ、読み取っていた。抵抗はできなかった。かき回され、ゆさぶられる度に惹き起される絶望と怒りで朦朧としていたからだ。ザヴァチルの声は聞こえなかった。ただその言葉は、記憶に呑まれ、感情に翻弄されるジェルジュの内側に響き渡った。まるで自分の声を聞いているようだった。二度とウィーンには戻りたくなかった。彼らが自分をどんな風に扱うかを考えると、屈辱で叫びたくなった。最後に残ったのは、ひどく理不尽だ、という感情だった。どうしてこんなところで死ななければならないのか判らなかった。死にたくなかった。死んで、埋められて、忘れ去られるのが恐ろしかった。熱を持った額をざらりとした柵の横木に押し当てていた時、ジェルジュが震えるほど恐ろしかったのはそのことだった。咳き込んで、血を吐いて、動かなくなると、彼らはジェルジュを小さな箱に収めて教会の庭に埋める。それきり忘れてしまう。

誰が自分をそんな忘却から救ってくれたのか、ジェルジュは覚えていた。彼女を、お母さん、と呼んだことを思い出した。何故ならその前に——それよりもずっと前に——まだ上手く両目を開けることさえできない彼を抱き上げ、額に頰を寄せながら触れてくれた人がいたからだ。ジェルジュが伸び上がって彼女にしがみ付こうとすると、くすぐったそうに笑いながら、覚えていなければならない唯一のことを教えてくれた人が、確かにいたのだ。

死ぬ訳には行かない。

ジェルジュは動かなくなった。ザヴァチルは小さく舌打ちした。それはヨヴァンにははっきりと聞き取れた。見向きもせずにカラヴィチに手を差し出す動作は、軽く肩を竦めるのと変らなかった。銃を抜いて渡しながら、カラヴィチはヨヴァンの抗議に皮肉な声で答えた。

「君の戦友は、どうも少々強情すぎたな」

ジェルジュの耳に遊底を引く音が聞こえた。記憶の底の底まで浚われて、まだ朦朧としていた。考えていることは一つだけだった――こいつをここから出す訳には行かない。それでは屈服してイェレーナを売り渡すも同然だ。ジェルジュは目を開き、顎をこじるように銃口を突き付けようとするザヴァチルの手首を、ぎこちないが速い動作で摑んだ。指から伝わる干渉が感覚を揺り起した。首筋が燃え上がり、頭蓋の底が唸りを上げた。一瞬、体を見失った。感覚が炎の舌のようにザヴァチルを舐め上げ、焼き尽くすに任せた。窓という窓が、割れるというより極小の破片になって崩れ落ちた。体が凄まじい重みを伴って戻って来た。白い粉のように砕けた天窓の硝子を浴びながら、絶命したザヴァチルの手から銃をもぎ取り、視野を焼かれて竦んだままのカラヴィチを撃った。

銃の帯びた熱が、感覚を引き戻してくれた。立ち上がり、体を引きずるように埃だらけのテーブルに歩み寄って、カンテラを吹き消した。ヨヴァンは気を失っていた。軽く額に触れた。傷付いてはいないようだった。不安を覚えながら奥を探った。イェレーナの存在を読まれていないのを確かめなければならなかったからだ。

ヨヴァンは目を開いた。ジェルジュは無言で、川の方を示した。ボートが近付きつつあった。今の騒ぎで彼の居所が知れたのだ。

声を立てずに泣くヨヴァンを残して、ジェルジュは小屋を出た。根元を洗われている灌木の茂みに踏み入った。靴を脱ぎ、川に入った。冷たかった。着衣の重みで水中に引きずり込まれそうになりながら、ゆっくりと泳いだ。暗がりの中で灯を振るのが見えた。逸るのを抑えて、確実に前へと搔いた。近付いて来たボートから差し出された手を取った途端、体が水に引き込まれた。ぐしょ濡れのまま、引きずり上げられた。

　金髪の、まだ若い男が、ボートの底に坐り込んだジェルジュにむかって敬礼をして見せた。ジェルジュは寒さと嫌悪感で身震いした。その敬礼が、人を殺したことに向けられているのは殆ど堪え難いことだった。

Ⅲ

河川部隊の船に回収されるまで、ジェルジュはルドルフ・ケーラー大尉と口を利かなかった。ものも言えないくらい疲れ果てていたのだ。硝子粉に塗(まみ)れて濡れた衣類を替え、毛布に包まって砂糖をたっぷりと入れたコーヒーを飲み始めるまで、むこうも何も言わなかった。金属製の武骨なカップを手にしたまま、ジェルジュは無愛想に報告した。カラヴィチがオーストリアに売り渡していたボスニアの義勇兵部隊は全て囮(おとり)だったこと、その間にザヴァチルの下で訓練を受けた三百名がボスニアに潜入を始めていたこと、彼らの組織した蜂起(ほうき)と同時にセルビア軍は攻勢を掛けるつもりでいたこと、ただし三百名は事実上ザヴァチルの私兵であり、正規の指揮系統には属していないこと、二十名から三十名の小部隊に分れて潜伏しているが、相互の連絡はないこと、従って、ザヴァチルがいない今や彼らを元の計画通りに使うのは不可能であることをだ。潜伏している場所と人数も、指揮官の名前も至極事務的に伝えた。それから、カップを床に下ろした。

「少し眠っていいか」

　ケーラーは棚のようになった寝台のカーテンを引いてくれた。

　翌日、ジェルジュはブダペストで下ろされた。胃が食事を受け付けない上、ひどい熱を出していた。ケーラーはジェルジュを抱えるようにして自動車に乗せた。ジェルジュは目を瞑ったまま言った。

「何故ブダペストなんだ」

「問題がふたつある。ひとつは君の健康状態だ。医者に見せた方がいい。もうひとつ、上の方から聞き出すように言われたことがある。それが済まない限り、君を解放する訳にはいかない」

　ジェルジュは薄目を開けてケーラーを見遣った。熱に浮かされた灰色の眼差しを突き付けられて、ケーラーは身を竦ませた。

「何が訊きたいんだ」

「セルビアの義勇兵や密偵に協力している市民の名前が知りたい」

　ジェルジュは目を閉じた。途方もないものが無理矢理捩じ伏せられたのを、ケーラーは感じ取った。「気分が悪いんだ。後でいいか」

　ケーラーがジェルジュを連れて行ったのはブダ側の丘の上にあるこぢんまりとした邸宅だった。ジェルジュは部屋に入ると、窓に嵌められた格子と扉の外鍵を確認した。

ケーラーは口籠った。「他に部屋がない」

ジェルジュは軽蔑を隠そうともしなかった。牢獄を宛てがわれたことよりも、この程度の牢獄で自分を捕えておけると思われたことに対する軽蔑だった。いいんじゃないか、と言った。「気持ちのいい部屋だ。別に不満はない」

それから、一人にしてくれるよう頼んだ。眠るつもりらしかった。実際、服を脱いで寝台に潜り込んだまま、翌朝まで目を覚まさなかった。目を覚ますと朝食を持って来てくれるよう頼み、ケーラーの見ている前で、食べると言うよりは詰め込んだ。

「ただの船酔いだよ」と言った。

「熱は」

「急に感覚を揺り起したんで収まりが悪い。それだけだ」

ケーラーはジェルジュをヴェルナー博士のところに連れて行った。途中で逃げ出せる状態ではないと判断したのだ。建物の戸口に小さな真鍮の表札を掲げただけの医者だったが、設備は調っていた。一通りの診察の後、頭の中を散々触診された。それから胸部のレントゲンを撮られた。

「結核をやったことがあるだろう」とヴェルナーは言った。

ジェルジュは眉を顰めた。

「右肺の上の方に、石灰化した病巣がある」暫く口を噤んだ。「命拾いしたな。普通なら死んでいる」

結核のことなのか銃創のことなのかは訊かなかった。ヴェルナーはあまりにも完全に意識を閉ざしていたので、あえて読もうとしない限りはどちらとも付かなかった。傷は綺麗に塞がっている、と言った。

「感覚はもうひと月くらい眠らせておいた方が良かった。体がもたんだろう」

ヴェルナーは阿片剤を処方すると言った。一週間くらい服用すれば大分楽になるだろうとのことだった。顧問官から貰った小壜の液体を見せると、医師は顔を顰めた。

「常用しているのかね」

「頭痛がひどい時だけです。持ち歩いてはいますが、ここ二年くらいはほとんど使っていません」

「いつから」

「十年くらい」

まだ効くのか尋ねられたので、相変らず目の焦点が合わなくなるとは言った。

「一週間以上連続で服用しちゃいかん。分量は増やさないように。一滴舐めても効かなくなったらその薬は諦めることだ。薬で感覚を抑えることに慣れたら、自力では抑えられなくなる。切れた途端にどかんと来て、君は廃人だ」

ジェルジュはそのまま大人しく連れ戻られた。ドナウ川を渡る直前、戸口の打ち付けられた廃屋の前を通る時、振り返って眺めた以外は、ずっと目を瞑っていた。僕はそこに住んでいたんだ、と言った。

「どこだ」

「あの建物だよ」

「倉庫だろう」

ジェルジュは答えなかった。至極従順に部屋に戻り、用意されたパジャマに着替えて横になると、物慣れた様子で小壜の液体を一滴だけ舌に垂らした。きっかり一週間、昼食の後に一滴だけという処方を守り、八日目、まだ微熱があったにもかかわらず服用を止めた。その間、ケーラーにも他の人間にも、必要最小限の要求を伝える以上の口は利かなかった。話しかける隙さえ与えなかった。食事の時とヴェルナー博士の往診を受ける時以外は目を瞑って横になっているからだ。

八日目に、馬に乗りたいと言い出した。ケーラーは止めたが、本人は病人として扱われることを拒否した。一緒に来ればいい、と言った。ケーラーは諦めて、近衛騎兵の廏舎から馬を借りて来させた。ジェルジュはひどく嬉しそうに、背中が普通よりは確実に拳一つ高い馬に近付き、首筋を叩いた。

「よくこんな馬を貸してくれたな」

「君が乗ると言うなら、馬くらい幾らでも貸してくれるさ」

二人は速歩で街を抜けた。家並みが途切れ、人気がなくなると、ジェルジュはむしろゆったりと馬を駆けさせた。ケーラーは後を追った。少し駆けさせると満足したらしく、軽く手綱を絞って速歩に落し、歩かせた。息を切らし、蒼い顔をしていたが、表情は穏やかだった。

「僕に口を割らせたい件があるんじゃなかったのか」

　ケーラーはすぐには答えなかった。伸びをするように感覚を開いたジェルジュの様子に気を取られていたのだ。意識の一部は馬の息遣いと溶け合っていた。ジェルジュが促すように軽く眉を上げると、馬はぴくりと耳を動かした。

「君は答えない」とケーラーは言った。「何か他の方法を取る必要がある」

「たとえば」

「薬を使ってこじ開ける」

「悪くすると僕はそれっきりだな」

「ヴェルナー博士にも相談した。ごく穏やかな、害のないやり方で君を抑える方法はないものかとね。博士は諦めろと言った。難しいんだそうだ。阿片も効いているのかいないのか判らない――君が感覚を眠らせているつもりでも、押すと反応がある、効いているのは別のどこかだろう、と」

「随分と正直だな」

「君を相手に嘘を吐いても仕方がない」

「加えて政治か」

　ケーラーは口籠った。読まれたのか、そう推察しただけなのか判らなかったのだ。

「加えて政治だ。こじ開けたりすれば、君は勿論（もちろん）だが、今後アルトゥール・フォン・スタイニッツの協力を得るのは難しくなる。それは拙い」

「そう報告するのか」

「難しいところだな。何か言い訳はないか」

「僕が拒絶したと言えばいい」

「拒絶？」

「君らが民家を焼いたり、ひと家族から十五歳から七十歳までの男を全員引っ張って投獄したりする片棒を担ぐのは御免だ」

「そんなに非道いか」

「知らない訳じゃないだろう。ザヴァチルはもっと非道いと思わなければ、任務なんか放り出して向う側に行ってたよ」

ケーラーは溜息を吐いた。「それは上には言えないな」

「何も知らない、と」

「知らない？」

「僕はその件について全く関心がないので知らないと言った、今後の協力関係のことを考えたらそれ以上は追及できなかった――それで済まないか」

ケーラーは溜息を吐いた。それで済ますのは事だ。上からは散々に言われるだろう。結果さえ構わなければ手段は幾らでもある。だが、それで失われるものは、軍にとってもケーラーにとっても、得られるものより少ない。

「努力しよう」とケーラーは言った。ジェルジュは微笑んだ。自分の選択は間違ってはいない、とケーラーは確信した。

ウィーンに戻ったのは十日目だった。顧問官は駅まで自動車を寄越した。カールスプラッツに面した瀟洒(しょうしゃ)な家に連れて行かれた。イヴァナが戸口に出て、ジェルジュを抱擁した。それからすぐに顔を見直して言った。

「あらやだ、熱がある」

ジェルジュはそのまま寝台に追い立てられた。車を運転してきたローベルトは困惑して家の中をうろうろしていたが、最後に寝室を覗(のぞ)き、羽根布団から顔だけ出したジェルジュに言った。

「明日、九時に顧問官が来る。公証人が一緒だそうだ」

体温計をくわえたまま、ジェルジュは頷(うなず)いた。

翌朝、ジェルジュは六時に目を覚まして朝食を取った。薄暗い雨の朝だった。九時丁度に顧問官の車が着くのを、ジェルジュは書斎の窓から眺めた。ローベルトが運転席から下りて黒い傘を差し掛けた。肥(ふと)った公証人が一緒だった。

ジェルジュは公証人の説明を受けながら、二通の書類に目を通した。一通は家の登記書類であり、もう一通は、顧問官が贈与した信託財産の受領証だった。顧問官自身は一言も口を利かなかった。ジェルジュは顧問官の様子に倣って、全く無感情に、事務的に、要求された署名を済ませた。

署名が済むと、顧問官はローベルトに公証人を送らせた。彼らは二人きりになった。顧問官は、ポケットから取り出した箱を放って寄越した。鮮やかな綬(じゅ)に下げた七宝細工が収まっていた。

「そんな顔をすることはなかろう」顧問官はマジャール語で言った。「彼らは君に満足している。くれるなら貰っておけばいい。役に立つこともある」

ジェルジュは箱を閉じた。自分でも、何がそれほど不愉快なのかよく判らなかった。

「あなたは僕に満足ですか」

「生きて帰って来たことにはね。ザヴァチル風情のために君を使い潰(つぶ)さずに済んだ。働きに関して言うなら——そう、満足している。傷はもういいのか」

「医者は完治していると保証してくれました。僕は運がいい、とも」

「続けたいか」

ジェルジュは黙り込んだ。

「家と金は君が受け取るべき当然の報酬だ。君に恩を売るつもりはない。もう御免だと言うなら、私のために働く必要はない」

「あんな無様な失策は二度とやりません」

「正反対の返答を期待していたと言ったらどうする」

「何を選ぼうと僕の勝手です」

「強情だな」

「そう育てたのはあなたですよ」

顧問官は微笑した。満足しているのか、憐れんでいるのか、その両方なのかはジェルジュには判らなかった。立ち上がると、ポケットからもう一つ、細い紙箱を取り出した。録音した蠟管が入っていた。

「君にはこっちの方がいいだろう。機械がどこにあるかはイヴァナに聞けばいい。その気があるなら、明日、八時に私のところへ来たまえ」

その午後を、ジェルジュは蠟管に残された短い録音を聞いて過ごした。ブダペストの部屋で録音された演奏だった。三度しか針は当てなかった。音が削り取られてしまうのを恐れたのだ。蠟管が駄目になってしまっても聞けるように、微かな音の震えのひとつひとつを記憶に刻み、弓の動きや弦を押える指に肘から加えられた揺れを再現して、かすれた音から目の前で聞こえた響きを引き出した。彼が覚えていたよりもはるかに太い、荒々しい音だった。そのむこうにあったものが姿を現すのを、ジェルジュは感嘆とともに眺めた。音楽は弾き手よりもはるかに強い。だがこの弾き手は、荒れ狂う音の流れの上で軽々と均衡を取り、両手の間で意のままに操っていた。

ジェルジュは毎朝、六時半に出てカールスプラッツのキオスクで新聞を買い、リンクシュトラーセを足早にブルク劇場の前まで歩いた。劇場の脇を抜け、ヘーレンガッセの裏手で折れる。通りに面した通用口はまだ開いていない。軽い足取りで裏階段を上り、夜っぴて詰めていた連中に挨拶(あいさつ)しながら煙と酒の臭気に満ちた部屋を抜け、七時前に、明るい、空っぽの事務所に入る。夜勤の無電担当者の部屋に顔を出し、夜間に受信した電文と、市内の数箇所の住所に届けられた郵便物を受け取る。

　中庭を見下ろす無愛想な部屋で、ジェルジュは仕事に取りかかった。暗号化された電文を読んで片付け、郵便物は封筒の外側から触れて仕分けし、急ぎのものだけ封を切る。多くは完全な白紙だった。或(ある)いは、他愛(たわい)ない御機嫌伺いや噂話に終始していた。ジェルジュはそこに刻み込まれた思考を——しばしば暗号化された思考を読み取って整理した。

八時少し前に席を立った。顧問官が執務室に下りて来るからだ。

騒(ざわ)めき始めた事務所の物音は、執務室の扉を閉ざすなり絶えた。異様な静寂だった。鏡は感覚を抑えたジェルジュの反映しか返さない。部屋の主の気配は空気に刻み込まれていたが、それは意識を閉ざした、まるで無表情な気配だった。顧問官が来て、おはよう、と言っても、それが本人なのか、部屋に残った影なのか判らないくらいだった。顧問官は自分そっくりの抜け殻に心地よく納まると、窓際の安楽椅子に腰を下ろし、紙巻煙草に火を点(つ)けた。

　ジェルジュは背後に立ったまま報告した。顧問官は殆(ほとん)ど聞いていなかった。彼の注意が向けられているのは、無防備に開かれたまま言葉を並べる意識の方だった。ファイルに綴(と)じ込むように分類し、整理し、必要な箇所には注意を促す印を付けて差し出された思考を、顧問官はジェルジュの声を聞きながら好きなように読み、気紛れに、殆ど脈絡なく指示を出した。最初はしどろもどろになった。何が何やら判らなくなりかけた。自分の意識がこれほど気紛れに揺れ動くとは思いもしなかった。

思考と記憶の運動を完全に統御しなければならない——古いものも交えた無数の情報の網を事前に整理し、固定する。気が付いたことは、はっきりそれと判るように添付する。言葉では見取り図だけを示す。顧問官の思考の流れを摑めるようになると、全ては容易になった。書き留めることは許されていなかったが、その必要さえなくなった。何をどう指示されるかは、充分に推測できる。

九時に解放されると、自分の部屋に戻って、残りの郵便物や書類仕事を片付ける。始終、事務所の職員が扉を叩いて入って来る。ジェルジュが呼ぶこともある。自分で出向いて話し込むこともある。感覚のある人間は表にはほとんどいなかった。裏の詰め所に出て来るのも、顧問官の下で働くうちのごく一握りだ。特別な任務に就いていない連中は近くのカフェで時間を潰していた。ジェルジュは彼らの所在を把握していた。必要があれば呼ばなければならない。

事務所の仕事が終るのは午後の二時だった。上がってきた書類に目を通し、顧問官に報告し、指示通りに処理を終えると、徒歩で帰って昼食を取った。それから、最初の三箇月間はほぼ確実に、夕方まで眠った。

戦争は続いていた。セルビアは地図上から消滅し、東部戦線は膠着状態に陥り、イタリアが参戦した。ジェルジュは詳細な戦況を知ってはいたし、その影響を見積もることもできた。ただし、関心はまるでなかった。顧問官がジェルジュに覚えさせようとしている仕事にも、必要最小限以上の関心はなかった。何を任されたとしても、まだ全てを委ねられた訳ではないこと——顧問官の意図の全体を描き出すには幾つか決定的な駒が抜けていること——顧問官が直接動かしている部分があることは見当が付いたが、その先に踏み込むほどの関心もなかった。辛うじて気持ちが動くのは、ケーラーがいつウィーンに戻って来るかくらいだ——そうすれば剣術の稽古を付けて貰える。

　ケーラーの腕前は、最初に呼び出された時に思い知らされていた。ジェルジュは素直に感心した。感覚を開かなければ一本も取れない相手など見たこともない。実際には、感覚を開いてさえ、ケーラーを負かすことは難しかった。

　力尽くでなら苦もなく捩じ伏せることができただろう。ケーラーが鷹揚にも「手加減抜きで」、つまり感覚を開いてやろうと告げた時から、それははっきりしていた。舞台の剣戟でしかお目に掛れないような、ただし侮って掛ると痛い目に遭う派手な動きに気を取られた瞬間、ジェルジュの感覚の防御は剣の切先で外されるように外され、頭に食った突きで体までがら空きになった。同時にそれがケーラーの限界であることも判った。ごく儀礼的な突きを決めると、ケーラーは芝居がかった動作で剣先をしなわせて見せた。

「素手で人を殺すほどの力は、私にはない。せめて腕は磨いておかないとな」

　ケーラーが自分と相手の感覚を扱う技量は卓越していた。その素早さには舌を巻くしかなかった。士官学校の頃から相手のできる者がなかったという突きと組み合わされると、ジェルジュには殆どお手上げだった。どんな風に動くのか頭の中を覗かせてくれと頼んだが、にべもなく断られた。とすればとことん相手をして貰うしかない。ケーラーは剣術の師範を紹介してくれた。背筋の伸びた白髪の老人で、ジェルジュの姿勢を一から叩き直し、数箇月で、どうにかケーラーと渡り合える水準まで仕込んだ。感覚を使いながら剣を交えて、確実に三本のうち一本を取るための、それが最低限の条件だった。

ケーラーがウィーンにいる間、彼らは毎週のように手合わせをした。必ず、見物人がいた。誰かがケーラーから一本でも取るところは、同好の士にはそれだけで見物なのだ。何人かは、私服のことも軍服を着ていることもあったが、彼らの動きを感覚で追っていた。ケーラーの部下が来ていることもあった。教訓を垂れるためだ、と彼は言った。

「だから、せめて一本は取ってくれないか——ひよっこどもにも、それで、君がどれほど手加減しているか判る。修練次第でどんな相手でも片付けられるなぞという自信を持たせたくはない」

ディートリヒシュタインがいたこともあった。細い肩を一層華奢に見せる仕立てのいい私服を着て、誰とも口を利かずにジェルジュの動きを見詰めていた。気配を感じはした。が、振り返ったのは数度に一度の辛勝を収めた後だった。ディートリヒシュタインはジェルジュには声も掛けずに立ち去り、ただ執拗な凝視の感触だけが残った。競らされているのは事実だ。顧問官は、ディートリヒシュタインに与えられる筈だった地位にジェルジュを就けようとしていた。ウィーンでは殆ど不可能な目論見だ。諜報活動の指揮を執るくらいなら、確かにできる。ただ、ホーフブルクに呼び出され、意見を求められることはない。いかに顧問官が後継者として扱い、教育したとしても、自分では職務上不可欠な役割が果たせないことをジェルジュは知っていた。跡を継ぐのはディートリヒシュタインでなければならない。自分はその下で一切を取り仕切る。必要な時には、彼の書類鞄を手にホーフブルクまで従うことになるだろう。席に着いたディートリヒシュタインの後に控えて、必要な資料を手渡したり、言い落し掛けていることを囁いたりするだろう。しかも彼はその場にいないものと――そもそも存在しないものと見做されるだろう。理想的なありようだ。ディートリヒシュタインがジェルジュを受け入れるなら。そして彼が、ディートリヒシュタインに仕えることに甘んじるなら。

　顧問官に従ってホーフブルクに上がると、そのことを思い知らされた。公式の席には大公が出席し、顧問官が後に従う。ジェルジュが連れて行かれるのは、非公式な会合か、定期的な情報交換かだった。それでも、そうした場に席を占める者は占めるに相応しい名を持っていた――実質のある仕事をしているにせよ、全くの象徴的存在であるにせよ。

　彼らの後には、その下で働く官吏たちが控えていた。街でなら、人も羨む地位にあると言われるだろう。運が良ければ辞める時には男爵の称号くらいは貰えるだろう。子供たちはずっと有利な場所から人生を始めることができるだろう。ウィーンでは人間は男爵から始まる、というのは、傲慢や狭量から来る台詞ではない。むしろ寛大すぎるくらいの言葉だ。最初から、彼らは主（あるじ）の坐（すわ）る椅子に坐ろうとは思っていない。そもそも坐れるとも思っていない。黙々と忠勤に努め、その範囲内で可能な限りの有能さを発揮する以上の野心はない。でなければ到底続けられないからだ。そうなれば人間の最低線にも到達できずに終る。

諦（あきら）められるなら、確かにそれで充分だ。だが、ジェルジュは一度、見たことがあった――議論が紛糾してひどく程度の悪い泥仕合（どろじあい）になりかけた時、誰かの、表面は正確無比な言葉を連ねながら、半ば眠ったように混濁してひどく読み辛（づら）い意識の中に、固く研ぎ澄まされた何かが閃（ひらめ）いて、消えた。疲弊した革の仮面のような顔が口を開いたなら、この神々の宮居（ヴァルハラ）について、不敬を承知で笑うしかない当てこすりが出ただろう。だが、それでどうなるものでもないことを、その男はよく知っていた。神と皇帝と上司への忠誠を守って無事年金暮しに入る以外に未来はないとしたら、苦い道化の役なぞ気晴しにもならない。

同じ表情が自分にも染み付こうとしていることを、ジェルジュは知っていた。顧問官に付いて、ただし気配は完全に消して、大公の屋敷でライバッハ公妃が開く集いや他の夜会に入り込み、たとえば招かれた演奏家がベートーベンを弾く間、誰にも気付かれずに部屋の一番後に立っている時には尚更（なおさら）だった。人の目から自分を消し去っておくのは簡単だ。音楽に聴き入りながら、その場に居合わせる人々の意識が感覚の上を流れ去るに任せ、ただ異物の有無だけに注意し続けるのも、そう難しいことではない。多少の感覚を具えた客さえ、ジェルジュに読まれているどころか、そこにいることにも気付かないのだ。辛いのは、そうした役柄に甘んずることだった。二度と生きた人間の表情を取り戻せない気がした。

夜会服のギゼラを、彼は何度も見ることになった。香水の匂いが嗅ぎ取れるほどの距離で顔を合わせたこともある。オレンジの花ではなく、枯れた薔薇を思わせる埃っぽい匂いがした。求婚者たちが見え透いた気取りだと言っている、蒼ざめた、物憂げな、誰を見る時も目の中に別の誰かを探しているように見える表情で、ギゼラはジェルジュを一瞥した。顔も、名前も、何があったのかも思い出せないのに、彼女はジェルジュを覚えていた。その記憶を甦らせるには、ジェルジュが身を潜めている人の気配を欠いた仮面を外しさえすればいい。だが、それはできなかった。しようとさえ思わなかった。おそらくはもう半分くらい、生きた人間ではなくなりかけているのだ。

女の手で宛名が書かれたパリからの封筒を開けるたび、ジェルジュはそのことを考えた。便箋一杯に他愛もないゴシップが書き散らされていた。触れて読み取れることもそれほど違いはしなかった。ただ、開くと漂い出る香りには、オレンジの花の匂いが混じっていた。八つ裂きにされてもいいから彼女を連れ出すべきだった、とジェルジュは思った。今やその値打ちもすっかり知れてしまった愛を味わって、死ぬべきだった。もう無理だ。死がどれほど無意味で下らないものか、ジェルジュは知っていた。愛の価値も下落してはいたが、それでも死で贖えるほど安くはない。

レオノーレは強引に彼の生活に割り込んで来た——さもなければ見向きもしなかっただろう、と彼女は後で言ったものだ。顧問官がライバッハ公妃と、打ち解けてはいるがけして一線を踏み越えない、模範的な騎士ぶりで語り合っている最中のことだった。誰知らぬ者のない四半世紀に亘る宮廷恋愛の活人画と言うべき光景だ。公妃がザクセンのさる大公のもとからウィーンに戻って来て以来（ライバッハの名はその時に皇帝陛下から賜ったものだ）、顧問官はこの甚だ大時代な立場を守り通してきたが、その背後には世間が囁くようないかなる過去もないことを、ジェルジュは良く知っていた。顧問官は女性を愛したことがない。ライバッハ公妃は、大公と顧問官の関係の最良の隠れ蓑だった。

彼らの傍らにいたレオノーレは立ち上がり、小声で暇を告げ、骨張った顎を象牙色の首の上に見事な角度で載せて、入口近くで誰にも気付かれないよう受け身に感覚を開いているジェルジュの傍らを通り過ぎた。ありふれた思考のざわめきの下から、低い音楽的な響きが聞こえた。軽い、羽根でくすぐるような愛撫に、ジェルジュは戸惑った。

彼女はジェルジュに目配せをした。目もくれずに扇を手で玩びながら出て行こうとしていた。二つの姿のずれに気付くと、幻は消えた。レオノーレの悪戯を窺わせるものは、軽く顎を上げた横顔の、押し殺した笑いが口許に刻んだ皺だけだった。

ジェルジュは後を追った。肩に掛けられた黒貂の艶やかな毛足が頬に触れる感触を、彼女はこれ見よがしに示しながら車寄せに出た。ジェルジュには従僕の目と手を借りて帽子と外套を回収するくらいの暇しかなかった。それを両手に持ったまま、馬丁が閉めた馬車の扉をもう一度引き開け、乗り込んだ。

レオノーレは声を立てて笑った。「女を相手に隠れおおせようなんて無理よ。感覚は誤魔化せても、匂いは誤魔化せないわ」

それは必ずしも嗅覚で捉えられるものではなかった。ひどく濃密で動物的な何かのことだった。

彼女はジェルジュを郊外の別邸に連れて行った。管理人以外の使用人は残っていなかった。レオノーレは寝室に火を入れさせ、明日の朝、街に人を遣って、身支度と朝食のために何人か寄越させるように言った。無言で椅子に跨り、背凭れに頬杖を突いたジェルジュの前で、彼女は装身具を外し、衣裳を脱ぎ、殊更にゆっくりと髪を解いた。体の深い場所から突き上げる欲望をじらして楽しんでいた。最後のピンを外して手櫛で梳くと、剝き出しになった感覚が暗い髪の中で野火のように輝いた。髪だけではなく、肌も、内側から燃えるように輝いて見えた。鮮やかな羽毛の鳥が翼を広げるように開いた感覚は、乾いた快い熱を帯びていた。

誘われるままに、ジェルジュはレオノーレを抱いた。彼女の感覚を押し開いて、その底に沈む体に手を触れ、愛撫し、体を重ねた。肉体が消え去るように思える抱擁だった。彼女もまたジェルジュの感覚の手応えを確かめながら、若々しい敏感な肌に唇を這わせ、しなやかな肉の感触を両手で味わった。その感触の一々を、彼女はジェルジュに感じ取らせ、自分もまた自分を眺め、堪能した。全身の毛穴が彼女の皮膚の放つ匂いに噎せているような気がした。愛撫は随分と長く続いた。五感が溶け去ったような錯覚に陥ってから漸く、感覚を絡み合わせて相手を貪った。彼らの感覚は交わる体を包んでお互いを呑み込み、触れ合う皮膚との区別を失った。甘い果肉に包まれた固い種子のように感じられるのがお互いの肉体なのか、入り込めば入り込むほど固く内側に巻き込まれながら熱を放つ意識なのかもはっきりとしなかった。寝台の中で交わっている、一番重く、脆く、敏感な一部は、肉体と感覚に幾重にも包まれて、身を捩り、痙攣した。

　長い間、彼らは固く抱き合ったまま動かなかった。そのまま、身じろぎもせずに二度、悦びを貪った。感覚が交わりを終えた後も、肌の奥には低い残響が聞こえた。

　ジェルジュが起き上がったのは、どこかで時計が四度鳴ったからだった。レオノーレは横になったまま動かなかった。彼が寝台から滑り下り、床に脱ぎ捨てた服を拾い上げて着始めると、俯せに顔を埋めたまま、化粧台の引出しを示した。古い真鍮の鍵が入っていた。彼は彼女の頬に唇を触れ、庭から鍵で木戸を開けて外に出た。ひどい無茶をやった後のように体が痛んだ。左腕に触れて、はじめて、彼女が自分を滅茶滅茶に嚙んだことに思い至った。雌虎と寝た後のような状態になっているだろう。それでも気分は良かった。感覚は冬の明け方のように冴えざえと覚めていた。それこそ、五キロ先まで見渡せそうな気がした。まっすぐな通りの彼方で最初の市電のヘッドライトが輝いた。すぐそばに見える停車場に向ってジェルジュは足を速めた。

レオノーレが美しいとは、ジェルジュは思わなかった。とうに三十を過ぎていた。着こなしも、振舞も、洗練を通り越して滑稽な毒々しさを帯びていたが、目の下の隈を誤魔化すには流行遅れのファム・ファタルを演じる他ないのも事実である。ある種の御婦人方は確かに永遠の美しさを讃えられはする。が、それは殆どの場合、賛美者が怠惰な夢想にしがみついているからだ。今は亡き皇后を、死の直前、ジュネーヴで見掛けた老紳士は言ったものだ――まるで蜘蛛のように痩せていた。だが、相変らずお美しかった、と。レオノーレは、美女の名を恣にしながら老いさらばえて行くよう運命付けられた女であった。自分で言うところでは、美女たちのヴァルハラに入ることを約束された女であった。彼女自身もそのことはよく心得ており、かつての美しさの名残を、極彩色の虚仮威しで防腐処理してでも保存しておかなければならないことを承知していた。

だがジェルジュが愛したのは、色合いを残したまま急速に萎れつつある美しさでも、その感覚を考慮した上でも驚くべき床上手でもなかった。たとえばそれは、幾らか大きすぎる口であり、猫のような黄緑色をした眼だった。或いは、愛しあった後には繊細な紫色を帯びる隈の、柔らかな感触だった（「柔らかいんじゃないわ、弛んでるのよ」と彼女は溜息を吐きながら言ったものだ）。お互いの感覚が引き起す干渉の音を聞きながら寝台の上に横たわる時、彼女の顔は生きいきとした表情を取り戻し、それがその奇妙な色の瞳に、幾らか厚すぎる唇に、目の下を縁取るやさしい隈に、何時間見入っても飽きることのない光の戯れを落した。

レオノーレはジェルジュを愛撫した。彼女の指の腹が額から眉骨を回って頰をなぞると、低い音楽的な唸りが高まった。猫のような瞳で見詰められた。そんな風に眺められたことはなかった。だが、一体どんな風に見えるのか、見せてはくれなかった。

「それ以上自惚れたら困るでしょ」

僕は美男じゃない、とジェルジュは言った。余計始末に負えないわ、と彼女は答えた。教えてくれたのはひとつだけだった。レオノーレは彼の目に見入っていたのだ。薄い灰色の瞳が、一日に百度も、ほんの一瞬で表情を変えるのだ、と彼女は言った。

「アルトゥールは感情を抑えることを教えてくれなかったみたいね」

ジェルジュは幾らか怯んだ。レオノーレは笑った。それもまた、目の中に見て取ることができたからだ。


最初の雪が中庭に落ちてきた朝だった。ジェルジュは一睡もしないまま事務所に出た。プラハ行の夜行列車からドイツ大使館のクーリエを拘引して荷物ごとケーラーに引き渡す仕事の指揮を執り、尋問にも付き合った後だった。尋問自体は五分と掛らなかった。ケーラーがどんな不満顔をしようと、ザヴァチルがやったように他人の頭を底まで漁る気はない。ただしその五分で、大抵の相手は一切の抵抗を諦めた。死に物狂いで意識を閉ざしていても、ジェルジュは溜息を吐きながら簡単にこじ開け、読まれた感触もなしに読み取ってしまうからだ。壜詰めでも開けるみたいだな、とケーラーは呆れて言ったものだ。蓋を開け、摘み出し、閉める。

時間が掛ったのはそれからだった。ドイツ大使館の防諜担当者を叩き起して呼び出した。バリケードを築いて立て籠るような按配に自分に閉じ籠ったアイゼンベック（「フォン・アイゼンベックと呼んでやらないと怒るぞ、プロイセンっぽは」とケーラーはせせら笑った）に、ロシアの間諜の正体を暴露し、郵袋を押し付け、脅し混じりに説得して（ケーラーはジェルジュを指差し、「こいつに貴様を開けさせようか」と言った。ジェルジュは肩を竦めた）、漸く中から一通の手紙を回収した。素早くひったくった手紙は、アイゼンベックにもケーラーにも触れさせなかった。それが顧問官の命令だった。

取りつく島もないという様子で、手紙を寄越せと迫るアイゼンベックとケーラーを拒絶し続けるうちに（アイゼンベックはひたすらに怒り狂い、ケーラーは「君と一緒に仕事をしていると昇進し損ねる」と言った――「じゃあこいつは君が連れて帰ればいい」とジェルジュはクーリエに顎をしゃくった。「後で身柄の引き渡しを要求しろ」と言うと、アイゼンベックは納得した。クーリエの身柄は獅子の分け前であり、つまりはジェルジュに全面的な裁量権があったからだ）朝の五時になったので、ジェルジュはそのまま家に戻り、顔を洗い、着替えて出掛けた。手紙をヴァシレフスキ伯爵に返すためだ。

ヴァシレフスキが六時に部屋着姿で朝食用の食堂に下りて来た時、ジェルジュは食卓の椅子に坐って、眠そうな顔で待っていた。あえて潑剌たる様子を作る必要もなかったからだ。彼を見るなり伯は蒼褪めた。手紙を差し出されると一層蒼褪めた。

「スタイニッツ男爵からの伝言を預って来ました。ロシアとの今後の連絡手段はこちらで用意させていただく、とのことです」ジェルジュは精一杯礼儀正しい作り笑いをした。

「事前に御相談下されば、内容にもある程度の自由が認められるでしょう」

　ヴァシレフスキは何も言わなかった。顧問官が承諾を求めている訳ではないことは承知していたのだ。ジェルジュはそこまで不作法にはなれなかったので、食卓の籠に飾られたオレンジの実を取るのに、一言、断らざるを得なかった。同僚の一人を見張りに付けるとも言った。正体を暴かれて落着くには時間が掛る。

　事務所に入って、いつもの通りに書類と電文を片付けた。オレンジは食べず終いだった。薄暗い事務所の灯でも鮮やかな金色に輝く果実を、ひもじさを誤魔化すのに使いたくはない。早く片付けてどこかのカフェで腹ごしらえしようと考えながら顧問官に報告を続けていると、車寄せにディートリヒシュタインの馬車が着くのが判った。ジェルジュは切り上げて部屋を出ようとした。いい口実だ。が、顧問官は許さなかった。

　扉を開けて部屋に入れたのはジェルジュだった。ディートリヒシュタインは強張った顔でジェルジュを見詰めた。心を閉ざし、感情の一片たりとも漏らさないよう身構えていたが、その絶望的な自暴自棄のまなざしに気付かないのは難しかった。身体検査をした方がいいのではないかと思った。抱えた爆弾を往来で爆発させる奴はこんな目付きをしているものだ。が、顧問官は至極愛想のいい微笑を浮べて立ち上がり、ディートリヒシュタインを迎えた。

問題が、とかすれた声で切りだして、ディートリヒシュタインは咳払いをした。「問題がひとつあります。洗礼証明が――」

「ああ、そのことなら聞いている。こちらで何とでもするよ。どのみち彼の洗礼証明は見付からない。あるとしての話だが」ジェルジュを手で示した。「用意するのはそれだけだね」

「ヴェチェイ伯爵の同意は得ました」

顧問官は親しげにディートリヒシュタインの肩に手を掛けた。見たこともない光景だった。普段なら、ディートリヒシュタインは顧問官に指一本触れさせなかっただろう。そのことに気付いて、ディートリヒシュタインは肩を引いた。顧問官は平然と続けた。

「私が何より嬉しいのは、その知らせを持って来てくれたのが君だということだ」

「殿下の命令ですから」

「さすがに世慣れた計らいをなさるな。今後の我々の仕事には、君とゲオルクの協力が不可欠だ」

ディートリヒシュタインは見るも哀れなくらいに蒼褪めた。彼の非力な感覚が、それでも幾許かの振動になって感じられるほどだった。自分があのくらい怒ったら部屋の鏡は一枚残らず木端微塵だろう、とジェルジュは思った。顧問官はディートリヒシュタインを嬲(なぶ)っていた。それを肌に刻み付けられるように感じ取りながら、ディートリヒシュタインは一言も言い返さなかった。

蹌踉(そうろう)と立ち去ったディートリヒシュタインの後を追うべきか、顧問官に問い質(ただ)すべきか、ジェルジュは一瞬迷った。顧問官は安楽椅子の肘(ひじ)に腰を下ろしてジェルジュを見遣(みや)った。

「何の話です」

「君を妨げていた最後の障害が消えた」煙草をくわえ、火を点(つ)けた。「ヴェチェイ伯が君を実子として認める」

ジェルジュは顔から血の気が引くのを感じた。多分、ディートリヒシュタインと同じくらい蒼褪めているだろう。馬鹿ばかしい、と言って笑った。「そんなことに何の意味があるんです」

「意味があることは、誰より君がよく知っている筈(はず)だ」

「認める訳ではありません」

「喜べとは言わん。我慢しろ」それから一言、言い添えた。「私はした」

「あなたが他のことも我慢したのは知っています」

顧問官は冷たい眼差(まなざ)しでジェルジュを見据えた。「君が知っていることは、私も知っていたよ。だからどうだと言うんだね」

「僕にもそれを我慢しろと？」

「君にはできん」

ジェルジュは眼を伏せた。言わずにおくのだったと思った。どれほど巧みに閉ざそうと、顧問官が感じた鈍い苦痛はジェルジュをも刺した。

「僕にはできません。したくもありません。あなたのためになら僕は働きますが、大公に仕える気はありません。彼の手からは何も受け取りたくありません」

「大公にそう言えるか」

「僕はあなたと違います」

「では自分で言え」と顧問官は言った。


大公はシュロスベルクの山荘にいた。狩猟をしなくなった後も、大公は秋の終りをここで過ごすのを常としていた。鬱蒼と茂った森の奥に身を潜めることを好んだからだ。木立に埋もれた私道の入口を、顧問官の車を借りて運転していたジェルジュは、気配を頼りに見付け出して入った。息苦しかった。葉を落してさえ、両側を塞ぐ木々は濃厚な存在感を繁茂させていた。何かが息を殺しているのが感じられた。彼らは自分たちが狩られるために生きていた頃のことをまだ覚えていた。一日に何十四となく撃ち殺され、積み上げられた場所がどこだったのかも知っていた。絶命した生きものの体の冷たい頼りなさを、ジェルジュは感じることが出来た。背中に狙いを付けられた瞬間のことを思い出した。何かが、ジェルジュの一瞬の恐怖を捉え、震えて、消えた。探っても、もう残っていなかった。

私道が開け、建物が見えた。中庭まである大きな屋敷だった。車を止めて、下りた。内側から引き開けられた扉を入り、案内されて階段を上った。吹き抜けの壁には剝製にした獲物の首が一面に掛っていた。ひどく臭う気がした。毛や羽根は色褪せ、埃を被り、眼窩に嵌め込まれた硝子玉は白く濁っているのに、鞣しの悪い革のような屍臭で気分が悪くなった。片側を羽目板で張った細い廊下を抜けた。壁を飾る数枚の写真はどれもほとんど同じ構図だった。最後の一枚で、背丈ほどに積み上げた兎や鳥類の傍らに猟銃に凭れて立っているのは、大公と、まだ若いヴィルヘルム二世だった。

案内の従僕が扉を開けた。小さな書斎の奥に、大公はいた。ジェルジュは部屋に入り、マレクに押えられるに任せた。三年前なら、確かに、マレクは自分のことをどうとでもできただろう。はね除けるのは簡単だが、動くのは一瞬遅れる。その一瞬が充分に致命的なことを、ジェルジュはケーラーから教えられていた。

「自動車か」と大公は言った。「私はどうも好きになれんな」

ジェルジュは同意した。マレクの目が捉えたジェルジュを見て、大公は上機嫌な笑みを浮べ、感覚で短い合図を送ってジェルジュを招き寄せた。灰色に褪色した布張りの椅子に坐り、古びた膝掛けを掛けていた。

「スタイニッツが言った通りだ。確かに君は、ディートリヒシュタインより大分優秀だな。私はスタイニッツの後には彼を据えるつもりでいた――非力だが、少なくとも忠実ではある。きちんとした補佐さえ付ければ問題はない。そこにスタイニッツが君を連れて来たという訳だ」ジェルジュの神妙さに満足しながら、大公は続けた。「ヴァシレフスキはまだ生きているのかね」

「自宅にいます。連絡の手段は断ちました」

「それならすぐに死ぬだろう。名誉というものを知っていればな」大公は一人で納得するように頷いた。「ただの乱暴者なら殺し屋に使えば充分だ。だが君には想像力がある。人が何を恐れるか、何をちらつかせれば従うか、どう追い詰めれば死ぬか——それが判らなければ、こんな仕事はできん。ヨアヒムに欠けておるのは感覚ではない。弱さと苦痛に対する想像力だ。どうにも甘やかされた若者でな、痛い目を見たことがない。まあ、追々、覚えてはいくだろうが、ひどく無神経な人間になるのが関の山かもしれんな」

ジェルジュはディートリヒシュタインの様子を思い出した。顔を合わせれば決って不愉快な思いをする相手だが、あんな有様を見たい訳ではない。

「人を思うままに駆けずり回らせるには不可欠のものを、君は既に持ち合わせている。残忍さではない——ただ残忍なだけの人間になど、誰も従わんよ。人を恐怖で動かしたければ、誰よりも苦痛の可能性に敏感でなければな。本当の意味で残忍な人間というのは、決って、ひどく感じやすいものだ。苦痛に対する身震いするほどの嫌悪があって初めて、人を追い立てることができる。狩猟は好きかね」

「ケメルンで顧問官に付いて行っただけです」

「想像はできる——さぞや素晴らしい狩人だろうな。君が獲物を撃つところを見てみたかったものだ。散弾を撃ち込まれ、引き裂かれた獣の体が痙攣する瞬間の君をな」

大公は奇妙なくらいの真顔をジェルジュに向けた。ジェルジュは黙り込んだ。言葉が出なかった。ただ、目の前の老人に対する嫌悪感を抑えるだけで精一杯だった。

「鹿や狐では不足か」

「そういう訳ではありません。ただ機会があまりにも少なかったものですから——」

「人でも同じことだ」大公はそっけなく言い放った。「兎どもは恐怖に駆られて狂ったように駆け出す。人間はなおさらだ。君は撃たれたことがあるそうだな」

「はい」

「それなら判るだろう。死なずに済むなら、人は何でもする。首を括って死なずに済ませようとするものさえいる。肉体の死などは数ある死の一つにすぎん。猟犬の吠え声に震え上がって藪から飛びだす兎みたいなものだ。滑稽極まりない」

「勘違いしていただきたくはないのですが、殿下、ヴァシレフスキを死なせるつもりはありません。ロシアとの接点は維持したいのです。僕は彼の手紙を運んでいた人物を捕えて軍に引き渡しただけです。手紙はヴァシレフスキに返しました。落着いて考えれば、破滅は避けられたと判るでしょう」

「スタイニッツ仕込みの小細工か。見込み違いだと言いたいところだが、今回はお手並みを拝見しよう。もっとも、君の間違いが証明されたからと言って前言を撤回する気はないがね。君は若い。スタイニッツの仕事を引き継ぐまでには随分と時間がある」

「今日、伺ったのは、そのことについて申し上げることがあるからです」

「言ってみたまえ」

「ヴェチェイ伯を名乗る気はありません」

大公は呆気に取られた。表情はほとんど動かず、感情は隠されたままだったが、明らかにそうだった。大公以上に呆然としたのはマレクだった。一瞬、締め付ける力が緩んだほどだった。それから、探ろうとした。ジェルジュはそれを押し止めて繰り返した。

「お骨折り頂いたことには感謝しています。が、名乗る権利のない名を名乗るつもりはありません」

大公は低く唸った。「これは別に恩恵ではないぞ」

「存じております。あなたは故のない恩恵で人を繋ぎ止められると思うような方ではない。僕は顧問官に忠実ですし、あなたにも忠実でありたいと思っています。どうかそれでお許し下さい」

「いやはや、君がおそろしく自惚れた若造なのは知っているつもりだったが、ここまでとは思わなかった。よろしい。認めよう。君は我々を裏切らない。少なくともその裏切りが、自分に似付かわしくないと思う限りは、だな。だがそれは一体いつまでの話だ」

大公は声色を変えた。「忠誠では不足だ。私が欲しいのは、君が我々の一人として生きて死ぬという保証だよ」

「僕は違います」とジェルジュは答えた。「必要とあらばどこへ送り込んでいただいても結構です。どこからでも生きて帰って来ますし、あなたはどうお考えか知りませんが、死ぬのはもっと簡単です。ただ、死ぬのは所詮僕一人ですし、生きるのも同じです」

「天晴れなものだが、聞かなかったことにしてやろう。それではギゼラに求婚することを許す訳には行かないからな」

「ゲオルク・エスケルスでは不釣り合いです」

大公は沈黙した。それから声を立てて笑った。敵意に満ちた笑いだった。

シュロスベルクの地所を離れ公道に出て、漸く、ジェルジュは自分が哀れなくらいに緊張していたことに気が付いた。あの土地に——その中央に巣くっている大公に捩じ伏せられ、言いなりにされないためには、全力でその重みを押し返さなければならなかったのだ。今はただ疲れ果てていた。精神的にだけではなく、肉体的にも疲弊していた。家に帰って、染み付いた屍臭を洗い落してから、寝台に潜り込んで前後不覚に眠りたかった。考えてみればこれでもう三十六時間眠っていなかったし、二十時間、何も口にしていない。

だが、自動車は返しに行かなければならない。顧問官に報告する必要もあるだろう。

車を中庭に止め、外套を置きに事務所に入ると、ローベルトが蒼い顔で待っていた。

ジェルジュが尋ねる暇も与えずに喋りだした。

「止める暇がなかったんだ、すまん。いきなりだったんだ。銃なり何なり使ってくれるなら、部屋に飛び込んで羽交い締めにしただろうが、あれは——」

ヴァシレフスキのことだった。

「死んだのか」

「まだ生きてる。一応はな。三階の窓じゃ死ねないよ。だが、首を折った。たぶん、死ぬだろう」

何を訊かなければならないのかはすぐに思い浮んだ。が、ジェルジュは口籠った。真っ先にそれを案じた自分がおぞましかったのだ。「通りか、中庭か」

ローベルトはぎょっとした顔をした。

「飛び降りたのは通りか。中庭か」

「——通りだ。すごい騒ぎになった。新聞に出るな」

それではもう誤魔化しようがない。密使が捕えられ、ヴァシレフスキが自殺を図ったと知れれば、ロシア側は二度と接触を取らないだろう。

机の上には相変らずオレンジの実が転がっていた。ジェルジュはそれをローベルトにやった。

ギゼラは年明けにディートリヒシュタインと婚約した。結婚が延期されたのは、春にライバッハ公妃が急逝したからだった。ギゼラは喪服を着て赤十字に志願し、ディートリヒシュタインはスペインに発った。素晴しく上機嫌だった。さすがに抱きついて感謝の接吻をしたりはしなかったが、最大限の好意の表明として、ジェルジュに顔を合わせても浮きうきと無視をした。

午後の報告の最中に、顧問官は突然ジェルジュに訊いた。

「私が辞めたらどうするつもりだ」

ジェルジュは虚を突かれて顧問官の顔を眺めた。それから既に習性と化しつつある無表情に戻って答えた。

「ディートリヒシュタインがそこに坐るというだけのことです」

「それで満足なのか」

哄笑する獣が首を擡げるのを、ジェルジュは感じた。道化た物言いを並べ立てて巫山戯散らしたくなった。今、どこかの寄席の舞台に立てば、客席を不敬の恐怖に押し殺された笑いで攫うことができるだろう。洒落や当て擦りが頭の中で渦巻いた。口には出さなかった。顧問官を傷付けたくはない。

「皇帝陛下の都では、そんな感情は持つだけ無駄です」

顧問官は何も言わなかった。だが、彼をひどく失望させたことを、ジェルジュは知っていた。どれほど忠実で有能であろうと、この失望は償えない。むしろ忠実で有能であるほど失望を深めるだけだ。

「可哀想なギゼラ」とレオノーレは、幾らか満足そうに、彼の耳元に囁いた。「たかが名前じゃない」

「その名前がなければ、僕は彼女に値しない」

レオノーレは鼻で笑った。「哀れっぽいことを言うのね。あなたが拒否したのは、ヴェチェイ伯の名前も、ギゼラも、私たちも、あなたに値しないからよ」

「まさか」

「主人は怒ってるわ」

「どうして御亭主がそんなこと知っているんだ」

「あの人は何でも知ってるの」レオノーレは気持ちよさそうに伸びをした。「一八四八年のプラハ砲撃の時にヴィンディッシュグレーツ元帥の司令部で初陣を飾ったって人ですもの。大抵のことは耳に入るわ」

「幾つ」

「八十九よ。じきに九十になるわ。たぶんね。兎も角怒ってるの。侮辱だって」目を閉じた。「私は悪くないと思うの。とっても素敵よ。お爺さんたちをそんな風に怒らせるなんてね。でも、ちょっと――そうね、ちょっとだけ残念。あなたが私たちと暮して、私たちと年老いて、私たちと死んで行ってくれないのは。そんな時間は残っていないと思っているのは。私たちが神々のように滅びていくと確信しているのは」

　夏になる前に、顧問官はウィーンにおけるロシアの情報網を押えることに成功した。不自然にならない程度に摘発を繰り返しながら情報提供者を特定して、彼らの動きを把握し、流す情報を操る仕掛けを組み上げたのである。作戦の大部分を実行したのはジェルジュだった。彼は慎重に相手を絡め取った。情報提供者たちは、自分たちが何を流しているのかに欠片ほどの疑問も持たなかったし、連絡役は誰のために何を運んでいるのか気付きもしなかった。顧問官が接触した大物気取りの数人に至っては、彼がロシアから金を受け取っているのだと信じて疑わなかった。大公は顧問官の曖昧な動きにひどく苛立った。が、正面切って排除するよりはるかに有益であることは認めざるを得ない。

それでも代償は必要だった。

顧問官はジェルジュに、外務省のダーフィット・ラーケンバッハと接触するよう命じた。ある局長の下で働いている男で、局長は言いなりというのが専らの評判だった。外務省は顧問官には情報を渡したがらなかったし、顧問官もそれに倣っていた。それでも、共有すべき情報は共有しなければならない。顧問官はむこうの情報を盗むのに遠慮も会釈もしなかった。封を切らない手紙に私的な検閲を加えていたし、お歴々の雑然とした頭の中から使えるものを選り出すのも躊躇わなかった。むこうにしかるべき情報を流すには別の経路を使うことになる。ラーケンバッハがその役割を果たす――というのが表向きの理由だった。

「彼はプロイセン嫌いだ」と顧問官は言った。「上司もそうだ。大公殿下は彼らに気を立てておいでですね」

十一月の、寒い晩のことだった。事務所から幾らも離れていない場所にあるカフェで待つことになっていた。ジェルジュはそこをよく知っていた。ウィーン中を彷徨い歩いた頃、客たちの中に潜り込んで、何時間も、脅かされた獣のように毛を逆立てて過ごした場所だ。店は変っていなかった。上塗りを繰り返して膨れたペンキも、草臥れてへこんだ腰掛けも、冬になると閉め切られて店を昼なお薄暗くする防寒用の分厚い窓掛けもそのままだった。客はまばらだった。常連の大半は軍隊に志願してウィーンを去り、何人かはこの世から消えていた。灯は絞られて店の中は一層薄暗く、暖房はないに等しかった。ジェルジュは二人掛けの小さな席に案内された。ひどく歳を取った給仕が壁の小さな読書灯を灯し、杏の匂いのする金色の火酒を注いでくれた。

ジェルジュは新聞を取って目を落した。防寒用の帳で閉ざされた入口の真向かいの席だった。帳の奥で扉が開き、ごく僅かな寒気が流れ込んだ。何かが感覚に触れた。ジェルジュは視線だけを上げた。

帳に巻き込まれるように入って来たのは、小柄な、痩せた若者だった。毛糸の襟巻に顎を埋め、外套のポケットに手を突っ込んでいた。まばらな客と給仕の息遣いが入り交じる中で、人というよりは人の形をした空白のように感じられた。気配を完全に殺していた。漏れてくるのは、抑えた感覚が放つ微かな唸りだけだった。

武骨な、殆ど力任せの抑え込み方だった。それだけにダーフィット・ラーケンバッハの感覚の強烈さははっきりと感じ取れた。驚きさえ感じた。よく誰にも気付かれないものだ——普通の役人づとめが勤まるものだ。

ダーフィットは給仕に愛想よく軽口を叩き、窓際の席に坐った。椅子の背に隠れて肩しか見えなくなった。給仕が、何かひどく貴重なもののように、濃いコーヒーに砂糖の塊を添えて運んできた。それを全部入れ、よくかき回して口を付けると、着たきりの外套の内ポケットから鉛筆を挟んで丸めたノートを取り出した。鉛筆を取って開き、目を落とし、ひどくくだけた口調で、やあ、と言った。

周りには誰もいないね。

僕が知る限りではいない、とジェルジュは新聞に目を落したまま答えた。

君の網に掛ってこなけりゃいないさ。小路を入る前から蟀谷に響いたくらいだ。

君は掛らなかった。

ダーフィットはノートを見ながら、唇を笑みで薄く歪めた。ぼくは掛らない。大抵はね。

軽い共振を起していた。相手の感覚があまりにも強いのだ。不愉快ではなかった。意識の表面がダーフィットの声に洗われているような気がした。取り出して宙に浮べるように、ダーフィットは縺れた毛糸玉のようなもの、ひどく複雑な知恵の輪のようなものを示した。あらゆる事柄を、ダーフィットは高さと広がりだけではなく、時間の経過まで深さや距離として把握できるような、空間的認識として整理していた。

途方もなく複雑だった。しかも明晰で、厳格で、精確だった。ジェルジュはその思考の建造物の周囲を回り、欠落した部分を指摘し、当て嵌めるべきものを見せた。込み入った積木の城を扱うようなやり方だった。何かを加えると全体のバランスが変る。選ぶのはダーフィットに任せた。彼が検討する間、ジェルジュは他の部分がどう変るか、影響がどこまで及ぶかを、目で辿るようにして推し量った。

ジェルジュが席を立っても、ダーフィットは坐ったままだった。傍目にはノートに没頭しているように見えた。帰らないのか、と訊いた。

もう暫くいるよ。家は寒い。

ジェルジュはそのまま入口へ向った。脇を通る時、彼の体が放つ何とも言えない気怠さを感じ取った。熱があった。ダーフィットは初めて顔を上げた。穏やかな灰色の瞳がジェルジュを捉えた。

ぼくの体のことは気にしないでくれ。冬はいつもこんなだ。


その冬、二人は毎日のようにカフェで会った。

戦争が始まって以来最悪の冬だった。フランツ＝ヨーゼフ帝は死去し、若いカール一世は即位するなり官と軍の長を切った。帝国は麻痺状態に陥った。不作が食糧危機に追い討ちを掛けても打つ手はなかった。石炭は払底し、鉄道は止り、馬さえ徴発されて姿を消し、田舎から薪を手に入れようにも輸送手段はなかった。飢餓が空腹の縁を冒しはじめた。時折、暴動が起った。

ダーフィットはいつも同じ席に腰を下ろし、濃いコーヒーにたっぷりと砂糖を入れて飲んだ。クリームも牛乳も、久しくあったためしはなかったが、ダーフィットには無用だった。それでも、糖蜜のように甘ったるいコーヒーは今や奇跡だ――人間の必死の努力によって齎される奇跡であることはダーフィットも充分以上に承知していたが、無用の称賛でその努力を汚すようなことはしなかった。鷹揚に、当然のように、ダーフィットは受け入れた。その態度は貴族的でさえあった。

　それでも、人間の努力は急速に限界に近付いていた。多くの場合、供されるのは砂糖抜きの代用コーヒーだ。

　暖房はもうなかった。ジェルジュも外套を着たままだった。ダーフィットは襟巻に一層深く顎を埋め、指の先を切った手袋を外さなかった。九時過ぎまで、暖房と照明を節約しようとする客で店は一杯になった。人が集る場所にいれば幾らかは暖かい。それから店は空になった。夜が更けて、床と窓から滲み込む冷たさが人の体温を圧倒すると、家に帰って寝台に潜り込む方がまだ暖かいということになる。

　空っぽのカフェで、お互いの席に坐ったまま、ダーフィットとジェルジュは延々と他愛ない叩き合いに耽った。隠した単語や数字を覗き見るために策と技術の粋を尽くし、組み合ったままお互いを捩じ伏せようと必死になった。ジェルジュが裏階段で覚えた類の技巧なら、ダーフィットはその場でものにしてみせた。お袋に知れたらことだ、と言いながら。ダーフィットの感覚は母親譲りだった。死んだ父親にも、三人の妹にも、感覚はない。抑え込んで使わないよう躾けたのも母親だった。背くと叩かれた。今でもお袋は怖い、とダーフィットは言った。

もっとも、なしで済ますことを覚えるまで、ぼくは知恵遅れだと思われていた。

言葉をちっとも覚えないからさ。

そうだっけ。いや、言葉は覚えたけどな。君は幾つで話したか覚えてる？

四歳か五歳だ。正確には判らない。養子に出された先から貰われていったからね。貰ってくれた人に、母さん、と言ったのが最初だ。マジャール語ではなくドイツ語で。それまで話したことはなかったし、おまけに肺を患って死にかけてた。彼女は僕を養い親から買い取って、話すように言った。別に話せない訳じゃなかったんだ。ただ、話そうと思ったことがなかった。

むこうも手を焼いただろうな。

大して気にしちゃいなかったよ。他に子供が八人もいた。僕の見てる前で一人死んだ。医者にも見せなかった。

ジェルジュの生い立ちはダーフィットを震え上がらせた。なるほど、ダーフィットの父親がウィーンに店を持った頃、母親はブロディで奉公に出ていて、家には通いの女中しかいなかった。母親が帰って来てからも、側にいてくれたのは、下の子供が乳離れするまでに過ぎなかった。その子供を里子にやると、母親も店に出た。夜は一人きりになった。それでも、灯はあったたし、ストーヴには火が入っていたし、食事はストーヴの上に載っていて、時計の長い針と短い針が真上と真下に来たら食べるように言われていたし、何より、ダーフィットの母親は、彼に五月蠅いくらいの愛情を注いだ。十歳にもならない子供が、空腹を抱えたまま、火の気のない屋根裏部屋に真夜中まで置き去りにされているのは、ダーフィットには悪夢だった。彼は何故か声を潜めて言った。

何で家主に頼まないんだ。

まるで今、ジェルジュがそういう立場にあるかのような言い方だった。子供だけで火を使ってほしくなかったんだろう。下は全部倉庫だった。第一、少しおかしいと思われてた。相変らず喋らないからだよ。

ダーフィットは唸った。君には何か根本的な問題があるな。興が乗ると、ジェルジュは義父のヴァイオリンを頭の中で弾いて聴かせた。ダーフィットは、何だか死にたくなるな、と言った。それからもう一度聴きたがった。ジェルジュは記憶が甦るままに弾き続け、ダーフィットは放心したような顔で耳を傾けた。

レオノーレは嫉妬の塊になった。ひどく意地の悪い口調で、あなたのユダヤ女には我慢できないわ、と言った。女じゃないと言っても無駄だった。

「それに、君の反セム主義には大いに敬意を表するけど、ユダヤ人でもないよ」

「ラッケンバッハーなんて名前で？」

「ラーケンバッハ」

「どっちでも同じよ」

実際には、少なくともダーフィットの父親はユダヤ系だった。ダーフィットは始終それを冗談の種にしたが、彼自身はカトリックの教育を受けていた。両親は彼に立身出世を望んだのだ。あっという間に頭が天井につかえたことを、ダーフィットは母親に黙っていた。ぼくは模範的な臣民さ、と言うのが彼の口癖だった。ボヘミア人でもハンガリー人でもクロアチア人でもポーランド人でもない。ましてドイツ人ではない。ぼく以上に帝国に忠実な種族はいないだろうよ。他に居場所はないんだから。

ダーフィットはレオノーレを知っていた。綺麗だけど権高な年増だと言った。関係を仄めかすとひどく感心した。ダーフィットはありとあらゆる宮中の美女を知っていた。彼女らは、口説き落す見込みもないままに、ダーフィットの美女画廊を飾っていた。オペラ座の踊り子たちも、街娼たちも、女中や子守女たちも、選り抜かれて仮想のカタログを満たしていた。まだ幾らか先の見込みのあったペテルブルク時代の記憶には、ジェルジュの目で見てさえ眩い女たちが現れた。

現実のダーフィットは至って禁欲的だった。健康状態が遊蕩を許さないからだが、そうでなくても禁欲的だろうと思えた。彼の衛生上の潔癖性は、見ず知らずの美女と手当り次第に同衾することを不可能にしていたのだ。幾らかでも羽目を外せたのはペテルブルクにいた時だけだった。舞い上がっていたから、と言うのがダーフィットの説明だった。

まるでオペレッタの大使館員さ。結核を貰って帰されなければ、今も夢うつつでどこかの在外公館にいると思うよ。戦時だしね。君がいたのはいつだっけ。

一九一三年から一四年まで。

ぼくと同じ頃だ。結構愉快だっただろ。ダーフィットは身を屈めて囁くように付け加えた。ちょっとした冒険もした。書記官がフォンタンカ運河のところに女を囲っていて、それが間諜だった。

それで。

女の子だもの、まさか、閣下、あれは間諜です、と言う訳にもいかないよ。で、自分で乗り込んで、簡単に丸め込まれた。お粗末なものだったけど、仲間を見るのは初めてでね。しかも。

美人だった？

正確を期すなら、美人じゃなかった。ただ、肌の匂いが――あれは何の匂いだろう。ダーフィットは匂いを思い描いてみせた。オレンジの花、とジェルジュは答えた。香水だ。

違うよ。他の女が付けてもあんな匂いはしない。素晴らしく肉感的なのに、何だかさっぱりと清潔だ。魅惑的なのに、安心できる匂いでもある。ぼくはよく目隠しをして貰った。そうするとほんとに何も見えなくなるからね。それから家中を、匂いだけを手掛りに這って探し回る。一時間も這い回って、彼女の絹の部屋着しか見付けられなかったことがあるよ。畜生、と言いながら目隠しを外そうとしたら、真上から頭を押え付けられた。彼女、脱ぎ捨てた部屋着のすぐむこうに立ってたんだ。

名前は。

フローラだ。知ってるかい。

さあね、とジェルジュは答えた。偽名だろう。

ぼくもそう思う。本質的には無害な、他愛もない女だった。半年くらい、書記官閣下の隙を盗んで通ったかな。書記官は本当に惚れ込んでいた——スリッパを盗んで帰るくらいにさ。それをベッドの下まで捜し回らされたのはぼくだ。翌日、書記官が持ってるよと教えてやったら、お願い、取り返してきて、と言った。もちろん取り返してやったよ。家に忍び込んで。でもそれですっかり面倒になったんで、こっそり、君が間諜なのが秘密警察にばれちゃった、と耳打ちした。彼女は二十四時間でペテルブルクから消えた。素晴らしい撤収ぶりだった。


ダーフィットから得た情報を、ジェルジュは全て、顧問官に話していた。予めダーフィットに断った通りだった。省内での策謀についても報告していた。ダーフィットはそのことも承知していた。経験と技術がある分幾らかジェルジュが有利ではあったが、力ではほぼ拮抗している以上、本気でお互いの頭を読みあい、盗みあうには相当な覚悟が必要になる。そんなの馬鹿ばかしいだろ、とダーフィットは言うのだった。

だから君に隠し事はしない。

僕には隠さなければならないことが山ほどある、とジェルジュは答えた。

そりゃそうだ。仕事が仕事だもの。

顧問官にも報告せざるを得ない。ということは大公の耳にも入るということだ。

裏切りを疑われたくなければね、とダーフィットは答えた。後の判断は君に任せるよ。スタイニッツ男爵について言えば、充分以上に健全な判断能力を具えた人だと、ぼくは思ってる。怪しげな噂は多いけどね。

ダーフィットの屈託のなさに絡めとられていることを、ジェルジュは自覚していた。その屈託のなさが、むしろ意識的に選び取られたものであることも承知していた。喋りすぎはしなかった。迂闊になるには心が重すぎる。だが幾ら身構えても、ダーフィットは簡単に彼の警戒心を解きほぐし、無謀で無防備な子供っぽさを呼び覚ました。こいつの側にいたら僕は随分と早死にするだろう、とジェルジュは考えた。

顧問官は何も言わなかった。ジェルジュがダーフィットに魅了されて逃れられないことを知らない筈はなかったが、注意はしなかった。釘を刺したのは、ダーフィットがかねて温めてきた計画について報告した時だけだった。

「逃げ遅れるな」

それ以上は何も言わなかった。引きずり込まれることを前提とした忠告だった。

革命的な講和、とダーフィットはその計画を呼んだ。単独講和だ。ドイツと手を切って、協商側と講和する。

外務省の一部がそういう選択肢を玩んでいることを、ジェルジュは知っていた。最も積極的な一人は外相のツェルニンであり、ダーフィットの上司のコロムラ男爵だった。皇帝は一も二もなく飛び付いた。皇后は——ダーフィットの妖精たちの女王は、既に母であるブルボン＝パルマ大公妃に連絡を取った、とダーフィットは言った。

暴露されたらひどいスキャンダルになるな。

それ以上さ。悪くすれば陛下は退位を迫られる。うまく立ち回れる方だとは、ぼくは思わない。ただまあ、冠を戴いた頭には幾らでも替えがある。帝国の存続には換えられないよ。

僕にそんなことを教えてどうするんだ。

誰か軍の奴を知ってただろう。

ケーラー？

そう、ルドルフ・ケーラー少佐、だったっけ。彼と話がしたい。

ダーフィットをカールスプラッツの家に招いたのは、それがはじめてだった。ジェルジュが書斎の窓から眺めていると、暗い街路を無警戒に歩いて来て、灯を落した扉の前で立ち止った。つけられていないことは自分でも知っていたし、何より、ジェルジュが近隣数百メートルの様子を全て把握していることを感じ取っていたのだ。鍵は掛けていないと言うと、そのまま入って来た。

「寒いな」とダーフィットは言った。それが、彼の声を聞いた最初だった。

ジェルジュはダーフィットを台所へ連れて行った。イヴァナと、夫をなくして転がり込んできたその妹と姪のために、ストーヴに火を入れておく唯一の場所だったからだ。ダーフィットは満足そうに鍋を載せたストーヴの前に坐った。ジェルジュは慣れた様子でコーヒーを淹れた。ダーフィットは唸った。

「あるところにはあるんだな」

「女中が里帰りのついでに買い出しをしてきた」

「ハンガリー?」

「グロース・カニジャ」

「コーヒーまで手に入るのかい」

「ブダペストの駅で買ったらしい。袖を引いて、非道い値段で売りつける。だから金は通行証と一緒に渡しておく。さもなきゃレオノーレに頼む。毛皮を着て、お付をぞろりと連れて、特別車両で出向いて陣頭指揮を執る。警官に咎められると、私はラウテンブルク元帥夫人ですよと言って脅し付けると言うんだけど――あれは嘘だ」

ダーフィットは溜息を吐いた。「うちの女どもはだめだな。まるでお嬢様揃いだ。買い出しと言ったってノイアーマルクトまでしか行きゃしない」

会話は途切れた。ケーラーが裏から上って来て、勝手口の扉を叩いたからだ。入れてやると、奇妙なものでも見たような顔でジェルジュとダーフィットを見比べ、台所で何やってるんだ、と言った。

「ここしか火の気がない」

ダーフィットを紹介すると、強張った様子で手を握った。警戒していた。意識を固く閉ざしたまま、ダーフィットの様子を窺った。ダーフィットはその視線をそっけなく撥ね付けると、口許だけで笑みを浮べた。

「率直に訊きたい——この戦争に勝てると思うか」

「戦争には、多分、勝てる」

「じゃぼくと同意見だ」

「勝ってどうなるかはまた別の問題だ。率直なところを聞きたいというなら言おう。軍は解体寸前だ。ボヘミアやハンガリーの部隊はまともに動こうとさえしない。この戦争はドイツ人の戦争だと思っているからだ。前線の部隊の話だけじゃない。私の上官が何と言ってるか聞きたいか。プロシア人どもは百も承知でこの戦争を煽ったのだそうだ。協商側を打ち負かす過程で帝国が内部崩壊してくれれば、いとも簡単に上下オーストリアをドイツに組み込める、残りはロシアにくれてやればいい、と言うのさ」ケーラーは刺々しい口調で付け加えた。「君が聞きたいのはつまりそういう話だろう」

「ぼくが君に呑み込ませようと思っていたのは、そういう話だ」

ジェルジュ、とケーラーは言った。「私は銃殺は御免だし、君らを撃ち殺させるのも御免だ。妙な話は聞かせないでくれ」

「君に好奇心はないのか」とジェルジュは言った。

「知らなくていいことを知るのは命取りだ。特に上つ方の話はな」

「なるほど、じゃ、知っている訳だ」

「皇后が母親のブルボン＝パルマ大公妃に手紙を書いたことは知っている。その後、年明け早々にベルギー軍勤務の公子たちが大公妃を訪ねたこともな」

「手紙の内容は知っているか」

「講和は不可能だ。プロイセンは拒むだろう」

「陛下が考えておられるのは単独講和だ」ダーフィットが口を挟んだ。

「プロシア人どもをどうするんだ。我々は一緒に戦っているんだぞ」

「だから君は知っておかなきゃならないのさ」とジェルジュは言った。「君の上官もだ。聞いて、上までぐるっと話が伝わるようにしてやらないと。誰も不意打ちは食いたくないだろ」

　ケーラーはジェルジュを睨み付けた。「私が君を裏切れないと考えたら間違いだ」

「僕は彼を裏切ってるよ」ジェルジュは心外そのものと言った顔でダーフィットを示した。「顧問官には全部筒抜けだ。君もそうすればいい」

　戦争を続ければオーストリア帝国は崩壊する、というのは、ダーフィットが確認した通り、むしろありふれた認識だった。現にハンガリーは、皇帝がハンガリー王として即位した際の誓約を盾に取って、オーストリアへの食糧供与さえ拒んでいる。勝っても負けても、ハンガリーやボヘミアの離反は避けられない。アメリカが参戦すれば事態は更に悪化するだろう──大統領は帝国の解体を声高に主張していると言われていた。

「上下オーストリアだけでは国家の体を為さない。それはポーランドも、ボヘミアも、ハンガリーも同じことだ。経済的には自立できないし、軍事的には自衛さえできない。ウィルソンが我々の何を知っているのか知らないが、帝国を民族別に解体したところで、強国の草刈り場になるのがおちだ。オーストリアはドイツ帝国の一領邦になり、ボヘミアとハンガリーはロシアに併合される。確かにそれで理屈は合ってる。何しろぼくらはドイツ人としての戦争しかしていないからね。他の連中が付き合わなければならない理由はない。

　それが嫌なら、プロイセンとは手を切らなければならない。

　ドイツには、オーストリアにとって戦争続行は不可能になりつつある、と言えばいい。帝国は解体しかけているし、暴動で政府が転覆する可能性だってある。ロシアの例を見れば、あながち言い訳とばかりは言えない。勿論ドイツは鼻で笑うだろう。彼らにはどうでもいいことだ。そこで、我々は自衛のために行動の自由を得ることになる。つまりは国家の保全の為に、協商側と単独講和をする訳だ。

　協商側には、そこを確実にする条件を提示すればいい。ドイツが絶対に受け入れず、フランスにとって魅力的な条件、だ。普仏戦争でドイツが獲得したアルザス＝ロレーヌ返還の要求を支持する、というのを、ぼくは考えている。無論、フランス側に内々に打診してからだが、可能なら、軍事力を以て支持する、としてもいいと思うね」

ケーラーはいかがわしい取引を持ち掛けられでもしたようにダーフィットを見た。読めたのは、ダーフィットが大真面目で、おまけに何故か上機嫌だということだけだった。ジェルジュが止める間もなく、ダーフィットは仏頂面のケーラーの思考を盗み取っていた。

「どうかな」ダーフィットはケーラーを促した。「軍はこの講和を支持するだろうか」

「私には答えられない」

「君はどうだ」

「可能とは思えないね」

「可能なら支持するか」

ジェルジュは軽くケーラーを小突いて読まれていることを警告した。ケーラーは狼狽して意識を固く閉ざした。それから、低い声で言った。

「このまま戦争を続けるのは拙い。それは同意見だ」

「君の見解は、軍ではどの程度の支持を得られる」

「おい、ジェルジュ、こいつは何を企んでるんだ」

ジェルジュは答えなかった。ダーフィットは言った。「ぼくが案じているのは、事が公になった時に軍が離反する可能性だ。単独講和へと踏み出せば、ぼくらはプロイセンにとって敵になる。その時、軍がどの程度忠実か見当を付けておきたい」

「政治家と役人と貴族どもがどの程度忠実かを考える方が先じゃないか」

「軍さえ忠実なら、彼らは押えられる」

ケーラーは椅子の背に体を預けるようにしてダーフィットとジェルジュを眺めた。長い沈黙があった。「君らは二人とも銃殺だ。間違いなくな」

「答えは」

「アルザスとロレーヌは抜け。そうすればできるだけのことはする」


それから二週間の間に、彼らはジェルジュの家で三回、顔を合わせた。ケーラーはダーフィットが焦れるほど慎重だった。やむを得なければ君らは軍抜きでも動ける、とケーラーは言った。

「無闇と触れ回ったせいで、その時に妙な邪魔が入るのは有り難くないだろう」

ケーラーは周到に瀬踏みしながら「陰謀」の存在を参謀本部のハウクヴィッツ大佐の耳に入れた。大佐がどうとでも扱えるよう、報告という形は取らなかった。ハウクヴィッツはほとんど表情も動かさずに聞いて、もう少し詳しく知らなければ何とも判断が付かんな、と言った——君がその一味と接触を続けるなら好都合だ、何か動きがあれば知らせるように、と。

「だから私がここにいるのは、事実上、大佐の指示だ。ハウクヴィッツが耳打ちして歩いたせいで噂は参謀本部に蔓延した。感触は概ね良好だ。ただし、条件はある」

「どんな」とダーフィットは聞いた。

「アルザス＝ロレーヌは抜き、クーデタも抜きだ」

「クーデタなんて、そんな大仰な」

「講和を支持するために軍が動くとは期待しないでくれ。消極的な支持は可能だ。反対はない。講和が公になり、騒擾が起った場合、治安維持のために出動する可能性はある。外国からの侵略を受けた場合も同じだ。ただしそれはあくまで通常の軍の任務の範囲に限られるし、講和は名誉あるものでなければならない」

「そりゃもちろん——」

「判ってるだろうな。例の提案は抜きだ。あれを入れたら、私は下りる。軍がどう動くかも保証はできない」ケーラーは溜息を吐いた。「君の師匠のマキャベリ殿はどう言うか知らないが、この世には名誉というものが存在する。単独講和はいい。が、同盟国の領土を勝手に売り払って平和に替えるような真似はできない。それは承知しておいてくれ」


三月のまだ肌寒い朝だった。ジェルジュはケーラーの従卒が運転する車でエルデディ伯の屋敷に向った。車を下りたのはケーラーだけだった。皇帝の侍従長は既に支度を整えており、小さな手提げ鞄だけを手に中庭に出て来た。従卒が外に回って車の扉を引き開けた。乗り込もうとしたエルデディは動きを止めた。運転席の隣に坐ったままのジェルジュに僅かな違和感を感じたのだ。ジェルジュは出来るだけ自然に見えるように、エルデディを振り返った。

「ゲオルク・エスケルスです――護衛を務めます」とケーラーが背後から言った。

ああ、とエルデディは慌てて相槌を打った。勿論そうだ。それは必要だ。ただし口には出さなかった。「宜しく頼む」と言っただけだった。それから中に乗り込んで腰を下ろしたが、ひどく落着かない様子は隠しようもなかった。それは西駅で、ケーラーが借り切った特別車両に入るまで続いた。

ケーラーにも、その朝のジェルジュの様子は馴染めなかった。黙り込んだまま、感覚を通して意識に飛び込んで来るものをそのまままさらけ出していた。鏡で出来た球体のようだった。従卒の淹れたコーヒーを手渡す時、はじめて、ケーラーはジェルジュがまるで目で見てはいないことに気が付いた。薄い灰色の瞳の中心に、ごく寛いだ様子で穿たれた瞳孔は、ケーラーの手から器を受け取る時にもまるで動かなかった。コーヒーを飲み、満足そうな表情を浮べる時でさえ、目は遠くに見開かれたままだった。

素敵な遠足だ、とジェルジュはケーラーに言った。昼には何が出るんだろう。

飲み終ると、見もせずに器を傍らの小卓に載せた。エルデディは車両の端の安楽椅子に腰を下ろし、新聞を読んでいた。気に掛けるのはやめにしたのだ。ジェルジュの視線は車室を覆い、列車全体を視野に収めていたが、その無感情な透明さは、ケーラーさえ意識するのを忘れるくらいだった。ジェルジュはと言えば、三等客車の客の中にいた子供と遊んでいた。三歳くらいの女の子は、母親の目を盗んでジェルジュとある種の足踏み遊びをするのに夢中になっていた。

二等の車室にいる二人組にケーラーが気付いたのは、ザルツブルクの駅が近付いてからだった。二人が俄にそわそわしはじめたのが、ジェルジュの意識に映ったのだ。

ああ、とジェルジュは言った。心配しなくていい。あの二人はミュンヘンまで行く。

列車が駅に滑り込むまで、ジェルジュは坐ったままだった。それから外套を取って袖を通しながら、エルデディとケーラーを促した。彼自身が帽子を被りながらホームに降りたのはその後だった。鍔を軽く引っ張って直しながら、二人のうちの一人に触れて失神させた。後に付いて歩き出しながら、恐慌を来してジェルジュを探り当てようとするもう一人を捉え、頭の中を軽くかき回して記憶を混乱させた。

特別車両はそのままミュンヘンまで行くことになっていた。三人はホームを駅舎まで歩き、既に入線していたジュネーヴ行きに乗り換えた。誰も彼らには気付いていなかった。遊び半分になぞるように、ジェルジュは彼らに目を留めようとする者に触れて姿を消しながら歩いた。

君を敵に回すのは御免被りたいね、とケーラーは呆れて言った。

あんな奴ら、素人も同然だよ、とジェルジュは答えた。大公もどうかしてるな。金をどぶに捨てるようなもんだ。

大公？

ジェルジュは頷いた。顧問官に報告した内容は筒抜けだな。

どうする。

あの二人が気が付く頃には、僕らはとっくにジュネーヴだ。大公がジュネーヴで誰か動く奴を確保しているとしても、その前に僕らはジュネーヴを離れてる。ウィーンの駅を張られたらちょっと厄介だが、何とかできるとは思うよ。

エルデディはまるで気付いていなかった。不安も、不審な挙動も見せなかった。全く堂々と列車を乗り換え、全く堂々と普通の一等客車に収まった。貴人という奴は実に有り難いね、とケーラーは言った。朝、車に乗り込んだ時から、全てはケーラーと得体の知れないその連れに任せきりなのだ。

まあつまり、僕らは洗濯女と変らないってことだよ、とジェルジュは言った。シャツの染みが抜けていれば、彼にはそれでいいのさ。

ジュネーヴでの密会自体は何の問題もなかった。誰にもつけられてはいないし、見張られてもいないとジェルジュは保証した。エルデディがブルボン＝パルマの公子たちと会談する間に、ジェルジュはウィーンに電報を打って、ローベルトに迎えの車を頼んだ。それから、何とも愛想のいい様子で現れて、僕がウィーンまでの護衛を務めます、と言った。陰謀を暇潰しにする近衛将校か何かのような様子だった。公子たちは実際にそう信じた。うつろな視線で人の心を見透す諜報屋にはまるで見えなかった。

別行動を取ることにしたエルデディとケーラーが苛々しながら坐っている車室の脇を、

発車直前に現れたジェルジュと公子たちは、何かよほど愉快なことをしてきたと言わんばかりに笑いながら通り過ぎた。彼らは同じ車室に収まり、そのまま一緒に眠りさえした。一睡もせずにいるケーラーは、ジェルジュが本当に眠っていることに驚いた。ケーラーが視線を向けても目を覚まさなかった。眠る前に正直に白状した通り、些か以上に草臥れていたのだ。が、夜行列車特有の浅いまどろみと鈍い覚醒の間を乗客たちが行き来するのを、眠りの底で感じ取ってはいた。車室は濃厚な感覚で閉ざされていた。ケーラーには公子たちの気配を感じ取ることさえできなかった。

列車がウィーンに着く一時間前にジェルジュは目を覚まし、副官よろしく、客人たちの身支度を手伝った。駅に入る直前に、外に合図を送った。ローベルトを引き込み線に沿って走る通りに待たせておいたのだ。エルデディを連れて先に下りたケーラーに挨拶をすると、その気配は、二人の客人ごと消え失せた。完璧な消滅だった。案じた通り駅に待ち伏せしていた数人の注視を引き受けながら、ケーラーは駅の正面に回された車にエルデディを乗せた。

夕刻、公子たちとエルデディをラクセンブルクまで連れて行く車を、ジェルジュは自分で運転した。ケーラーは代ろうと言ったが、ジェルジュ自身が固執したのだ。エルデディが眉を顰めるような道順を辿って、彼は市外に車を出した。尾行者は振り切られていた。

おもちゃの城を思わせる子供じみた屋敷の裏手に、彼らは車を止めた。エルデディは公子たちを連れて中に消えた。ジェルジュは車に寄り掛ったまま、敷地の中を見回した。建物の検分はダーフィットが済ませていた。

ケーラーは横に立っていた。ラーケンバッハは来ているか、と訊いた。彼には幾らか距離が遠すぎたのだ。

ああ、とジェルジュは短く答えた。

夕闇が辺りを覆い尽くした。ケーラーは手探りでシガレットケースを取り出し、何本も残っていない紙巻を半分に千切ると、ジェルジュに渡した。二人は一本のマッチで火を点けた。小さな赤い熾火を燃え立たせると、ケーラーは言った。

「『ゼンダ城の虜』って読んだことがあるか。イギリスの小説だ」

ジェルジュはないと答えた。ダーフィットが救援を求めていた。自分でやるとは言っていたが、いざとなると、他に五人もいる部屋を覆ったまま会談を上首尾に導けるとは思えなくなってきたのだ。僕がやるよ、とジェルジュは言った。君はそっちに専念したらいい。

「パリからドレスデンへ向う途中にルリタニアという王国がある。兎も角、その小説じゃそういうことになっている。主人公のイギリス人はそこの国王に瓜二つで、王位を狙う王弟殿下に攫われた国王の替え玉を演じながら、陰謀と戦うんだ。馬鹿げた話だろ」

「まあね」

「いかにドイツのせこい王国とはいえ、三人や四人でひっかき回せると思うか」

「無理だろうな」

「そういう馬鹿話の中にいるような気がしないか」

「これは馬鹿話だよ」

　ケーラーはジェルジュを睨み付けた。「じゃ、何で私を巻き込んだ」

「ダーフィットに訊けばいい。あいつも、これは馬鹿話だと言うと思うね」

「それならどうして中にいるんだ」煙草を挟んだ手で背後を示した。

　ジェルジュは溜息を吐いた。「他に帝国を救う手立てを思い付かない。三人か四人でも、兎も角やるしかない。だが多分失敗するとも思ってる。いや、幾らかは失敗することを願っている。もし成功すれば、この帝国には、君のおとぎ話の王国程度の実質しかないことになる。つまり、帝国はとっくの昔に消滅して、今や残っているのはお話だけということだ。そんなもののために生きて死ぬのは堪え難い」

「君もそう思ってるのか」

「三人か四人で引っかき回せたら、その国はおしまいだよ」

　それきり、ジェルジュは黙り込んだ。暫くしてから再び口を開いたのはケーラーだった。

「事務所に出たのか」

「出た」

「顧問官は何を考えてる」

「僕はあの人の考えを読まない。むこうが見せようと思うものや、何かのはずみに見えるもの以外はね。僕はあの人を信じなければならない」

「大した忠義だな。やめたって、君なら使うところは幾らでもあるぞ」

「僕はあの人に育てられた。感謝しているし、まだ幾らかなら尊敬もしている」暗闇の中で、薄く笑みを浮べた。「君の訊きたいことに関して言えばこうだ——顧問官の支持はあくまで消極的なものだよ。和平は、たとえ単独和平であっても大いに結構だが、そのために地位を棒に振る気はない。この計画にそこまでの可能性があるとは思っていない。だから、僕が動くのは黙認しているが、それ以上のことをする気はない。大公には僕を泳がせたいと言った。大公は同意した」

「何のために」

「陛下を退位させるためだ」

ケーラーは蒼褪めた。脅かすように、おい、と言った。

「それが、大公の動きに対するダーフィットの読みだ——和平が得られるなら大いに結構、八つ裂きにされてプロイセンに呑み込まれる気もないし、心中する気もまるでない。だから僕を泳がせる。終ったら僕を回収して白状させておけば、和平が不首尾に終った時、陛下を退位させるだけの材料は簡単に得られる」

「ラーケンバッハはその悪巧みに乗ったのか」

「和平が成立する方に賭けたのさ」

「君は同意したのか」

「自分の面倒は自分で見られるよ」

　ケーラーは黙り込んだ。

「二人をスイスまで送り届けるだけなら、僕で充分だ。君はこれで手を引け。今夜の和平提案には、例の条件が付く」激昂しかけたケーラーを遮って続けた。「皇帝陛下の御意向だ。もちろんダーフィットが持ち掛けたからだが、彼が完全には誠実でなかったとしても、それが陛下のお気に召すというなら、僕らにはどうしようもない」


　ジュネーヴまで彼らを送り届ける間も、ジェルジュは相変らず「愉快な奴」であり続けた。彼らがパリに持ち帰る皇帝直筆の和平提案が、ある種の爆弾であることは承知していたが、ダーフィットが和平成立に賭けると言うなら、彼も賭けるしかなかった。帰りの列車の中で、漸く一人きりになったジェルジュは眠り込んだ。自暴自棄の、無防備な、深い眠りだった。ウィーンに着いても寝ぼけていた。早朝の街を、半ば眠ったまま、歩いて家に戻った。風呂を使った。それで少し目が覚めた。底冷えのする書斎で朝食を取りながら、溜った郵便物を処理した。一番下に、差出人のない封筒が入っていた。ダーフィットからだった。

　君には感謝する。ケーラーに謝っておいてくれ。僕は陛下に随行してドイツに行く。帰ったらすぐに連絡する。

ジェルジュが感じたのは、そのまま寝台に入って眠ってしまいたくなるほどの疲労感だった。ダーフィットの手の触れた便箋が昂揚に満ちていればいるだけ、疲労は深くなった。立ち上がって、着替えをした。兎も角出掛けなければ、一歩も動けなくなってしまう。

事務所に出て、電文と郵便物を処理した。ケーラーが前の日に出した手紙が入っていた。中は白紙だった。ダーフィットよりは大分用心深いやり方だ。列車にいたのは大公が雇った五人のうちの二人だ、と書いてあった。八時になるのを待って電話をした。電話を取った女性は、ケーラー少佐は不在です、と言った。名乗ると少し親切になり、声を落して、昨日ポーランドに発ったと教えてくれた。

顧問官が下りて来た。ジェルジュは急いで執務室に入った。まるで無関心な様子で朝の報告を受けていた顧問官は、唐突にジェルジュを遮って、昨日から大公殿下が君を探している、と告げた。

「逃げ遅れるなと言ったぞ」

「逃げる理由はありません。続けていいですか」

顧問官は頷いた。ジェルジュは一日の仕事をごく事務的にこなした。午後の報告に出向くと顧問官は露骨に批判的な顔をしたが、叱責はしなかった。家に戻って食事を取り、出掛けて、カフェで代用コーヒーを飲んでから大公の街の屋敷に向った。

ギゼラもライバッハ公妃もいなくなった屋敷はひどく陰鬱に思えた。使用人は男ばかりだった。階段の上で彼を出迎えたのは、ミュンヘン行きの列車の中で頭をかき回され、行動不能に陥った男だった。記憶は完全には戻っていなかったが、誰の仕業かは知っていた。ジェルジュを邸の奥に案内しながら、合図を送った。

感覚で作られた薄い網が背後で絞られるのを感じた。歩くにつれてその奥に踏み込み、絡め取られるのが判った。簡単には身動きできない深い底に沈んでいく気がした。

見たことのない男が、内側から扉を引き開けた。頭の底が鈍く唸りだすのを聞きながら、入口で一礼した。部屋の遥か奥から、大公が手招きするのが見えた。五人掛りで取り押えられたまま進むのはひどく大儀だった。意識がどろりと濁り始めたような気がした。マレクがジェルジュの記憶をこじ開けようと手を伸ばした。

ジェルジュは身じろぎひとつしなかった。ただ、目を上げて大公を見遣っただけだ。儀礼的な警告だった。雇われた連中を振り払うには、抑えていた感覚を放すだけで事足りた。感覚に加えられていた圧迫は薄紙のようにひきちぎられ、燃え落ちた。大公は盲目の中に逃げ込んだ。咄嗟に身を庇ってやり過ごしたのはマレクだけだった。ジェルジュは彼を鷲摑みにして捩じ伏せ、お人払いを、と言った。

大公は恐怖と怒りで蒼褪めていたが、動こうとはしなかった。ジェルジュは大公にもはっきりと判るようにマレクを締め上げた。

「お人払いを、とお願いしているのです。この連中なら兎も角、あなたの忠実な目まで奪いたいとは、僕は思っておりません」

「役立たずどもめが」と大公は嗄れた声で言った。視野を焼かれた連中なぞ、確かに当分役には立たない。「下がれ。出て失せろ」

五人は蹌踉と御前を退出した。

「放してやってくれ。頼む」

ジェルジュが力を緩めると、マレクは自分で身を振り解いた。

「殿下の御意向が尊重されるべきであることは、僕も認めましょう」とジェルジュは言った。「ただし、自分に危害が加えられるとなれば、話は別です」

「お前が企んだのは謀反だ」

「謀反！」とジェルジュは言った。マレクは大公に、ジェルジュを抑え込む許しを求めていたが、大公は答えなかった。ジェルジュは声を落とした。「どちらが、などとは僕は申しませんよ。殿下は帝国の存続を願っておられる。それは僕も承知しております」

「こんなことをして無事で済むと思うのか」

「お許しさえいただければ」

大公は唸った。

「申し上げにくいのですが、僕は、個人的にはあなたに忠誠を尽くす謂れはないと思っています。が、スタイニッツ男爵があなたに忠実である限りは仕方ありません」見もせずに、お雇いの五人が逃げ去った後の部屋を示した。「僕のような者でもまだお役に立つことがあるのは御理解いただけたと思いますが」

「よくもそこまで思い上がれたものだな、ゲオルク・エスケルス」

「本当にそうお考えでしたら、二度と御前にはまかり出ません」

大公はうんざりした様子で巨大な指輪を嵌めた手を差し出した。ジェルジュはその手を取り、聖職者の手にするように、身を屈めて指輪に軽く唇を触れた。


ダーフィットはジェルジュの前から姿を消した。皇帝に随行したバート・ホンブルクで喀血したと聞いたのは、随分後になってからだった。それきり、役所には戻らなかった。

レオノーレの消え去り方はもっと芝居がかっていた。情事は夏の初めまで続いた。正確に言えば、ラウテンブルク元帥が夏を過ごすバーデンの屋敷に移るまでだった。参謀本部が置かれたバーデンは穏やかな夏を過ごすには不適当な場所になっていたが、老元帥は張り切っている、とレオノーレは笑いながら言った。

「ひよっこどもに睨みを利かせるんですって」

その笑いはいつもジェルジュをいたたまれなくさせた。彼女の生活の大部分は、彼ではなく老元帥とのものだ。彼女が元帥の話をする時に浮べる笑みは、何よりもはっきりとそのことを感じさせた。ジェルジュは黙り込んだ。レオノーレは背伸びして彼の額に接吻し、庭へと送り出した。

バーデンまで呼び付けられたのは一月ほどしてからだった。レオノーレは寝室で臥せっていた。部屋に滑り込むと、鎧戸を閉ざした暗がりの中で、白い紗の天蓋に隠れたまま物憂げに顔を向けた。近付いて覗こうとすると、止めた。

「顔が腫れてるの。見られたくないわ」

ジェルジュは戸惑った。暖かい光を放つ小さな渦が彼女のすぐそばに感じられた。まだ動物のようでさえない。むしろ魚か、もっと原始的な生物に似た何かが、存在を内側にきつく捲き込んだまま、まどろんでいた。ジェルジュは言葉を失った。レオノーレが帳の奥で微笑むのが判った。

「私が幾つだか覚えてる？」

三十七、とジェルジュは上の空で答えた。

「子供を持つなんて考えたこともなかったわ」

「僕は父親にはなれない」

レオノーレはそっけなく心を閉ざしたまま黙り込んだ。それから口を開いた。「エルヴィンが言った通りね」

「元帥に話したのか」

「あの人が気付いたの」

「何て言った」

「堕すのか、産むのか。もちろん産むって言ったわ。そうしたら、産むのは構わんが、あの若造は父親にはなれんぞ、って」

「僕を挑発してるのか」

「違うわ」

「連れて逃げることだってできる」

　ジェルジュ、とレオノーレは厳しい声で遮った。「大きな声を出さないで」

「御亭主はどこだ」

「散歩に出たわ。私が頼んだの。説得するからって。あの人はいつだってとても単純よ。あなたか、子供か、どちらかを選べ。別れるなら、子供は認知する。関係を続けるなら、子供は堕す」

　ジェルジュはそのまま出て行こうとした。レオノーレは呼び止めた。

「あの人に食って掛るなんてやめて頂戴。九十なのよ。そっとしておいてあげて」

「九十なら何を言ってもいいのか」

「あの人の言うことは正しいわ。あなたとの関係を続ければ、いつか誰かが子供の父親を疑うでしょう。そうでなくたって、エルヴィンが父親だと本気で信じる人なんていないもの。彼は自分の名誉のことなんか心配してないわ。でも、生れて来る子供のことは心配してるの」

　ジェルジュは答えなかった。

「話し合いの余地はないわ。連れて逃げてくれるなんて、出来もしないことを言うのはやめて頂戴。あなたはウィーンを離れられない。仕事を投げ出せない。私や子供と生きて行くことはできない。だってあなた自身がまだ子供だものね。でも私は産みたいの。あなたと別れるなら、私はあなたの子供を産むことができるわ」

半ば透き通った帳のむこうで、燃え立つように見えたジェルジュの姿が翳るのを、レオノーレは認めた。部屋は恐ろしいほど静かになった。ジェルジュはポケットに手を入れると、何か取り出して、投げて寄越した。庭の木戸の鍵だった。それから、無言で消え去るように出て行った。

その年の秋と冬は短かった。革命が起き、ロシアは協商側から脱落した。ジェルジュはクラカウでケーラーと再会した。ロシアの革命家たちについて、ジェルジュがかなりのことを知っているのを思い出したケーラーに呼び付けられたのだ。秋の間、ジェルジュはウィーンとクラカウを往復して過ごした。

二人とも、和平のことはもう口にしなかった。目の前の仕事に忙殺されていたし、それらの仕事は、帝国にとってもまた、事態が絶望的な方向に向っていることを示していた。口にすれば、解体しつつある国家のために働いていることを認めなければならなくなる。乱暴な仕事ぶりなのは判っていた。ケーラーは折れた肋骨と左肩を固定して、痛み止めさえ打たずに動き回っていた。感覚が鈍ったら仕事にならない。ジェルジュは、誰にも言いはしなかったが、二度、死にかけた。

ケーラーがダーフィットの名前を口にしたのは、ブレストに向う直前だった。駅で別れる間際に、あいつはどうしてる、とジェルジュに訊いた。

「こういう時こそ大先生の出番だと思うんだがね」

「死ぬよ」とジェルジュは答えた。言ってから胸苦しいものを感じた。「或いはもう死んだかもしれない。喀血して病院送りになったと聞いた。夏から役所には出ていない」

ケーラーは沈黙した。ジェルジュは無言で立ち去った。ケーラーの列車が出てから一時間後に、ウィーン行きで帰ることになっていた。

ウィーンは煤けて、色褪せていた。老いさらばえた昔の情婦を見るような気がした。日が落ちると、何の考えもなしにカフェに足が向いた。ジェルジュは新聞を取っていつもの席に坐り、老給仕は無言で杏の火酒を注いだ。店は空だった。寒さが重ね塗りをしたペンキのように染み付いていた。無言で、静かに硝子の杯を空けていった。五杯目か六杯目で、書斎の机の引出しに入ったままのブローニングのことを考えた。銃は嫌いだし、そもそも彼には必要もない。一体いつ、何のために手に入れたのか思い出せなかった。弾は入っていただろうか。

拙いな、と思いながら、ジェルジュは更に一杯を飲んだ。銃口をくわえて引き金を引くのが自然なことにさえ思えた。僕は正気か、と自問した。精神に変調を来した兆候はない。幾らか草臥れてはいるが、判断力に影響が出るほどではない。怒りにも悲しみにも駆られてはいない。むしろそうした感情が懐かしいくらいだ。そんな状態でなら、或いは、死んでも構わないのではなかろうか。

すると何かが――皮肉なくすくす笑いのようなものが感覚の隅をかすめた。

言うのは簡単だけど、死ぬのは結構手間だよ。

ジェルジュは代金を卓の上に置いて外に出た。ダーフィットは細い小路の向い側にあるホテルの壁に寄り掛っていた。

「どうして中に入らないんだ」

ダーフィットは外套の前を引っ張って中を見せた。パジャマを着ていた。それから、ゆっくりと背中で壁を擦って坐り込もうとした。ジェルジュは駆け寄って支えた。外套の上からでも肋が触れるほど痩せた体は、内側から燃えているように熱かった。抵抗もせずジェルジュの肩に額を付けた。

悪いけど、どこかで休ませてくれないか。

ジェルジュはダーフィットを抱えるようにして事務所まで連れて行った。表側のストーヴがまだ暖かいのを思い出したのだ。木のベンチの上にダーフィットを横たえると、冷えきった上の階へ行って毛布を借り、馬車でも自動車でもいいから一台手配してくれないかと、顧問官の従僕に頼んだ。今でもジェルジュをゲオルク坊ちゃまと呼ぶ従僕だ。

ダーフィットは無言で毛布に包まって横たわった。目を閉じたまま、喉仏の飛び出した首に触れた。

のはね。

もう喋れない。声が出ないんだ。昨日の午後、ひどい喀血をした。今度こそ死ぬと思った。ずっと眠っていて、夕方、目を覚ましたら堪らなくなった——君に会わずに死ぬのはね。

パジャマで来なくてもいいだろう。

着替えるなんて、今のぼくの手には余る。市電を待ってる間も、乗ってからも、ほとんど失神してたんだから。女の車掌に起してくれと頼んでおいたから降りられたようなもんだ。でなけりゃ操車場まで行ってる。

唇が歪んだ。声は出なかったが、ジェルジュには彼が笑うのが判った。

暖かいな、ここは。

ずっと火を入れておくんだ。今じゃほとんどが女の子だからね。

このベンチはまるでハレムの床板だ。スルタンになったような気がする。ダーフィットはベンチの縁を毛布越しになぞって見せた。結構綺麗な子がいるね。

未亡人だよ。

可哀想に。もう少し調子が良ければ紹介して欲しかったな。

ダーフィットの感覚は少しも衰弱していなかった。隠そうともしていないせいで、前よりも強く感じられた。感覚に食い尽くされようとしているように、ジェルジュには見えた。ポケットから壜を出して渡した。ダーフィットはそれを受け取ると、目を細めて指の間で玩んだ。フランスのだろう——ナンシーかどこかの。綺麗な細工だな。君がこんなのを持ってるなんて驚きだよ。

顧問官から貰った。

それなら判る。確かにね。これは彼の趣味だ。ダーフィットは意味ありげにほくそ笑んだ。緑色の硝子壜に阿片。こんなのを使うのかい。

感覚を休める為にね。

ぼくには無用だ、とダーフィットは言った。気を失うほど血を吐くと不安で仕方がない。気が付いたら、何も見えなくなってるんじゃないかとね。だから必死で感覚を引き止めておく。

暫く休ませるだけでいい。体はずっと楽になる。

ぼくは見たいんだ。死ぬまで目を開けて見ていたい。灰色の世界じゃ死にたくないんだ。そう言って、ダーフィットは壜を握り締めた。でもこれは借りてていいかな。使うとは思わないけど、持ってるだけで目が覚める。指が痛いくらいだ。

ダーフィットは口を噤んだ。顧問官の従僕が、車の用意が出来たことを知らせに下りて来たのだ。車中で、ダーフィットは一言も口を利かなかった。毛布に包まってぐったりと座席に身を委ねたまま、殆ど意識を失っていた。それでも感覚は動いていた。プラーターシュトラーセの途中で、彼はジェルジュに車を止めさせた。

細い階段を、ジェルジュはダーフィットを抱えて上った。ラーケンバッハではなくラッケンバッハーとある扉の前で立ち止った。扉が開いた。灰色の目の、厳しい顔立ちの初老の女が顔を出した。表情が強張った。ジェルジュに抱えられたダーフィットを見たからではなかった。彼女が、血色の悪いやくざ者の顔を自分にだぶらせたのが判った。それはコンラートが馬鹿笑いした時に思い浮べていた顔――ザヴァチルが彼の顎を捉えて、エスケルスの私生児と呼んだ時に見たであろう顔そのものだった。

　まだまどろんでいるだけのジェルジュに触れて、彼がそこにいることを喜んでくれた最初の人――空腹を満たすことができるよう剝き出しの乳房に導いてくれた人のことを、ジェルジュは覚えていた。ジェルジュも彼女に触れようとした。もどかしさに身を捩りながら、それでも、片側ずつしかうまく開くことができない目で見るよりはるかにたやすく、ジェルジュは彼女を探り当てることができた。彼女がジェルジュを抱き寄せて笑ったことを、覚えていた。彼女が泣きじゃくった記憶はもっと鮮明だった。誰かが抱き上げ、連れ去る時、彼女にしがみつこうとすると泣きながら抱き締め、押し遣って、二度と触れてはくれなかった。ジェルジュがどんなに手を伸ばしても、向う側に閉じ籠ったままだった。知らない人は彼を分厚い毛の布で包むと、触れることさえ知らない手で抱え、触れられても答えることさえできない言葉であやしながら、ジェルジュを彼女から引き離した。

　ジェルジュは家にあった石炭の備蓄をあらかた、ダーフィットの家に持って行かせた。彼が凍えながら死ぬのが堪え難かったからだ。食料と缶入りの甘い濃縮ミルクは自分で持って行った。ラッケンバッハー夫人は、彼が一切彼女の心を読まず、自分の心も読ませないのを見て安心したようだった。彼らはダーフィットの容態について、二言三言、低い声で話をした。

明るい建物の三階だった。春になると、客間の大きな窓から、プラーターハウプトアレーを回って戻る華やかな馬車の列が見えたとダーフィットは言っていたが、今は暖気を逃さないよう窓掛けを閉ざしたままだった。ダーフィットの部屋には暖房が入っていた。彼自身は相変わらず寒さに震えていたが、室温自体は汗ばむくらいだと承知しており、そのことに大層満足していた。ジェルジュが来たことにも満足していた。妹たちがドアを細く開けて覗いては興奮した口調で囀り交わすのにも満足した。ぼくは友達自慢なんだ、というのが、ジェルジュがその日聞いた彼の唯一の言葉だった。母親が娘たちを追い払ってドアを閉めたことにも満足だった。濃縮ミルクにも満足していた。それ以上話をしようとはしなかったが、小皿に取った粘っこいミルクを匙にとっては舐めていた。それが最上の感謝の表明らしかった。

一口で言うなら、今はもう万事に、満足なのだった。

一時間ほどで、ジェルジュは辞去した。ダーフィットは匙を舐めながら頷いた。妹たちは奥の部屋で何か喋っていた。ラッケンバッハー夫人が玄関まで送りに出た。彼が外套に袖を通し、帽子を手に暇乞いをしようと向き直ったところで、彼女は顔を覆った。そのまま頽れようとしたので、ジェルジュはもう一方の手で彼女の腕を取って支えなければならなかった。その感触がひどく堪えた。危うく自制心を失いかけた。

「ダーフィットに必要なものがあったらいつでも言って下さい」とジェルジュは言った。

「大切な友人なんです」

彼女は泣いた。ジェルジュは無言で一礼して、立ち去った。

ダーフィットの死は緩慢だった。熱に浮され、抑えようともしない感覚に内側から焼かれながら、静かに衰弱して行った。最後の喀血があっけなくダーフィットの生命を断ち切った。苦しみさえしなかった。ラッケンバッハー夫人が肩まで上掛けを引き上げてやって、台所を見るために部屋を離れた間に、ダーフィットは二度ばかり咳をして、几帳面にハンカチを口に当て、痩せ衰えた体に最後に残っていた血を吐いて死んだ。

知らせを受けたジェルジュはすぐにバーデンのケーラーに電話をした。ダーフィットが棺を担いでほしいと言っていたのを思い出したのだ。ケーラーは黙り込んだ。暫くしてから、じゃ、あれは本気だったのか、と言った。君が何を本気というのかは判らないけど、たぶんそうだ、とジェルジュは答えた。

葬儀は、時期を考えれば、それなりに盛大なものと言えた。ダーフィットのギムナジウムと大学の友人は半数ほどが参列した。耳鼻咽喉科の医者だと言う男は、重々しい顔で、駆け付けられる友人は全て駆け付けたと保証した。残りは、前線にいるか、既に死んでいるかだ。コロムラ男爵は若いカルマン伯を代理に立てることで弔意を表した。ケーラーは厳粛な顔で、ダーフィットが望んでいた通りの役割を果たした。礼装に身を固めた参謀本部付の将校は、故人の思惑通り、葬儀にある種公式な色彩を付け加えた。ケーラーは密かに舌打ちして、相変らず狡い奴だ、と言った。

柩に土を掛ける音を耳にする前に、参列者たちは散会した。居残ったのは娘たちを引き連れ、黒い面紗で殆ど全身を覆ったラッケンバッハー夫人だけだった。彼女はジェルジュを呼び止めると、緑色の硝子の壜を渡した。ジェルジュは面紗ごしに彼女の頬に接吻した。

墓地の長い並木を、ケーラーとジェルジュは無言で並んで歩いた。市電を待つよりはよさそうに思えたからだ。

「聞いたか。ツェルニンが市議会で和平工作のことを暴露した」とケーラーが言った。

「騒ぎになりそうか」

「事務所に出てないな。もうなってるよ」

「大公殿下も危ない博奕をやるもんだ」

「どっちに賭ける」

「陛下ではこの状況は乗り切れない——だが、大公に乗り切れるとも、僕には思えないね」

市電は現れる気配もなかった。風は冷たかった。日差しのおかげで辛うじて四月と思える程度の気候だった。並木の梢が伸び上がる瞬間に備えて身を屈めていた。春が堰を切って溢れ出すのを——その奔流を、ジェルジュは予感した。何でもいいから体を動かしたくなった。くたくたに疲れて、辛うじて空腹を満たしたら、そのまま眠ってしまえるくらいに動きたかった。

ケーラーはジェルジュを見ようともせずに言った。「我々は生き残ろう。出来るのはそれだけだ」

「午後は空いてるかな」

「あれか」とケーラーは言った。

「当然だろう。他に何をするんだ」


士官学校の練習場は、復活祭の休暇が始まったばかりで空だった。ケーラーは電話を掛けて呼び集めた二、三人を相手に軽く腕慣しをした。暫く動いていなかったのだ。ジェルジュは壁に寄り掛り、寛いだ様子で眺めていた。後から何人かが入って来た。

一本目はケーラーが簡単に取った。左肩と肋骨の骨折にも拘らず、ケーラーは相変らず素早かったし、感覚の動きに至っては磨きが掛ったと言ってよかった。ジェルジュにはそれが何よりも愉快なことに思えた――ケーラーが一撃で一時的な麻痺を与える術さえ心得ていることはもっと愉快だった。ケーラーは仏頂面でジェルジュを睨んだ。彼の御機嫌極まりない表情は、根拠不明な自信の表明としか見えなかったのだ。面で顔を隠すように意識を隠して、彼らは二本目の勝負に取り掛った。ケーラーは積極的に攻勢に出た。ここで後まで響く打撃を与えておかないと後が辛くなるのを知っていたからだ。ジェルジュは鼻歌まじりに逃げ回った。それから、いきなり前に出た――相手の突きを躱そうともせず、まっすぐに攻撃を掛けたのだ。怯みはしなかったが、ケーラーの手元は幾らかお留守になった。ジェルジュは致命的な打撃を食う寸前でケーラーの剣先を外し、刀身を絡ませるようにして相手の柄をはね上げた。剣が飛んだ。

何なんだ、それは、とケーラーは憤然たる声を上げた。

これをやりたい一心で練習したからね。うまく出来てるかな。

ケーラーは答えなかった。若い男に車椅子を押させた老人が入って来たからだ。ラウテンブルク元帥だ、とケーラーは囁いた。ジェルジュは目もくれなかった。次をどうするかを考えていた。感覚を抑えた。辛うじてケーラーが見えるかどうかというところだった。

そんなことをしても手加減はしないがね、とケーラーは言った。

ジェルジュは慇懃この上ない一揖をして見せた。いきり立って、ケーラーは打ち込んだ。返って来たのは、早いというより、しなやかで長く、しかも隙のない突きだった。三回のうちで一番長い勝負になった。どれほど挑発しても、ジェルジュは感覚を微動だにさせなかった。紙一重で躱すだけだ。体の方は無謀にさえ見える攻撃を繰り返していた。ケーラーは後退した。反撃する隙はなかった——力ではなく、動きの精緻さに押されたのだ。後がなくなりかけたところで、力任せに殴り付けた。ジェルジュは躱しながら剣を出した。ケーラーは弾きながら前に飛び出した。突きは綺麗に入った。

面を外しながら、ジェルジュは言った。「壁まで追い詰めて一本取れる筈だったんだが」

「小細工にかまけすぎだ」

汗を拭いていると、元帥の車椅子を押していた男がやって来て、話したいと言っておられる、と告げた。ジェルジュは身振りで自分の格好を示したが、男は構わないと言った。側に行って頭を下げると、老元帥は車椅子を押すよう命じた。

言われるままに、ジェルジュは彼を回廊まで連れて行った。高い硝子窓のそばでラウテンブルクは止るよう号令を掛けた。意外なくらいに甲高い声だった。

「今時の若い者は救いがたい」ラウテンブルクは僅かに傾いた日の光に目を細めた。

「あの程度で評判になるなぞ、四半世紀前にはなかったことだ」

ジェルジュは控えめに、四半世紀前には自分は生れていなかった、と抗議したが、相手の耳には入らないようだった。前に出るように言われた。言われるままにすると、しゃんと立て、帝国元帥の前だぞ、と言われた。直立不動の姿勢を取ると、ずけずけと品定めをされた。外見だけではなく、読ませはしなかったが内側までだ。鬼軍曹に軍装の点検をされる新兵になったような気がした。元帥は納得したらしく何回か一人で頷くと、おもむろに威儀を正して言った。

「レオノーレが昨日の夜、男の子を産んだ。今朝、屋敷の礼拝堂で洗礼を受けた。カール＝ゲオルク・フォン・ラウテンブルク伯。わたしの七番目の息子にして、帝国の首都で生れる最後の子供たちのひとりだ」

ジェルジュはラウテンブルクの肉の落ちた顔を見詰めた。老人たちはみんな似ている、と思った。歳月がひと撫ですると、それぞれに違っていた筈の顔が同じように変っていく。ただ、ラウテンブルクの鳶色（とびいろ）の目は、他の老人とは違う何かをまだ止めていた。

「そんな顔をするものじゃない、エスケルス。わたしは君に礼を言いに来たのだ。上の息子たちの母親は普通の女で、わたしの資質を受け継いだ子供は一人も生れなかった。レオノーレを娶った時には、子供を持つには遅すぎた。カールはわたしにとってははじめての、感覚のある息子だ」ラウテンブルクは言葉を切った。「スタイニッツには随分と会っていないが、元気かね」

「はい」

「幸福な男だ。血の繋（つな）がりはあるに越したことはないが、それ以上に重要なものは幾らでもある。わたしは息子たちに、自分の一番重要な経験を教えることができなかった。それだけが心残りだった。子供はわたしが責任を持って立派に育て上げる。素質は大したものだ。もっともあれは——」手で剣を回すような動作をした。「褒められんな。あの参謀本部の若造にも言っておいてくれ。このエルヴィン・ラウテンブルクが二十五どころかもう十若くても、簡単に、二度と顔を上げて表を歩けんような恥をかかせてやった、とな。君はましてだ、若いの。ひよこをひねるようなもんだ。剣を、こう、前の晩に軽く蝋燭（ろうそく）の火で炙（あぶ）っておく。ひと突きで肋（あばら）が折れる」咳払いをした。「尤（もっと）も、今時はあれでも充分に大したものなのだろう」

「あなたとお手合わせ願いたかったと言って、ケーラーは残念がるでしょう」

「心にもない世辞を使う時は人の目を見ないことだ、エスケルス。すぐに判るぞ」

ジェルジュは大人しく頷いた。

「兎も角、君には感謝しとる。レオノーレにも子供を持たせてやれたしな。一体、君、あんな女が一人の子供も残さないなんてことがあっていいものかね。国家にとっては大変な損失だ。あれも満足している。まあ女というのは、産んだ後は大抵、えらく御満悦なものだ。尤も、あれだけ泣いたり叫んだりして不満顔もなかろうがね。会いに行ってやってくれ。今日の午後に一度だけなら、わたしも許す。明日以降屋敷で見付け出したら摘み出してやるがな」それから、ジェルジュに屈み込むよう合図をすると、小声で言った。「で、君はあれを見た訳だ」

「何でしょう」

「あれの羽根だ。見たんだろう」

ラウテンブルクの言ったものを、ジェルジュは理解した。ペルシャの仙女たちの翼のような、極彩色の軽くて温かい感覚に包まれたことを思い出した。

「何だか大きいインコみたいでしたよ」

ラウテンブルクは天を仰いだ。何という言い草だ、と言った。「若いの、君は実に運がいい。わたしがもう四半世紀若ければ――」

「四半世紀前には、僕は生れていませんでした」

「だからこそ運がいいというのだよ。全く、最近の若いものは！」

レオノーレはミノリーテンプラッツの屋敷で臥せっていた。ラウテンブルクに脅されていたので、ジェルジュは堂々と正面から入って案内を乞うことになった。控えの間で暫く待たされた。レオノーレは彼がいることを感じ取っていたが、子供に乳をやるのに専念していて、声を掛ける余裕さえないようだった。面倒になったので、入るよ、と言った。扉をそっと開けると、乳母と若い女中が狼狽して止めに来たが、レオノーレは合図をして彼らを下がらせた。

彼女が子供に乳首を含ませるのを、ジェルジュは寝台に腰を下ろして見入った。まだ首も据わっていない赤ん坊を支えて、縁が半透明に見える小さな唇に乳首の在処を探り当てさせるのは大変な作業だった。それよりもジェルジュを驚かせたのは、レオノーレが赤ん坊に触れると、赤ん坊がレオノーレに触れようと、まだまるで未分化な感覚を動かすことだった。ジェルジュは赤ん坊に手を伸ばした。やめて、とレオノーレは低い声で言った。

「あなたが触るとひきつけを起すわ」

「そっと触るから」とジェルジュは言った。指で頬に軽く触れた。赤ん坊はびっくりしたように片目だけを開けた。

「すごいな。もう見えてる」

「まだ見えてないわ。目はね。あなたのことは判ってるけど」それからそっと赤ん坊を寝台に下ろした。

「揺り籠（かご）に入れないの」

　レオノーレは仔（こ）を守ろうと毛を逆立てる猫のような顔をした。「そんなことする親はいないわ」

「だってそこに――」

「誰が何を用意しようと、わたしはそんなことしないわ。誰がそばに来て恐がらせるか判らないのに、見えないところに置くなんてできないわ。あなたは違ったの」

　やれやれ、とジェルジュは思った。それじゃ僕がお袋を覚えていたのは、お袋の猫っ可愛がりのせいか。

「まあいいわ」とレオノーレは言った。「そばに来て」

　ジェルジュは彼女の腰の辺りに移動した。彼女の感覚が蟀谷（こめかみ）を捉（とら）えて愛撫（あいぶ）するのを感じた。

「これでほんとにさよならよ。もう二度と会わないわ」

「二度と？」

「たぶん、二度とね。キスして」

　ジェルジュは彼女の唇に唇を触れた。彼女の体が――彼女の感覚が、微（かす）かな欲望に身震いするのを感じた。ただそれは遠い過去の欲望の残響に過ぎないことも、同じくらいはっきりと判った。

Ⅳ

別に世界が終る訳ではない、と顧問官は言ったものだ。ツェルニンが何を血迷おうと、大公が年甲斐もなくどんな愚行に走ろうと、彼は触れようとさえしなかった。ジェルジュにも一切の関与を禁じた。もう気が済んだだろう、と言うのだった。

全ては日常業務で終始した。シュマン＝デ＝ダームで血みどろの戦闘が行われている最中も、顧問官はいつものように報告を受け、指示を出し、時折誰かを派遣する以外、戦争の間に張り広げた人間の網の中央で動こうとしなかった。前線がパリまで七十キロに迫った時でさえ、ドローネーには別途指示があるまで待機と電文を打っておけ、と言っただけだった。

「平文でいい。フランス人にも判るようにな」

夜、お伴を仰せつかることもあった。ジェルジュが車を運転した。それはもう宮殿のような屋敷でも夜会でもなく、郊外の住宅や市内のアパートだった。顧問官は現れた女中や細君に礼儀正しく案内を乞い、仮綴のまま黄色く焼けた本が詰め込まれた狭い書斎に、驚くほど自然に、入り込んだ。書斎の主たちとは既に旧知の仲だった。ホーフブルクの顕官たちに接するのと同じように、顧問官は話した。話す内容も大差はなかった。冬には彼らがホーフブルクに入る、と帰りの自動車の中で言った。

「だからと言って何が変る。我々は生き残れるさ」

顧問官は書類の整理を始めた。戦前から積み上げられた紙の山を丹念に掘り返し、一部を自分の手で焼いた。時折、一人でブダペストに出掛けた。スタイニッツ男爵のハンガリーでの動きには深入りしないようケーラーに警告された、と言うと、顧問官は皮肉な口調で答えた。

「君の友人は噂話には詳しいようだな」

そこまでの自信に対しては口を噤む他ない。

朝の電文の箱にパリからの打電を見付けた時にも、ジェルジュは意外には思わなかった。顧問官が身辺の整理を始めていることは知っていたのだ。そのうちのかなりの部分は、ジェルジュを迂回して指示され、遂行されていた。目に触れたのはドローネーの狼狽の故だ。ただ、そこにある名前は、もう何も感じないと信じていた感情に幾らかの動揺を与えた。たった四年だ――コンラートが殺されるのを見てから、まだ四年しか経っていない。気を鎮めて、残りの電文と書類を片付けた。顧問官の執務室に入った時も、逸る自分を抑えようと努める程度には落着いていた。

「ドローネーからの報告があります——メザーリを取り逃がした、至急指示を乞う、と」

四年前に誰とやり合ったか、ジェルジュは理解していた。ロシア人たちが呆れた理由も知っていた。何より、死なずに済んだのは運がよかったのだということを、恐怖の冷たい感触とともに、感じることができた。

顧問官は反応しなかった。報告はいつものように続けられた。常より幾らか堅く閉ざした意識以外に、推測の手掛りはなかった。それから、唐突に言った。

「行くかね」


国境を越えてフランスに入っても、ジェルジュは気配を消したままだった。二等客車の車室は空だったが、他に乗客がいても、彼の存在には気が付かなかっただろう。国境警備の一隊は廊下から車室を覗き込んだだけで通り過ぎた。車掌さえ現れなかった。人間の世界からこぼれ落ちたような空虚の底から、ジェルジュは畑の彼方をかすめる落日の光を眺めた。

四年間、メザーリのことは思い出しさえしなかった。掌を上に向けて宙を示したコンラートの動作が浮んだ。無防備に外に飛びだして通行人の前で痛めつけられ、追い縋って嬲り殺し寸前まで叩きのめされた記憶が続いた。体が微かに強張った。苦痛の残響が残っていた。

何故コンラートが自分を見捨てて逃げなかったのか、ジェルジュには判らなかった。捕えられ、気を失いかけている仲間なぞ何の助けにもならない。それを目の前で見ながら、何故コンラートは姿を現して、注意を引くだけの銃を撃ったのか。メザーリの足にしがみついて階段を引き摺られた痛みが甦った。あの頃は死ぬのがどれほど簡単なことか知らなかったのだ。死なずに済ませるために知恵を絞り、ありとあらゆる手管を使うことを、ジェルジュは覚えた。恥とも思わなくなった。それでも、死ぬ時にはいとも容易く死ぬのだ。自分なら兎も角、コンラートはそれをよく知っていた筈だ。

君がまずすべきはライタ男爵と接触することだ、と顧問官は言った。メザーリの件は彼が請け負った。失敗も彼の責任だ。紹介はドローネーがしてくれるだろう。だが、それ以上は期待するな。他の仕事がある。

メザーリを見付け出して殺せばいいんでしょう。

顧問官は笑った。結果的にどうなるかは別として、君が殺しを引き受けたことはなかった筈だ。

メザーリは別です。

これが復讐なら、私は君には頼まない。殺し屋などという烙印を押されたいかね。私はメザーリの死亡を確認したいだけだ。ライタ男爵に会って、どう責任を取るつもりか訊いていたと伝えたまえ。あの男のことだ、金を返すくらいなら何かの手を打つ方を選ぶだろう。よく相談することだ。ただし慎重にな。男爵は少々――。

親父の卑劣と強欲は大陸中に知れ渡ってますよ、と、ジェルジュは殊更に崩れた物言いで答えた。簡単に手玉に取られたりはしません。ご心配なく。メザーリが死んだことを確認すればいいんですね。

結局は同じことだ、とジェルジュは、駅に入ろうと速度を緩めた列車の中で考えた。メザーリは卑劣と強欲であしらえる相手ではない。ラッケンバッハー夫人を孕ませて捨てた父親がどれほどの好意を示してくれても、大した助けにはならないだろう。

駅からロシア語の訛りを装って電話を掛けると、ドローネーはすぐ来るように言った。顧問官からの連絡を受けていたのだ。

無数の人の気配が籠った空に近い地下鉄を、ジェルジュは二度、乗り継いだ。降りて、大通りに出た。居心地の悪い街だった。往来を歩いているつもりで楽屋口から舞台の上に迷い込んだような気がした。街並みもどこか書割じみていた——幅の広い道路は両側に並木を列ねてどこまでものっぺりと走り、陰影のない、ボール紙にペンキを塗ったような壁面には、薄い鋳鉄の手摺を貼り付けた浅い窓が正確に並んでいた。まだ幾許かの光が空に残っているのに、馬車は時折、急ぎ気味に通り過ぎるだけだった。ジェルジュは足を速めた。灯火管制が始まる。まばらな人の気配は窓掛の奥で息を潜めていた。

大通りから、樹木のざわめきで公園があると思しき方向に入ると、街灯が一斉に消えた。ジェルジュは薄闇の中をためらいなく歩き続けた。ドローネーが合図を寄越した。百メートルほど先の、白い大きな建物に挟まれた細い扉だ。

中に入ろうとしたところで、指で蟀谷を弾かれるような軽い衝撃が走った。ドローネーの気配がかき消された。入口に飛び込み、階段を上ろうとしたところで、二度目の衝撃が建物を上下に貫いた。階段室の井戸のような深みを照らす灯が砕けて消える前に、咄嗟に感覚を閉じた。それでも気が遠くなりかけた。

丸く磨り減った敷石の上で見失った手足の位置を探り当てると、ぼんやりと感覚が戻って来た。暗い階段を下りて来る軋みが聞こえた。這うように壁際まで後ずさった。足音は彼の前で止った。呼吸と体温が、血管の中で血の脈打つ気配が、関節で支えられた骨と肉の重みが感じられた。苦しげに咽喉を鳴らしていた。汚物と血膿の臭いがした。ジェルジュは闇の中で目を閉じた。見れば、引きずり込まれる——全身の皮膚を肺の内側まで引き剝れたような痛みが、すぐそこにあった。相手の目がゆっくりと見開かれた。ジェルジュは壁に寄り掛ったまま身構え、半ば麻痺した感覚を、解放されるぎりぎりまで押した。

笑う声が聞こえた。息だけで笑うような、奇妙な笑いだった。嘲笑っているのだ。感覚を体に結び付けている最後の掛金を外そうとした。相手は唐突に笑うのをやめた。気配さえ消え失せた。捉えられるのは引きずるような重い足音だけになり、それも、臭気だけを残して、消えた。

暫くジェルジュはそこに坐り込んでいた。立って階段を上るのにはかなりの努力が必要だった。感覚は徐々に戻って来たが、抑えておいた。建物を貫いた叫び——人間のものとは思えないまでに増幅されたドローネーの死の叫びが、まだ空気に染み付いていたからだ。

三階の踊り場に面した扉が開いたままになっていた。ドローネーは奥の、窓のある書斎に倒れていた。鳩尾から心臓を突かれていた。抵抗した様子はなかった。捉えられるまで気が付かなかったらしい。衣服に触れると痛みに近い感触が走った。肉体からもぎ取られて消滅する瞬間の衝撃がドローネーを焼き尽くしていた。頭がずきずきしはじめた。ドローネーの屍体どころか部屋を調べようとも思わなかった。ここにいること自体がもう限界だ。

表に自動車の止る音がした。数人の男が、気配を殺したつもりで下りて来るのが判った。フランス人だ。建物に入るなり浮き足立つのが判った。ジェルジュはその傍らを、肩が触れるような距離でかすめて外に出た。

あの建物に住人がいれば、感覚がなくとも、今夜は悪夢を見る。

翌朝は九時前まで目が覚めなかった。嫌々ながら寝台から体を引き剝した。宿の朝食の時間が九時半までだったことを思い出したのだ。急いで身支度をして、階下に下りた。宿側が朝食室と主張する階段の下に坐って、湿っぽく頼りないクロワッサンと上等とは言えないが本物ではあるコーヒーを楽しんでいると、小柄な猫背の男が蟹股気味に入って来て、帳場の係に何か言うのが見えた。農奴じみた貧相な外見と剽悍な動きがそぐわない男だった。ジェルジュは構わず食べ続けた。帳場係はジェルジュに顎をしゃくった。男は肩を屈めたまま跳ねるような足取りでやって来ると、皮肉を纏わり付かせたロシア語で、ゲオルギー・グレゴーリヴィチ・クラーキンってあんたかい、と訊いた。ひどく訛っていた。

「会いたいって人がいるんだがね」

男はゼルカと名乗った。姓でも名前でもなく、ただゼルカだと言った。ライタ男爵の悪名高き共同経営者だ。器用に頭を閉じていた。必要があればこじ開ける手間さえ不要だろうが、感覚のない男としては大したものだ。朝食を食べ終えてからでいいかな、と聞くと、顔を顰めて、さっさと食え、と言った。ジェルジュが行儀よく朝食を終えると、外に止めてあった派手な自動車に乗せた。雨ざらしの運転席に坐っている男はゼルカの頭に注意を払っていたが、読もうとは欠片ほどもしていなかった。むしろ迂闊に読んでしまうことを恐れていた。

「ああいうのは不用心だぜ、坊ちゃん」とゼルカは言った。「第四局は昨日のうちにパリ中の宿帳を洗ってる」

ドローネー殺しの後では当然だろう。ライタ男爵の耳に入っていることも、さして意外ではないが。

「その、坊ちゃん、はどういう意味だ」

ゼルカは肩をすくめた。「顔を見たらそう言うしかねえ。おれはグレゴーリと、お互いひよっこの頃からつるんでるからな」

ひどい訛りと特殊な語彙のせいで半分くらいしか判らなかったが、強いて言うなら、そういう意味だ。

「用心する必要は感じないね」

「グレゴーリも言ってたよ――堂々と泊まってやがる、ふてえ餓鬼だ、二度と世間を舐めないように痛い目でも見せてやろうか、ってな。おれもそう思うね。旗振って喚いてるようなもんだ。ゲオルギー・グレゴーリヴィチじゃな」

車は通りから鉄柵で仕切られた中庭に入って停まった。扉というよりは窓のような硝子張りの入口を入った。繊細な弧を描く階段の中央に押し込まれた昇降機はいささか場違いなものに思えたが、上で待っている人物ほど場違いとは思えなかった。昇降機が動く前から、ディートリヒシュタインはジェルジュを感じ取っていた。緊張で手が震えるような具合に感覚が揺らいでいた。モーター音とケーブルの軋みを聞くと意識を閉ざそうとはしたが、ジェルジュには無防備同然だった。もう一人誰かいたが、ディートリヒシュタインを内側から眺め続ける邪魔にはならなかった。扉ひとつ隔てた奥の部屋では、部屋着を着ただけの重い体をだらしなく寝椅子に沈めた男が、爪を磨かせながら、大した関心もなさそうに彼らを見遣った。

昇降機を下り、優雅な両開きの扉から中に入った。窓から射す光で、漆喰で仕上げた部屋は純白に輝いて見えた。ディートリヒシュタインは火の気のない暖炉の前を歩き回っていたが、立ち止って、振り向いた。瀟洒な夏服の仕立てのよさは前以上だった。幾らか頬がこけて精悍になってもいた。護衛とおぼしきサーカスのレスラーじみた体格の男がごく自然な動作で後を塞いだ。

　扉に寄り掛ったまま、ゼルカは奇妙な具合に唇を吸って鳴らした。ジェルジュは軽く一揖した。

「お呼びを受けて参上いたしました、閣下」

　その口調だけで、ディートリヒシュタインの忍耐は底を突いた。返答は金切り声になった。「大仰な口上は結構だ。ウィーンにいる時でさえそんな口を利いたことはないじゃないか」

「閣下の前で口を開く栄を賜ったこと自体、ほとんどございません」

「そこに坐れ」ディートリヒシュタインは、目の前に置いてある安楽椅子を示した。ジェルジュがいかにも意外と言わんばかりの顔をすると、苛々した口調で、いいから坐れ、と言った。ジェルジュはゆったりと腰を下ろした。足は組まなかった。隣の部屋の男がさも愉快そうにゼルカを小突くのが判った。

「こんなところで何をしている」

「お話しするようなことは特に何も」

「スタイニッツの使いだろう？　何もないということはない筈だ――それとも口止めされているのか。奴が大公殿下を裏切る準備をしているのはこっちも気が付いているからな」

「ではこれは殿下の御指示ですか」

ディートリヒシュタインは黙り込んだ。嘘を吐いても無駄なことは知っているのだ。

「僕はスタイニッツ男爵の下で動いています。閣下を軽んずる訳ではありませんが、指示を受けるには、大公がそれを望んでおいでだという確証と、男爵の許可が必要です」

「小役人みたいなことを言うじゃないか」

「僕は小役人ですよ——御存知の通り」

「大して難しいことを訊きたい訳じゃない。何をしに来たのか聞いておきたいだけだ。ドローネーを殺しただろう」

「それはまた随分と突飛な」

「フランス人どもはそう言っている」ディートリヒシュタインは優越感に満ちて愛想よく答えた。「わたしも同意しておいたよ。所詮は殺し屋程度にしか使えない奴だとね。気に入らないか。それなら無実を証明したまえ。君が何をしに来たのか正直に教えてくれればいい。わたしが保証すれば、彼らは信じる」

ジェルジュはあからさまに溜息を吐いてみせた。彼の忍耐もまた底を突いていたのだ。

「馬鹿なことで手間を取らせないで下さい」

ディートリヒシュタインは険悪な口調で、クレムニッツ、とだけ言った。椅子の背後から、例の男が、両手で頭を捕えようと腕を伸ばした。ジェルジュは肩越しにその襟首を摑み、片膝を突いて身を沈めながら前に放り出した。男は仰向けに床に叩き付けられ、そのまま動かなくなった。ジェルジュは覗き込んだ。息はあった。ディートリヒシュタインが拳銃を取り出した。ジェルジュは顔を上げ、冷然とその目を見詰め返した。感覚は動かしもしなかったが、撃つ前に止められるということ——自分からは何もする気はないことを理解させるには充分だった。立ち上がった。

「幾らかの事情説明は必要かも知れません。が、現にあなたが囚われの身である以上、説明させていただいた内容の守秘はかなり難しいのではありませんか」

「何のことだ」ディートリヒシュタインは身構えた。

「ライタ男爵はあなたを捕えて大公に身代金を要求している。それもこれで三度目だ。違いますか」

顔が白くなった。読まれたことに気付いていなかったのだ。「お前には関係ない」

「逃げるなら手助けはしますよ。詰らない口を差し挟まずにスペインに戻ると約束して下さるならね」

ディートリヒシュタインは口を噤んだ。暫く迷っていた。それから、暗い口調で言った。

「私は逃げない」

「でしょうね。さもなければライタ男爵もあなたに銃なぞ持たせないし、こんな男も側には置かせない」足元の男を指差した。「悪いのはこいつじゃない。あなたですよ。もう少しましな仕事をさせてやったらどうです。鈍いけど、使えない奴じゃない」

「黙れ」

「もう一度訊いたら黙ります――助けはいらないんですね」

貴様なぞ八つ裂きにされてしまえ、と言うのがディートリヒシュタインの返答だった。

ジェルジュは舞踏の教師から教わったような一揖をして、部屋を出た。ゼルカが付いて来た。ひどく喜んでいた。

「坊ちゃん、喧嘩強いな」

「親父は納得してないだろ」

「手ぇ抜きやがっただとさ」

最初から手の内を見せるほど馬鹿ではない。相手がライタ男爵では尚更だ。

「けど手ぇ抜いてあれなら結構なもんだ。どうやってぶちのめすか考えるだけでわくわくして来んな」

ジェルジュは足を停めて、ゼルカの顔を見た。ゼルカはふてぶてしい笑みを浮べた。

「駄法螺だと思うか、坊ちゃん」

いや、と答えた。コンラートが馬鹿笑いした理由がよく判った。彼の言う通り、実の父親に捨てられたのはまだしも幸運だったのだ。奥の部屋で、ライタ男爵ことグレゴール・エスケルスは綺麗に磨き上げた自分の爪に見入っていた。ささやかな喜びに満ちた一日の始まりと言う訳だ。

「夕方また来ると伝えておいてくれ。その時にゆっくり話がしたい、とね」

「送らせようか」

ジェルジュはかぶりを振った。「歩くよ。いい天気だ」

実際、空は晴れ上がっていた。まっすぐに延びた通りは、ゆるやかに下りながら、大きな広場を挟んで規則的に姿を変えた。次々と現れる記念建造物はまるではりぼてのように軽く感じられた。ジェルジュは交差する細い通りに入り込んでは、斜めに折れて元の通りに戻った。途中で杏を買った。細かな産毛が白く光り、手に取ると、指が弾かれそうな感触が返って来た。並木の途中のベンチに坐って、燃え立つような生気に満ちた果肉を齧った。心地よい眩暈を感じた。食べきってしまうのが勿体ないくらいだ。

そのまままっすぐに歩いて、ごみごみした界隈に出た。市場は閑散としていた。薄暗い食堂に入って、白隠元と鴨を脂肪で煮込んだものを食べた。嵩高なだけで味は単調だったが、腹は満ちた。雑な葡萄酒も飲んだ。これは気に入ったが、すぐに後悔した。薄い酔いが醒めると頭が疼きだしたのだ。市場を抜け、大通りを渡り、教会の脇の緩い坂道を上って、瀟洒なアパルトマンの門番に白紙を入れた封筒を託した。主は留守だったのだ。

歩いてドローネーの所に戻ったのは、午後も遅くなってからだった。叫びは既に低い囁き程度まで薄れていたが、それでも、感覚に響く不快感はあった。鍵をこじ開けて入った。寝室から始めて、シャツの一枚一枚、屑籠の紙屑の一つひとつまで丁寧に漁った。

至る所にドローネーの苛立ちと怒りが残っていた。ジェルジュに対してまで、顔を合わせる前から腹を立てていた。それに、誰かが既に漁った痕跡があった。三、四人の男が、気配が残らないよう注意しながら触れた跡だ。書斎には、本を慌しく抜いて戻した様子が残っていた。その頃には全員気分が悪くなっていたらしい。それでも続けるのだから大したものだ。彼らが最後に触れた本を抜いて見ると、壁を刳り貫いた空間があった。そんなものをどうする気かは知らないが、兎も角、彼らはそこにあった無電機を唯一の戦利品にして引き揚げていた。

机の上の書類挟みも既に漁られた後だった。ジェルジュは抽斗を開け、上等な便箋の束を弾き、革の下敷の下に押し込まれたメモを読み、ペンや鉛筆に一本ずつ触れた。幾らか失望した。ドローネーは顧問官とライタ男爵との短い交渉を仲介しただけだ。最初の要求。報酬をめぐる遣り取り。突然、しくじったと告げられ、恐慌を来して電報を打った。それ以上のことは、ジェルジュ同様、何も知らない。顧問官も用心深かったし、男爵は更に用心深かった——というより、ドローネーを最初から相手にしていなかったのだ。

ジェルジュは手を止め、窓に近付いた。自動車が止って、中から男が三人、降りて来た。昨日の晩のうちにここを漁った連中だ。一人が窓を見上げた。感じてはいないが、いることは知っていたらしい。両手を広げるように意識の表面を開いて、敵意のないことを示した。ジェルジュは上がってくるように言った。

幾らも待たないうちに、彼らは入って来た。一人が居間から顔を出してジェルジュを呼んだ。部屋に入って行くと、ほとんど色のない金髪を綺麗に撫（な）で付けた男が手を差し出した。

「ヘーレンファーンだ。フォン・ヤゴウの仕事をしている」

ベルリンの警視庁長官直属と言う訳だ。ジェルジュは手を握り返した。革の手袋をした手は、接触を拒んだまま無闇と強く握ってきた。

「無電機を持ち出したのは君らか」

「そうだが——返した方がいいかね」

ジェルジュは少し考えた。無電機から何か読み取る感覚は、この三人の誰にもない。とっくに使わなくなった無電機となれば尚更だ。この二年くらい、ドローネーは自分で無電を打っていない。「古くて使いにくいと思うよ」

ヘーレンファーンは部下に合図をした。一人がポケットから分厚い鹿皮で包んだ何かを取り出した。

「昨日の唯一の戦利品だ」

ヘーレンファーンは馴（な）れなれしく肩に手を掛けてジェルジュを促した。手を払いのけながら、二、三歩前に出た。ポケットから取り出された瞬間から、頭のどこかが鳴っていた。部下は包みを開いた。一面に黒い七宝で魚の鱗（うろこ）のような細工を施したシガレットケースだった。反射的に、感覚を抑えた。何か強烈なものが刻み込まれている。迂闊（うかつ）に触れれば、引きずり込まれて周囲が見えなくなりかねない。だが、間違いなくアレッサンドロ・メザーリのものでもあった。

ジェルジュは無造作を装ってシガレットケースを取った。触れた指先から腕に響く干渉が走ったが、それには充分身構えていた。背後から様子を窺っていたヘーレンファーンの失望が感じ取れたくらいだった。やっぱり罠だったか、と思った瞬間、目が霞み、息が止った。焼けるような痛みが全身に広がった。外界から引き剝され、七宝の箱に籠った苦痛に吸い込まれそうになった。無防備になるのを承知で感覚を閉ざし、接触を断って引き抜いた。ヘーレンファーンが背後から踏み出す足音がした。

湿った布が口許に押し当てられた。息を止めようとする暇もなく、鳩尾を殴り付けられた。喘ぐと、胸が悪くなるような甘い臭気が肺に流れ込んできた。視野が揺らいで暗くなった。目の前の男の胸板を蹴上げながら、体の重みを、まだ後から口を塞いでいるヘーレンファーンに預けて倒れた。肩の下で相手の骨の折れる音がはっきりと聞こえた。

這いつくばったまま顔を上げた。前の男が押え込もうとしていた。麻痺しつつある感覚の重みを振り切って弾き飛ばした。戸口にいたもう一人が銃を抜いた。撃鉄を上げ、引き金に掛けた指を絞るところだった。感覚が勝手に動いた。柔らかいものを潰すような、不愉快な感触があった。ヘーレンファーンが喚きながら襲い掛ってきた。摑んで、握り潰す寸前で手を放した。相手はそのまま前のめりに倒れて動かなくなった。

ジェルジュは居間の扉に寄り掛った。気が遠くなりかけていた。人を叩きのめした時の気分の悪さが襲ってきた。このまま眠ってしまおうかと思った。外側から誰かが小突かなければそうしていただろう。手摺に縋って階段を下りた。エーテルの中を泳いで下りて行くようだった。感覚はほぼ完全に黙り込んだ。外に出る手前で立ち止り、深く息を吸い、できるだけしっかりした足取りで踏み出した。ほんの二、三歩に過ぎなかったが、そこに停まっている大時代な馬車に手を突くのがやっとだった。馬車の扉が開き、中から襟を摑んで引きずり込まれた。座席には自分で這い上がった。扉を閉める音がした。

「二、三時間で切れる。心配はいらん」

ジェルジュは目を開けて目の前の男を見据えようとした。何も見えなかった。目隠しの隙間から入る光で影になっていたのだ。素晴しい、と男は低い声で言った。

「母親そっくりの目だな。一目見ればどこの何様か判ろうってもんだ」

名前だけならよく知っていた——ブダペストの屋根裏部屋で名乗るのを躊躇った名前だ。目の前にいるのはグレゴール・エスケルス、或いは、より広く知られた名で言うならライタ男爵当人だった。

　気を失いはしなかった。それだけは御免だった。ただ、口を利ける状態でも相手を品定めできる状態でもないというだけだ。朦朧としたまま馬車を下ろされた。長椅子の上に放り出された時には有り難いとさえ思った。

眠りはしなかった。ただ、目を閉じたまま、身じろぎもせずに横になっていた。無限に近い時間を掛けて、ゆっくりと、感覚が戻って来た。悪い酒を飲んだ時のようなぼんやりとした頭痛は薄れていった。目覚めきっていない感覚を少しずつ広げた。屋敷は空だった。殆どの家具は真新しい掛布で覆われていた。壁に強烈な気配を刻んだものは、四角く残った跡だけを留めて消えていた。ディートリヒシュタインは姿を消し、ライタ男爵も、ゼルカと名乗った男もいなかった。どこへ行ったんだろう、と一瞬だけ考えた。それから何も考えないことにした。壁は落日で薔薇色に輝いたまま翳ろうとしなかった。それから、ふいに暗くなった。空が燃え上がり、部屋が闇に沈むと、感覚に捉えられる光景は次第に鮮明になった。暖炉の上の時計がくぐもった金属音で八時を告げた。長い前掛を掛けた老人が分厚い窓掛を引き、灯を点け、水差しとコップを置いていった。

水を飲んで、主の帰宅を待った。かなり回復していた。あとは頭痛の名残が消えるのを待つだけだ。立ち上がった。鏡を見て手櫛を入れ、ネクタイを直して階下に下りた。

車寄せには馬車が止っていた。ジェルジュは自分で扉を引き開けて外に出、馬車に乗り込んだ。

「頑丈な奴だな」と男爵は言った。「親父としちゃ満足だ。お前がスタイニッツ風情の使い走りをやってるってことを除けばな」

事実は事実として認めざるを得なかった——ライタ男爵は漆黒に近い顎鬚と口髭を綺麗に刈り込んだ初老の巨漢で、肉の厚い体を葬儀屋めいた黒いフロックコートに包んでいた。何のつもりか暗い紫色のジレを覗かせていたが、そのいかがわしい華やぎは、悪評をものともしない堂々たる横顔に似つかわしかった。そこから、四半世紀の間に降り積もった澱を取り去って、ラッケンバッハー夫人が自分に見出した、痩せた薄汚いごろつきの相貌を浮び上がらせるのは容易だった。確かに自分によく似ていた。自己嫌悪に近いものを感じた。

「お会いできて嬉しいですよ、父さん」とジェルジュはそっけなく言った。

「聞いたか、ゼルカ。お会いできて嬉しいだとよ」

「ディートリヒシュタインはどこです」

男爵は挑発的な様子で意識を閉ざした。一悶着起すのを楽しみにしていた。ジェルジュは乗らなかった。気取らせずに読むほど回復している自信がなかったのだ。男爵は舌打ちをした。

「奴はあの後すぐにビアリッツへ送った。うちの料理人と一緒にな。おれも行くつもりだったんだが」

「ビアリッツへ?」

「あれはメザーリだろ、ドローネーをやったのは」

ジェルジュは答えなかった。

「お前がいた筈だと軍の奴らは言ってる。そういう密告があったんだとさ。いたのか」

ジェルジュはいたと答えた。

「あれはメザーリか」

「おそらくは」

「怒ってるか」

「謝って済む問題じゃねえって、おれは言っただろ」ゼルカが口を挟んだ。

「そうは言うけどな」ライタ男爵は親指と人差し指をすり合わせて見せた。ゼルカはかぶりを振った。

「欲の皮かくと碌なことがねえ。飯なんか食ってねえで逃げようぜ」

「まあちっと待て」

「いつもそれだ」

「これから食事ですか。外で」

「料理人を出しちまったからな」

「灯火管制でしょう」

「有象無象と喰うなんぞ御免だ。一遍、パリ中から一番薄汚い浮浪者を拾い集めて、カフェ・ド・パリが一番混んでる時間に乗り込んでやりたいもんだ。すかした間抜けどもがびびって逃げ出すような連中をな。それでもあそこの給仕は席を作って歓待に相努めるよ。おれがあそこで落す金たるや、どこの何様が何人束になったって足らん」げらげら笑った。「札束ってのは人様の横っ面を張るのに使えるから、つい欲が出ちまうのよ」

ジェルジュの沈黙に、ライタ男爵は憫笑で応えた。かすかに光の残る空の下で、街灯が消えた。馬車は速度さえ落さずに走り、暗い並木の陰で停まった。灯の落ちた店の扉が開き、中から燭台を持った給仕が現れて、恭しく馬車を迎えた。店に入ると、ライタ男爵は給仕長にジェルジュを顎で示し、倅だ、と言った。

「次に来たら飲み食いはおれに付けておいてくれ。もっとも若い者にあんまり贅沢させちゃいかんがな」

　店は空だった。燭台をささげ持った給仕に足元を照されながら二階に上がった。暗い廊下の奥に、蠟燭を点した個室の扉が開け放たれていた。料理も、酒も、既に用意されていた。男爵はポケットから見もせずに取り出した紙幣を給仕に渡して追い払うと、氷を詰めた銀の器からシャンパンの壜を引っ張り出し、半ば緩めてあった栓を指で弾いて抜いた。ゼルカが扉を閉めた。

「陰気な話は後だ」男爵はシャンパンのグラスを差し出した。「飲め」

　彼らは立ったままシャンパンの杯を空けた。男爵は脇の台からシャンパンを器ごと取って食卓に載せると、ズボンのポケットから折畳みのナイフを出し、二十センチもある刃を振って開きながら傍らの器の蓋を無造作に開けた。ソースの垂れる白いアスパラガスを五、六本取った。一本を突き刺してジェルジュに差し出した。仕方なく、ジェルジュは指で摘んで取り、穂先から齧り付いた。柔らかく火を通したアスパラガスの、微かな苦味を帯びた汁が口腔を浸した。

「旨いだろ」男爵は一人で頷いた。「好きなだけ勝手にとって食べろ。もっと喰いたけりゃこれで呼べばいい。すっ飛んで来る」そう言いながら、目の前に伏せてあった磁器の小さな鐘を押して寄越した。自分は更に、身を解して盛り付けた蟹の甲羅を取り、席に着いた。ゼルカは顔を顰めた。

「ゴキブリを喰うようなもんだ」

「言うなよ」

「じゃ、蜘蛛か」

ゼルカが蓋付の深い器から澄んだコンソメを汲み出すと、男爵は振り向きもせずに寄越すよう合図をした。ジェルジュも自分で手の付いた上品な碗に取って味を見た。香りだけで恍惚とした。少なくともその一口だけは、自分がどこで何をしているのかを忘れさせた。

「さもしい親子だな」とゼルカは言った。男爵は口を利くのも忘れて二杯目の蟹に取り掛っていた。合間にアスパラガスの残りを全部攫って、給仕を呼んだ。椅子を軋ませながら傾げて後の脚だけで立たせると、器用に均衡を取ったまま振り返って新しい皿に新しいアスパラと蟹を取り、ジェルジュの前に置いた。

「手で喰って構わんぞ。ちょこちょこやってたら旨くもなんともないからな」

言いながら、左手の指で蟹の身を取って食べ、洗った指を拭きながら口許を押え、シャンパンを呷った。右には開いたナイフが置いてあり、慎重に摘んだアスパラガスを、皿に触れる音も立てずに切って食べた。ほとんど優雅でさえある動作だった。何より、食物の感触を楽しみ切っていた。

男爵はジェルジュを促した。ジェルジュは断った。誰にでも真似ができるというものではない。

「お前の兄貴はやったけどな」

「兄というのは誰のことですか」ジェルジュはできる限り冷ややかに尋ねた。

「兄貴ってのは、そりゃお前、お袋の倅のことだよ。一時ウィーンでつるんでただろ」

「お袋？」

男爵はアスパラガスをゆっくりと咀嚼し、呑み下す間、答えようとはしなかった。そのあとも暫く後味を楽しみ、惜しむように舌打ちしてから、シャンパンをもう一杯呷った。呼び鈴を鳴らして次の一壜を持って来させた。それからおもむろに身を乗り出して訊いた。

「まさかと思うが、お前、お袋のことを恨んじゃいないだろうな」

「ラッケンバッハー夫人のことを兎や角言う気はありませんよ。彼女には彼女の事情があったんでしょう」

「おれのことも言わんな」

「今は言う気はありません」

「だがおれは言うよ、倅や。あれは全く大した女だった。おまけにおれに惚れてた。おれの一生にひとつでも悔いがあるとすりゃ、それはあの女と一緒になれなかったことだ。

ちんけな田舎工場のちんけな帳簿係の女房で、息子が一人――それがあの兄貴だ。最近とんと噂を聞かなくなったが、どうしてる」

「死にました」

「肺病か」

ジェルジュは頷いた。顔が仮面のように強張るのを感じた。感傷に溺れたくはなかったのだ。男爵は溜息を吐いた。

「大した利口者だった。ペテルブルクの大使館で事務屋をやってる時に口説いたんだが、散々奢らせた挙句、話を詰めようとしたら逃げやがった。おれの言うことを聞いてりゃ、もうちっと気候のいい場所で長生きできたのにな。

お袋が今じゃどう思ってるか知らんが、おれたちは相思相愛だった。街で見るたんびにさっと目を逸らして行っちまうんだが、そうだった。ブロディみたいな片田舎で堅気の暮しだ。仲間なんか見たこともないし、ましてお前、おれはつまりおれだ。銭金の心配しかしたことのない大頭の亭主より、男としちゃ余程ましだろ。で、金を積んで譲らせに行ったのさ。おれを見ただけで亭主は震え上がった。震え上がりながら怒り狂った。あれが止めに入らなきゃ、たぶん、おれはあいつを片付けてたな。ところが金は欲しかった。ウィーンで小商いを始める金だとさ。なもんで、女房に泣きついて、二年の約束でおれに譲った。種付けして、産んで、乳離れまで育てて二年って約束だ。亭主は金を懐に餓鬼を連れてウィーンへ行き、あれはおれのところへ残った。

いい女だった。がっしりと上背があって、いかにも子供をごろごろ産みそうな腰をして、わけても目が素晴らしかった――どんなに隠したって、人の心の底の底まで覗き込んでいるのが、びりびりするくらい判る目だ。だが自分の心は許さなかった。おれに金で買われたのが悔しくてしょうがないのさ。可愛い屋敷を買ってやって、女中を付けてやって、香水やら衣裳やら女どもの喜ぶありとあらゆるがらくたを部屋に積み上げてやっても駄目だった。まあ、実を言えばお上品な衣裳も香水も、あの女にゃ全然似合わなかったがな。しかもそれをよく知っていた。やりにくい相手さ。抱いている間も死人みたいに転がって天井を睨みつけてるだけだ。本人がどう決意しようと最後の最後まで死人みたいって訳には行かなかったが、それでも金で買われておれを憎んでた。睨んで殺せるものなら睨み殺してやりたい、と言わんばかりだった。まあ、あれには充分やれたんだがな。正直に言おうか。おれはあの女に恋い焦がれてたよ。あの強情さには特にな。返す気なぞ端からなかった。何としても亭主を捨てさせてやろうと思ってた。孕ませればどうにでもできる筈だった。子供を産んでもまだ強情を張るようなら、亭主の喉首を掻き切ってやろうと心に決めてたくらいだ。

そこに顧問官殿の御登場という訳だ。あの時ゃまだ男爵様でも顧問官殿でもないただのスタイニッツだったが、持って回った陰険さは一緒さね。商売の邪魔をしくさった手下を半殺しにしてやったら、いきなり憲兵に手ぇ回して逮捕させて、こいつの頭を開けて、さあ罪状は明々白々だ、銃殺になりたくなければ言うことを聞け、だとさ。荒っぽいことには慣れてるし、やばい世界のこともまんざら知らないでもない、翌日から使える便利な奴って訳だ。冗談じゃない。おれは言ってやったよ。お前なんぞに兎や角言われる筋合いはねえ、おれはお前らが勝手に引いた線のむこうっ側で生れた人間だし、持ってる書類だってこっちに来る時人と取っ換えたもんだ、撃ち殺せるもんなら撃ち殺してみろ、てな。

　端から撃ち殺される気なんかなかったさ。奴もそれは承知してたが知らんぷりをしてた。おれが逃げ出せば、次は好きな所で摑まえて獣みたいに殴り殺せる。ぶちこまれてた地下室の空気抜きの格子を蹴っ外して逃げて、途中であいつのお馬車に出くわした時にはさすがにぞっとしたね。そりゃまあ、あいつもお前に比べりゃ大したこたぁねえ。けどおれには充分だ。生っ白いお上品なお顔をして、手一つ汚さず眉一つ動かさずに嬲り殺しのできるお方だよ。何とか逃げ出しゃしたが、腕をぶち抜かれてな、で、逃げ込む先と言っちゃ、あれのとこしかない。惨めな話さね。ところがこの惨めったらしさが、お前のお袋にゃぐっと来たんだな。匿って、傷の手当てをしてくれて、スタイニッツが来たら平気で玄関を開けて片付けちまった。その時がはじめてだよ、自分がどんな女を囲い者にしてたか気が付いたのは。いきなりどかんと来て、屋敷が吹っ飛んだと思うくらいだった。スタイニッツはほうほうの体で馬車まで逃げ帰った。畜生と思ったよ。あいつとおれの間に子供が生れてたら、そりゃ一体どんな子供だっただろうとね。

　ま、その後も色々あった。スタイニッツとはな。おれはあいつの頭を開けて、脅して、今の商売を始める金を出させた。けど、お前のお袋とはそれっきりだ。あれがウィーンにいるんじゃ、おれも手出しはできない。亭主と一緒のところにのこのこ出掛けていったら、次にどかんとやられるのはおれの方だ。それもスタイニッツの縄張りでな。だからあの女がお前を生んだことは知らなかったし、手放したことも知らなかった。大酒飲みのヴァイオリン弾きと暮していたのを、スタイニッツが見付けて引き取ったと聞いた時にも半信半疑だった。本当かもしれんとはじめて思ったのは、お前がペテルブルクでアレッサンドロ・メザーリと取っ組み合いをやってぴんしゃんしてたって話を聞いた時だ。何でエスケルスなぞと名乗っているのかは知らないが、あの女の息子なのは間違いなかろう。その後も色々と噂は聞いたよ。けど、こうやって目で見りゃ、まず疑いはない。おれの息子だ」

「御感想は」

「いい仕上がりだ。それだけに面倒でもある。簡単に片付く相手じゃない。おれとあの女の息子で、顧問官殿のお仕込みじゃあな」溜息を吐いた。「自分が今どんな顔してるか知ってるか。スタイニッツそっくりだ。白く塗った墓ってとこだよ」シャンパンの残りを呷った。「多分、おれは大損したんだろうな」

ジェルジュは答えなかった。アスパラガスと蟹を片付けるのに専念していたのだ。次には見事な蝶鮫（ちょうざめ）が運び込まれたが、男爵は頷（うなず）いて見せただけだった。金色をした濃い白葡萄（ぶどう）酒が注がれた。美しくよそわれた蝶鮫の身を、男爵はナイフの刃で取って、ひどく感傷的な表情を浮べたまま頰張った。それから目を上げた。

「何とも泣けるな。自分の倅がスタイニッツの手下だぞ。もっと早く真に受けてりゃ、忠勤を励むだけ無駄みたいな仕事はやめろと言ってやれたのにな。スタイニッツなんぞに仕えたって、奴が大公から引き出すなけなしの涙金のお零れに与るのが精々だろうが。貴族の養子に取られるのは嫌だと抜かしたと？　一生下働きでおしまいだ。おれと組んで四、五年も真面目に働きゃあ、ひと財産作って足を洗えるのにな。それがメザーリをやりに送り込まれたと来てる」

「僕はやりません」

「じゃ何だ。何しに来た」

「その前に、お父さんがどうするつもりなのか聞きたいですね。金だけ取って、逃げられたで済むとお考えですか」

男爵の顔は俄に底意地の悪い活気を帯びた。「聞いたか、ゼルカ。おれたちを締めに来たんだとさ」

「そりゃメザーリをやれってのより非道いな」

「お父さんの評判は僕も聞いていますがね――メザーリがあしらえるとは思えない」

男爵はジェルジュによく似た笑みで答えた。「いいか、顧問官殿は、メザーリを殺したら幾らやるなんて下品な取引はなさらんのよ。それが人間の格ってもんでな。メザーリの存在は誰にとっても幾らか気詰りだとは思わないか、と言えば充分なのさ。おれは確かにそこまでお上品じゃない。武器を売るし、人も売る。普通の人間を一人売り渡して、ヴァンセンヌの掘割で頭から袋を被ったまんま撃ち殺させれば、まあ、こんな飯の二、三回分にはなるな。感覚のある奴ならもっと高く売れる。だが、人殺しを金で請け負ったりはしない。そういうことは誰か下っ端にやらせりゃ充分だ。おれが引き受けたってのはそういうことよ。どの道、言った通りにすりゃメザーリに止めを刺せると言えば、誰だって乗るからな」

「何故」

「誰かが絶対的に安全ってことは、残る全員がそいつから絶対的に脅かされてるってことだ。間抜けなメザーリが嵌まり込んだのはそういう落し穴さ。奴にしかできん仕事がある。だから方々に雇われて重宝されてた。専ら、殺しだな。だが、ただ請負いはしなかった。それじゃいずれは自分が消される。奴は雇い主の頭を開けた。そうすりゃ、いつでも喉元に匕首を当ててとくようなもんだ。手は出せん。ところでこの理屈には裏側がある。兎も角腕がいいのは確かだとしても、メザーリを雇ったが最後、奴に脅され続けるってことだ。

だから顧問官殿が、あいつの存在は幾らか気詰りになってやしないかと言った途端に、奴はおしまいだった。手立てさえ考えてやれば誰だって乗る。フランスは黙認の保証をくれたし、ベルリンのフォン・ヤゴウはヘーレンファーンの一味を使ってくれと言って来た。イギリスには西部戦線で使い余したガスを出させた。で、おれの用だと言って、ヘーレンファーンにメザーリを呼び出させたのさ。喜んでやって来たよ。頭を開けられてでも奴に何か頼まなきゃならんほど切羽詰ったことが一度もない奴なぞ、他にはいないからな。で、何も聞かされていないヘーレンファーンのところのひよっこが、ライタ男爵はすぐに来ますからと、おれのヌイイの別荘の地下室に誘い込んだところに、通風口から栓を開けたガスのボンベを投げ込ませた。扉は閉めたら錠が下りて二度と開かない仕掛けがしてある。ガスを投げ込んだ奴が逃げれば、もう誰もいない。奴がどれほどのもんだろうと、それでお手上げだ。

　ところがそこでヘーレンファーンが馬鹿をやらかしてくれてな、ガスマスクを被った決死隊に扉をぶち破って飛び込ませ、半死半生の部下とメザーリを引き摺り出した。風呂桶にぶちこんで水を掛けてから、モルヒネを打って開けるつもりだったんだと。丁稚奉公みたいな奴とは言え、手下を一人犠牲にしたもんだ、それくらいやらなきゃ割に合わんってことはあるだろうさ。だが、メザーリ相手じゃ無茶もいいとこだ。ヘーレンファーンが行った時には、部下の二人は蝿みたいに叩き潰され、メザーリはいなかった。若いのはとっくに死んでたのにな。三人目はヘーレンファーンが撃ち殺したらしいが、何故なのかは口を割らん。

　そこでおれはお前に訊きたいんだが――悪いのはおれか。ヘーレンファーンか。馬鹿と組んだのはおれの間違いだが、あのくらいの馬鹿でもなけりゃ、こんなことは請け負わん。兎も角、おれはやるだけのことはやった。他で埋め合わせはするから諦めろとスタイニッツには言っとけ」

「そうは行きません」

「おれにもう一遍やらせるつもりだったか。二度は効かん手なのは判っただろうが」

男爵は口を噤んだ。遠くで雷のような音が聞こえた。耳を澄ますよう促した。サイレンが鳴りだした。

「判るか。戦争は終る。お前が聞いているのは同盟側の断末魔だ」口を噤んだ。「ツェッペリンが爆弾落しに来た時は凄かったぞ。サイレンがわめき、サーチライトが真っ黒な空をかき回し、ちっぽけな飛行機が飛び交う影が見える。飛行船の立てる唸りが窓を震わせる。火柱が上がる。なのに肝心のツェッペリンばかりは見えないのさ。この世の終りが目の前にあると思った。機械の塊に潜り込んで舞い上がった人間が、ちっぽけな金属の弾でぶち抜かれ、地面に叩き付けられてぺしゃんこになる。地上じゃ火だるまになった奴が転げ回っている。その上に、見えやしないが確かに浮んでいるのは、水素を詰めたただの風船だ。あれが燃え上がったら、一体何人死ぬと思う。お安いもんだよ、人間の命なんてのはな」ジェルジュを見て、微笑んだ。「だが、せめて自分くらいは長生きしなけりゃならん。この戦争が終ったら、死ぬほどの値打ちのあるもんなぞひとつも残らないからな」

「それは拒絶だと取っていいんですか」

「金は返してもいい。お前さえうんと言えば、損をしない取り引きはある」

「どんな」

「攫って売り飛ばす」

ジェルジュは軽く眉を顰めた。「本当にそんなことができるとお考えですか」

「できるさ。おれたちはとびきり腕のいい人攫いだからな。欲しいって奴がいれば、どんな奴でも捕まえてやるよ。それがお前であってもな」

ジェルジュは冷ややかに男爵を見据えた。相手の上機嫌は頭に響くほど伝わってきた。

「抵抗する奴を捕えて引き渡すってのはなまじなことじゃない。腕尽くで掛ったって、相手を見なけりゃ大火傷で終りだ。大事なのは諦めさせることだよ。にっちもさっちも行かんということを呑み込ませりゃ、大抵は大人しく売り飛ばされる」

「まるで僕がとっくに捕っていると言わんばかりですね」

男爵は満面の笑みを浮べた。何か拙いことになっていると思わずにはいられない笑みだった。ジェルジュは蝶鮫の最後の一口を食べ、舌にことりと載るような重い白を空け、ナプキンを食卓に置いた。出直しますよ、条件を考え直した方が良さそうだ、と言って席を立とうとした途端、ゼルカは食卓の上にあったナイフに手を伸ばし、男爵が立ち上がった。そこではじめて気が付いた——感覚がひどく重いのだ。動くよりも先に、側頭部を殴り付けられた。あとは為されるがままだった。背後から咽喉を捉えられ、腕を摑んで捩じ上げられた。両足が床から浮き、右肩と背中の肋骨が不吉な音を立てて軋んだ。壁に叩き付けられた。体を支えているのは、咽喉にかけられた手と、腕を捩り上げたまま背中に押し付けられた拳だけだった。ジェルジュは男爵の手首を摑んで体を引き摺り上げようとした。

「暴れると腕をへし折る」と男爵は言った。ひどく事務的な物言いだった。「あんまり自分がとろいんで驚いたか。あれはじんわりと残るんでな。お前の調子次第だが、明日の昼まではこんな具合だ」咽喉に掛けた手を僅かに緩めた。「見た目よりも重いな、お前。結構なこった。この手を外したら肩は勝手に外れる」

　ジェルジュは死に物狂いで手首にぶら下がった。

「今日ばかりはヘーレンファーン様々だ。無傷で捕えたら褒められもんだと言ったら、息急き切って飛んで行きやがった。おれを恨むなよ。奴がどうするか知らないでもなかったが、大火傷をするのがどっちかは見なくたって判る。

　やりたきゃやれ。とろくなっちゃいるが、動けないってことはない。怪我を覚悟すりゃ、おれくらいぶちのめすのは朝飯前だ。ただまあ、おれがお前ならちっと考えるな。首に賞金でも懸けられたらどうする。パリ中が飛び付いて来るぞ。ロシア人どもは、国を追い出された連中も送り込まれて来たばかりの連中も、お前にゃ随分煮え湯を飲まされたと言ってるし、咽喉から手が出るくらい金を欲しがってもいる。ヘーレンファーンは、普通なら、まず膝をぶち抜く。今度は詰らん虚栄心なぞに足を取られず、そう来るな。奴だけじゃない。お前は少々物騒なところを見せ過ぎた。だから次は誰も彼も問答無用だ。多少痛い目を見たって、のこのこやって来た顧問官殿子飼いの手下の頭を開けられるんならそれだけの値打ちはあると、たとえば陸軍第四局の連中なんざ考えるんじゃないかね。おれだって、スタイニッツはもうちっと用心深いと踏まなけりゃやってるとこだ。お前はそういう連中の相手をすることになる。手早くパリを砂漠にしてからメザーリに取り掛るこった。どういう有様でかは、おれは知らんがね。そうしたいか」

男爵は挑発するように腕をねじり上げた。どうやっても確実に肩は外される。

「おれの手が草臥(くたび)れる前に決めるんだな。おれだって自分の倅(せがれ)が雑魚(ざこ)どもに突(つつ)き回されてぼろぼろになるのを見たいって訳じゃない。取り引きに応じたら、今日明日は匿(かくま)ってやる。薬を抜きながら次の手を考えろ。その間に、おれはお前を売っ払う。顧問官殿に返しておつりが来るほどの金が動くだろうよ。引き渡しの後なら、そいつをどうしようとお前の勝手だ。組むなり、ぶちのめすなりな。どうだ」腕を更に捩り上げた。「誰に売り飛ばされたい」

「ヘーレンファーン」

男爵は両手を同時に放した。「話は聞いてたか。馬鹿じゃねえ証拠だ」

ゼルカは呼鈴を鳴らした。男爵は満足そうな様子で席に戻った。ジェルジュに、坐(すわ)れ、と言った。

「お次は羊だ。香草をまぶして外側を焼いてから、灰に埋めてじっくり火を通す。おれが教えてやったんだが、連中、妙な具合にやわな代物に仕上げちまってな」

「そりゃそれでいいことだ」とゼルカは言った。「世の中ってのはだんだんやわになるようにできてる。進化ってやつだな」

二人は馬鹿笑いした。襟元を直しながら、ジェルジュは席に着いた。

それから何故ああも支離滅裂に酔っ払ったのか、ジェルジュはろくに覚えていなかった。気分が良かった訳ではない。だが、こんな連中を相手に節度など守るだけ無駄だ。三人とも酔った。人でなし、とジェルジュは男爵を罵倒し、男爵はかぶりを振りながら、お前そりゃおれにとっちゃ参りましたってのとおんなじでな、と言った。人間の屑、と言うと、そいつはスタイニッツに言ってやれ、と答えた。

「おれの人生を滅茶苦茶にしやがった」

「金で人の細君を買う奴の言うこととも思えないな」

さすがに罵倒の応酬になった。立ち上がり、肩を突き合った。ジェルジュは相手の襟を摑んで吊し上げ、そのまま二、三歩歩いて椅子に戻した。さすがにうんざりしたのだ。男爵は大人しく為されるがままになっていた。手を放すと考え深そうに唸ったが、ろくに何も考えてはいなかった。

馬車の中で眠りかけた。酔ったからと言うよりは、疲れていたのだ。眠ろうとした途端に、外側から乱暴に触れられた。ライタ男爵が、ゼルカの制止を振り切り、酔いに任せてジェルジュを開けようとしていた。エーテルに絡め取られていた反動のように感覚が跳躍するのを、ジェルジュは抑えた。目は開けなかった。開けなくとも、見えるからだ。

「実の親父を殺す気か」

　ジェルジュは言い返した。どこかから拾い上げた、自分でも知らない言葉だった。男爵は怒りに蒼褪め、ゼルカは馬鹿笑いした。感覚が澄んだ水のように体を満たし、乱れのない波紋を指先まで広げるのが感じられた。泥酔の底で眠りこけようという時になって漸く目覚めたらしい。快かった。笑みが浮ぶほどだった。目を開いて、男爵を見た。逃げようと思えばいつでも逃げられる。こんな男など恐くも何ともない。

「畜生」と男爵は言った。


　そのまま昼まで眠った。やがて、渾沌の底に沈んでいたものが、ひとつひとつ名指されて意識に浮び上がった。素晴しい目覚めだった。空気まで軽く感じられた。

　気配のほとんどない老人が現れて、窓を細く開け、午でございます、と告げた。ジェルジュは起きて、身支度をした。ホテルに置いたままだった持物は運び込まれ、着替えは皺を伸ばして用意されていた。老人は無言で寝台の脇に食事を用意した。朝食にしてはたっぷりした量で、シャンパンまで添えられていた。ジェルジュはそれを一杯だけ飲んで、食事に取りかかった。

　ライタ男爵は既に出掛けた後だった。勤勉なことだ。昨夜あれだけの大騒ぎをやって、もう仕事に掛っているとは。右腕に青黒く残った指の跡はシャツの袖に隠れていた。むこうにやる気があれば腕どころか首の骨を折られていただろう。腹は立たなかった。へーレンファーンを嗾けたことにも、読めるものなら読んでみろと言わんばかりの挑発的な態度でジェルジュを自重させたやり方にも、むしろ素直に感心した。困るのは、咽喉の回りに痣が残ったことだ。シャツの襟では隠しきれない。縁が触れると痛む。

ジェルジュは手を止めた。門の前に自動車が停まるところだった。無人の調理場でコーヒーを飲んでいたゼルカに合図をしながら、ジェルジュは窓に寄った。帽子から肩まで埃除けの紗で巻き上げられた女が下りて来て、軽快な足取りで閉ざされた門扉に歩み寄ると、手袋をした手で揺さぶった。ジェルジュが影になった首筋の後れ毛に触れるように軽く触れると、目を上げて、彼のいる三階の窓を見上げた。

オレンジの花の匂いがした。

聞こえる筈もないのに、彼女は靴の踵を鳴らし、中庭のむこうの扉を指差した。ジェルジュはその更に奥を示した。ゼルカが現れたところだった。硝子戸を開け、階段を下りて自分で門扉を開けた。フローラは飛び付いてゼルカの両頬に儀礼的な接吻をし、それから歩きながら喋りだした。適当に相槌を打ちながら、ゼルカは彼女の尻に手を回した。

ぶたれるぞ、とジェルジュは思った。だが、彼女は足を停め、微笑んで見せた。何とも凶暴な微笑だった。ゼルカは両手を上げ、弁明しはじめた。歩き始めた彼女に追い縋る格好になった。ジェルジュは脇に垂らしておいたズボン吊りを上げ、シャツの襟を付けてネクタイを締め、掛けてあったジレと上着に袖を通した。彼女は既に、隣の部屋にいた。

　埃除けの紗も外套も脱いで、踝が見えるくらい短い、さっぱりした夏服姿になっていた。美人ではないとダーフィットが言ったのは嘘だった。さもなければ贅沢だった。ジェルジュが現れると、落着き払った様子で手を差し出しながら、軽く触れて品定めをした。愛撫のようだった。ざらついたレースの手袋にジェルジュの唇が触れそうになると、彼の自惚れを大いに満足させるだけのものを感じ取らせながら、素早く手を引いた。

「十五分くれたわ。仕事を済ませちゃいましょう」と言った。「グレゴールに、書き付けを置いていったと言ったら、ここにいるって教えてくれたの。午後には売り払うから、その前に用件を済ませろってね。でも着替えに時間が掛っちゃって」

「随分と親切だな」

「女にはね」

「ドローネーの部下たちは」

「マックスが指揮を引き継いだから大丈夫。わたしは顧問官から指示を受けてるの――万が一のことがあった時には、任務が続けられるかどうか確認しろって。大丈夫そうね。でもヘーレンファーンがあなたを買うってほんと？　あなた、あいつの肩骨を折ったって聞いたわよ」

「もう二人いた筈だけど」

「一人はもう動き回ってる。もう一人は何箇月か使いものにならない。ヘーレンファーンは怒り狂ってるわ。あなたを空けた上で殺してやるって」

ジェルジュは顔を顰めた。別にやりたくてやった訳ではない。フローラは意外なものでも見付けたようにジェルジュを見た。

「何かすることはある？」

ジェルジュは軽く身を屈めて囁いた。「後で行っていいかな」

「隠れ家が欲しいの」

「違うよ。口説いてるんだ」

ご冗談を、とフローラは答えた。「真面目になって。そのために来たんだから」

「約束してくれるならね」

「判ったわ。後で相談しましょう」フローラは生真面目な顔で頷いた。「顧問官に伝えることはある？」

「ライタ男爵は金を返すと言ってくれ。それがやっとだった、と」

「あなたを売って？　グレゴールが自慢してたわ」

「自慢するだけのことはあったよ。年の功だ」

フローラは笑った。ジェルジュが顎を捉えようとすると、軽く首を傾げて逃れた。

「後でよ。約束でしょ。無茶はしないでね」

フローラが行ってしまうと、ジェルジュは部屋に戻って朝食を片付けた。シャンパンをもう一杯飲んだ。階下ではゼルカが電話を取った。ライタ男爵からだった。

　ジェルジュは溜息を吐いて立ち上がった。ナプキンを折畳みの小卓の上に放り出した。まずは不愉快なお勤めを済ませてしまうことだ。

　ゼルカは電話を切ると、至って慣れた様子でジェルジュを呼び付けた。ディートリヒシュタインと話をした客間だった。同じ安楽椅子を指差して坐らせると、言った。

「三十分したらグレゴールはヘーレンファーンを連れて来る。その前にあんたを大人しくさせておけとさ。ポケットに罎を持ってるだろ」

　取り出して渡すと、ゼルカは蓋を開け、一滴指に取って擦り合わせると、舐めた。何だ、こりゃ、と言った。

「きついのを使ってるな」

「僕は慣れてる。二滴飲もうか」

「いや、一滴だけだ。それ以上は飲ませるなと言ってた。おれの倅だから頑丈は頑丈だと思うが、昨日の今日だからな、だとさ」

「そりゃありがたいね」

　ジェルジュは罎を取って、一滴だけ口に含んだ。ひどいもんだな、と思った——親父とぐるになって哀れなヘーレンファーンを詐欺に掛ける訳だ。視野が暗くなり、目の前の光景が遠ざかった。世界が灰色に沈み込むのを眺めながら、五感を微調整した。

「大丈夫か」とゼルカが言うのが聞こえた。

　ジェルジュは目を瞑った。感覚を完全に沈黙させた。指の先だけが生きていた。ヘーレンファーンが相手なら充分だ。肘掛を撫でると、昨日、自分が坐った跡がまだ感じ取れた。

常よりも敏感になった耳に、門扉が引き開けられ、エンジンの響きと、車輪と蹄鉄が中庭の敷石を鳴らす音が聞こえて来た。男爵が何か大声で話していた。ヘーレンファーンは無言だった。少なくとも、声は聞こえなかった。ジェルジュは目を開いた。逸るのを無理矢理に抑えたような靴音が、男爵の肉食獣じみたおだやかな足取りに伴われて階段を上がって来た。これをもっとよく聞いておくべきだったな、とジェルジュは考えた。あの図体で、床を鳴らしさえしない。扉が開き、ヘーレンファーンが、右腕を胸に縛りつけたような格好の上から紺の上着を掛けて入って来るのと目が合った。そのまま歩いてくるとジェルジュの上に屈み込み、瞼をこじ開けて覗き、満足そうに鼻を鳴らした。

ジェルジュは命じられるままに立ち上がり、背中を小突かれるようにして階段を下りた。玄関を出る時に、従僕が鞄と外套を手渡した。

運転席にいたのは、どうにか潰さずに済んだ男の方だった。ジェルジュを見るとぎくりとしたが、焦点の定まらない目付きに気付いて落着きを取り戻した。ヘーレンファーンの刺々しい興奮は、感覚が眠り込んでいてさえ伝わって来た。半ばは痛みのせいだろう。それがどれほどのものか、ジェルジュはクラカウのケーラーを見てよく知っていた。横にはなれない。眠れもしない。起きて仕事をするなら、痛み止めは射てない。ジェルジュにまで食って掛った。捕虜を殴ろうとするのを止めたからだ。

「昨日は済まなかった」とジェルジュは切り出した。「君らと悶着を起す気はなかったし、怪我をさせるつもりもなかった。君らもそうだと良かったんだが」

ヘーレンファーンは呻き声のようなものを漏らした。

「僕の仕事は別に、君らを根絶やしにすることじゃない。そもそも君らと関わるつもりはなかった」

「御託を並べている暇があったら頭を開けろ。考えていることも、知っていることも全部さらけ出して貰う」

「男爵は僕がそんなことをすると言ったのか」

「嫌か」ヘーレンファーンは上着の打ち合わせを軽く後へ押し遣り、掌に収まりそうな小口径の銃を取り出した。「嫌なら、こっちを使う。どんな奴だろうと、膝をぶち抜かれたら痛みで転げ回る。頭の方は完全にお留守だ。幾らでも探し物ができる」

「君には哀れみってものはないのか」

「部下を潰されて哀れみもへったくれもあるか」

「僕にはある。この上君を玩びたいとは思わない。言っておくが、この状態でも充分にお相手はできるよ。試してみるかい」

ヘーレンファーンは返答の代りに撃鉄を起した。待ち構えていた動作だった。ジェルジュは相手の額を指で軽く突きながら、干渉を頼りに麻痺を押し切った。埃を払い落されたように世界が色彩とざわめきを取り戻した。ヘーレンファーンの体から力が抜け、指は撃鉄を戻した。銃が滑り落ちた。

　運転手は慌てて車を止めようとしたが、ジェルジュはそのまま走るよう命じた。手を放しても、ヘーレンファーンは幾らか色褪せた視界に捉えられたままだった。抵抗を封じるには、ほんの少し、力を入れるだけで事足りる。それはむこうにも判っていた。足下から銃を拾ってヘーレンファーンに差し出した。

「話がしたいんだ。それを仕舞ってくれれば、僕の側からは何もしない」

　ヘーレンファーンはさも忌々しそうに銃を取り、座席の脇に放り出した。「好きなようにに開ければいいだろう」

「無理矢理開けると後が拗れる。君が聞いてくれれば、僕も話せることは話すよ」

「お優しいことだな。反吐が出そうだ」

「幾らか外交を心得ているんでね」

「では聞こう――ウィーンの顧問官殿は、何のためにお前を送り込んだ」

「アレッサンドロ・メザーリに用がある」

　ヘーレンファーンは暫く黙り込んでいた。それから言った。「お前か、ペテルブルクでコンラート・ベルクマンと一緒にいたのは」薄笑いを浮べた。「十九だったか。二十か。今だってまだ二十五は越えてないだろう。折角命拾いしたのに、勿体ない話だ。おれはお前もやれと言ったんだ――ベルクマンと接触する奴は一人残らずやれとな」

　ジェルジュの動揺を、ヘーレンファーンは暫く味わっていた。せめてもの慰めだ。

「あの時メザーリを雇ったのはおれだ。非力な癖にちょろちょろ目障りな奴だったし、確実に止めをさせと言われていたんでね。ベルクマンに関しちゃ、奴は綺麗に始末してくれた。ただしお前のことはやりそこねた。奴は夏中姿を消した。余程手酷いしっぺ返しを食わせたらしいな。メザーリの人殺し人生の中じゃ数えるほどしかないしくじりだ——単なる偶然としてもな。どうする。おれのことも殺すか」

「これは復讐じゃない」

「ご清潔なことだ。それとも外交ってやつか。メザーリも邪魔の入らない場所でがっつかずにお行儀よくお前を始末する機会を待ってるだろう。ウィーンの顧問官殿が雛から育てた手下で、おまけにあの忌々しいライタ男爵の私生児だ。自分を罠に掛けて殺そうとした連中を順に血祭りに上げる手始めとしちゃ悪くない。ドローネーみたいな小物を除けばな」

「詳しいな」

「そういう奴だ。雇ったことがあれば判る」

「頭を開けると聞いた」

ヘーレンファーンは歪んだ冷笑を浮べた。「おれならそうは言わん。これ見よがしに感覚を開いているんで、部屋に入って来るなり頭が割れるように痛みだした。胸が悪くなった。爪の垢まで小綺麗に洗い立てているのに、血の腐臭で息が詰り掛けた。顔は覚えていない。目が上げられないからだ。奴はげらげら笑った。それだけで叩き潰されそうな気がした。依頼は直接頭の中からほじくり出された。他のものと一緒に、洗いざらいな。それから金を寄越すよう命令した。奴はいきなり全額を取る。出て行ってくれた時には、おれは泣いたよ。ベルクマンくらい自分で始末すればよかったんだ。怪我をしてただろう——腕をへし折られていた筈だ。やり損ねたんじゃない。嬲り殺しにされればいいと思っていたから、奴はそうしてくれたまでだ。おれはそれを頭に叩き込まれた。ベルクマンが感じる筈の恐怖も、苦痛も、それを味わうメザーリの舌舐りもだ」

「それほど苦しんではいなかった」とジェルジュは言った。「少なくとも、君が想像するほどはね」

　ヘーレンファーンはせせら笑った。「そりゃ結構なことだな。おれの良心にとっちゃ何よりの慰めだ」

「何故メザーリを助けた」

「助けた訳じゃない。あいつの頭の中身が欲しかっただけだ」

「無理だろう」

「普通ならな。だが死に掛けてる。モルヒネの一本も打てば充分にやれる。おれもぼろぼろになるだろうが、何しろメザーリだ——どんな仕事を誰から請け負ったか、それだけでも充分な値打ちがある。フォン・ヤゴウなんざ顎で使える」

「疎まれて終りだと思うがね」

「ライタ男爵のご意見だな、そりゃ。どんなに利口ぶったって、ビアリッツに逃げ出すようじゃ、あいつの治世は終りだよ。誰かに喉頸かき切られておしまいさ」

「それから何が起った」

「おれが行った時には、メザーリはもういなかった。付けておいた二人は殺されていた。三人目はおれがやった。いきなり喚きながら襲ってきたんでな。シガレットケースを見ただろ——そいつは頭をやられてた。生きてはいたがな。だが、頭の中にあるのはあれと同じだった」脅かすようにジェルジュを見詰めた。「おれもあれは見た。お前が潰したラドウシュが引摺り出してくれなけりゃそれっきりだった」

ジェルジュはヘーレンファーンの無謀さにある種の感嘆さえ覚えた。ヘーレンファーンは不快そうに睨み付けた。「奴をやるのか」

ジェルジュは答えなかった。

「おれは役には立たんよ。一昨日まで、奴が生きてることさえ知らなかった。どこかで野垂れ死んでると高を括ってたんでね。生きてるとしても、手出しする気はない。探すのも御免だ。殺されちまう。おれの仕事は、奴は確かに死にましたと報告することだけだ。放してくれ」

ジェルジュはヘーレンファーンを放した。これ以上引き出せることはない。ヘーレンファーンは意識を閉ざした。それから、乱暴な口調で、停めろ、と言った。

「ここで降りて貰う」

車は木立の中に止っていた。ジェルジュが抗議しようとすると、指を突き付けて、降りろ、と言った。従わせる手段がない以上まるで無意味だが、有無を言わせない命令でもあった。ジェルジュが大人しく従うと、鞄を投げて寄越した。扉を閉め、窓から顔を出した。

「やるんなら頭開いてパリ中歩き回るこった。むこうから食いついてくる。やったら知らせるのを忘れないでくれよ。お前がくたばって奴が生き延びていたら、おれたちが奴を始末する。奴がくたばってお前が生きていたら、お前をやる」

「どういう理屈だ」

「部下を潰されて黙ってると思ったら大間違いだ。精々派手にやってくれ。どっちだろうと、手傷のひとつも負ってくれりゃ、後は随分と楽になる」

車は走り去った。ジェルジュは外套のポケットに手を入れた。覚えのない紙があった。ライタ男爵の触れた気配を感じて取り出すと、走り書きがあった。


命あっての物種だ。馬鹿はやめてビアリッツに来い。後の面倒は見てやる。


ジェルジュは溜息を吐き、それから、町の気配のする方向へと歩き始めた。

トリニテの教会まで辿り着くのに二時間以上掛った。最初の地下鉄の駅を見付けてから一時間も歩き続けたのだから、これは純然たる酔狂だった。天気は良かったし、ジェルジュはこの軽やかな町並みを気に入り始めていた。何より、薬は歩く間に抜けた。そうなると、午後の騒めきに耳を傾けながら歩くのは享楽でしかない。

フローラの家の呼鈴を押した時には、まだ日は高かった。

階段を五階まで上がった踊り場で、ジェルジュは気配を殺したつもりのフローラが扉に忍び寄るのを待った。不意打ちをするつもりなのだ。扉に手を掛ける前に、彼女はほんの少し躊躇った。扉が開き、フローラは片手でジェルジュにぶら下がるようにしがみついて口で口を塞いだ。もう一方の手はシャツの前立を摑んでいた。そのまま、中に引摺り込んだ。

相談するんじゃなかったっけ、とジェルジュは訊いた。

したわ。一人でね。

ジェルジュは扉を後手に閉め、掛金を掛けた。フローラは扉の脇の壁までジェルジュを引きずって後退りした。ひどく興奮していた。それはジェルジュも同じだった。

無我夢中で、立ったまま交わった。

短いが激しい交接の後、二人は抱き合ったまま床に坐り込んだ。フローラはジェルジュの胸に顔を押し当てたまま動かなかった。充足の中で冷めていく彼女の首筋の匂いを、ジェルジュははじめて嗅いだ。厚い花弁を持つ白い花の匂いがした。ちくちくする硬い布が、その周りを取り巻いていた。腕の中のフローラの体は蜻蛉の羽のような張りのある布に包まれていた。投げ出された脚の上には滲んだ赤い罌粟が幾つも、緑色を帯びた半透明の金地に溶けていた。

空が目の前に広がっていた。

部屋は硝子(ガラス)張りだった。広い窓が天井と壁面のほとんどを占め、太陽が背後から斜めに広い露台を切り取っていた。油とも真新しい木材とも付かない匂いが籠(こも)り、数枚のカンバスが画架の脇にまとめて立て掛けてあった。肖像画だ。絵描きとは知らなかったな、とジェルジュは思った。それであの報告書のゴシップまみれは説明が付く。一枚だけ、感触の違う絵が混じっていた。男爵の気配がかすかに感じられた。

フローラは彼の頬に接吻(せっぷん)して立ち上がった。奇妙な衣裳(いしょう)は、白いシュミーズのようなものの上から彼女の体を覆って広がった。

「素敵でしょ」と彼女は歩きながら言った。曖昧(あいまい)に返事をしながらジェルジュはコルセットのことを考えた。膨れ上がった透ける布切れは、剝(む)き出しになった体の線を引き立てるように仕立てられていた。下にはコルセットさえ着けていなかった。流行は変る――アルカージナがコルセットを嫌ったことも、上手(うま)く締めそこねたレオノーレが森への遠出の間中不機嫌だったことも、イェレーナが灰色と薔薇(ばら)色の花の縫い取りのある贅沢(ぜいたく)なコルセットを寝台の下のトランクに仕舞っておいたことも、じきに昔話になってしまうだろう。

まだ日のあるうちに、二人は夜食を食べた。フローラは昼間のうちに女中を急(せ)かして仕度をさせ、早く帰らせてしまったのだ。食卓の角に坐って、鍋(なべ)の中で緑豆と一緒に火を通した鳩を食べ、軽い赤葡萄酒を一本空け、お喋りをしながら桃を幾つも食べた。汁でべたべたになった指をしゃぶり合い、接吻した。

寝室でフローラの衣裳を剝ぎ取る時、ジェルジュは喝采でも叫びたい気持ちになっていた。

「嫌いなの」とフローラは訊いた。

「綺麗だけど、好きじゃないな」

「グレゴールは褒めてくれたわよ」

ジェルジュは手を止めた。が、考えないことにした。考えても仕方がない。

何も纏わず寝台に横になったフローラは、罌粟模様の蜻蛉の羽に包まれたフローラよりはるかに好ましかった。慌てふためいて空腹を満たす時には素通りした彼女の形のいい小さな乳房を、ジェルジュは丁寧に愛撫した。ほとんど赤毛に近い恥毛の向こう側に、引き締まった長い腿と、丸い小さな膝が見えた。思考は閉ざされたままだ。だが、葡萄酒の酔いが齎した軽い渇きと気怠さや、舌に残った果実の香りはさらけ出されていた。フローラ自身が感じる腕や脚の重みさえ、ジェルジュは味わった。指や唇で触れるにつれ、自分も同じように押し開かれ、剝き出しにされるのを感じた。

そこにいるのは、間違いなく、自分の同類だった。愛撫し、交わって飢えを満たし、それでも飽き足らず川に身を沈めるように彼女の奥へと沈む間も、ジェルジュは穏やかな充足を覚えていた。ジェルジュの感覚に包まれたフローラは、まるで水の底で目を開いて彼を待ち受けているようだった。息を詰めて深みへと潜りながら手を伸ばした。届かないかと思われるほどの深さだった。息が続かなくなる直前に感じるような痙攣を押えながら、差し伸べられた彼女の手に縋り付くようにして自分を引きずり込んだ。確かに何かに触れた気がした。その瞬間、引き伸ばしてきた解放に追い付かれ、噎せ返るようにして浮び上がった。

長い間、ジェルジュは目を瞑っていた。曲げた両腕を絡めるようにして、彼女の額が額に、胸が胸に、腰が腰に触れているのを感じ取っていた。お互いの感覚もまた、触れ合ったままだった。ジェルジュが寝返りを打って目を開けると、フローラは少し体を離した。それから、木炭でなぞるような具合に彼の額から頬までをなぞった。

「あなたのこと描きたいわ」

「職業的には拙いね」

指が肩から背中までを撫でた。「顔は描かないわ」

「裸はもっとお断りだ」ジェルジュはフローラを見上げた。「あそこにあったのは親父の絵だろう」

回廊はすでに暗くなっていた。フローラは灯を点した。衣裳の裾を引いて屈み込む姿が硝子窓に映った。何枚かの描きかけを脇に退けて、一枚を画架に載せた。

フローラは確かに腕のいい肖像画家だった。いろんな画家のモデルをしながら覚えたから、というのが彼女の弁明だった。描いて欲しいように描くから結構売れっ子なのよ、とも言った。だが、画架に載せられた絵はまるで違っていた。奔放に走る筆の跡が、絵具のチューブから直接搾り出したような生々しい色彩を一面に広げていると、普通の目には見えただろう。ある整合性が辛うじてそれを絵画の範疇に収めていたが、どれほど過激な批評家も、この絵を前にしては二の足を踏むに違いない。ただし、ジェルジュの目にその筆跡と色彩は――カンバスから跳ねて逃げ出しかねない構図はひどく具体的だった。曖昧な部分は何もなかった。何がどうだと説明することは難しい。だがそれはライタ男爵の最良の部分の視覚的な翻訳だった。

「ポーズまで取ってくれたのよ。新聞を読んでたけど」と彼女は言い、少し身を引くと、近視の人間がものを見る時のように顔を顰めた。「あの人、すごい目利きなの。いいコレクションも持ってるわ。エドモンが死ぬほど欲しがってる、ネーデルラントの画家のちっちゃな絵が一枚あるし、ボッティチェルリも二枚あるわ。あなたの趣味としちゃ変ねって言ったら、確かに好みじゃないけど懐かしいんですって。子供の頃、お母さんが女中をしていた家の旦那さんが下手糞な複製版画を見せてくれたって言ってたわ。今はみんなビアリッツにある筈よ。万が一パリが占領されでもしたら、ドイツ人どもに巻き上げられちゃうから」フローラの口調は上の空だった。自分の絵に夢中になっているのだ。「あなたを描くならもっと別な描き方をしなきゃ。たぶん、もっと静かな感じになると思うの」ジェルジュに軽く触れた。「でもよく似てるわ。ほんとよ。どこって言えないけど、似てるわ」

ジェルジュは溜息を吐いた。世界はとっくにあの男が食い散した後だ。残っているのはおこぼれに過ぎない。

寝室に戻って、もう一度、愛し合った。デザートのようなものだった。二人とも、その晩は満足しきっていたのだ。フローラが指先で何度も自分の姿をなぞるのを、ジェルジュは受け入れた。信じられないような油断ぶりね、と言ってフローラは嬉しそうにくすくす笑った。

「寝首をかかれる心配はしないの」

「そんなこと考えてれば判るよ」

「判っても寝る？」

「判っても、寝るだろうな」

「試してみましょうか」

ジェルジュは笑った。「君はやらないよ。少なくとも僕にはね」

フローラはジェルジュの唇に唇を触れて、ひどい自惚れね、と言った。軽い、快い干渉が漣のように通り過ぎた。

「パリに残りなさいよ。一緒にビアリッツに行ってもいいわ。男爵がお金を返したなら仕事は終りでしょう。もうウィーンには戻らないって顧問官に言ったら？」

「居残ってどうする」

「二人で荒稼ぎしましょう。あなただったら誰からだって幾らでも取れるわ」

「ライタ男爵のことはどうするんだ」

「何も言いやしないわ」

「彼の指図だな」

ええ、とフローラは答えた。「朝一番で、あなたを引き抜けと言われたわ。うまくやったら顧問官から貰っていた倍はくれるって」

二人は笑った。どちらもまるで真に受けていなかった。それから抱きあって眠った。一度、サイレンの音で目が覚めただけだった。ヘーレンファーンの部下が建物の前を少し上がった所に車を止めて熟睡していた。フローラが寝惚けて何か呟くのを聞きながら、ジェルジュは希薄に張り広げた感覚の中心で再び眠りに落ちた。目を覚ますほどのものは何一つ掛らなかった。明け方近く、呼鈴の音で目を覚ましたフローラが寝台から滑り降り、様子を見に行くのは判ったが、それでも目は覚めなかった。

悲鳴ではなくフローラの恐怖がジェルジュを揺り起した。甲高い叫びは後に続いた。起き上がり、引き剝したシーツを巻いてアトリエに出た。窓はぼんやりと明るかったが、アトリエの殆どは闇に沈んでいた。開け放った玄関の扉の前に、フローラの衣裳の裾が見えた。気を失っていた。ジェルジュは眠りの底に飛び込んで来たものを思い出そうとした。確かに誰かがいたのだ。歩み寄って、フローラを起そうとした。足の裏が、床に残された何かを感じ取った。

咄嗟に身構えなければ、それでお仕舞だっただろう。斧で殴りつけられるような衝撃を、ジェルジュは辛うじて受け止めた。揺らぐ感覚の隅に何かが映って、消えた。感覚を閉じたまま、床に侵入者が残したかすかな痕跡を辿った。

フローラが身を震わせて意識を取り戻した。

何かがぎらりと光ったような気がした。頭の奥が低い唸りをあげた。フローラは竦み上がった。ジェルジュはこれ見よがしに感覚を開いて、太い革鞭が宙を切るような唸りを、そのまま待ち受けた。フローラを逃がさなければならない。人質を取られて身動きできなくなるのは真っ平だ。一撃を食う寸前で躱した。咽喉を鳴らすようなくぐもった喘ぎが聞こえた。捉えようと動いた瞬間に、次の一打を受けた。四肢の感覚が失せた。膝を突いた。そのまま、前のめりに倒れた。

フローラが階段を駆け降りる音が聞こえた。

これはひどいな、とジェルジュは床に倒れたまま考えた。この前よりひどい。ケーラーが見たら呆れるだろう。画架の脇から、小柄な男が現れた。泥に塗れ、袖を半ば引きちぎられた外套にホンブルク帽を被った姿は、映写機で映した人物のように気配を欠いていた。汚れた布が顔のあった場所を覆っていた。輪郭の形に貼り付き、乾いた布は、口の部分をいい加減に引き裂いた跡以外、中のものを全て覆い隠していた。布の下で、かつては目だった器官が凝視するのを感じた。

動けるか、とジェルジュは自問した。当り前だ、自分を誰だと思ってるんだ？　奇妙なくらいに落着いていた。フローラは逃げた。ヘーレンファーンの部下はぐっすり眠っている。気が付いても御注進に走るだけだ。こんな単純な状況は滅多にあるものではない。

空気の中で何かが膨れ上がり、窓の硝子（ガラス）が震えて、止った。メザーリが虚無の仮装を脱ぎ捨てたのだ。完全に統御された力が、波紋ひとつ広げることなく辺りに満ちた。死の翼が開くのを見るようだった。それは部屋を覆い尽くし、ジェルジュを包み込んだ。頭の芯（しん）が締め付けられ、知覚が鈍く曇るのを感じながら、ジェルジュは動かなかった。閉ざした意識の中で、引きずるようなメザーリの足音を数えた。血膿（ちうみ）の臭気と、もはや痛みとは感じられなくなった永続的な痛みが近付いた。脂でぬるりとするナイフの柄の感触が感じられた。ぼろ切れで巻いた指が背後から髪を摑（つか）んで顎（あご）を上げさせた。

体を捻（ひね）って起き上がりながら肘（ひじ）打ちを食わせた。同時に、感覚を解放した。一瞬、体の感覚が消え、燃えるように輝きながらアトリエの全てが目の前に浮び上がった。メザーリが感覚を閉じてやり過ごすのが判った。摑み掛ってその殻を握り潰（つぶ）そうとした。

失策に気付いた時には弾（はじ）き飛ばされていた。粉々に砕け散った体を取り戻そうと足掻（あが）いているところを外側から捩（ね）じ伏せられた。メザーリの指が頭の中に差し入れられた。ジェルジュは叫んだ。主には嫌悪と恐怖の叫びだった。それ以上に、拒絶の叫びだった。叫びながら、メザーリをはねのけた。ぐしゃりとした不愉快な感触を覚えた。よろけながら後ずさるのが見えた。もう一度殴り付けた。腐肉を殴るような手応（てごた）えがあった。メザーリの苦痛が頭の芯に突き刺さった。

立ち上がって、ほとんど見もせずに体当りした。小柄なメザーリの体は壁まで押し戻された。ナイフの刃が見え、胸に、左から右へと冷たい感触が走った。頭の中まで切り付けられたようだった。刃が方向を変えるのが奇妙にはっきりと見て取れた。その腕を捉え、恐怖に任せて感覚でメザーリを押え込んだ。繰り返し、体を見失いかけるほどの衝撃に突き上げられたが、力は緩めなかった。

全身が消耗で震え出した。次の瞬間に昏倒する可能性を考えた。メザーリの体もまた細かく痙攣しはじめた。目の底の痛みに呻きながら、次第に抵抗する力を失っていく何かを砕いた。決定的な死の感触に身震いするのと、気が遠くなるのとはほとんど同時だった。メザーリの体が頽れた。ジェルジュは嫌悪に喘ぎながら這うように後ずさり、そのまま失神した。

意識を失っていたのは十分か十五分のことだった。頭の疼きと、左肩から右胸まで走る焼けるような痛みの中でのことだった。目を開けて傷を見下ろした。薄く切られただけで血は止りかけていたが、それでも気分が悪くなった。立ち上がって、シーツを拾い上げた。画架を起し、落ちていたカンバスを載せた。

壁際に何か黒いものが落ちていた。もはやメザーリではなくなったそれは、人間だった気配の名残を纏わりつかせたまま、何の反応も返さなかった。かすかな自己嫌悪を覚えながら、ジェルジュは屈み込んで、絶命していることを確めた。

服を着て外に出ると、空はすっかり明るくなっていた。無人の通りを渡り、停っていた車の窓を叩いた。ヘーレンファーンの部下は不機嫌そうに目を開いたが、覗き込んでいるのがジェルジュだと知ると、狼狽しながら窓を開けた。

「ヘーレンファーンに伝えてほしい――メザーリの屍体は上にある、来て、確認しろ、とね」

ヘーレンファーンの部下は動かなかった。ただ、怯えたようにジェルジュを見詰めるだけだった。ジェルジュは肩を竦めて歩き出した。

雲雀（ひばり）

王国

塹壕の半ば凍った泥の中で何時間も待機したことを、オットーは覚えていた。靴下の上から布で包んで靴に押し込んだ足は疾うに感覚を失い、手は垢で毛足の潰れた分厚い手袋の中でかじかんでいた。

カールは傍らで眠り込んでいた。何人もの仲間が、同じように銃を手にしたまま、物馴れた様子で眠り込んでいた。長い待機の間に恐怖が去ると、眠気がやってくる。だがオットーは、墓穴の中で死者が立って歩くよう命じられるのを待つように、目を開いて待っていた。

折れ曲がった泥の溝のむこうから、笛を吹き鳴らす音が近付いてくる。カールを小突いて起し、僅かに躊躇ってから、塹壕の壁に取り付けられた梯子に手を掛ける。共同の墓穴から這い出す死者のように、オットーは塹壕の縁から這い上がり、走り出す。

砲と銃口の放つ閃光に飾られた闇夜が、陽光に目も眩む白昼が、或いは、無数の靴が泥を蹴る響きと、雷に似た野砲の轟きと、叫びしかない濃霧の朝が広がっていた。機関銃の乾いた音が聞えた。オットーは走った。兵隊靴に足を取られた突撃は重く無様だったが、彼には宙を飛ぶように感じられた。銃弾で肉体を毀たれる衝撃が傍らや背後で瞬いた。人格をもぎ取られた体が泥濘にめり込み、動かなくなる瞬間は、眩くて見詰めることができない。オットーは叫びを上げた。ほんの一歩を生き残ったことに——ロシア軍のいい加減な塹壕までさらに数百歩を生き残ることに、目も眩むような喜びを覚えたのだ。

　三年の間、彼には一発の弾丸も当らなかった。

　自分で撃った弾が当ったかどうかは判らなかった。銃剣で三人を刺し殺した。奇妙な体験だった。僅かばかりの衝撃と痙攣。あとには何も、綺麗さっぱり、残らない。塹壕の仲間たちが、分けてもカールが、時として感じる躊躇も抵抗もないことに、自分でも幾らかは驚いた。後方で、浴びるように呑んで咽喉切り御免の瞬間を待ちわびるだけの輩に遭遇した時には、カールと一緒になって絶対に聞えない罵詈雑言を浴びせかけた。二度も三度も重傷を負って後送された揚句、舞い戻って決死隊に志願するような手合いも嫌いだった。ああはなりたくない。使い潰されるだけだ。

　オットーにとって、戦争は仕事だった。ちんけな、泥と虱に塗れた、金にもならない仕事だが、それでも仕事は仕事だ。将校に逆らわない。下士官に嫌われない。戦友とはうまくやる。どんなことでも命じられれば黙々と、ただ可能な限り手を抜きながらこなす。カールが尻に弾を食らって後方送りになっている間に軍曹に昇進したが、格別勇敢だからでも英雄的だからでもなく、仲間受けの良さが中隊長殿には重宝だったからに過ぎない。それに、部隊で最初から生き残っているのはオットーとカールしかいなかった。オットーに到ってはかすり傷ひとつ負っていない。ちょっとした奇跡だ。薔薇色の頰をした新任の中隊長の脅えた眼差しを、オットーは神のごとき威厳をもって受け入れた。実際、半分くらいはそのつもりだった。将校なぞ戦闘ごとの使い捨てだ。自分は違う。

　前線は後退し、前進し、塹壕はその都度に掘り直された。塹壕に潜り、突撃し、へばるまで歩いて次の塹壕に潜る。幾つもの町や村が現れては去り、気が付くと三年前と同じ居酒屋の、今は屋根が崩れ落ちた片隅で仮眠を取っていることさえあった。見覚えのある農家や村は、通過する度、兵隊の流れにすり減らされたように草臥れ、廃れ、消え去った。

　最後の大規模な戦闘は七月だった。一発も撃たずに塹壕を捨てて後退し、一発も撃たずに真夏の太陽の下を二百キロ歩き通して前進した。タルノポルという地名は、オットーにもカールにも、何の意味も持たなかった。今どこにいるのかさえ、彼らには既にはっきりしなかった。町を背にまたしても工兵が塹壕を掘り、潜ったり這い出したりで暮す間に秋がやってきた。戦闘らしい戦闘はなかった。将校が義務的に双眼鏡で観察するロシア軍の塹壕には、時折、人影が見えるだけだった。

この分だとクリスマスには帰れるよな、とカールは言った。

オットーは答えなかった。何と言って答えたものか見当も付かなかったのだ。三年間の兵隊暮しはあまりにもしっくりと身に馴染んだので、家に戻って何をすればいいか見当も付かなくなっていた。製材所に戻って、働いて、週末には事務室に出向いて、帽子を取り、給金を貰う。いかにも異様な光景だ。

どつき倒してやろうぜ、とカールは続けた。悠久の昔から事務室に坐っている遠縁の老人のことだ。決まって、にやにや笑いながらオットーの方を小突いたり覗いたりしようとする。二人のうちどちらが非力かよく知っているのだ。だが今や、彼ら二人は軍隊帰りだ。小僧っ子のように扱われる理由はない。

聞いていない訳ではなかった。ただオットーの頭の中は、事務所の戸口を帽子を取って潜る瞬間で満たされていた。カールが不審そうに様子を窺っているのにも気が付かなかった。名前を呼ばれて漸く我に返った。

まさか、帰りたくないなんて思っちゃいないだろ。

かもな、とオットーは答えた。じきに冬が来る。塹壕の泥壁が霜を浮き上がらせ、凍り付き、肩が擦れる度にばりばり音を立てることを思い出した。

兎も角さ、おれたちはついてたんだよ。だからこの辺にしとこうぜ。何十回度外れてついてたって、最後の一回でしくじればおしまいだ。

どこでどう死のうとおれの勝手だ。

弾に当ったこと、ないよな。

だからどうした。

痛い。

つまんねえこと威張るなよ。

今度は、黙り込んだのはカールの方だった。それから脅すように言った。

おれ、一人でお袋と姉貴の面倒なんか見ないぜ。

オットーは暫く無言だった。それから、そりゃ道理だ、と言った。思いも寄らなかった暗い声にカールは狼狽えた。たとえばの話だよ、と付け加えた。無事に帰ればいいんだからさ。

薄暗くだだっ広い居酒屋は、塹壕から這い出してきた兵士で繁盛していた。所々が凹んだ金属製のコップの中身を、オットーは傾けては舐めていた。その手が止まった。雑多な思考と感情で心地よく満たされた空間に、硬い、つるりとした、無表情な何かが紛れ込んだ。気配はあるのに内側を閉ざしていた。戸口に顔を向けて坐っていたカールには見えた——私服に帽子を被ったままの男が、他には誰の注意も牽かずに入って来たところだった。

総司令部の奴ら、と二人は呼び習わしていた。命からがら後方に逃げ出して僅かばかりの酒にありつく時、稀に現れて一切を台なしにする不愉快な連中だ。男は冷やかな目付きで、兵隊たちの無防備な頭をぞんざいに覗き込んだ。それもまた不愉快だったが、オットーは従順に頭を開いて検査を待ち受けた。カールもそれに倣おうとした。

隅で眠っていた誰かが目を覚した。重い瞼を上げるのが、カールにははっきりと感じられた。感覚を具えた人間が目を覚す、漣のような感触がかすめた。知覚がさらけ出された。その内側から、恐怖に満たされた思考の残骸が立ち上がった。

おそろしくばたついた手足の音が聞えた。誰かが、机の上のものを覆しながら立ち上がろうとしていた。腕が鶏の羽のように振り回され、壁に当って音を立てた。壊れた自動人形のような動作だった。ほとんど崩壊した剝き出しの意識に、カールは呆然と見入った。単純な欲求と反応以外は何も残っておらず、それさえもぐずぐずに崩れ去ろうとしている上を、言葉と感情の残滓が脅えた鳩の群れのように旋回した。男が近付いて、襟首を捉え、引きずり起した。平手打ちを食わすような軽い衝撃を感じたのは、おそらくカールとオットーだけだっただろう。

「そこの二人」ぐんなりと垂れ下がって何の反応も示さなくなった捕虜を、男は案山子か何かのように揺さぶって彼らに示してから、放り出した。「運び出せ」

襤褸を纏った薄汚い浮浪者だった。失神していた。間諜どころか間抜けな脱走兵にさえ見えなかった。ぐったりした体を両側から抱えて外に引きずり出し、少し離れた場所に停っている車に向って歩きながら、ロシア人だろ、とカールは訊いた。オットーは答えなかった。頭を閉じたまま、低い声で「逃げるぞ」と言っただけだった。

何、と訊き返すと、オットーは捕虜を放り出して逃げ出した。土嚢同然の捕虜の重みを一人で背負わされて、カールはよろめいた。一足先に車に乗ろうとしていた男は足を止め、振り返ってオットーを見遣った。拳銃で狙いを付けるようだった。何かが弾けた。カールは身を竦ませた。オットーが宙を掻いて前のめりに倒れるのが見えた。

民家の地下室に放り込まれても、オットーと空っぽの男は気を失ったままだった。食事もなしに放置された。真夜中過ぎに、オットーの方は目を覚した。

何で逃げたんだ、とカールは訊ねた。

「聞えねえよ」オットーは痛む頭を抱えて言った。

「何で逃げたんだ」

「こうなるからだ」

「逃げたからだろ」

オットーは溜息を吐いた。感覚はほとんど麻痺していたが、カールが一言でも思い浮べる度、頭の芯がずきずきした。声を出されても同じことだ。

カールは地下室の隅に伸びたままの空っぽの男に顎をしゃくった。

「どこから来たんだろう」

「頼むから黙っててくれ」

カールは口を噤んだ。それから、オットーをひしゃげない程度に叩き潰した男の手際のことを考えた。

「おれもできると思うな」

「あいつらはみんなできる」オットーは穴蔵の上蓋に目を上げた。「黙れ」

おれたちはどうなるんだろう。

「黙れって言ってるだろうが」

痛みが去り、どうにか感覚が戻って来ても、状況は悪化するばかりだった。食事は一日に一回、バケツと籠で吊り下ろされた。用便桶の取り換えも日に一回だけだった。狭い穴蔵には毎日誰かが放り込まれたが、最終的には十五人が、辛うじて膝を抱えて蹲れるだけの場所に押し込まれた。呆れたことに一人残らず、オットーやカールと同様に――彼らを捕えた男と同様に、なにがしかの感覚を具えていた。オットーとカールは歯を食い縛って見ざる聞かざるを決め込んだ。他の連中もそうしていたが、十五人ともなれば、その気配でさえ、既に苦痛だった。時折、悶着が起った。数人がかりで一人を袋叩きにしはじめるのだ。殴られる奴は大抵決まっていたが、理由は誰にも判っていなかった。おまけに、例の男と同様に空っぽなのがもう二人いて、一人は意味不明な呪詛を延々と呟き続け、もう一人は、ただ首だけを規則正しく前後に振っていた。三人は部屋の隅に固まり、無防備に開いた頭の中で見当も付かない恐怖を増幅しあい、垂れ流した。我慢できなくなった誰かが、首を振っていた男を夜中に絞め殺そうとした。一人でも減れば少しはましになると考えたのだ。

声も立てず、暴れもしなかったが、首振りが目を覚した途端、空気が甲高く震えて燃え上がった。襲撃者はその場で絶命した。三人は視線を揃えて穴蔵の中の他の者を眺め回した。誰もが必死になって目を瞑り、耳を塞ぎ、内側に籠った。おつむの中身をこんがり焼かれて殺されたくはなかったのだ。夜番に残された男が、うんざりした様子で上蓋を蹴った。

オットーは一言も口を利かなかった。カールが話し掛けても答えなかった。意識は堅く閉ざされ、感覚も抑え込まれたままだった。暫くして、三人組がもとのように静まると立ち上がり、梯子を半ば上って上蓋を下から叩いた。

「死体くらい運び出せよ」

一同は口々に同意を表明した。死体は手渡しで上蓋まで運ばれた。オットーが他の者の手を借りて持ち上げると、上にいた男が両手で脇を持って引きずり上げようとした。襟首を摑んで、オットーは男を中に引きずり落した。床で背中を打って呻いているのを誰かが蹴り付け、別な誰かが引きずり起し、殴り付けた。袋叩きが始まった。二階で眠っていた男が目を覚した。嬉々として仕返しに加わろうとしているカールを呼んで、オットーは上に這い上がり、扉を開けて外に飛び出した。呼び声と、銃声が聞えたが、彼らは後も見ずに走った。

塹壕に入っていたもとの部隊に潜り込んで、二人は図々しく食事にあり付いた。それから、将校に顔を合わせる前に、銃と僅かな弾薬を持って「哨戒」に出た。

　夏に掘り始められた塹壕はちょっとした迷宮の様相を呈していたが、オットーとカールは道筋を熟知していた。トンネルになっていたり、半ば崩れていたり、木材で支えた小部屋になっていたりする折れ曲がった溝は、どこにあろうと、彼らがささやかな神性を誇示する舞台だった。ロシア軍の塹壕に向って掘られた偵察用の壕もあった。掘っている間にぶつかって遭遇戦になることもあったが、多くの場合は、ただ何となく、お互いに見て見ぬふりで放置された。将校の目の行き届かないところでは、便所を共有したり、ちょっとした交易が行われていたりもした。日毎に変る迷路を辿って（塞がれたり潰されたりした部分は、暇を盗んでこっそり掘り直した）彼らはロシア軍の中に入り込み、やんごとなき将校やそこらの兵隊が取りのけておいたり隠していたりする酒や食料をいただいたものだ。見付かることはまずなかった。一度、ひどく間の抜けた寝惚け面の兵隊に現場を押えられたことがあったが、発見した火酒を一本押し付けると、大人しく見逃してくれた。

　今や、ロシア軍の塹壕は空だった。

　それでも、日が暮れるまで、彼らは中に潜んでいた。寒かろうとひもじかろうと、何時間でも身を潜めて待つことができるのは軍隊のおかげだ。這い出して、明るいうちに見定めておいた方向にむかって歩き出した。砲弾と車輪で幾度も掘り返され、野営の痕跡の残るゆるやかな起伏のむこうに、中庭に焼け焦げた木を抱えた、屋敷というよりは大きな農場がある。煙まで上がっていた。つまりは飲む物と食べる物が——どんな場所だろうと兎も角、飲む物と食べる物があるのだ。

起伏を登り切る手前で、彼らは身を屈め、様子を窺った。目視はできなかったが、カールはぼんやりと見るでもなしに感覚を開いた。首を振った。歩哨がいるのだ。

「冗談じゃないぜ」と囁いた。

薄暗い空を背後に、半ば崩れ落ちた巨大な屋根の影が見えた。母屋だ。同じくらい大きい納屋が、その裏に交差して見えた。低い石積みが周りを囲っていた。歩哨は二人だった。農場のこちらとむこうを行き来しながら、感覚を開いて辺りを窺い、規則的にお互いに言葉を交していた。

「中にもいるか」

「いるよ。大勢。やばいよな」

「全部か」

「たぶん全部だ」

曰く言い難い現実感のなさに、腹這っている地面が崩れ始めたような気がした。だからどうだと言うんだ、とも考えた。「でも腹減っただろ」

二人は歩哨の感覚の縁を慎重に回り込んだ。幾らかでも注意の薄れる場所があることを期待したのだ。母屋の裏手から、気配を殺して、慎重に接近した。拾ってきた鉄条網で申し訳程度の障害を設置しようという努力は途中で放棄されていた。素のままの石積みを越えると、母屋の気配で、彼らの存在はかき消された。あとは中にだけ注意を払えばいい。探ったりはせず、漠然と、受身に。

呆れたもんだ、とオットーは考えた。十人じゃ済まない。そこに盗みに入ろうと言う自分たちは尚更呆れたものだったが、背に腹は代えられなかった。

崩れ落ちた壁のむこうに入り込んだ。屋根代りに防水帆布が張られていた。カールは腸詰めと火酒を二本調達した。オットーは黒パンの塊を盗んだ。手慣れたものだ。後方に徴発のできる村があるな、と考えた。行き先はない訳ではない。そのまま納屋へと向った。母屋から視線を向ける者はなかったし、歩哨は中にはほとんど注意を払っていない。

納屋の扉に手を掛けると、カールは顔を顰めた。「臭わないか」と囁いた。オットーは構わず閂をずらして扉を開け、体を押し込んだ。納屋の扉の前で押し問答なぞしていたら見付かってしまう。入口に立ったままのカールを促しながら後退りに二、三歩下った。躓かずには済んだ。靴底に柔らかいものを感じて踏みとどまったからだ。

カールの言う通りだ。確かに臭う。臭うだけではなく、何かの残響がまだ空気をざわつかせている。避けがたい不愉快な衝撃の痕跡を――時として何時間も続く、緩慢で堪え難い喪失の痕跡を、オットーは見分けることができた。

死体だ。

カールが扉を入ったところで凍り付くのが判った。灯一つない中でも、無造作に積み上げられた死体を見分けていた。ひとつや二つではない。二十か、ひょっとするとそれ以上の死体。

　死体なぞ土くれ同様だった。平然と足蹴にして躊躇いも感じなかった。次の瞬間には自分たちもそうなる。公平なものだ。だが、農家の納屋に押し込まれ、腐敗し始めた死体の感触はまるで違っていた。オットーは恐慌を体の内に押し留めた。外を窺った。

　途端に、背後から引きずり倒された。もはや恐怖は抑え難かった。訳もわからずに暴れようとしたが、意識も感覚も、力尽くで無遠慮に抑え込まれた。頭が朦朧とした。

　カールが両手を上げるのが見えた。首を握って提げた壜が、背後からの灯で光っていた。死体の山に引き倒されたオットーの姿は見えた筈だが、見えないように目を逸らした。納屋の外から無造作に撫でられた。動くことはできなかった。カールは命じられるままに背を向け、小突かれて罵声を洩らしながら歩き始めた。外から閂を下ろされた。

　何か耳元で囁かれた。ロシア語だと判るのにひどく時間が掛かった。訳もわからず頷いた。要求されていることは何なのかは見当が付いたのだ。解放されてもオットーは自力で自分を抑え込んでいた。相手は頷いた。そういう気配がした。漸く目の慣れた薄闇の中で、相手が自分を指差して、もう一度、頷いて見せるのが見えた。体が奇妙な具合にねじれて傾いでいた。脚を指差した。それから両手を広げて周囲を——そこに転がっている腐敗の始まった死体を示した。

　オットーは外の気配に感覚を開いた。歩哨の人数は一人だけに減っていた。ロシア人は彼の手を引いて、納屋の隅の積み藁の方へ引っ張った。壁の際まで掻き分けた。人ひとり通れるか通れないかの穴が穿たれていた。オットーが這い出すと、ロシア人は後に付いて来た。片脚を引きずっていた。オットーと同様、ただし塹壕のこちら側の、薄汚れた制服を着ていたが、汚れのほとんどは乾いた血のようだった。

オットーは見捨てて歩き出そうとした。途端にロシア人は、母屋の中に消えた連中にも判るように意識を開こうとした。オットーは足を止めた。脅しだけだ。そんなことをすればこいつも困る。だがそれは充分に説得力のある脅しだった。ロシア人は歯を剝いて笑った。

乱暴に腕を取って肩に回した。石積みを注意深く越えた。気配を殺し、音を立てないように農場から遠ざかった。相手が協力してくれたので何とか歩けたが、途中でへばるだろうと考えた。母屋を振り返ろうとすると、ロシア人は同じくらい乱暴にオットーの感覚を抑え込んだ。

奴らは殺さない。殺す理由はない。少なくとも、すぐには。

ニェトニェトニェト、とオットーは頭の中で繰り返した。ニェトニェト。男が喚くように頭に送り込んで来る言葉で、音として再現できたのはその言葉だけだったからだ。言わんとすることは判った。カールは正気だ。だから殺さない。それだけの言葉を搾り出すにも、ロシア人はひどく苦労した。

おそろしくたくさんの、感覚のある連中——おそろしくたくさんの、壊れた連中。穴蔵の三人のことを、オットーは思い出した。肩の上のロシア人が反応した。

知ってるのか、とオットーは訊いた。

どうもそうらしかった。もどかしげに何か訊ねた。意味が取れなかった。何度か訊き返して漸く、彼らがどうしているか知りたいのだと判った。

「一緒に放り込まれてた」とオットーは言った。「気がふれてた」

通じはしなかったが、ロシア人は黙り込んだ。否定的な答であることは理解したのだ。

塹壕に辿り着いたのは明け方近かった。オットーは何があろうと絶対に放さなかった黒パンの塊をオレグ（それが名前だと悟るにはかなりの遣り取りが必要だった）に分けてやった。本能の勝利だ、と苦り切って考えると、オレグはオットーの強ばった背中を乱暴に叩いた。半分に切って与えた黒パンを素早く詰め込むと、他に何かないかと言わんばかりにオットーを見た。オットーは自分の分の更に半分をやった。食欲がなかったのだ。

それから、立ち上がった。オレグは驚いてオットーを見上げた。自分の脚を指差し、懇願してみせた。おれはむこうに帰るんだぜ、と言うと、慌てて何やら捲し立てた。

オットーは周囲の様子を、例の農場まで示して見せた。戦闘に蹂躙され、砲撃に掘り返され、人の影さえ見えない。直近で確実に食料が調達できるのはあの農場だけだ。後方の村も安全ではない。連中が食料を徴発するからだ。戻りたいか、と訊いた。オレグは首を振った。

「だったら文句言うなよ」

どうやら通じたようだった。オレグは不機嫌になって黙り込んだ。

「傷見せろ」

オレグは大人しく脚を投げ出した。単純な貫通銃創だ。幾らかじくじくしてはいたが、骨には触れていない。機関銃だな、と考えた。納屋に押し込んで乱射する。扉を閉める。忘れる。身震いした。自分が気弱になっているのに驚いた。無表情に、拙いな、と言って、指を揃えて膝から下を切り落してみせた。

「そうなりたいか」オーストリア側を指さした。「まだ間に合う」

オレグはいきなりオットーの頭の中に手を伸ばして来た。オットーははね付けた。この程度の奴なら充分にあしらえる。騙すこともできる。オレグは疑わしげに考え込んだ。それから頷いた。二人は歩き出した。途中で適当な棒切れを見付けると、オレグはそれを杖代りにした。オットーには有難い話だった。オレグに外套を着せ、自分は上着だけになった。口は利くな、と言い含めた。日が落ちるまで休んでから(パンの残りを分けて食べた)、寒さに震えながらオーストリア側の塹壕を抜けた。

息の白くなり始めた夜の中を、タルノポルまで歩いた。彼らがまだいてくれることを——かつ、あまり腹を立てずにいてくれることを願った。銃を使ってだろうと、あの得体の知れないやり方でだろうと、いきなり撃ち殺されたりするのは御免だ。無人の街路を暫く行くと、オレグが足を止めた。オットーがどこを目指しているか読んだのだ。身を翻して逃げ去ろうとするのを腕を取って摑まえた。地下室に閉じ込められていた家の前だった。扉を指さした。オレグが自分の顔を見詰めるのを感じた。頷いて、もう一度扉を指さし、手を放して軽く背中を叩いた。

「他に手がないんだよ」もう一度、脚を指さした。「手当ても必要だしさ」自分の腹に手を当てた。「飯も食いたいだろ」

どの説得が功を奏したのかは判らなかった。今度はオレグがオットーを促した。家の中には灯があった。気配は感じなかった。扉を軽く叩いた。途端に、開いた扉の内側から襟首を摑まれた。オレグが感覚を動かした。簡単に殴り倒せると言わんばかりだった。相手が怯むのが判った。

おもむろに襟元を直してから、中に入った。オレグが後手に扉を閉めた。男は二、三歩あとずさった。警戒していた。いるのは彼だけなのだ。穴蔵に一人、放り込まれていたが、まさか助けを求める訳にはいかない。

「塹壕のむこうのことを知りたいんだろ」とオットーは切り出した。

平手打ちを食らったような衝撃で視野が霞んだ。ただし、二度目ともなればだらしなく伸びたりはしなかった。反撃しようとするオレグを止める余裕さえあった。今、悶着を起されたりしては困る。

「偉いさんにならば話す」オレグを示した。「連絡してくれないか。生き証人を連れてきたってな」

与えられた塒は穴蔵の中だった。

軍曹の制服を着た男が一人、ところどころ凹んだ器から何か啜っていた。前は眼鏡を掛けていた筈だ。オットーを見ると鼻で笑った。半ばは自分を笑っていた。

「あいつらはクラカウに移送されたよ。その後で銃殺だ。上の奴の仲間を半殺しにしたからな」

「あんたはどうしたんだ」

「逃げて、捕まった」実に簡単な説明だった。「今度は妙なことに引きずり込まないでくれ」

二人に食事の配給はなかった。遅過ぎるから朝まで我慢しろと言われた。説明があるだけでも、待遇は改善されたと考えるべきだろう。オレグは愚痴を並べたが、オットーは返事をしなかった。穴蔵の隅に乾いた場所を見付けて腰を下ろし、蹲った。オレグもそれに倣った。脚のことをぼやくのは聞かないことにした。頭を閉じ、感覚を閉じた。兎も角、待たなければならない。待たなければ何も始まらない。


足音ではなかった。それなら、昨日の晩から厭になるほど聞いている。腹を満たしに出ていたらしいもう一人が戻ると、上の男は喋りながら散々歩き回った。それから出掛けた。戻って来た時には大して言葉も交さず二階に上がった。夜中に交代した。ぼそぼそと何か囁きあったが、聞き取れなかった。明け方、オットーは漸く眠りに落ちた。オレグも、前は眼鏡を掛けていた男も、とうの昔に熟睡していた。

深く短い眠りの底に届いたのは、高い音に似た響きだった。精密に調整された楽器の弦が共鳴する微かな唸りに似ていた。不快ではなかった。うっすらと、自分が全く無防備に身を委ねていることを意識した。振幅は次第に増した。目を瞑ったまま最後に聞いたのは、聞き取れる限界よりも遥かに低い、微かだが確実な振動だった。堰に抑えられて音もなく嵩を増し続ける奔流の轟きのようだった。目を開いた。

　空っぽの穴蔵は寒かった。空気抜きから舞い込んだ雪が薄明りで白く光っていた。残っているのは微かな高い響きだけだった。感覚を具えた人間の発する、音というよりは気配だ。オットーは頭上を塞ぐ床板を見上げた。扉を叩く音がした。

　見張りが飛び起きて錠を開けると、気配の主はごく当然のように入って来た。軽い足取りが床板を鳴らした。無防備に開け放った意識には、その年最初の雪の朝が映っていた。半ば凍えながらも御機嫌だった。帽子を脱ぎ、外套の前の鈕を外し、手袋を取って部屋の隅のストーヴに手を翳すのが感じられた。

「あの、ケーラー少佐は」と見張りが言った。

「昼過ぎに着く。列車だ。駅まで迎えに出てくれと言っていた。怪我をしてる」

「怪我？」

　一筆書きのように単純な像が宙に描かれたのを、オットーは見逃さなかった。自転車に似ていたが、何かもっと物騒なものに見えた。そういう印象を貼り付けられていたのかもしれない。見張りの男は顔を顰めた。

「いい加減にしてくれって言って下さいよ」

「僕が止めてもむきになるだけだ。君から言った方がいいよ。二人は下かな」

足音が近付き、上蓋が上げられた。オレグがびくりとして目を覚した。眼鏡を掛けていた男はとうに目を覚して、身構えていた。訪問者がごく無造作に覗き込んだ。

「三人とも、上がって来たらいい。話がある」

見張りは狼狽したが、訪問者は気にも留めなかった。オットーはオレグを引きずって上がった。

柔らかい紺色の外套を着た若造だった。綺麗に髭を剃り、髪を撫で付けているせいか、余計若く見えた。眼鏡の男に目を留めた。軽く触れるのが感じられた。オットーとオレグは同時に意識を閉ざした。そうするよう命じられた気がしたのだ。

「――僕の友人に代って詫びさせてほしい。こちらの勘違いだった。部隊に戻りたまえ」

眼鏡を掛けていた軍曹は訪問者の顔にまじまじと見入った。口籠った。何か訊こうとした。軍機だ、と訪問者は巫山戯ているとしか見えないほど厳かな口調で遮り、戸口を示した。「他言は無用だ」

男はおずおずと敬礼して出て行った。安堵する以上に困惑し切っていた。オレグが興奮気味に何か繰り返した。言われるまでもなかった――他言も何も、男は最初に穴蔵に放り込まれて以来の記憶を、綺麗さっぱり、失っていた。

憮然とした顔の見張りに、訪問者は言った。「後で必要になったら責任を持って連れ戻す。でも他の捕虜たちは全部、クラカウで釈放したからね」帽子を被って、二人を促した。た。「彼らは連れて行く。軍医を寄越して欲しい。帽子を被って、二人を促し

「堪忍して下さいよ、エスケルスさん」と見張りは堪りかねて言った。「少佐には何て言えばいいんです」

「僕が先に来て、また好き勝手をした、と言えばいい。この二人は預かるよ。ケーラーが着いたら、来るよう伝えてくれ」

オレグは迷っていた。逃げようか、という顔をした。気が付く暇もなく頭の中をいじり回されるのは堪らない。オットーもそれは同じだったが、大人しく後に付いて外に出た。こんなところに長居はしたくない。逃げられるとも思わない。オレグを頼みに取っ組み合いをしようとは尚更思わなかった。エスケルスと呼ばれた男は戸口の前で足を停めて釦を掛け、手袋を嵌め直しながらオットーに言った。

「少佐殿もすぐに着く。逃げ出すことはないさ」

我慢できないくらい熱いお湯に浸けられたオットーの目の前で、身に着けていたものは全て、火に投げ込まれた。まだ充分綺麗なポーランド女に、それこそ虱でも見るように見られたのは悲しかった。ジェルジュ・エスケルスが彼らを連れて勝手口に現れるなり、女は悲鳴を上げかねない様子で後ずさり、鼻先で扉を閉めようとしたのだ。

　雪が凍り付いた庭先で、彼らは焚火を焚き、借りてきた風呂桶に熱湯を注がれ、歯を食い縛って中に浸かったまま、体を洗う羽目になった。皮を剝がれた兎になった気がした。上がって身に着けるものはシーツ以外にないとなれば尚更だ。

　それで漸く台所には入れて貰えた。暖かかった。シーツに包まったまま、出されたスープをむさぼり食った。オレグは幸福そうだった。外科医が来て、傷口を切開して膿を出し、消毒してから縫合する間は幾らか不幸になったが、綺麗に包帯を巻かれた脚を見ると満足そうに溜息を吐いた。何か話し掛けてきた。オットーは頷いた。相変らず何を言っているのか判らなかったが、察しは付くようになっていた。ジェルジュは机の反対側の隅で地図を広げ、ちびた鉛筆で何か書き込んでいた。

　読まれてるのかな、とオットーは考えた。むこうの思考は読めない。五感をひと撫でして通りすぎて行くものは、普通の人間の無防備な頭と同様にさらけだされていたが、肝心なものはその下に埋もれて見て取ることはできなかった。感覚があるかどうかさえ判らなかった。よほど注意していなければ普通の人間と思いかねない。

　地図を畳むとスープを貰って、お行儀よく空腹を満たしてから、ジェルジュ・エスケルスはオレグに向き直った。オレグは目線でオットーに助けを求めた。

　おれが見ててやるからさ、とオットーは言った。ジェルジュが何をするつもりなのか知りたかったのだ。

「別に何もしやしないよ」ジェルジュはそっけないくらいの動作でオレグの前に人差し

指を立てて見せた。怯えたオレグは一瞬身を引いたが、視線はごく自然に指先に向けられた。意識のぶれが狭まり、指先に集中した。オレグは目を閉じた。体が一瞬、震えた。自分に触れていた何かが滑り落ちて消えるのを、オットーは感じた。

オレグが瞼を開けた。彼の感覚は、ひどく不安定ながら彼自身の内側に引き戻されていた。

簡単だろう、とジェルジュは言った。

オレグは慎重に頷いた。ふいに耳が軽くなったような錯覚を、オットーは覚えた。ずっと動き続けで、もはやうるさいとさえ思えなかった機械が、ふいに動きを止めたようだった。

「例の三人もそうやって大人しくさせたんですか」とオットーは訊ねた。虚ろな目付きで眉間の内側を見遣ったまま、オレグは軽く眉を顰めた。

「もう無理だ。反応さえしない」

オレグはものを取り落しかけたようにびくりとしたが、再び注意を眉間に向けた。頭がはっきりしているのかどうかオットーには判らなかったが、幾分読みやすくなってきたのは確かだった。

ジェルジュが低い声で何か言った。綺麗なロシア語だった。オレグが何か言い募った。ジェルジュはかぶりを振った。穴蔵での光景が甦った。オレグはオットーを窺った。頷いて見せた。

「お前は運がいいんだよ」

オレグは溜息を吐いてもとの虚ろな目付きに戻った。そのままでも周囲は見えているようだった。疲れると目を瞑った。三度目にはもう眉間を睨もうとはしなかったが、集中は乱れなかった。こつを覚えたらしい。

ふいにジェルジュが立ち上がり、地図を持って出ていった。オットーとオレグが訪問者に気付いたのはその後だった。玄関があると思しき方向から、押し問答に近い遣り取りが近付いて来た。

現れたのは金髪を綺麗に撫で付けた将校だった。制服を着ていたが、私服でも一見して将校と知れただろう。オレグが何か呟いた。オットーは呟き返した。通じはしなかったが、泥一つ被ったことのない将校さんに対する前線の見解は、こちらでもあちらでも大差はない。身を竦めて動こうともしないオレグに便乗して、オットーは坐ったままでいた。大人しく頭を開いたりもしなかった。

感覚のある将校が兵隊を見ると必ずやる「検査」は省略された。ルドルフ・ケーラー少佐だ、と名乗った。曲げた左腕が胸郭に固定されているせいで、片袖だけ通した上着は開いていた。いきなり自由な方の手で地図を振って開くと、オットーの前に置いた。ジェルジュが鉛筆で、小さい傾いだ長方形を書き加えていた。母屋と納屋だ。オットーはその配置を覚えていた。位置もその通りだった。ケーラーは長方形を指差した。

「行ったのか」

オットーは答えなかった。ケーラーは言葉が判らないオレグが震え上がるくらい不機嫌な声で質問を繰り返した。

「おれが戻って来たのは頼み事があるからですよ」とオットーは切り出した。

ケーラーは黙り込んだ。無表情を装ってはいたが、いきなり殴り飛ばしかねないほど腹を立てていた。行儀がいいってのは不便だな、とオットーは頭の中でこれ見よがしに嘯いた。手下とはえらい違いだ。

反応はなかった。

「君は取引できる立場にはいない」

「だったら頭をこじ開けたらどうですか」とオットーは言った。冷たい敗北の予感が肌をひと撫でした。読み違いなら、そういうことになる。簡単にこじ開けられて、ただで中身を引っ張り出されてしまうだろう。シーツの前をたぐり寄せながら、軽く肩を動かした。恐ろしいとは思わなかった。面白くなってきた。「できるんならそれもいいでしょうがね」

ジェルジュ、とケーラーは言った。ジェルジュはかぶりを振った。

「僕はやらないよ」

「こんな奴の言いなりになるのか」

「聞くだけ聞いてやればいい」

「問答無用で捕まえて放り込んでおいて、今更、はいはいと言うことを聞くと思ったら大間違いですよ。どうしてもと言うなら、痛み止めが切れてからおいでになることですね。もっともおれはその間にずらからせて貰いますが」

「ジェルジュ、こいつを殴ってもいいか」

「肩に響くぞ」とジェルジュは答えた。ケーラーは黙り込んだ。

オットーはシーツに包まりなおした。「何もそんな大それたことをお願いしようって訳じゃありません。ただ、食いものをいただきに入った時に弟が捕まったんで」

妙な感じだった。ひとつ部屋に四人、他人の頭を覗ける人間が集まっている。一人は中身をまるっきり曝しているように見える癖に、肝心なことは何一つ読ませない。一人は痛み止めで感覚が鈍って使いものにならないことに苛立っている。もう一人はロシア語でしか考えないので、確実に読めるのはせいぜい言葉に限る非力な最後の一人――つまりオットーには、何を考えているのか殆ど判らない。

自分やカールみたいな奴は滅多にいないものだと思っていた。子供の頃、町外れに頭のおかしい浮浪者がいて、彼らが通ると何か喚きながら追い掛けてきた。それが一人目だ。製材所の経理の老人が二人目だが、あれは親戚だった。町の売春宿に行った時、階段ですれ違いざまに、素早く一瞥をくれた男が三人目。戦争が始まってから幾らかお目に掛かる機会は増えたが、それでも両手の指で数えられるほどでしかない。

居酒屋で捕まってからはまるで逆だった。普通の人間なぞ、この一週間、ろくにお目に掛かっていない。

ケーラーは暫くの間、無言でオットーを凝視した。オットーは頭を閉じていた。カール相手なら充分に利く。オレグ相手でもやれることは確認済みだ。

「いい度胸だ」

「腹が減っていれば誰だってやるでしょう」穴蔵の食糧事情を愚痴ってやろうかと考えたがやめにした。将校が兵隊の腹加減を気にしたためしなどない。

「ロシア軍相手にか」

「前線じゃむこうも来てましたよ。取ったり取られたり」

「何人いた」

オットーはこれ見よがしに口を噤んだ。

「答えろ」

ジェルジュの頭の中を笑いがかすめた。ケーラーはひどく気分を害した。

「おれはそう悪くない兵隊ですよ。偵察にも慣れてる。ただまあ、一人で事を構えようって気にはなりません」

「必要なら言質は差し上げるよ」とジェルジュは言った。ケーラーが口を開かずに食って掛かった。ジェルジュは肩を竦めた。「ただ、君が話してくれないことにはケーラーは納得しない」

オレグがしきりにオットーを小突いた。何が起きているのか知りたがっていた。

「約束をするのはわたしじゃない。こいつだ。それでいいか」とケーラーは言った。

オットーはジェルジュを一瞥した。信用できるかどうか。使えるかどうか。「いいでしょう」と答えた。確実な手段を待つ暇はない。「放棄されたロシア軍の塹壕を伝ってすぐ近くに出られます。そこから、夜になるのを待って接近しました。歩哨が二名います」

「二人ともそうか」

「一人残らずですよ、たぶんね」つまりはこいつらと同じだ。どういう世の中だ、とオットーは考えた。いつから、人の頭を覗くのが普通になったんだ？「敷地の表側と裏側に配置されていて、一往復ごとに連絡しています。他に十人ばかり母屋にいます。見張りの注意が逸れる瞬間を狙えば忍び込めます」

「どうやって」

「員数が多すぎるってのも考えものでしてね。一人や二人潜り込んだところで気が付きはしませんよ」

「それで食いものか」

「酒とパンを盗みました。弟はソーセージも盗んだ筈です。隠れて食おうとして納屋にむかいました。なまじ外に出るよりは安全に見えたので」そこではじめて気が付いた。納屋が安全に思えた理由だ。カールに判るなら、中の連中には目を逸らしていても感じられたに違いない。「見張りはもちろん納屋は見ていませんし、母屋の連中も見ないようにしていました。カールは――弟は、臭うと言って中に入ろうとしませんでした。臭いではなくて気配がです。おれは鈍いんで気が付きませんでした。それより納屋の入口に体を曝している方が怖かった。それでカールを誘いながら中に入って、死体を見付けました。数は判りません。埋葬されないままに放置されていました。死後、数日は経っていると思います。それで見付かったんです。驚いた拍子に。弟は捕まりました。おれはこいつが隠してくれたんで、弟が連れて行かれて、中が騒ぎになっている間に逃げて戻って来ました」

ケーラーは暫く考え込んだ。それから、立ち上がって、ジェルジュを促した。二人は外に出た。扉が閉ざされた。オットーは扉を窺った。何の気配も漏れては来なかった。

「あいつは馬鹿か」とケーラーが言った。

「立ち聞きされてるよ」

オレグに制止されながらも扉に接近しつつあったオットーは、その指摘で足を止めた。

「構うものか」

つまり遠慮する必要はない訳だ。

「書類を見たらいい。模範的以上の兵士だ。タルノポルで逃げた手際も悪くはないだろう」

「あの報告は信頼できるのか」

「顧問官から受けた指示とは一致している。僕が受け取った指示では八人だ。少なくともね。時間を掛けて転属させて集めた連中で、質もそれなりという話だった。メニッヒ軍曹の報告が本当なら、もう二、三人はいるだろう」

「想像したくもない状況だな」ケーラーは身震いして見せた。「君が庇(かば)ってくれなければ、パウルはあの三人に綺麗(きれい)に焼き殺されていた」

「それでも二月か三月は使いものにならない。プラニッツは怪我だけだが、戻って来るにはまだ少し掛かる」

ケーラーは低い声でオットーを呪った。

「つまり君の手元に割ける奴はいないってことだ。僕が行くしかない」

「ロシア側が始末を任せて来たんだ。迂闊(うかつ)に手は出せなかったと考えた方がいい」

「投降させるだけだろう」

「簡単に言ってくれるじゃないか」

「オーストリア軍が占拠する、と言えば、投降するか、立ち退くかしかない。十人かそこらで軍隊を相手にする気にはならないだろう。少なくとも、僕ならお断りだ」

ケーラーは黙り込んだ。それから、武力鎮圧自体は難しくない、と言った。「問題はもっと微妙なところにある。たとえばカルージヌィ大佐だ。或(あ)いはその部下たちだ。どうしたって我々は普通の兵隊を送り込むことになる。連中が反撃するところを見たいか」

ジェルジュはなるほどと言う顔で頷(うなず)いた。「何を見て戻って来ようと、分遣隊くらいは隔離できるだろう」

「わたしが好んでそういうことをするとは思わないでくれ」

「僕がいつも心配しているのはその逆だよ」

「足下を見られるもの御免被りたい。やる時にはやる」

「ただまあ、その心配はないと考えるべきだろうな。死体の話を聞いただろう。足手纏いになりそうな人員は処分済みだ。カルージヌィは撤退の可能性も考えている。それはそれで綺麗な結末だ」

長い沈黙があった。

「必ず拘束しろと言われている。生きたままだ」

「なるほど」

「部下たちも可能なら捕えろ、駄目でも逃がすな」

「清潔な言い方だ。気に入ったよ」

「命令だ。すまん」

「幾らかの実力行使は必至だな。君が想像しているほど難しいとは思わない。ただ、一つ考えておいて欲しいことがある——今ここにいるのは誰だ」

「何だ、それは」

「あの二人を除けば僕と君だけだろう。ところで僕は、君にはまだ良心があると考えているんだが、それは間違いかな」

「何が言いたい」

「別に何も言いたくはないさ」

「スタイニッツ男爵が何か言って来てるんじゃないだろうな」

「顧問官殿はウィーンだよ。現場の判断は僕と君で下さなければならない」

「謎掛けはやめてくれ」

「カルージヌィは拘束するんだな」

「そうだ」

「部下たちも？」

「可能なら、だ」

「駄目でも逃がすな、だろう」

「納屋は焼け。この件について知っているのは、ロシアの旧当局者と我々だけにしておきたい。分遣隊が占拠する時には綺麗に片付いていて欲しい」

「判った」とジェルジュは言った。「あのロシア人は今日いっぱい借りるよ。色々聞いておきたい。付き合うかい」

ケーラー少佐は一瞬迷ったが、いや、と言った。軽く唇を歪めて笑った。「使いものになる状態じゃないからな」

「クラカウには戻らないんだろう」

「片が付くまではいる」

「じゃあ、その間は預ける。君が直接、証言を取っておいてくれないか」

オットーは再び足音を忍ばせて戻った。聞いちゃいませんという格好は付けておくべきだと思ったのだ。オレグが促すように何か言ったが、身振りで黙らせた。足音とともにジェルジュが戻って来た時には、二人とも、素知らぬ顔で並んで腰掛けていた。


雪は塹壕の中にも融け残っていた。寒い朝だった。泥を白く覆った薄氷を踏んで、オットーは先に立って歩いた。疎らに歩哨が立っているだけだった。待避壕の前を通ると、焚火の周りに蹲っている連中が好奇の眼差しを向けてきた。私服の男がよほど珍しかったらしい。

偵察用の細い壕は空だった。ロシア側には何の気配もなかった。相変らず空のままだ。

「いつ終ったんです」とオットーは言った。

「まだ終ってない」とジェルジュ・エスケルスは答えた。踏みしめた氷の割れる感触を楽しんでいた。彼らの頭の高さより上にある地面には一面に霜が降りていた。息が白くなった。

「引き上げたんでしょう。誰もいませんよ」

「ペテルブルクでまた政変だ」梁をくぐるために頭を屈めた。「もう戦争どころじゃない。あちこちの部隊が動きはじめた。ウクライナに移動したり、北上したりね。休戦にはなるだろう。向うの塹壕にいた師団は少し前に撤退した」

オットーの後に続いて、ジェルジュは細い壕の壁に開けられた穴から向うへ這い込んだ。空は白く光っていた。

「昼前で助かったよ」と言った。「氷が融けたら始末に負えない」

「今日は融けません。午後にはまた降り始めます」

「その前に引き上げよう」

「随分と簡単に言いますね」

「聞いてただろう」

オットーは黙り込んだ。

「ケーラーの秘密主義は軍の習慣だ。僕が気にする筋合いはない。ケーラーが嫌がるとしても、一緒に行く以上、幾らかの情報は漏らさざるを得ない」

二人は無言で歩いた。両側の壁は狭まり、足下は俄に悪くなった。

「ひとつ、聞かせて下さい」

「守秘義務のある事柄もあるよ」

「なんでおれは放り込まれたんです」

ジェルジュは暫く考えた。それから、君は狡いな、と言った。「その件に関しては僕がケーラーよりは君らに同情的なのを知っている」

「でもおれたち、真面目な兵隊だったんですよ」

「ケーラーの部下たちが放り込んだのは殆ど、真面目な兵隊と善良なポーランド人だ」

「ロシア人もいました」

「何故、ロシア人だと判った」

ジェルジュはそれ以上言わなかったが、オットーには充分だった。

「判っちゃいけなかった訳ですね」カールが口を開けて崩壊した頭の中に見入ったことを思い出した。あれが拙かったのだ。

「まあね」

「あいつの出所もあの農場ですね」

「そういう推測も可能だ」

「オレグと一緒にいた？」

「必ずしも的を外れちゃいない」

納屋。それから死体。頭がほとんど空っぽになった三人組。「あいつらあそこで何をやってるんです」

「返答はできない」

カルージヌィの身柄を拘束する。部下たちも全員捕える。納屋を焼く。痕跡は全て消し去る。「あんたらは何を狙ってるんです」

「僕の仕事はケーラーのとは別だ」

オットーは足を停めた。行き止りだった。上がらなければならない。ジェルジュは外套の内側に手を突っ込んで時計を見た。

「一時には仕事を終えていたい。オーストリア軍が農場を占拠する前に、君は弟を解放して、死体は納屋ごと焼く。それでいいかな」

「あんたは何をするんです」

「投降するよう連中を説得する。砲弾が降って来る前に」

塹壕の壁をよじ登り掛けたオットーは、手を放してジェルジュに向き直った。

「砲撃するんですか」

「そういうことになってるそうだ」

「いいって言ったんですか」

「拙いかな」

オットーは舌打ちした。もう一度、崩れかけた壁に手を掛けてよじ登り、上からジェルジュを引っぱり上げた。

「文句を言ってどうなるもんでもないのは知ってます。あんたも、少佐殿も、砲弾が降って来るところなんか見たことがないでしょう」

乾いた冷たい空気に霜は溶け去っていた。輝く低い雲が空を覆っていた。風が強かった。暫く歩いてから、オットーは低い丘陵のむこうを示した。昼の光の下で、農場は半ば崩れ落ちた姿を曝していた。

「気付かれないように裏に回って待機していてくれ。君が位置に着いたら、僕は正面から入る。中の連中の注意が逸れる瞬間さえ逃さなければ、後は簡単だ。君は歩哨に話し掛ければいい」
「話し掛ける？」
「君の弟だろう」

オットーはカールを呪いながら遠回りで農場の裏手に接近した。双眼鏡でも手渡すような塩梅でジェルジュが見せてくれたのは、確かに、銃を背負って裏手を行き来しているカールだった。往復毎に正面の歩哨と連絡を取るどころか、ずっと話し込んでいた。齧り覚えたロシア語の最悪の語彙を交えたドイツ語だったが、特筆すべきはその鮮明な視覚表現で、おっぱいやらズロースやら毛虱やらを実に色彩豊かに描き出して見せたので、相手は会話を打ち切るに打ち切れなくなっていた。

馬鹿、とオットーは密かに罵った。幾らか後悔してもいた。御機嫌にやっているなら何もわざわざ助けに来てやる必要はなかったのだ。好きなように猥談を披露していればいい。しかも一応仕事はしていた。感覚に引っ掛かってくるものに注意を払っているだけではなく、ちゃんと視認までしていた。その方が、昼間なら、はっきりと見える。オットーは二百メートルばかり離れた窪地に釘付けだった。文字通り、這い蹲って一歩も動けなかった。

お喋りが途絶えた。カールの注意が正面に向いた。オットーは立ち上がり、すぐに伏せられるよう背中を屈めて走り出した。

ジェルジュ・エスケルスは敷地の入口のところで待たされていた。オットーが石積みに取り付き、乗り越えたところで、目配せでもするように短い合図を送って寄越した。振り返る暇もなかった。叩き付けられるような衝撃で、気が遠くなりかけた。

そのまま、脇を抱えて引きずられた。納屋の裏手に連れ込まれるところだった。瞼を上げるとカールと目が合った。オットーは怒りに駆られて身を振りほどいた。

「何すんだよ」

カールはおどおどと周囲を窺った。

「誰からも見えねえよ、ここは」

ほっとした様子だった。何故か声を潜めて言った。「何しに来たんだ」

「助けにだろ」

「困るよ」

「何が困る」

「今、おれ、歩哨に立ってるから」

間抜けが、とオットーはカールを罵倒した。「だから殴るのか」

「ずっと見えてたからさ、困るよ、ああいうの。ほんとは撃たなきゃなんだよ、問答無用で。なのにのこのこ入って来てさ」

「撃てよ」

「怒らなくてもいいだろ。こっちにはこっちの事情があったんだから」

オットーは深く息を吸った。「おれが来たからにはやめていいと思わないか」

「やめてどうするんだ」

「帰る」

「脱走兵だろ、おれたち」

「表に来た坊ちゃんは軍のお使いだ。おれがそいつと一緒に来たってのはどういう意味だと思う」

カールは困惑して黙り込んだ。

「おれは話を付けに行ったんだよ。その間に何か、お前は身売りしてたのか」

「殺すって脅されたからさ。ほんとに帰って大丈夫なのか」

「やることをちゃんとやればな」

母屋から出て来た男がジェルジュを中に迎え入れた。気配がかき消えた。重苦しい何かが建物を包み、中が見えなくなった。ひとつだけ幸いなのは、誰も外へと視線を向けてこないことだ。

「返事してやれ」とオットーは言った。カールは表口の歩哨に返答した。

「一時に砲撃が始まる。その前に済ませてずらかろう」

カールは蒼褪（あおざ）めた。怖さは身に染みていたのだ。「何すればいいんだ」

「まず納屋を焼く」

「死体は始末してないぜ、相変らず」

「だからだよ。上つ方の偉いさんはこの件を表沙汰にしたくないんだとさ」

　カールは定期的に異状なしの報告を返した。正面の歩哨は妙に緊張して猥談どころではなかったから、誤魔化すのはそう難しくはなかった。閂を外して、納屋に入った。二度目ともなれば恐ろしくはなかった。隅の方に積み上げられた汚れた藁山を、二人掛かりで崩して壁際に広げ、奥の方から丁寧に火を点けた。消えかけるのを煽り、藁が燻って小さな炎を上げ始めるまで待った。充分に火勢が強くなるのを待って、外から閉め切った。

　煙が漏れ、やがて熱で縮んで黒ずんだように見える板の隙間から明るい炎が覗き始めた。乾いた軽い音を立てて、屋根が火に食い破られた。火柱が上がった。母屋の気配が、一瞬だけ、揺らいだ。

　歩哨が走って来るのが判った。さて次の段階だ。辛うじて、カールに合図する暇があるかないかだった。カールは、今度は遠慮しいしい、オットーに殴り掛かった。オットーは本気で殴り返した。カールは我を忘れて、歩哨の前に走り出たオットーに飛び付き、引きずり倒した。歩哨が銃を向けた。

　オットーは俯せに押え付けられたまま両手を上げた。


　停止を命じられ、誰何された途端、屋根の半ばが崩れ落ちた建物の中から凝視された。ジェルジュは両手を上げて攻撃の意図がないことを示し、名乗った。母屋から背の高い男が現れた。歩哨と同じくロシア軍の制服を身に着けていたが、記章も階級章も外されていた。

そのまま、建物の中に連れて行かれた。

剝き出しになって雪の融け残った階段を上がる間も、複数の感覚が向けられているのを感じた。十人以上という見積りは正しかった。感覚に受ける圧力で空間が歪んだ。思わず顔を顰めた。人数を集めただけなら、これほど重くはない。その人数さえ、正確には摑めない。扉は内側から開かれた。ざらりとした視野に記章を外したロシア軍の制服の男が映ったが、その気配もぼやけてまるで幽霊のようだった。前に押し出された。背後の微かな音で、辛うじて、男たちが銃に手を掛け、撃鉄を上げたのに気付いた。

硝子の残った窓から入る光は、板で塞がれてできた暗がりに呑み込まれていた。鉄製のストーヴの放つ熱が感じられた。水の流れる音が聞えた。天井と壁の隙間から滴って、傾いだ床を流れていた。感覚を更に強く押え込まれ、視野が灰色に陰った。カルージヌィ大佐は、もとは食卓に使われていたと思しい机のむこうで愉快そうに口を歪めて笑うと、椅子を勧めた。

「ゲオルク・エスケルスと言ったかな。ベオグラードでザヴァチルを暗殺したのは君だろう。誰かを送って来るとは思っていたが、オーストリア側もいきなり大きく出たものだ。寛いでくれとは言えない状況だが許してほしい。いきなり喉頸を搔き切られるのは御免でね」

「誰の喉頸も掻き切るつもりはありません。たまたま他の者の手が空いていなかっただけです」

「来たがらなかったのだろう。ここには誰も手を出せなかった。ペテルブルクさえな」

「そういう話は聞いています。ペテルブルクからね」

「消す時は全員一致か」

「ここに来たのは投降を勧めるためです」

「投降？」

「ロシア側はあなたの身柄をこちらに譲りました。投降して下さるなら、当座は拘束することになりますが、最終的には無条件で解放します」

「彼らも一度は同じことを言って来たよ。私を捕えて、知っていることを吐き出させて、空っぽになったところで抹殺する。そんな成り行きも見えないほど、私が馬鹿だと思うかね」

ジェルジュは答えなかった。

「君は幾つだ」

「二十三です」

「ザヴァチルを殺した時で二十歳か。二十一か。嘆かわしい話だ。君は戦争しか知らん。騙すことと殺すことしか知らん。ウィーンの顧問官殿の部下ではな。あの男は君に何かもっとましなことを教えてくれたか。たとえば理想だ。言葉くらいなら聞いたことがあるだろう」

ジェルジュが遮ろうとすると、カルージヌィは警告するように指を上げた。空間が歪みを増し、体が沈み込んだような錯覚を覚えた。

「私は君に教えてやりたいんだよ。二十三ではこの世のことなぞまだ何も知るまい。そのために死ぬ値打ちのあるものが存在するということさえな。おおかた何か脅しの種を持って来たのだろうが、無駄だよ。私はどう死ぬべきかを知っている。君が訳も判らず命を粗末にするのとは、また別の流儀でね」

時計が虚ろな音で二つ、時を打った。空の書棚に置かれた時計の針は十二時半を指していた。長くはもたないな、とジェルジュは考えた。タールを満たした穴に沈んで行くようだ。閉ざした意識の縁が不随意な共鳴に齧り取られつつあった。片を付けるなら早い方がいい。

「君と同じ仕事を、私は四半世紀やって来た。最後の三年間はこの戦争だ。前線勤務なら蛆虫のように精神の汚物溜めを漁る必要はないが、非道いものは色々目にしたよ。馬鹿げたものもな。優秀な若者を数え切れないくらい無駄死にさせた。感覚を持つ者も何人かはいたな。若くて、勇敢で、分けても忠実だった。好んで私のところへやって来た。私が彼らを理解できると信じていたからだよ。彼らは私を信頼していた。私が彼らを理解し、評価し、彼らが最善を尽せる場所を与えるものと信じていた。だが私に出せるのは、犬死にをして来いという命令だけだった。

信じられるかね。どうにか使える程度の感覚を持った者さえ、一万人に一人か二人しかいない。悪いことに例外なく優秀だ。規律正しい兵士であり、勇敢な士官だよ。卑劣な汚れ仕事を引き受けるよりは銃を取って死んで行きたいと望んで私のところにやって来た者たちだ。彼らを見ているうちに、私は目が覚めた。人間どものためにごみ溜めを漁り、野良犬のように喉笛に食い付き合ってきたのも間違いだが、こんなところで、そこらの人間と同じように、泥に塗れて死んで行くのも間違いだ」

「戦争は終りです。数日中に休戦協定が結ばれるでしょう」

「それからまた裏切りだろう。もう手遅れだよ。私は既に知っている——我々は人間を越えることができる。人間どもが喉頸に食らい付き合って滅びる間に、我々はお互いを直接に理解し、結び付き、共有することができる。お互いの感覚さえもだ」

一旦抑えた感覚を、ジェルジュは細く開いた。手探りするようにならなら探ることはできそうだ。「こんな風に?」と言って背後の二人を示した。彼らだけではない。階下にもいる。カルージヌィは愉快そうに力を加えたが、絞り込んだ感覚はそれ以上鈍らなかった。目の前の男を中心に歪んだ光景の、温度と感触だけを確かめるように、慎重に感覚を広げた。

「どんな風にかはご想像にお任せしよう。君には少なからず感心しているよ。よくもっている方だ。正直な話、この前ペテルブルクから送り込まれた男がどうやって報告したのか、疑問に思っているのでね。十分ばかり話をしただけで昏倒して、この部屋を出る時には口も利けなかった。馬の背に載せて尻を叩いてロシア側に送り返してやらなければ、帰ることさえままならなかっただろう。君は例外的だな。素質も例外的だが、訓練もよくできている。それでも一人は一人だ。ひねり潰すのは簡単だよ」

時計が三度打った。

「時間が気になるかね」

感覚を締め付ける力が僅かに揺らいだ。一人が窓から外を覗いた。納屋が燃え上がっているのが窓の隅に見えた。

「放っておけ。後始末が省ける」カルージヌィは穏やかに微笑んだ。「詰らん小細工だ。何の役にも立たん」

ジェルジュは答えなかった。複数の人間が階段を上がってくる乱れた足音がした。ドイツ語の罵声が聞えた。扉が開いた。オットーが抗いながら部屋に放り込まれた。

一瞬、視界が色彩を取り戻した。扉が外側から慌てふためいたように閉ざされると、再び灰色に色褪せたが、外から押し込まれるやオットーが感じた吐気と眩暈と恐慌は生々しく感じられた——腕を取られ、壁際の椅子に突き飛ばされる。大人しく腰掛ける。意識と感覚を歯を食い縛るように閉ざした。要領は心得ているらしい。護衛の銃を見て距離を目測し、すぐに目を伏せた。馬鹿にしたものじゃないな、とジェルジュは考えた。少なくとも、カルージヌィ一味が侮るようには、侮るべきではない。

「どこまでだったかな」とカルージヌィはロシア語で言った。

「手品としてはちょっとしたものだということはよく判りました。充分以上に実害がある、ということもね」

「些細な発見だ。重宝なものであることは事実だとしてもな。私が求めているのは、我々に課されている制約を振り捨てて、人間以上のものになることだ」

「あんまり有難くはない話ですね」感覚で捉えられる空間は相変らず歪んでいた。頭の芯が疼いた。ただ、次の行動はずっと楽になっていた。歪みに沿って薄く広げた感覚に沈み込んだ。抗う必要はない。少なくとも、今は。「僕はただの人間で結構だな」

「本気かね」

「それ以外のものになろうと思ったことはありません」

「君は違う」

「些細な相違があることは認めましょう」

「決定的な相違だ」

ジェルジュは薄く笑みを浮べた。「とんでもない。身の程は心得ています。食べなければ餓える。飲まなければ渇く。火を焚かなければ凍える。命を奪うには小指の先ほどの弾丸で充分だ。ごく些細な相違のおかげで幾らか要領良く立ち回れるとしても、決定的なことではないし、決定的なことにするつもりもありません」

「君には野心はないのかね」

「怪物になりたいと思いませんよ。僕の野心はもっとささやかなものです。怪物になる必要はない。まして多頭の怪物には」

「多頭？」

「お世辞のつもりですが、気に入らなければ忘れて下さい。あなたが造り出していることの状況は、実に怪物じみている。ただ、あなたが――あなた方が人間以上のものを自負されるのだとしたら、後の二人が構えている銃は一体何のためのものなのか是非伺いたいですね。嫌になるくらい人間臭い。しかも僕を締め上げているやり方などより、よほど効くことをあなた自身がよくご存知と来ている。現実的な判断力は失っていないらしい。とすれば、是非とも御自分に関しても現実的になっていただきたいですね。僕一人くらい捩じ伏せるのは簡単でしょう。でもその程度では何の役にも立たない。所詮は人間だ。撃たれれば死ぬ。ガスを使われればもっと確実だ。オーストリア軍がここを占拠するとなれば、果敢に闘って討死にするのが関の山です。越えるなぞと言えたものじゃない」

「君のような若造に現実を云々されるのは心外だな」

「納屋での虐殺を逃れた三人に、僕は会ってます。そこのオットー・メニッヒが救い出した男にもね」

「口は利けたかね。何か覚えていたかね。まず無理だろうな」

「オレグからは概ねのことを聞きましたよ」

「申し訳ないな。一々名前は覚えていない。ポーランド人か」

「ロシア軍の兵士です」

「――輜重から攫った男か」

「別人です」

「何故そんなことを気にする」

「あなたがどの程度そのことを気にしているかが気になったのでね」

「で、その男は何と言っていた」

「前線から連行された、軍の情報機関でないことには気付いたが、周囲がそう信じ込んでいる以上どうしようもなかった、と。一緒に連れて来られた六人のうち四人がその夜のうちに、残る一人が数日後に殺されたとも」

「だが少なくとも彼の感覚は目覚めた訳だ」

「この部屋に入れられて、全く無抵抗なまま手酷く締め上げられたと言っていました。それからあなたは四人を選り分けて、外で射殺させた」

「素質を持った人間に充分な刺激を与えれば、五人に一人からは望んだ結果を引き出すことができる」

「他の者は」

「その男の証言通りだ。始末した。数日後に残りの約半数を処理せざるを得なくなるのも事実だよ。正気を保てるのは概ね半数だ」

「彼が知っているだけで三十人以上が殺されたと言っています。死体を捨てに行かされたともね」

「それがどうかしたかね。ただの人間どもだ。しかももう使いものにならん。君には前を見るということができんのか」

「僕もあなたもただの人間であることをお忘れなく」

「私が引き出した結果にこそ注目してほしいものだがね」

「そうやって手元に残した十八人も、最終的には殺している」

「逃げた三人と言ったが、彼らは一緒だったんだな。どう始末した」

「引き離しました。今は病院にいます」

カルージヌィはわざとらしい感嘆を表明した。「何とも慈悲深いことだ。何故とどめを刺してやらない」

「別に死にたがってはいませんよ。逃げ損ねた者たちもです。納屋の入口にあなた方が機関銃を据えた時、彼らがどれほど怯(おび)えたか、まさか忘れてはいないでしょう」

「君は見ていない」

「オレグはそこにいました。僕にはそれで充分だ」

「それでただの人間とはね」

「見えれば誰だってそう言うでしょう」

「彼らは覚えてはいなかったかね。身体と五感の制約から解き放たれた瞬間のことを。新しく開けた感覚で仲間と結び付き、思考と感情を共有したことを、覚えていなかったかね。感覚を持って生れながら、人間の鋳型に流し込まれ、お互いに切り離されて育った者にはできない。こうやって感覚を共有するのが精々だ。だが彼らには可能な筈だった。記憶も、感情も、思考も溶け合ってひとつになり、対立も、不和も、憎悪もない存在となることもできた」

「僕に見て取れたのは恐怖だけでしたよ」

「たかが人間に過ぎなかったことに執着している限りはそうだろう。残念だが、それぞれの体の中に閉じ込められていた頃の記憶から逃れることのできた者はいなかった。自分の記憶を他の者たちの中に感じ、他の者たちの記憶を自分の中に見出すことを受け入れられなかった。自分が溶けて消え、新しい感情と意思を持った存在になることを肯定できなかった。君が言う恐怖とはそのことだろう。それが全てを台なしにした。ひと月もしないうちに数人がおかしくなりはじめ、一人が正気を失うと全員に感染して終りだ。君らの手に落ちた連中の出来上がりだよ。納屋に閉じ込めて食事だけを宛がっておいたが、あの三人が逃げ出した時に、私は諦めた。時はまだ来ていない。人間であった頃の記憶を保っている限り、我々が次の段階に到達することは不可能だ。だから射殺させた」

「志の割にはお粗末な結果ですね」

「私は君のようには慈悲深くない。恐怖に戦いて感覚を暴発させるだけの存在として彼らを生き延びさせるほどにはね。だが彼らの死が全くの無駄だったとは思わない。少なくとも可能性は見出した。我々は地を継ぐべき種族だ。そのことを確認しただけでも、私は満足だよ」

「だから死ぬのは平気だと」

「死なぞ意味がない。私がここで死ぬとしても、私が予見したことは必ず実現される」

ジェルジュはこれ見よがしに溜息(ためいき)を吐いた。「あなたがおっしゃっているのは戯言(たわごと)ですよ。その戯言のために、あなたは人をいじり回して壊した揚句、始末に困って殺した」

「人類の未来は君には意味のないものなのか」

「見せることができると言うなら人類とやらを僕に見せてくれませんか。その上でも僕の返答は変らないでしょうけれどね。鼠一匹殺す値打ちもありませんよ」

時計がひとつ、短く時を打った。

「時間だ。用件を申し上げましょう。今日の午後、オーストリア軍がここを占領します。あなたには投降することだけが許されている。命は奪わないそうです。少なくとも今日のところはね。ところで僕は顧問官から別の指示を受けています。あなたを軍に渡してはならないという指示です」

カルージヌィはすぐには答えなかった。それから薄く笑みを漏らした。「なるほど、意味するところは明らかだな。君はそれでいいのかね」

軽い、遠雷のような響きが聞えた。

オットーが身を強ばらせるのが判った。音を立てて中庭に何かが落ち、爆風で硝子の嵌った窓が吹き飛んだ。すぐ前にいた護衛の一人が破片を被って倒れた。カルージヌィが身を竦ませた。ジェルジュは片手を机に突いて飛び乗った。撃とうとしたもう一人にオットーが飛び掛かった。ジェルジュはカルージヌィの頭を鷲摑みにし、オットーに短い警告を送りながら、机の反対側に転げ落ちた。薄く広げておいた感覚を立ち上がらせた。

咄嗟に頭を抱え、きつく感覚を閉ざしたつもりのオットーの目には、白熱する何かが音を立てて開いたように見えた。甲高い振動とともに、目の前の光景が、見えない筈の階下まで、白い光を放ちながら燃え上がった。体を見失いかけた。ジェルジュが床を摑む感触がはっきりと感じられた。彼が体の重みを感じて短く息を吐くと、下の床が輝きを失ってもとの色に沈み込んだ。

カルージヌィも、部下たちも失神していた。机の脚の間で目が合った。ジェルジュは肩を竦めて見せた。ふいにオットーが真上を見た。

天井が裂けた。何かが机に叩き付けられた。ジェルジュは這うように壁まで飛び退き、オットーは目を瞑った。分厚い板が二つに割れ、床が鳴った。落ちて半ばひしゃげた砲弾が、真横に倒れて転がった。オットーが荒く息を吐いて立ち上がっても、ジェルジュは動くことができなかった。

オットーが窓に駆け寄った。

「カール、もういい」

それからまだ呆然としているジェルジュの腕を取って引きずり起した。新兵同然だ。もっと悪いかもしれない——いつまで経っても砲弾が降って来ると竦み上がって使いものにならない連中がいるものだ。

「君は確かに勇敢だよ」とジェルジュが自棄のように答えた。

二人は階段を駆け降りた。もう一発が裏手に落ちた。ジェルジュの首筋の毛が逆立つのが感じられた。ひた隠しにしてはいたが、それはオットーも同じだった。

カール、とオットーはもう一度怒鳴った。「ずらかるぞ」

勇敢なるカール・メニッヒは、中庭の木の枝によじ登り、シーツと思しき黄ばんだ布を掲揚しようとしている最中だった。


タルノポルに残っているケーラーの部下は一人きりだった。ジェルジュがオットーとカールを連れて入って行くと、オレグとカード遊びをしていた。不機嫌だった。散々に巻き上げられていたのだ。

「少佐殿は分遣隊に付いて農場へ行きましたよ」

ジェルジュは返答の代りに欠伸をかみ殺した。「夕方の列車があっただろう」

「兵員輸送の列車ですが」

「じゃあケーラーにはよろしく伝えておいてくれ。僕は彼らを連れてウィーンに戻るから」ジェルジュが一言言うと、オレグは机の上の金を取って立ち上がった。

「困ります」

「何が」

「勝手に連れて行かないで下さいよ」

「ケーラーは何も言わないよ。言ったとしても君のせいじゃない」

駅まで自動車で送らせられる間も、ケーラーの部下は懇願を続けたが、ジェルジュは折れなかった。士官用に押えられていた車室を確保までさせた。懇願を続けながら、部下は唯々諾々と従った。ホームまで付いて来て、困ります、堪忍して下さい、せめて少佐が戻ってからにして下さいと発車直前まで言い続けたが、無理にでも止める気はまるでなさそうだった。

「すぐ戻って来るから」とジェルジュは言った。「消えてなくなるって訳じゃない。一週間で戻るよ。ケーラーにはそう言っておけばいい」

それから扉を閉めた。目を瞑った。車室が揺れ、ゆっくりと動き出しても、窓に額を押し付けたまま動かなかった。冷たくて気持ちがいいらしい。三人は――オットーとカールとオレグは無言で、強ばって坐っていた。二等車室の柔らかい腰掛が気味悪かった。塹壕から引っ張り出されたなりのままのカールには尚更、居心地が悪かった。

「そばに来るなよ」とオットーは釘を刺した。折角虱を駆逐したというのに、揉み合っている最中に移されて機嫌が悪かった。はっきりとは判らないが、そういう気がした。

通路側に坐らされたカールと窓際のオットーの間には、たっぷり一人分が空いていた。

で、誰だよ、この人、とカールは訊いた。

二等車室でウィーンにお帰りになる方さ。

あんまり偉かないな。

贅沢な奴だな、だったら後の方へ行けよ、と言って、オットーは後方を指した。虱の集った兵隊を満載した箱が繋がれていた。

出ようとした途端に首根っこを掴まれるよ、とカールは答えた。感じるだろ。

おれは感じないね。

寝てない。

オットーは様子を窺った。軽く触れてみたが、相手は動こうとはしなかった。

寝てるよ。

カールは当然と言わんばかりにオレグを促した。オレグは少し驚いてから、ジェルジュを見遣り、うんうんと頷いた。どちらなのかはまるで判らなかった。

前よりやばいことになってないか、おれたち、とカールは言った。

やばいことって何だ。

帰して貰えない。

帰しては貰えるさ。

どうやって。

帰りたいと頼めばいい。そうすればおつむの中をちょっといじって釈放してくれる。

カールは顔を顰めた。まさか、と言った。

他の連中はみんなそうして貰ったよ。おれは見た。こいつもな。

顎をしゃくられたオレグは、理解しているようにはまるで見えないまま、頷いた。

やばすぎるよ。

少佐殿のところにいるよりやばくない、とオットーは断言した。どっかの要塞に放り込まれる心配はしなくていい。

その少佐殿ってのはこいつの仲間だろ。

窓は白く曇っていた。そのむこうが僅かに明るんだ。オットーは指で窓を拭いた。一台の自動車が並行して走る道路を追い縋っていた。覚えのある気配がした。当の少佐殿だった。ハンドルを握っている部下に何か叫んだ。撓むようにして列車がカーヴを回る間、一瞬だけ、車両を追い越して見えなくなったが、すぐに戻って来、振り切られて消えた。

オレグがオットーの顔を見た。

やばいよ、やっぱり、とカールが言った。

ジェルジュ・エスケルスは相変らず眠っていた。列車が次の駅でブレーキを掛け、座席から投げ出されかけるまで眠り込んでいた。不機嫌そうに顔を上げて立ち上がると、ホームに面した扉を開けた。凍り付くような寒気が吹き込んだ。肩を竦めて外套の襟を寄せながら、外に出て、扉を閉めた。

　ホームを寝惚けた足取りで歩いて行くのが見えた。ポケットに両手を突っ込んで震え上がっていた。ケーラー少佐が駅舎の前に立っていた。

「非道い停め方だ」

「砲撃を食わせた方が良かったか」とケーラーは刺々しく言った。「お休みのところ申し訳ないが、ひとつ、訊いておかなければならないことがある。カルージヌィとその一味のことだ」

「何か問題でも」

「君の働きには満足すべきなんだろうな。全員を無抵抗で拘束した。こっちの犠牲は皆無だ。いい仕事だよ。他にどう言ってみようもない。公式にはね」

「非公式には」

「君に任せたわたしが馬鹿だった。一緒に行くべきだった」

「来るほどのことはなかったさ」

「叩き潰しただろう」

「――カルージヌィはね。正気には戻るだろうが、感覚は使えない」

「記憶も消されてるぞ」

　おやおや、とジェルジュは言った。「手が滑ったかな」

「他の連中もだ」

「それは妙だね」

「何が必要かは言った筈だ」

「聞いたよ」

「真面目に答えてくれ」

「君が軍人としての立場を暫く忘れてくれるならね」

「わたしは軍の人間だ」

「三分でいい」

ケーラーは溜息を吐いた。「よかろう」

「オレグの証言は取ったね」

「取った」

「自分で?」

「他の連中は席を外させた」

「何故だ」

「他に証人を残したくなかった。この件は外に出したくない。出すとしても、責任は負えない」

「同感だね。そんなことに責任は負いかねる」

「だったら一言言えばいい」

「言ったら、君は立場上困ったことになるだろう」

「だから現場裁量か」

「警告はしたよ」

　ケーラーは溜息を吐いた。「始末はどう付ける」

「僕が頼まれたのは、彼らを投降させることだけだ。あとのことは知らなかった。君は実に立派に軍機を守ったのさ」

「嫌味はやめてくれ。あの三人は」

「僕が貰う」

　ケーラーは答えなかった。

「必要なら上を通して顧問官殿に身柄を要求してくれ。よもや嫌とは言わないと思うよ」

「思うだけか」

「決めるのは顧問官殿だ」

「君と仕事をしていると昇進し損ねる」

「埋め合わせはするよ」

「どんな」

「ブレストに行くんだろう？」

　話は十分ほどで付いた。ジェルジュ・エスケルスは戻って来ると、もとの席に坐って、オットーを見遣った。

「全然聞えませんでしたよ」とオットーは答えた。虚偽の申告にカールがおどおどしたが平気なものだった。

列車は再び動き出した。ジェルジュは暫く眠そうに虚ろな眼差しを宙に向けていたが、やがて目を瞑り、瞬時に手も届かないくらい深いところに沈み込んだ。車掌がやって来ても目を覚さなかった。脇にいたオレグがポケットに手を入れ、書類を取り出した。

寝てないよ、やっぱり、とカールは言った。

寝てるだろ。

寝てるけどさ、今の、判ってるぜ。

車掌は書類を開くと、敬礼した。オットーは背凭れに寄り掛かったまま、ぞんざいに敬礼を返した。オレグが書類を受け取って、ポケットに戻した。

やばいよ、やっぱり、とカールは唸った。

別にやばかないさ、楽しくやれるうちは楽しくやればいい、とオットーは言って、煙草を吸う格好をしてみせた。オレグは頷いた。酒を呑む動作には、一層激しく、頷いた。

だそうだ、後行って酒と煙草売って貰って来いよ。

カールはジェルジュを曖昧に指さして拒絶したが、オットーは表情ひとつ変えなかった。仕方なく立ち上がり、戸口に近付き、そろそろと外に忍び出た。

花嫁

その女がいつ、何故目を惹いたのか、グレゴールは思い出すことができなかった。洗い晒して草臥れた服の裾を足早に捌き、市電の線路の走る広場を横切って行ったのが最初だったかもしれない。巻き慣れて柔らかくなった安っぽい肩掛を巻き付けていたこともある。おそろしく背の高い女だった。がっちりした肩と逞しい背中と、腰当てさえ入れていないせいではっきりと見て取れる広い腰をしていた。やつれた顔は青白く、頬骨の上にはそばかすが浮いていた。目が合った時には、いつもの肩掛を頭から被っていた。雪の朝だった。広場の向うから、いつもの大股な素早い歩調で歩いて来て、すれ違いざまにグレゴールを睨み付けた。

他の印象はそれで消え失せた。薄い灰色の目が射貫くようにグレゴールに向けられた。彼は狼狽した——指で梳き上げるように頭の中を探られたのだ。彼女は目を伏せ、グレゴールにはすぐにそれと知れた特殊な知覚の気配さえ消し去ると、安物の指輪をした手で肩掛を押え、前より更に足早に、殆ど駆けるように市場へと上がっていった。

その足でグレゴールは売春宿へ行った。抜かなければ収まらなかった。俯せに這った相方を背後から抱えて犯しながら、あの目のことを考えた。隈のせいで余計大きく見える、薄い灰色の目。上品めかした物言いはグレゴールの好むところではない。思考を飾り立てる習慣もなかった。だからただ、やりたいと思っただけだった。どこかへ連れ込んで、一晩中やったらさぞや愉快だろうと。あの馬みたいな腰からすれば、あの女だってまんざら嫌いな訳がない。だからその後は二人で、寝台に入ったまま大酒を飲んで、酔っぱらって馬鹿を言い合いながら眠るのだ。


「町外れにユダヤ人のやってるしょぼい織物工場があるだろ」と、荷車の手綱を取りながらゼルカは言った。「あそこの帳簿係の女房だよ」それから、頭の中で見事な腰の線を描き出し、想像上の両手で抱えて見せた。「勿体ない」

厚かましい手付きにグレゴールは幾らか不愉快になったが、口には出さなかった。何故不愉快になるのか判らなかったからだ。田舎道はゆるやかに弧を描いて麦畑に呑まれていた。月明りに屋根を光らせた大きな納屋が見えた。

「頭を閉じてろ。来てる」と告げた。

馬を下りて手綱をゼルカに預け、畑を横切った。無人の納屋の中に、髪を綺麗に撫で付けた男が待っていた。肩に藁が付いていた。寝ていたらしい。手袋を玩びながら探りを入れてくるのを、グレゴールはやんわりと押し止め、歯を剝いて笑って見せた。そういう厚かましい表情こそ自分の風体に相応しいことを、グレゴールはよく知っていた。

「車はどうした」と男は言った。

「そんなに急ぐこともありませんや」グレゴールは猫撫で声を出した。「ちっと相談したいこともありましてね」

「言ってみろ」

「旦那、今、幾らお持ちで」

男は困惑した様子だった。「金ならベレゴフから貰ってるだろう」

「一応は」

「では何だ、それは」

「おれが請け負ったのは、中佐殿に言われた人間に国境を越えさせてやることだけで」

「だから」

「道を教えりゃ泥棒とは言われずに済むってことですよ。お急ぎなら川沿いにずっと下っていくんですね。歩いたって、明日の昼には国境を越えてますし、午後にはベレゴフ中佐のところに戻れます。それからペテルブルクへ、でしょう」うっとりした顔をした。「いっぺん拝んでみたいもんだ。幸運をお祈りしますよ。オーストリア軍の哨戒路を横切る道ですがね」

「他の道は」

「御自分でお探しになるんですな。おれは遠回りはしないし、お勧めもしません。一週間もすればどこかから越えられるでしょう。無事かどうかはやっぱ運次第で」

「脅すのはやめるんだな。中佐に吊(つる)させるぞ」

「脅しちゃおりません。それが事実でなけりゃ、中佐殿は何でおれなんか雇うんで?」

「お前と一緒なら平気なのか」

「おれはよく知ってますからね——連中がどこを、いつ通るのか。出くわしたらどこに隠れりゃいいのか。それでも見付かって捕まったら誰の名前を出せばいいのか、誰に話をするのか、誰に鼻薬を嗅(か)がせるのが効くか。その辺に免じてちいとばかり酒手を弾んじゃいただけませんかね」

　男は黙り込んだ。

「力尽(ず)くで頭をこじ開けようってのはなしですぜ。あんたに怪我でもさせたら、中佐殿に何て言い訳すりゃいいんで」それから、おもねるような笑みを浮べて見せた。「金さえいただけりゃ、命を張るんですが」

　ベレゴフ中佐は大笑いした。グレゴールは神妙な顔で片手にカードを持ったまま、手を伸ばしてグラスを取ろうとした。脇にいたゼルカが指の触れる先に押して出した。カードから目を離さずに頭を下げ、口を突き出すようにして、グレゴールは火酒を舐(な)めた。

「ペテルブルクの旦那連中ってのは、兎も角、持ってますな。ウィーンで踊り子でも揚げるんですかね」

「幾ら巻き上げた」

「五百クローネ。もう半分すってます」

「札を読めば取り返せるぞ」

「痛い目に遭うのは御免です」

遭いっこないことは判っていた。ベレゴフなど問題にはならなかった。死活が懸かっていれば有無を言わさずに読むこともできる。それがグレゴールを寛大にしていたし、礼儀正しくもしていた。

ベレゴフは背中をまっすぐに伸ばしたまま、グラスを取って呷った。従卒がすぐに空になったグラスを満たした。

「親父さんがその半分も慎重なら吊さずに済んだのだがね」

「奴には十六で見切りを付けました」札を捨てて、一枚引いた。舌打ちをした。「馬泥棒なんざ馬鹿のするこった。それも一生。付き合えたもんじゃない」

「密輸は一生の仕事か」

「さて、どうだか」札を伏せた。「おれは下ります」

ベレゴフは更にグラスを空け、雑に折り重ねた紙幣を取ってポケットに入れた。それから立ち上がり、窓を開けた。部屋の空気はひどく濁っていたのだ。

低い屋根と屋根の間を走るリュックの街路は空っぽだった。秣(まぐさ)と馬の小便と湿った馬具の革の甘ったるい臭いからは逃れようもなかったが、屋根で冷やされた空気の中に、一筋、心地よい鋭さを帯びた香りが入り交じっているのをグレゴールは嗅ぎ取った。従卒がカードを片付け、新しい酒の罎(びん)を持って来た。グレゴールの置いたカードを覗(のぞ)いて胡乱(うろん)な顔をした。弁明はしなかった。袖(そで)の下を渡す口実に過ぎないことは、ベレゴフも百も承知だ。

従卒は二つ並べたグラスの縁まで火酒を注いだ。戻って来たベレゴフとグレゴールは、同時に杯を上げ、同時に飲み干した。

「見積りは」

「酒は捌くのに少し時間が掛かります。煙草の方だけなら、三百ルーブリ置いてきますよ」

「四百」

「三百五十」

「よかろう」

「明日、運びます」

「白昼堂々か」

「夜中に荷車押してるのを見付けたら、向うの連中が困るんで」

なるほど、とベレゴフは言った。従卒が二杯目を注ぎ、二人は同時にそれを呷った。

「これで何年やってる」

「七、八年でしょう」

「稼いだか」

「まあまあですね」

ベレゴフは声を何故か潜めた。「もっと稼ぐ気はないか」

「密輪で？」

ベレゴフは笑った。「ペテルブルクの連中を見てるだろう。懐に金と拳銃を呑んで肩で風切って歩いている——あのうちの一人だって、自分より利口とは思えんのじゃないか」

「うぬぼれさせようったって無駄ですよ。少なくともあんたはおれよりこすい。それは知ってます」

「年の功というやつだ。たとえば、まあおれなら、幾ら美味しいと思ったって連中の懐なぞ狙わない」

「拙いことでも」

「お前の商売っぷりは些か有名になりすぎた。あの口説きは泣けるそうだな。幾らかいただければ命を張るんですがね、か。もちろんあいつらは上に泣き言なぞ持ち込まない。おれにだって言いやせんからな。お互い酔っぱらった時にごそごそぼやきあって、今度会ったらぶっ殺してやる、とか何とか息巻いて、素面に戻ったら忘れているのが精々だろう。だが、腕尽くとなると話は別だ」

「あいつは狂犬でしたよ」

「その狂犬をいきなり伸したのはどこの誰だ」

「潰しちゃいない」

「お前にとっちゃ余計悪いな。上が呼んで訊く。そいつは休暇届を出した。当分使いものにならないんで休ませて下さいって訳だ。それからおれのところに言ってくる——その追い剝ぎは幾らで雇われるか訊いてこい、とな」

「冗談じゃない」

「ものは考えようだ、グレゴーリ・ロマヌィチ。親父は一生密輸人止りだったなぞと、息子にほざかせたくはなかろう」


馬の良し悪しを見分けることを、グレゴールは父親から拳で仕込まれた。一緒に暮すようになってからほんの一、二年で、群れから一番いい馬を選り出し、縄を掛けて引き出すことに掛けては、大人たちの誰よりも巧みになっていた。拳の一撃など必要ない。父親とその仲間が盗み出しては売り払う生きものは、彼らに連れ去られた最初の日から、グレゴールを魅了したのだ。

生活は悪夢に等しかった。市の日でさえ行ったこともないほど遠くに連れて来られて逃げ出す気もなくなる頃、馬から下ろされて漸く、父親とその仲間たちが屋根もろくにない生活を送っていることを知った。口を開くと笑われた。どこかのお坊ちゃまのような口をきく、と言うのだった。笑いものにされた後は、ひどくぶたれた。食事を抜かれたり、馬と一緒に繋がれたり、置き去りにされたりもした。最初の大雨で熱を出した時には、すっかり要領を心得ていた——そしらぬふりで、その実必死になって、与えられた馬の鞍にしがみ付いていたのだ。雨に打たれたくらいで病気になれば、道の端に捨てられてしまう。その頃には同様に心得ていた——この無学で不潔で頑丈な野蛮人の群れで生き延びたければ、誰よりも無学で不潔で頑丈な野蛮人にならなければならない。レシチェーエフ氏の屋敷にいた頃には近付くのも恐ろしかったであろう種類の人間だ。そうすれば、彼らはグレゴールが犬のようにおこぼれを貰って付いて歩くことを許してくれるだろう。

　はじめて一人で馬を盗んでくるように言われたのは十三の時だった。柵の所へ連れて行かれて、放り出された。それほど高くはなかった。馬が内側に留まっているのは習慣に忠実だからだ。柵を越え、途中まで身を屈めて近付いた。十頭くらいがまばらに群れて眠っていた。腕を上げて辛うじて届くほどの背を、首の硬さを、脇腹の熱さを、細い脚の意外なほどの強靭さを、グレゴールは感じることができた。一頭が目を覚した。息を殺し、気配を消したが、いつまでもはそうしていられなかった。馬はいぶかしげにグレゴールのいる辺りを見詰めたからだ。魔法に掛けられたように立ち上がり、視線でも指先でもない、もっと敏感で繊細な感覚で馬に触れた。馬は動こうとしなかった。そうされるのを待っていたようだった。背中に這い上がると、均衡を崩して二、三歩、足踏みをしたが、その動きと衝動は既に彼のものだった。

馬が自分の目に全てを委ねるのが判った。彼はその軽やかな巨軀を解放し、駆けさせた。仲間が次々に目覚め、後を追って走り出した。弧を描いて柵に向い、越えた。身を潜めて様子を窺っていた一味の脇を駆け抜けた。グレゴールは声を上げて叫んだ。男たちは次々に馬に跨り、後を追ってきたが、グレゴールにとって、彼らはよく判らない、どうでもいい存在になり果てていた。

一頭の馬が脇に寄せてきた時にも、グレゴールはそれが誰なのか意識もしなかった。ただ、振り切ろうとしても振り切れないのが判っただけだ。襟首を捉えられ引きずり落されてはじめて、父親であることに気が付いた。父親は彼を宙吊りにしたまま、暴走する馬の群れから離れた。誰かが、さっきまで彼が乗っていた馬に縄を掛けて捕えるのが見えた。

男たちは大喜びだった。父親だけが憮然としていた。杭に縛り付けられ、水を掛けられて放置された。誰も弁護はしてくれなかった。グレゴールが父親に痛め付けられるのを、一同は大いに愉快なことと見做していたからだ。十月のことだった。死なずに済んだのは、父親が殺しと半殺しの間にある際どい一線を心得ていたからに過ぎない。明け方、散々足蹴にされてから火の側に放り出され、毛布を与えられた時には、口を利く気力も残っていなかった。

父親は彼の盗んだ馬を売り、冬を屋根のある場所で楽しくやり過ごすだけの金を作った。

冬は夏以上に悪かった。一味はどこかの納屋に潜り込んで雑魚寝した。彼らに冬の塒を与えてくれるほど寛大なはぐれ者の群れは、もうどこにもなかったからだ。グレゴールが覚えている光景は、馬が大人しく秣を食んだり眠ったりしている傍らで、男たちが昼夜構わず大酒を飲んで潰れたり、罵声を張り上げたり、殴り合ったりしている光景だった。売春婦の一団が一緒のこともあった。寝床代りの藁山の中でやり始めても、誰も気にしなかった。三人か四人が同時にごそごそやっていることさえあった。

春が近付いてくると、状況は醜悪なだけではなく険悪になった。男たちは退屈し、苛立ち、おまけに手元不如意だった。ある年の春先には、父親が仲間の一人を殴り殺した。賭博の上での諍いだったが、相手には弁明する暇さえなかった。いきなり、酒の壜で顔面を叩き潰したのだ。誰かが夜中に屍体を捨てに行った。それで万事はおしまいで、二度と口にする者さえなかった。

グレゴールは納屋を抜け出した。読むつもりはなくとも、男たちの荒廃は彼を苛んだ。納屋の空気はもはや腐っているなどというものではなく、吸うだけで肺に刺さるとげとげしさを帯びていた。幾らか緩みはしたが、それでも充分に厳しい寒さの中を、グレゴールはさまよい歩いた。納屋には殆ど帰らなかった——逃亡したと見做されないよう顔を出す以外には。父親も他の男たちも常以上に飲んでいたので、寝に帰っていればそれで充分だった。あとの時間は、寒さと疲労で動けなくなる寸前までさまよい歩き、居酒屋に駆け込んで温まって過した。時々はそのまま眠り込んだ。父親が毛嫌いする感覚―人や生きものの感じることを目で見るように見て取ることのできる感覚が幾らか役に立つと思えたのは、その時がはじめてだった。眠り込んでいても、質の悪い連中が懐を探ろうと近付いてくれれば目が覚めたからだ。

春が来る度に、グレゴールは狡くなり、厚かましくなった。誰が何を考えようとお見通しだということも、ひけらかしはしないが、隠そうともしなかった。父親が嫌っても平気だった――そんなことを一々気に掛けて何になろう。辛うじて読み書きができるというだけでも同じように折檻を食わせようとするのだ。父親が馬を追うのに使う太い鞭を手に近付いて来ても、手が届く距離までは平然と口答えをしながら突っ立っていた。それから、身を翻して逃げた。そうなると当人がその気になるまで戻って来ないことは仲間もいつか呑み込んでいたから、連れ戻せ、半殺しにしてやると言われても、後を追うのはしぶしぶだった。

第一、彼らはもう一人息子に対する首領の怒りを共有していなかった。あいつは「あれ」だからな、と彼らは言うのだった。何しろ「あれ」だから。読み書きができるのと大差はない。そしてその「あれ」は、読み書き同様、一味にはなかなかに役に立った。グレゴールがちょっと顔を顰めて見せただけで、彼らは極上の馬数頭を買い叩かれかけていることに気が付いた。口を挟んだりすれば大変な騒ぎになったが、話を聞きながらそっぽを向いて肩を竦める分には——それを見て誰かが耳打ちする分には、父親も大目に見るしかない。待ち伏せを躱すのも、追手を撒くのも、遥かに楽になった。一度なぞ、どこかの町に入るなり、引き返した方がいいと思うな、と言い始めた。

「おれたち、手配されてるぜ」

そこで一味はほうほうの体で逃げ出したのだが、これは別に「あれ」のせいではなく、手配書きに気が付いたからにすぎない。

今や、折檻の効果ははなはだ怪しくなりつつあった。摑まえて殴ること自体が難しかったし、どれほど殴ろうと応えた様子もみせなくなっていた。杭に縛り付け水を掛けて放っておけば、杭を抜いて逃げた。翌日、怒り狂った父親の指示で捜索に出た一行は、自分の馬を繫ぎ、火を焚き、乾いた毛布に包まって気持ち良く眠っているグレゴールを見付け出すだけだった。

最後に足腰が立たなくなるまで殴られたのは十六の時だ。冬で、グレゴールは迂闊にも泥酔していた。感覚はアルコールの影響で殆ど麻痺しており、それでも何だか愉快で、だらしなく口を開けてげらげら笑っていた。父親が血の気の引いた顔で立ち上がったのにも気が付かないくらいだった。側までやってくると、父親は柱に凭れて坐り込んでいるグレゴールの襟首を摑んで引きずり起し、腹を蹴上げた。グレゴールは体を折って吐いた。吐いているところを蹴り付けられ、再び引きずり起され、殴られた。

酒がなけなしの理性の最後の一片を押し流した後だった。グレゴールは本気で殴りかかった。殺してやろうと思った。誰であれ、自分にこんな真似をする奴を生かしておく訳にはいかない。居合わせた男たちは飛び掛かってグレゴールを羽交い締めにしたが、それは奇妙な具合に、思いもよらないくらいに頼りなかった。肩を少し下げると簡単に抜けた。グレゴールは三人を殴り倒し、もう一人を蹴り飛ばして昏倒させた。残りは戦意を喪失した。それから、父親を振り返った。

ほんの一瞬、酔いが覚めた。目の焦点が合うように、素面の底から感覚が戻って来た。父親は怯えていた。見ないふりを続けては来たが、底の底までよく知っていることだった。今、それが見えたのは、酔いが覚めたからと言うより、酒で思考の箍が緩んだせいかもしれなかった。

父親が喚き声を上げながら平手打ちを食わせ、殴り付け、倒れたところを蹴り続ける間も、グレゴールは呆然としていた。誰が父親を引き離してくれたのかも思い出せなかった。歯を二本なくし、肋骨を折って、二週間、藁の上で寝ている間も、そのことを考えていた。

どんな支離滅裂なやり方だろうと、兎も角、父親には愛されていると思い込んできた。実際、身じろぎもせずに納屋の隅に横たわっているグレゴールの周りを、酒も飲まず遠巻きにうろついている父親が（人を一人殴り殺して平然としている男が医者さえ呼んだのだ）、自分を息子として愛しているのは間違いない。だが、恐れてもいた。父親には薄気味悪いだけの「あれ」のせいではない。確実に父親より大きくなりつつある図体のせいでも、面白半分にひどく込み入った盗みの段取りを捏ね上げてみせる頭のせいでもなかった。雨に打たれただけで雛鳥のように死んでしまいかねなかった頃から、父親は恐れていた。息子が、あたかも自分の一味ででもあるかのように輪の中に陣取り、泥酔し、げらげら笑ってくつろぎ、それをとがめたら酔眼朦朧としたまま殴り掛かって来たばかりか、止めに入った連中を端から殴り飛ばしたこと——何年かのうちには自分を殺すなり叩き出すなりして一味の首領に収まるであろうことなど、付けたりに過ぎない。

起き上がれるようになるまでの二週間、グレゴールは壁を向いたまま自分の傷口を弄り回し続けた。そんなことが判るくらいなら、殺された方がよほどよかった。それから、少なくとも父親が死ぬまでは、たとえ逆上の揚句に殺されるとしても、忠実でいようと決めた。尊敬することも愛することもできないとしたら、せめて忠実でいるのでなければ、自分があまりにも哀れだ。

少し離れた場所に佇んで、グレゴールは何時間も空を眺めていることがあった。呼べばすぐに戻って来られる距離は、その夏の彼の定位置だった。冬以来ひどく老け込み、苛立ちやすくなった父親を刺激したくなかったのだ。移動する間も、群れを連れて少し後にいた。何か言うことがあると馬を急がせて来て、幾つも年嵩ではない若者に小声で囁いた。

「自分で言えよ」とゼルカは言った。グレゴールは答えずに馬首を返して群れの方に戻った。

空には雲ひとつなかった。黄色く色の変った草が熱風に揺らいでいるだけだった。

台所の卓に坐って繕い物をしていた母親が、ふと立って、外に出ていく――低い塀と飾り程度の果樹のこちら側に張り渡した綱には、朝から盥に屈み込んで洗い上げた洗濯物が、太陽を反射しながら熱く乾いた風を孕んでいる。アルカージナ・ニコラエヴナは、どれほど古びたシーツやシャツも真っ白に洗い上げるのだ。

その洗濯物を、彼女は次々に籠に取り込んでしまう。まだ少し湿っているものもある。グレゴールは母親が先刻からひどくじれていたことを知っている。降り出す前にすっかり乾いてくれる方に賭けていたのだが、もう限界だ。

レシチェーエフ氏が二階の窓から声を掛ける。

「アルカージナ・ニコラエヴナ、空には雲ひとつないよ。何で取り込むんだね」

「十分で降って来ます」

それから戻って来て、若くて少し頭の足りないターニャを呼ぶ。

「急いで家中の窓を閉めておくれ。雨が来るよ」

グレゴールも走っていく。階段を上がり、部屋から部屋へ、ギロチンのようなはね上げ窓にぶら下がって、一つずつ下ろしていく。グレゴールはその奇妙な機械を、レシチェーエフ氏の本で見て知っている。教育者の本能を満足させるために、この追放の地で、レシチェーエフ氏はグレゴールに読み書きを教え、算数と幾何を教え、科学と歴史を教えることにしたのだ。窓が不吉な音を立てて閉まる度、外は暗くなってくる。それこそ、夜のように。最後の窓を閉め終る前に雨粒が窓硝子を叩き始める。階下からターニャの悲鳴が聞える。アルカージナ・ニコラエヴナ、降って来ちまいましたよお。だが、その悲鳴よりずっと先に、母親の足音が階下を急ぎ足に通っていく。窓が閉まる音がする。ギロチンの刃が落ちる音を想像して、グレゴールは冷たい戦慄の入り交じった喜びを感じる。

　母親の頭の中が、どれほどたくさんの雑多なもので一杯になっているかに、グレゴールは時々驚いた。台所に引いた井戸水の蛇口からぽたぽた垂れる水のこと、日照りで葉っぱが黄色くなりかけている裏庭の果樹のこと、それからもちろんシーツのこと。ターニャがむこうで躓いて転んだこと、農場の差配が埃っぽい道をやって来ること。彼女は立ち上がって、冷たい水で薄荷水を作る。それから空のこと。乾ききった熱風の中に、ほんの一筋、湿った冷気が混じっている。空はぐらついている。指で一押ししたら傾いで落ちてきそうだ。雨のかすかな気配に、草叢は熱く乾いた地面から少しだけ身を擡げ、木々は葉の表面の小さな穴と地面の下の網のような根を開いて待っている。乳歯の抜けた跡がむずかゆくて小指を嚙んでいると、母親は顔も上げずにグレゴールを叩く。片手に繕い物を、片手に針を持ったまま、軽く、躊躇なくぱしりと叩くのだ。

　夜、グレゴールに寄り添って眠りに就く瞬間まで、母親の頭の中は様々なもので満たされたままだ。今日したこと、し損ねたこと、明日すること、たぶんできないこと。雨に打たれた後の屋根が冷たく光っている。外は雨上がりの樹木と草の放つ香りで一杯だ。それから、二階の書斎でランプを灯して、まだ仕事をしているレシチェーエフ氏のこと。レシチェーエフ氏は書斎の長椅子で眠る。大きな寝台のある寝室は、ずっと昔、レシチェーエフ夫人が死んでから、空のままだ。

レシチェーエフ氏は母親の手を取る。それから唇を触れる。

「アルカージナ・ニコラエヴナ。わたしはこんな歳だし男やもめだ。だがあなたがわたしを哀れと思ってくれるなら――」

母親は微笑する。だが決然としてもいる。グレゴールは失望する。自分もまたレシチェーエフ氏であるかのように。

ゼルカが父親に御注進に及ぶ姿を眺めながら、グレゴールは襟を立て、帽子を少し深く被りなおす。いいお湿りだ。青い草を探してうろつく必要はこれでなくなった。川が氾濫するほどは、たぶん、降らないだろう。風が冷たくなる。雨の柱が滑るように近付いて来る。グレゴールは馬たちを感覚で捕えておく。天空で膨れ上がった力が今にも溢れようとするのを感じて、顔を上げる。稲妻が空を引き裂く。

レシチェーエフ氏は言ったものだ――先史時代の人間は、雷が台地を孕ませると信じていた、と。歓喜に狂わんばかりになりながら、世界を紫の残像で引き裂く放電の音が地の底まで響き渡るのを、グレゴールは聞く。

　最後の冬はほとんど堪え難いものになった。父親はこれ見よがしな挑発を繰り返した。グレゴールはひたすら逃げ回り、何を言われても俯いて口答えひとつしなかったが、それがむしろ父親を苛立たせていることも承知していた。幾ら従順を装ったところで、底に軽蔑があることは隠せない。父親はどんどん辛辣になり、グレゴールは堪りかねてぼそぼそと言い返すようになったが、声は荒らげなかったし、拳を振り上げもしなかった。それは父親も同様だった。

　表面は、これ以上ないほど平穏な冬だった。グレゴールと父親だけではなく、他の一味も注意深く暴力沙汰を避けた。何か起れば取り返しの付かないことになると承知していたのだ。グレゴールは売春宿に泊り込むことを覚えたが、春が近付くと幾らか慎重にならざるを得なくなった。一文無しになれば、父親の罵詈雑言から逃れて一晩過す場所を失う。

「貧乏はつらいな、え？」と父親は言った。「また小汚い古巣に逆戻りか」

　何より堪え難いのは、その理不尽だった。わざわざ金を払って最低の女どものところに泊り込まなければならないのは誰のせいなのか。仲間のところに戻って来ることを、何故こうも悪し様に言われなければならないのか。一味がかつてないほど安楽な冬を送っているのは誰のおかげなのか。選りすぐって盗み出し、ひと夏放牧して育て上げた馬を、馬車馬程度の値段で売り払いかねない馬鹿に、いつまで頭を下げていなければならないのか。

売春宿から戻ると、グレゴールはものも言わずに藁山に潜り込んだ。体を動かして落着ける姿勢を探している時から既に、父親はひどく苛立っていた。人間的な思考の過程をすべて飛び越えた、獣じみた苛立ちだった。酒盛りの輪から立ち上がると、グレゴールに近付いて来た。納屋の中は静まり返った。

グレゴールは逃げなかった。横になって頬杖を突いたまま、睨み上げた。父親が蹴り付けようとした瞬間、足を摑んで引きずり倒した。

誰も止めには入らなかった。怒り狂った父親が喚きながら起き上がり、とうに立って見下ろしていたグレゴールに殴り掛かった時にさえ、遠巻きに眺めているだけだった。

グレゴールを押し止めたのはそのことだった。彼が父親を叩きのめすのを——或いは殴り殺すのを待っていたのだ。

父親の腕を捉えて、グレゴールは頭の中に手を突っ込み、暴れ馬を押え込むように押え込んだ。父親の顔から血の気が引くのが見えた。愉快だとは思わなかった。父親と自分に対する嫌悪が湧き上がってきた。

「馬は貰う。それでおさらばだ。満足か」

自分の馬に鞍を置き、身一つで外に出た。ゼルカが後を付いて来た。

その晩は二人で、なけなしの金を合わせて豪遊した。グレゴールは酔い潰れるまで飲んだ。金持ちになろうな、とグレゴールは繰り返し言った——キエフだろうとペテルブルクだろうと、お馬車を降りるなりおべっか使いどもが揉手をしながら寄ってくるような大金持ちにさ。

ゼルカは何も言わずに飲んでいた。哀れんでいるのは知っていた。我慢のならないことだったが、一言も口には出さずにいてくれるのには感謝するしかなかった。

ブロディに戻ると数日は、眠る暇もないくらいの忙しさだった。

グレゴールはゼルカと手分けして、一銭の税金も掛かっていない酒と煙草を売りさばいた。先々は人を雇って小売も始めるつもりだった。その時に組めそうな相手には幾らか手加減することになっていたが、グレゴールは常になく強欲だった。ゼルカは後から上得意を宥めて回らなければならなかった。それから、町外れの倉庫の二階にある事務所で金を分けた。三分の一は事業資金として取りのけた。

ブロディの水準からするなら、彼らは既にお大尽だった。貯め込んだ金を表に出しさえすれば、国境の町では確実に名士になれる。だがその程度の金は、ペテルブルクやウィーンの水準からすれば、小銭でさえない。

「詰んねえこと考えるのはやめようや」とゼルカは言った。「うまくいってるんだからさ」

翌日、グレゴールは朝早くに起きて、例の織物工場まで歩いた。素晴しい空の下のいじましい町並みは彼の気を大いに腐らせた。町を抜けると少しは息ができるような気がしたが、それも工場が見えてくるまでのことだった。木造の工場は兵営に酷似していた。

脇には田舎から出て来た工員を住まわせるための、更に兵営じみた建物があった。

グレゴールは裏に回った。低い垣根のむこうが裏庭になっていた——勝手に囲い込んで裏庭にしていたと言うべきだろう。ほとんど一面に洗濯用のロープが張られていた。風を孕んだシーツの反射にグレゴールは目を細めた。

下に、子供が一人、しゃがみ込んで穴を掘っていた。掘るというよりは、小さな移植鏝で表土をひっかいているようなものだったが、子供の注意は挙げてその浅さ五センチばかりの穴に——その奥に向けられていて、グレゴールには気付きもしなかった。グレゴールは背後から、子供が覗き込んでいる穴を探った。子供が顔を上げた。グレゴールが怯むくらいの鋭さで彼の頭を覗こうとした。

子供が軽く叩かれたのを、グレゴールは感じた。建物の裏口を振り返った。

レシチェーエフ氏が見せてくれた彩色版画の何枚かを、彼は覚えていた。足下に散り敷いた草花や花冠、重たげな体つきの踊り手たち、物憂げに顔を上げた女——或いは、ちょうど今彼女が着ているような、繁茂する植物の模様のある白い衣裳を纏った女が、馬と無頼漢の混成物のような生きものを、蓬髪を摑んで捉えている光景。彼女は裏口から庭に出る階段を下りて来た。スカートが纏わり付いて、見事な腿と驚くほど小さい膝頭を——まっすぐに伸びた繊細だが強い脛の形を浮び上がらせた。灰色の目は彼から離れなかった。別に息を詰めはしなかったが、グレゴールは心臓の鼓動を一つずつ、妙にはっきりと意識した。

自分がかつて何を見たか、彼女が何に似ているか、話したかった。レシチェーエフ氏が母親にしたように、静かな声で語り掛け、そっと手を取って接吻するか、或いはいっそのこと、首でも差し出すように、彼女が現れた瞬間に感じた全てを差し出したかった。彼女の見えない指が触れるのを感じた時、グレゴールは一瞬だが確かにそういう誘惑に駆られた。だが彼は注意深く意識を閉ざしていた。

子供は母親と侵入者の無言のやりとりを眺めていた。それから関心を失った。再びシーツの下に屈み込むと、その小さな体を熱病のように満たしている感覚の全てを、空っぽの、蚯蚓さえいない窪みに向けた。

グレゴールは言った。「旦那さんは御在宅で？」

ヤーコプ・ラッケンバッハーはブロディのうしろ暗い世界については何も知らなかったが、妻が連れて来たのが剣呑な相手であることは一目で理解した。その鋭敏な理解力だけが、この極端に小柄な男の唯一の武器だった。尖った顔と、眼鏡の下で素早く動く黒い目と、痙攣的な動作に、グレゴールは感心した――細い手足も、脆弱な喉と肺も、だらりと垂れ下がった胃袋も、巨大な頭脳と興奮気味の神経を支えるためにしかない人間が、この世にはいるのだ。ラッケンバッハー氏の神経は常に見えない火花を散らしていた。グレゴールを前にした今は尚更だ。ひ弱な肉体が緊張しきった脳味噌と神経に養分を吸い上げられて干涸びていくのが目に見えるようだった。

小動物の本能から、ラッケンバッハー氏はグレゴールが彼らのささやかな巣に入り込むことを嫌った。三人家族は、かつて工場主のブロンスキー氏が住んでおり、今は事務棟兼寮に使っている建物の一階に住んでいたが、彼がグレゴールを通したのは表に面した事務所の方だった。ラッケンバッハー氏はせかせかと、綴じた帳簿類の本棚を背にした事務机の席に腰を下ろした。それで少し落着いた。この席でならヤーコプ・ラッケンバッハーは無敵だと感じているのだ。極度に事務的な落着きを取り戻したラッケンバッハー氏の目の前に、グレゴールは懐から札束を摑み出して積み上げた。

「五千クローネ」とグレゴールは言った。「御確認願いましょう」

ラッケンバッハー氏の全神経が衝撃と困惑でわななくのを、グレゴールは感じ取った。わななきながらも、紙幣の束の厚みをひとつひとつ目測し、全体の数を掛けて概算していた。

「二、三十年、身を粉にして働いて、やっと貯められるかどうかって額でしょう、ラッケンバッハーさん。あんたにはブロンスキーから株を買って共同経営者になるための金が必要だ。それを今、差し上げようって訳で」

「そんな話をどこで聞いたんです」

グレゴールは笑った。「おれは奥さんとおんなじでね。別に聞き込まなくたって、誰かが知ってりゃ判る」

ラッケンバッハー氏の顔は、両脇に突き出した耳まで白くなった。一瞬、しどろもどろになった。事務机と坐り慣れた椅子が保証していた安全は、今やひどく心許なくなっていた。

「ウィーンの店を切り回したいんでしょう」

ラッケンバッハー氏の頭は猛然と回転し始めたが、グレゴールにしてみれば完全な空回りだった。自分の小心さが、この頭脳の回転速度のせいだということに気が付いていないのだろうか。

「こんな田舎にくすぶってたっていいことは何にもない。あんたはブロンスキーの店を切り回し、坊ちゃんはちゃんと学校にやってお役人にする。奥さんは女中や近所の女どもから奥様と呼ばれる身分になる。素晴しい話だ。だがそれには金が必要でしょう——ブロンスキーが、用意できるもんかと高を括ってる金がね」

グレゴールは残忍な男ではない。事情によっては人のひとりやふたり片付けるのは平気だとしても、好んで人を傷付けたりはしない——少なくとも彼自身は、今の今まで、そう考えてきた。金だけ渡して引き返す羽目になるのではないかとさえ思っていた。だが、当のラッケンバッハー氏の狼狽と小心が彼の調子をすっかり狂わせてしまった。何故、こんな男が彼女の夫なのか。彼女を馴れなれしくヴィリと呼ぶのか。図々しくも彼女と寝て（彼女のすらりとした胴にしがみ付いたラッケンバッハー氏が忙しなく腰を使うところを思い描いてせせら笑いながら、グレゴールはひどく傷付いた）子供を産ませたりできるのか。彼女に自分の汚れ物を洗わせたり、食事の支度をさせたり、寮の管理人としてただ働きさせたりできるのか。頭の悪い田舎者の工員どもがどんなに猥褻な当て擦りを言っても、この御亭主は女房に我慢するよう言うだけなのだ。最悪なのはこれだった——彼女は外からこの部屋を覗いている。亭主の目を使って、グレゴールが危害を加えはしないかと見張っている。グレゴールが意識を閉ざしていても、上っ面の機嫌は盗まれている。彼が夫婦の性交を毒々しい色彩で頭の中に描き出した時、彼女が身を強張らせるのを、グレゴールは感じ取った。読まれてはいない。だが、彼女はグレゴールの毒々しい嘲笑の気配に怯えたのだ。

とんでもない、奥さん。おれはあんたが考えているよりはちっとばかり小狡くて、自分でも驚くくらい残忍な男ですよ。

「おれの方の事情を話しましょう。そろりと三十に手が届く。小金も作ったし、先のことを考える頃合だ。跡継ぎのことなんかもね。坊ちゃんはなかなか利口ですな。先々博士様は間違いない。おまけに、あんなに小さいのにもう一人前だ——裏庭で、さっき、危うく頭を覗かれそうになりましてね」

ラッケンバッハー氏は前以上に蒼ざめたが、グレゴールにはもう面白くもなかった。

「青くなることはありませんや。おれだってそうだし、奥さんだってそうだ。別に秘密ってことはない。あんたが思ってるより、そういう人間はいるもんです。子供を持つなら、そういう取柄は残してやりたいもんで。とは言え、たとえばどうですかね、その辺の普通の女を母親にして、そんな子供が生れるもんかどうか」

ラッケンバッハー氏はわなわなと震え始めた。恐怖ではなく、怒りのためだった。

「察しがいい。その通りですよ。あんたの奥さんにおれの子供を産ませたいんで」グレゴールは懐の匕首を肩に掛かる重みで確認した。片手で机越しに摑まえて喉を搔っ裂く。鶏を潰すよりも簡単だ。それにはまず、ラッケンバッハー氏に逆上して貰わなければならない。「ほんの一年か二年でいいんですから。ま、二、三十回もやりゃ孕むでしょう。で、十月十日で生れて、乳離れするまで面倒を見てくれりゃ――」

ラッケンバッハー氏の精緻極まりない思考が見境のない怒りに押し流されるのを、グレゴールは歓喜とともに感じ取った。小男の喉を金切り声が突いて出ようとした。何のつもりか腕を振り回そうとした。その時、足音がした。グレゴールは心臓が縮み上がるのを感じた。ほんの一瞬だが確かに何かを感じたのだ。

ラッケンバッハー氏もまた、何も感じ取れた訳はないのに、竦んでいた。見交すともなく目を見交した。扉が開いた。彼女は机に歩み寄ると、札の束を取って、グレゴールに押し付けた。

「帰って」と彼女は言った。「早く。子供が引き攣けを起すわ」

グレゴールは慌てて退散した。何やらひどく恐ろしかった。たかだか女一人じゃねえか、と思うには、工場がすっかり視界から消え去って、ブロディのしけた町並みにどっぷり呑まれる必要があった。

町の隅にある倉庫の二階に、グレゴールは住み着いていた。もともとは彼らのささやかな商売の事務所だったが、不用心だから、と言う理由で泊り込むようになって以来、他に住処を探す努力は放棄していた。ストーヴに幾ら石炭を放り込んでも冬は死ぬほど寒かったし、焼けた屋根の熱が籠って夏は汗だくになるほど暑かったが、生命に関わる程ではない。それでも幾らかは工夫して（壁をぶち抜いて窓を作ったし、ストーヴはもう一台増やした）何とか居心地がいいくらいまでは持ち込んだ。寝るのは古びた長椅子の上だった。冬場は外套を着たままだったし、夏場はほとんど裸だったし、第一、背丈からすれば随分と小さかったが、グレゴールはその長椅子の上で体を丸めるようにして安眠した。

その夜も、罪悪感は別に彼を苛まなかった。頭を抱え込むようにして熟睡していたのに、何故、突然目が覚めたのか判らなかった。暫く、そのままの姿勢でいた。誰かに触れられたのだ、ということに気が付いた。扉のむこうで息を潜めていた。

グレゴールは起き上がり、ズボンに脚を通しながら閂を外した。

肩掛で頭と肩を覆った影が、グレゴールを押し遣るようにして入って来た。止める暇もなかった。窓掛もない窓から入る薄明りの中で、肩掛をかなぐり捨てた。纏めていた髪を解き、胴着を脱ぎ捨て、スカートを下に落とした。紐をちぎらんばかりにしてコルセットを緩めながら、グレゴールの長椅子に身を横たえた。

グレゴールは半ば引き上げたズボンを両手で押えたまま、どうしていいのか判らずに立っていた。思考は塒を襲われた鳥のようにばたばたと飛び回った。それから、何故かむっとした。女が長椅子に横になったやり方が――そこで娼婦のように脚を開いたやり方が、ひどい侮辱のように感じられたからだ。

グレゴールは床に散乱した衣類を摑んで投げつけた。女はそれを、更なる侮蔑を込めて投げ返した。

「抱きなさいよ、ほら」と言った。「やりたいんでしょ」

「何時だと思ってる」

「何時でもいいじゃない」グレゴールが続きを言い淀んでいる間に、女は言い返した。「人の女房を金で買って孕ませようって男が、何時だと思ってる、だって」

怒りと、恥辱と、恐ろしさで声が震えるのを、グレゴールはどうすることもできなかった。わけても恐ろしさだった――女の存在に気付いた瞬間から必死に閉じている頭の中を、いとも容易く読まれていた。「亭主に言われて来たのか」そうに決まっている、と考えて怒りをかき立てようとした。何て奴だ。殺してやればよかった。女がせせら笑った。

「人のことを言えた義理？」

「おれの頭を読むな」

「臆病者」グレゴールが逆上する前に、女はこれ見よがしに接触を断った。「やりなさいよ。子供の一人や二人、別に産んでやったって構やしないわ。でも金は払うのよ。いいわね」
　畜生、と言って、グレゴールは女の衣類を床に叩き付け、ズボンと下穿きを一緒に脱ぎ捨てた。女はこれ見よがしに笑いこけた。グレゴールがシュミーズを捲り上げ、どうにか奮い立たせた一物をゆきずりの売春婦の性器に押し込むように押し込むまで、引き攣けでも起したように笑っていた。それから、黙り込んだ。顔を背けて横たわる女と交わりながら、グレゴールは、畜生、と繰り返し呟いた。彼女は心を貝のように閉ざして、グレゴールにはこじ開けることさえできなかった。

　行為が終った後も、グレゴールは長椅子に坐ったままだった。灯がなくて助かった。無言で服を拾って着込む女の姿を見たくなかったし、自分の姿も見られたくなかったのだ。彼女が壁の釘に引っ掛けた彼の外套を探るのが判った。金はまだ両方のポケットに押し込んであった。

「一遍でおしまいだと思っちゃいないだろうな」とグレゴールは唸った。

「一週間ちょうだい。亭主と息子をウィーンに送りだすから」女は金を肩掛で包み、窓から射す月明りを横切った。解き流した髪が戸口の暗がりに消えた。声がした。

「風呂くらい入りなさいよ、けだもの」

淫売、とグレゴールは罵倒した。扉が閉まった。

　グレゴールは家を買った。ブロディの小金持ちが競って町外れに建てる、こぢんまりと当世風な家の一軒だった。庭は充分に広く、裏手には納屋と大きな林檎の木があった。金に糸目を付けずに家具調度を入れた。女中を一人雇い入れた。住み込みで御者を兼ねる下男も雇い、大人しい雌馬が引く二頭立ての馬車も買った。

「身代限りしても知らねえぜ」とゼルカは言った。

うるせえな、とグレゴールは唸った。それから、夕方、ラッケンバッハー夫人を迎えに行ってくれないか、と頼んだ。

「何で自分で行かねえんだ」

グレゴールは答えなかった。あれ以来、一度も顔を見ていなかった。見たくなかった、と言うのが正解だろう。遣り取りしたのはひどく事務的な走り書きだけだった。グレゴールはそのメモを弄り回したが、どうやっても、書き慣れているだけにグレゴールには読みにくい筆跡（顔を顰めて手渡すと「お前が読めないのにおれに読めるかよ」とゼルカは言った）以外は何の痕跡も見付からなかった。グレゴールもまた、ちびた鉛筆を舐めながら（「よく舐めんな、そんなもん、死んでも知らねえぞ」）子供が殴り書いたような不揃いな文字を紙の上に並べたが（「何か言ったか」とゼルカは訊き、グレゴールは苛立った。小声でも読み上げながらでないと何も書けなかったのだ）、紙に文字以外何も残さないようにするのはさらに大変だった。おそらく幾らかは読み取られてしまったに違いない。

ゼルカは例の馬車に乗って工場の寮に彼女を迎えに行った。歩いて戻って来たのは昼過ぎだった。グレゴールは不機嫌な顔で待っていた。

「どうもありがとう、だってさ」とゼルカは帽子を釘に引っ掛けながら言った。「知ってるか、あの奥さん、女学校出だぜ」

グレゴールはゼルカを睨んだ。あの女、ではなく、奥さん、になっているところが気に入らなかったし、女学校出というところは尚更気に入らなかった。おれの字を見るなり、腹を抱えて笑っただろう。そんな話をゼルカにするに至っては言語道断だった。淫売、とグレゴールは心の底で罵った。

日が暮れる頃、グレゴールは散歩に出るふりをして様子を見に行った。

まだ薄日の残る外に向って、窓という窓は開け放たれていた。空気を入れ替えているのだろう。灯のない暗い窓を、グレゴールは見詰めた。はね上げた窓を下ろすために現れる白い腕を見たような気がした。何か叫びながら窓枠によじ登った子供の靴も見えた。把手を両手で摑み、ぶら下がるようにして下ろさなければ、あの窓は閉じられない。

奥には人の気配がした。台所で使用人が食事をしているのだ。彼女は二階にいた。グレゴールに気が付いていた。だが、何の反応も、何の呼び掛けもなかった。彼女は息を潜めるように心を閉ざし、ただ彼の様子を窺っていた。

グレゴールは毎晩のように彼女のところに通った。夜も更けてから、泥棒のようにこっそりと忍び込むのだ。生活はうまく行っているようだった。遅く行くのは、小間使いも下男も、何故か彼に敵意を持っているからだ。うわべだけの冷やかな丁重さはグレゴールの神経に応えた。それが彼女の冷やかさの写しだということは判っていた。

毎日のように、菓子や香水を届けさせた。ゼルカに入れ知恵されて服地も送り付けた――女は自分の衣裳さえ仕立てていれば御満悦だ、というのがゼルカの意見だったからである。贈物は嘉納された。ただし、状況は少しも改善されなかった。彼の金で雇われながら、使用人たちは相変らず彼に恐怖と軽蔑しか感じていなかった。彼女も同じだった。たまに玄関の呼鈴を鳴らしたりすれば、暗い家の中から、高価な布地が意味を為さないほど地味に仕立てた衣裳を纏い、ランプを持って現れたが、その強張った無表情はグレゴールを傷付けた。閉ざしたままの心は尚更だった。

彼女は投げやりな様子で寝台に腰を下ろした。グレゴールが服を脱がせたがるのを知っていたからだ。上着を脱がせ、スカートを引きずり下ろし、コルセットの紐を解きながら、グレゴールはせがむように彼女の肌を愛撫し、唇を這わせた。彼女が顔を背けているのは知っていた。シュミーズを脱がせると、一目見た瞬間から彼が知っていた、小さな形のいい乳房と丸い胴と見事な腰と、張りのある長い脚が現れたが、どれほど愛しても、その体には欠片ほどの熱も見付からなかった。彼女はなされるままに寝台に横たわり、脚を開き、死人のように天井を見詰めていた。

白けた気分で、それでも性器だけは勃起させて交わった。情欲よりは怒りで交わることが多かった。意地になって、僅かな反応を、かすかな熱の気配を、グレゴールは探し求めた。そうでなければ、勝手に入れて勝手に果てている自分があまりにも哀れだ。

妊娠せずにいてくれるのは有難かった。子供ができようものなら、孕ませる、という、グレゴールが唯一自分に許した口実がなくなってしまう。彼女を囲い者にした本当の理由を、グレゴールは恥じていた。だが、孕ませる、には欠片ほどの感傷もない。ひどく粗野で暴力的だ。一方で、彼女が孕むのを心待ちにしてもいた。もしかしたら――あくまでもしかしたらだが、子供ができれば、彼のことを少しは愛してくれるのではないだろうか。亭主と別れて所帯を持つことに同意するのではないだろうか。意に染まない男に孕まされたからと言って、母親が子供に欠片ほどの愛情も持たないなどとは、グレゴールには想像できなかった。現に四六時中ラッケンバッハーの息子のことを考えては溜(ため)息(いき)を吐いているのだ。結構、とグレゴールは至極寛大な心で考えた。あの餓鬼は引き取ってよろしい。馬鹿げた穴掘りだけでも、充分、気に入った。だが子供ができてなお彼を拒んだら――その時には皆殺しにしてやる。亭主も、息子も、生れて来る子供もだ。彼女の腕から赤ん坊を奪い取り、頭を壁に叩き付けて殺す夢まで見た。グレゴールは飛び起きた。

何てことだ――女は手に入れたのに、好きな時に好きなようにやれるというのに、おれはまるで地獄にいるようじゃないか。

納屋の中で、グレゴールとゼルカは随分と長いこと待った。秋口の寒い晩だった。持ち込んだカンテラに手を翳してはいたが、土を踏み固めた床から伝わってくる冷たさは幾らも和らぎはしなかった。焚火をしようという案が何度か出たが、納屋の主が怒り狂って後が面倒になるのは確実だった。

夜が明けちまうぜ、とゼルカが愚痴った。「それまでおれたちが凍え死ななきゃの話だけどな」

それから、冬場のことを考えなけりゃいけない、と言った。冬場の大して面白くもないのらくら暮しを返上すべく、ゼルカは今年こそ橇を買うつもりだった。そうすれば、幾らか寒くとも、商売は夏と同様、勤勉に続けられる。空の橇に人を隠して運び、荷物を積んで戻って来るのだ。勿論、ルートは変える必要がある——。

「川は凍る」とグレゴールは言った。「夏場より楽だ」

ゼルカは橇の購入がそれで決まったものと思った。が、グレゴールは考えてもいなかった。注意は納屋の外に向けられていたのだ。立って、慎重に扉を開けると、外に出て畑を横切った。

ゼルカの目には主のない馬のように見えた。農道から畑に入り込み、所在なげに突っ立っている。グレゴールは近付いて手綱を取ると、足早に引いて戻って来た。馬の背に倒れ込んだ人影が見えた。吐瀉と失禁の臭いがした。抱え下ろすと、グレゴールはゼルカに手綱を投げ渡した。

「荷車を隠したら馬どもを放せ。追手が来る」

ゼルカが言われた通りにして戻って来ると、グレゴールは男を藁の山に横たえ、脇に屈み込んでいた。

「怪我人か」

答はなかった。グレゴールが暗がりで、男の蟀谷に手を当てて揺するのが見えた。突然、男の体が痙攣した。動き出した何かにしたたか打たれて、グレゴールは押し殺した苦痛の声を上げた。男が目を見開き、グレゴールの両腕にしがみついた。機械のような動作だった。ゼルカは狼狽したが、グレゴールは身じろぎもしなかった。

しがみつかれたのは腕だけではなかった。男は頭の中にもしがみついていた。生き残ろうとする執念だけで立ち上がった意識の残骸が、再び、暗い何もない場所に崩れ消えようとしていた。凄まじい重さだった。自分も引きずり込まれると思ったが、恐怖で見開かれたまなざしだけを残して、男は指の間から崩れ去り、消えた。

ゼルカの声が聞えたのは、摑まれた腕に残る鈍い痛みを感じた後だった。痣になっているだろう。グレゴールは顔を上げた。人間の世界に焦点を合わせるのに、少し時間が掛かった。

ゼルカはその目付きに軽く身震いした。「死んだのか」

「ここに来た時にはとっくに死んでた。体もじきに死ぬ」納屋の張り出しに顎をしゃくった。「頭を閉じて気配を殺してろ。合図したら撃て」

ゼルカは納屋の張り出しに上って伏せ、気配を殺して銃を構えた。グレゴールがカンテラを剝き出しの地面に置いて、鳩のように咽喉を鳴らし続ける男の脇にいるのが見えた。天井近い空気抜きの穴から、馬車の車輪と馬の蹄の音が奇妙に近く聞えて来た。話し声はなかった。すぐに音は絶えた。グレゴールの肩が幾らか緊張したように見えた。

納屋の扉が開いた。

現れたのは三人組の男だった。薄い灰色の外套を身に着けた小柄な金髪は入口で足を停め、それからグレゴールのすぐそばまで来て男を見下ろすと、連れの黒ずくめの二人に、運び出せ、と命じた。

軽く小突かれて、ゼルカは引金を引いた。銃声とほとんど同時に、黒ずくめの一方の頭が額から吹き飛んだ。グレゴールは金髪の頭を鷲摑みにして指を食い込ませながら感覚を滑り込ませ、薄い殻のような抵抗を力任せに握り潰した。黒ずくめの生き残りに、ゼルカはこれ見よがしに気配をひけらかしながら狙いを付け、引金に掛けた指に力を入れて見せた。相手は諦めて両手を上げた。

グレゴールは金髪の襟首を摑んで吊し上げた。「そこの奴みたいにするには、どのくらい食らわせればいい——十回か。十五回か」

金髪は半ば失神していた。黒ずくめが訊いた。「おれたちをロシア側に渡すのか」

「そんな面倒なこと、なんでおれがやる。ベレゴフの手下って訳じゃない」金髪に平手打ちを食わせた。首がぐらついた。「こいつほど情知らずって訳でもない。だからこいつはああならずに済む訳だ」

「やめてくれ」黒ずくめはグレゴールに哀願した。「頼む。大人しく引き上げるから」

「どうする。やめてほしいか。それとも殴り殺されたいか。こいつよりは大分楽な死に方だぞ」

「何とか言ってくれ」黒ずくめはゼルカに向って叫んだ。

「うるせえ。撃ち殺せ」とグレゴールは言った。

狙いは付けたままでいたが、ゼルカは撃たなかった。グレゴールは天井に向って喚（わめ）いた。

「てめえは誰の味方だ」

「頭冷やせよ」とゼルカが言った。

グレゴールは舌打ちをした。それから、木偶（でく）のように吊し上げていた金髪を黒ずくめに向って放り出した。「よく聞け。ここはおれの縄張りだ。この男はおれの客だ。おれはこういう奴を送り迎えして食ってるんだよ。勝手に追い回されてぶち殺されちゃ困るんだ」

金髪は軽く頭を振ると、顔を上げてグレゴールを睨（にら）み付けた。グレゴールが残忍な喜色を浮かべるのを見て、黒ずくめは金髪を押え込んだ。血の混じった唾（つば）を吐くと、金髪は羽交い締めにされたままで言った。

「こんな真似をしてただで済むと思うか、田舎者」

「命拾いしてそれか」グレゴールは唸（うな）った。「お行儀の悪い使い走りだな。いいか、そのスタイニッツとか言う奴に伝えろ。次におれの縄張りで狩りなぞさせたら、誰も生かしちゃ帰さないからな」

「自分が何言ってるか判ってるんだろうな」

「そいつが人間だってことは、判る。手下どももな。ってことはこれで片が付けられる相手ってことだ」親指で咽喉をかき切る真似をした。「切れば赤い血の出る人間なぞ、一々怖がってちゃ生きていけないやね」

　黒ずくめが金髪と仲間の死体を引きずって馬車で逃げ去ると、グレゴールは馬を集め、荷車に繋いだ。ごろごろ咽喉を鳴らす半ば死んだ男を積んで、彼らは出発した。グレゴールは憂鬱そうだった。殆ど口も利かなかった。

　暫くしてから、ゼルカは聞いた。

「スタイニッツって誰だ」

「知るか」とグレゴールは言った。「ウィーンのお役人だろ。大公殿下のお稚児さんだとさ」

　ゼルカはぞっとした。そりゃ拙いだろ、と言った。「知ってたらおれは止めたぜ」

「止めてどうするんだ。こいつを引き渡すのか。ベレゴフに何て言やいい。おっかないお兄さんたちに、ウィーンのお役人様を怒らせたいのかと脅されたんで置いてきました、か」

　ゼルカは黙り込んだ。随分と長いこと、黙り込んでいた。それから漸く口を開いた。

「おれたち、もしかしてやばいことやってたのか」
「銃殺もんだよ」グレゴールは吐き捨てるように言った。「どうやらな」

グレゴールとゼルカはリュックから、陰気な様子で帰って来た。お客はどうにか心臓が動いている状態で送り届けたが、着いて十五分で死んだ。死体の記憶を読むなぞ手に余ることだったので、ベレゴフはひどく不機嫌になった。グレゴールが男にしがみ付かれた時読んだことを教えてやると、尚更不機嫌になった。出過ぎた真似だと言われた。ウィーンとの悶着には耳さえ貸してくれなかった。潰されたって馘首にされておしまいの雑魚であるよう祈るんだな、と言うのだった。

町に入った時には、お互い、もう口を利く気もしなかった。ゼルカが荷物は引き受けるというので、グレゴールはそのまま女の家に行った。それにしたって家の裏手で散々逡巡し、寒さに堪えかねて裏口から台所に入り込んだのだ。とうに真夜中を過ぎていた。暗い台所で途方に暮れてから、空腹を感じて、手探りで灯を点した。それから鍋を順番に開けてみた。最後の一つに、使用人が夕食に食べた残りらしい煮込みが入っていたので、鍋ごと卓の上に持っていって腰を下ろした。

階上で、女が目を覚した。階段を下りて来た。グレゴールは鍋を前に置いたまま、開いた扉を見遣った。

「頭ん中覗くのはやめてくれ」とグレゴールは低い声で呟いた。きちんと閉じておく気力もなかった。

女は入って来て鍋を取り上げ、火を熾して、温め始めた。僅かに温もりが残っていた台所は、それで随分と暖かくなった。外套を脱いだら、と言われた。味を直しながら、素焼きの器にビールを注いで出した。小さなグラスで火酒もくれた。グレゴールは目を合わせようとしなかったし、女も一言も口は利かなかった。鍋の中のキャベツと肉の塊を皿によそい、匙を添えて彼の前に置いた。

匙で崩した肉を汁と一緒に口に運びながら、やっぱり読んだじゃないか、とグレゴールは考えた。サワークリームが融けきらないままたっぷりと掛かって、幾らか塩が強かった。それはまさにグレゴールが必要としていて、しかも二十年近く口にしたことがない味だった。

女と目が合った。匙を置いて、傍らに立った彼女の腰に抱き付いた。彼女はグレゴールの髪に、指の先で触れた。それから言った。

「食べてしまいなさいな。お腹が空いてるんでしょ」

グレゴールの腕を解き、食器棚に歩み寄って開けた。それから火酒の壜を取り出し、小さな杯に注ぐと、グレゴールに背を向けたまま呷った。

女が自分で寝台に横たわるのを、グレゴールははじめて見た。髪を解いて、寝る時も着たままの無愛想なシュミーズで、グレゴールの前でゆっくりと仰向けになった。両腕も、両脚も開いたままだった。目は瞑っていた。顔が、唇までひどく白かった。棺に収められるのを待つ死人のように見えた。

グレゴールが見ている前で、彼らはその真っ白な死体を、額や鼻先や顎の形をくっきりと浮び上がらせる白い紗に包まれたまま、細長い箱の中に収めたのだ——レシチェーエフ氏は泣いている。身も世もなく。家中の人間が、誰よりグレゴールが鼻白むほど。

グレゴールは彼女の上に屈み込んで抱き寄せた。開いた彼女の目が食い入るように自分を見詰めるのも、その目で何もかも読み取られかねないことも、もう気にはならなかった。

「おれは死ぬのが怖い」とグレゴールは言った。口に出して言うと、一層怖くなった。

彼女の指が、生え際を梳き上げるようにして頭の中に入り込むのを感じた。柔らかい熱のようなものが放たれた。

「自分のことを半分くらい神様だと思ってる人が、何を言うの」

「おれはただの人だよ」

彼女はくすくす笑った。あたりはその笑いで一杯になった。

「たぶん早死にする」

彼女はもっと笑った。

「あんたは死なないんだろ」

「死ぬわ。いつかはね」グレゴールに唇を触れた。「抱いて」

グレゴールが見詰めると、彼女はくすぐったそうに身を捩った。彼女を捉え、彼女の熱を抱き締め、その中心にある彼女の体に自分の体を沈めた。彼女も腕で自分を捉え、身を預けてきた。交わっているのは体だけではなかった。体は、奔馬のようにしなやかで強い動きごと、熱く濃厚な何かの一部だった。幾度も繰り返し弾ける波頭が、その度に、グレゴールを押し流しかけた。何度目かに、潮に攫われるように攫われた。

ヴィリは体を丸めて背を向けていた。自分の腕が背後からその体に回されていることに、グレゴールはほとんど驚きさえ覚えた。心は閉ざされ、巨大な翼のように開いて全てを覆っていた感覚は小さく畳まれて内側に押し込まれていたが、彼女が自分を拒んでいないことを、グレゴールは感じた。首筋に鼻を這わせた。彼女は低く呻いた。

「今夜、泊っていいか」

返事はなかった。グレゴールは執拗に囁いた。しまいには背中を小突いた。それで漸く、ヴィリは答えた。

「堪忍してよ。あなた、臭いもの」

グレゴールは黙り込んだ。

「体くらい洗いなさいって言ったのに」

「こんな季節にか」

ヴィリは寝返りを打って向き直った。それから嘲るような口調で言った。「そんな図体して、風邪引いて死ぬとでも言うの」

「じゃ、お前、洗ってくれよ」

彼女はひどく大儀そうに立ち上がった。それから部屋着を着て、階下に下りて行った。台所にブリキの風呂桶を据え、竈に火を熾し、沸した湯を注ぎ込んだ。小一時間掛かった。中に浸けられ、石鹸を渡された。彼女はグレゴールが小さな桶に体を押し込み、愚痴りながら顔と体を洗うのを眺めていた。

「髭も剃っちゃいなさいよ」

グレゴールは逡巡した。明日、ゼルカが大笑いすることを考えたのだ。彼女は剃刀を持って来て、グレゴールの髭を剃り落した。何かひどく心許ない気がした。伸び放題だった髪まで、手際よく短くされた。

「役場の書記みたいだろ」とグレゴールは言った。少し後悔した。ヴィリはくすくす笑った。

それから二人で風呂桶を裏庭に運び出し、湯を空けた。二階に上って、もう一度交わった。ヴィリは求めていることを隠そうともしなかったし、グレゴールは幾度も、全てを灼き尽くすような熱に挑むことができた。その度に、骨まで燃え上がり、灰さえ残らない気がした。蛇のように幾度も皮を脱ぎ捨て、最後の瞬間に、全てを剝ぎ取られて残った、白く輝く宝石の針のような自分を見出した。ヴィリは交わった体の奥から叫びを上げた。何度も、繰り返し、ほとんど我を忘れてグレゴールを引きずり込もうとし、果てた。

長い間ヴィリは、放心してグレゴールの腕の中にいた。やがて瞼を上げた。グレゴールは微笑んだ。微笑みながら、なんで泣くんだろう、と思った。

「グレゴール、お願い、わたしを夫のところへ帰して」

グレゴールは身を強張らせた。

「わたしを愛しているなら、わたしを帰して」

グレゴールは彼女を睨み付けた。睨み付けながら、彼女が何を言っているのかまるで理解できないことに困惑した。罵倒から嘆願にいたるまでの言葉が口の奥で渦を巻いて出て来なかった。

「何でだよ」

彼女は答えなかった。

「息子は引き取っていい。亭主にやった金だって返せなんて言わん。もっと払ったっていい。それであんたの気が済むならな。だが、あんたはおれといるんだ」

「どうして」

どうして、だと、とグレゴールは金切り声を上げた。「それを訊くのはおれの方だ。何で亭主のところへ帰るなんて言い出す。おれのこと、好きなんだろ」

「好きになんかなりたくなかったわ」

グレゴールは黙り込んだ。顔から血の気が引くのがはっきりと判った。怒りで全身がわなないた。淫売、と叫んだ。

「そうよ、だってあなたはわたしを金で買ったんじゃない」

乗せられるんじゃないぞ、グレゴール、と囁く声を感じた。落着け。この女はおれを逆上させようとしている。出て行けと叫ばせようとしているのだ。

「それじゃどうすりゃ良かったと言うんだ」グレゴールは低い声で呟いた。「買わなきゃ喜んで寝たって言うのか。巫山戯るのもいい加減にしろ。いいお天気でって、往来で毎朝帽子取って挨拶してりゃやらせてくれたって言うのか。あんただっておれを見てたじゃねえか。遭うたんびに。だからおれはあんたを買ったんだよ。おれはあんたを帰したりしないよ。身も世もないほどやられたがってる淫売を、大頭で生きてる不能の亭主のところへ帰すほど人でなしじゃないからな」

女はグレゴールに平手打ちを食わせた。グレゴールは平手打ちを返した。女は気でもふれたように叫びながら滅茶苦茶にグレゴールを殴り付けた。両手首で摑まえると脚で蹴った。手が緩んだ。女は転がるように寝台から落ちると、そのままドアを開けて走り去った。

グレゴールは掛けてあった衣類をのろのろと身に着けた。ひどく惨めだった。彼女の言う通り、先刻まで身に着けていた服は、気にもしたことがなかったが、不愉快な臭気を放っていた。

そのまま歩いて戻った。風邪を引いた。熱が出た。長椅子に横になって頭まで毛布を被り、朝になって出て来たゼルカが話し掛けても返事もしなかった。食事も取らなかった。夕方、起き上がって行方を晦ました。

　ゼルカは心配もしなかった。どこかで飲んでるか、どこかにしけこんでるか、その両方か——いずれにしても、しくじりをやらかした時にグレゴールがどう振舞うかを、彼は熟知していた。


　グレゴールは娼館に三日三晩居続けた。逮捕の命を受けたブロディ駐屯部隊の下士官が部下を率いて踏み込んだ時には、部屋に風呂桶を持ち込ませ、浸かってウォッカを壜飲みしていた。女どもが時々熱い湯を足していた。部屋には仕立屋の持ち込んだ箱が散乱し、中身が乱雑に引っ張り出されて覗いていた。

　彼らが見知っていたのとは似ても似付かなかった。髪を切り、綺麗に髭を剃り上げた顔は無防備に若く、ほとんど可愛らしくさえ見えた。しかも泥酔していた。ぼんやりした顔で兵士たちを見回したが、それ以上何の反応もしなかった。風呂桶から引きずり出されても無抵抗だった。強いられるままに体を拭いた。女どもが着るものを渡そうとすると、そっぽを向いたままかすれた声で言った。

「そっちの青いやつ」

　青ではなく、正確には紺色の洒落た外出着のことだった。兵士が凶器の有無を確認してから渡すと、不慣れな手付きで身に着けた。それから寝台に腰を下ろし、どろりとした目で軍曹を見上げた。

「何だってゴロヴィンは自分で来ないんだ」

若い兵士がその言葉にいきり立つのを、軍曹は宥めた。それから言った。「諦めろ、グレゴール。隊長殿だって文句は言ったんだからさ」

「言ってどうにかなる相手じゃねえか」

「生っ白い若造だけどな、えらく高飛車な態度で、まさか賄賂を受け取っておられるのではありますまいね、だとさ。隊長殿は真っ青になって、ま、そうだよな、しょうがないからあの馬鹿を連れて来いって」

「何が馬鹿だ」

「詰んねえ奴と揉めるからだよ。悪いようにはしないからさ」

「判るもんか」グレゴールは溜息を吐きながら、すっかり短くなった髪を、昔の癖で、両手で後に梳き上げた。女どもの一人が飲みさしの酒壜を渡すと、水でも飲むように飲んで空にした。それから唸りながら前のめりに膝に顔を埋めた。

「ほら、立てよ」

襟首を掴んで、軍曹はグレゴールの体を起した。それから抱えるようにして立たせた。グレゴールはその手を邪険に振り払った。軍曹は一瞬ぎくりとした。かなり飲んでいるのは間違いなかったが、目は全く醒めて見えたからだ。だが抵抗はしなかった。そいつはゴロヴィンとこにいるんだな、と確かめただけだった。

「何だ、そりゃ」

「面を見てやりたいのさ」

駐屯地に着くなり、グレゴールはぶち込まれた。済まんな、とゴロヴィンは言った。

「お前と心中する気にはなれん」

「おれも御免だね」とグレゴールは言い返した。ゴロヴィンはげらげら笑って、将校用の食堂から夕食を運ばせると約束した。地下の営倉の壁は触るとぐさぐさに崩れかねない漆喰で、ブロディ駐屯部隊の歴代指揮官がどれほど腐敗堕落していたかをたっぷりと物語っていた。粗末な木の食卓が持ち込まれた。白い麻布が掛けられ、陶器の皿が出された。天井近くにある空気抜きの穴から吹き込む風で、蠟燭の炎が揺らいだ。

扉が軋んで開き、足音が聞えても、グレゴールは顔を上げなかった。随分軽い足音だと思っただけだった。右手で鶏の足を摑み、左手に持った先の丸いナイフで切り外すと、そのままかぶり付いた。麻布の縁で口を拭い、葡萄酒を飲み、満足しきった様子で舌を鳴らして言った。

「済まんが暫く待っててくれ。酔い醒めで腹が減っててな」

それから暫くの間、鼻歌でも歌いかねない上機嫌で手摑みの食事を続けた。時々指を舐め、麻布で拭った。最後の一皿を片付けると、ぴったり一口分残してあった葡萄酒を空けた。それから、籠に盛られた季節外れの葡萄を一房取った。

「どうだ、この色」一粒を取って器用に中身だけを口に押し込むと、皮に軽く息を吹き込んで蠟燭の炎に透かした。「こんな場所で食うもんじゃねえな。夏に気持ちのいい日陰で食いたいもんだ。よっぽど甘い気がするだろうよ」

　グレゴールは同意を求めるように客人を振り返った。瀟洒な身仕舞いが隙のない身のこなしにそぐわない男だった。表情のない黒い目が際立っていた。それよりさらにグレゴールを感心させたのは、意識を完璧に閉ざしていることだった。人形や死人でも、これ以上に死んじゃいないな、とグレゴールは考えた。まるで墓石だ。さぞや窮屈なことだろう。

「アルトゥール・フォン・スタイニッツだ」と男は言った。

　グレゴールはスタイニッツを横目で窺いながら葡萄の房にかぶり付いた。暫く口をもごもごさせてから、そのまま言った。「手下があんまり笠に着て脅すんで、どんな化け物かと思ったが」種と皮を器用に床に吐いた。

「御感想は」

「まともな匕首が手元にあれば片手で喉を掻っ裂いてやれるよ」

「お手並みを拝見できないのは残念だ。君は私の部下の一人を殺し、一人を潰した。覚えているだろう」

「詰らん真似をしなけりゃ二人ともまだぴんしゃんしてた筈だ。おれが悪いんじゃない。次から手下どもには、おれの邪魔はするなと言っておけ。知らずに手出しするんじゃ可哀想だ」また葡萄を食べ、種と皮を床に吐いた。スタイニッツは綺麗に磨き上げた靴先を僅かに逸らした。グレゴールは歯を剝いて笑った。「いい靴履いてんな。身ぐるみ剝がしてやりたいくらいだ。女物みたいにちっちゃいのが惜しいな」

「まるで追い剝ぎだな」

「昔はね。顔が売れちまったんで足を洗った」

「それで密輸人か。大した出世だ」

グレゴールは葡萄の房に食らい付こうとして、やめた。「それが理由？」

「何の」

「おれをこんなところへぶち込んだ理由だよ」

「いや。君と話をしたかったんでね」

グレゴールは葡萄を器に戻した。「悪いがあんた、誰か呼んでくれないか。気分が悪くなってきた。酒が欲しい」

「酒？」

「むかつく野郎だ。ぶち込んで、なんでだと聞いたら、話がしたかった、だと。飲まなきゃやってられんよ」

スタイニッツは聞かなかったような顔をして扉に穿たれた小さな窓から外を覗き、済まないが葡萄酒を一本持って来てやってくれ、と言った。

グレゴールは言った。「で、何なんだ」

スタイニッツは扉のむこうを向いたまま黙っていた。何かを待っているようだった。暫くすると、誰かが栓を差し直した葡萄酒の壜を差し入れた。受け取って、グレゴールに渡した。

「君は明日の朝、銃殺になる。ロシアの間諜（かんちょう）の出入りを助けるというのは、充分、それに値する。共犯者の証言もあるしな」

「ゼルカの頭を開けたのか」

「そういう言い方もある。協力的だったがね」

「覚悟はしてるよ。でなけりゃこんなところにのこのこ来るもんか」

「それが不思議だな」

「ウィーンのお役人様とやらのお顔が拝みたかったのさ。もう結構だがね。どうせだから言わせて貰（もら）おうか――おれに言わせりゃ、罪状なんざ馬鹿げた代物だ。ウィーンとペテルブルクが申し合わせて地面に線を引くのはいいさ。だが、何だっておれがそんなものを気にしなけりゃならない。ここからリュックまでなんざ、川に沿ってずっと下ってくだけなんだぜ。行ったり来たりでものを運んで売るってのはまっとうな商売だ。他人の頭をぐちゃぐちゃに掻（か）き回して死なせるのとは訳が違う」

「あれは私刑だと言いたいのか」

「獣以下の人間には我慢がならんってだけさ」

「彼らは敵だ」

グレゴールは不愉快そうに顔を顰（しか）めた。「だから一寸刻みか。人間様は何ともお上品だな」

「何を知っているか確かめるためだ。奴はロシアの為に働いていた。我々はオーストリアの為に働いている。むこう側で捕まれば、同じようにやられる」

「おれには関係ないね。別段この国の人間って訳じゃない。ロシア人でもないしな。そんなもんは紙切れ一枚だ」

「紙切れ一枚で、君はオーストリアの人間だ。少なくとも今はな」

「そりゃ残念だったね。あの紙はおれのもんじゃない。むこうに行くやつと交換したのさ。やっぱりグレゴールだったんでな。名字はけったいだが、慣れりゃそう悪くない。奴も今頃はそう思ってるだろうよ」

「それで無罪放免になると思うか」

「いいや。ただ、あんたのお役人面を見て、言わずにいられなくなったってだけだ」

「正直なところを言おう——君が潰したのは、私の部下としてはよく出来る男でね」

「あれがか」

「私個人としては、血反吐を吐いてくたばるまで叩きのめしてやりたい。たぶん、苦もなくできる。だが、君には選択の機会をやろう——私の下で働くなら、生かしておいてもいい」

　グレゴールはスタイニッツを見上げた。なるほどな、と言った。「身ぐるみ剝いで、ぶち込んで、にっちもさっちも行かなくなったところで手下になれと言う訳か。お行儀のいい顔をして、なまじなやくざより性悪だな。反吐が出る」

「それは拒絶ということだな」

「鼻に掛かった声でてろてろ喋るなまっちろい陰間の手下になんざならんということさ」

スタイニッツの顔が白くなった。グレゴールは自慢顔で短く笑って見せた。

「では死ぬんだな」

「わざわざ言って貰わなくてもそうするよ。三十年か四十年したらな」

「これはまた大した言い草だ。君は牢獄にいるし、明日の朝には外に引き出されて撃ち殺されるんだよ」

「こんな監獄は屁でもないね。あんたも、手下どももだ」

スタイニッツは溜息を吐いた。白く塗った墓のような仮面が内側からひび割れるのを見たような気がした。グレゴールは身構えた。が、何も起らなかった。スタイニッツは至極儀礼的な微笑を浮べて言った。

「幸運を祈るよ。いずれまたお目に掛かりたいものだ」

時間を掛けて、グレゴールは二本目の葡萄酒を空けた。雨が降り始め、次第に激しくなった。営倉に吹き込みはじめたところで、天井に斜めに穿たれた空気抜きの穴を見上げた。

腰を上げた。壁際に立ち、飛び付いた。穴に掛けた右手を支えに、脆くなった漆喰壁を蹴って穴の中に潜り込んだ。左手を伸ばし、奥の格子を握った。腕で体を引き上げ、格子の間から右手で外の壁を押えた。

　壁の厚さは五十センチほどだった。体を捻るようにして、両足を押し込み、外の壁にぶら下がったまま、格子を力任せに蹴り付けた。雨で手が滑った。その都度、壁の外を摑みなおさなければならなかった。五回か六回蹴ると、格子は緩んだ。更に蹴り付けて、完全に外した。

　もう一度、格子に両手でぶら下がった。それから外壁を摑んで、体を引き上げた。両手を格子の間から出したまま、首を丸め、肩で格子を外に押しだした。少し持ち上げたところで、片手ずつ抜き出し、枠と壁の隙間に潜らせた。腕が震え始めた。ぶら下がって少し休んでから、格子を額で上げて外に這い出した。

　ひどい雨だった。グレゴールは雨足に紛れるようにして門まで歩き、歩哨の名前を呼んだ。振り向いた相手の額を摑んで、軽く突いた。声も立てずに倒れるのを両手で支えて転がした。そのまま、門を開けて外に出た。

　警戒して歩いたのは、ほんの五分ほどだった。誰も追って来なかったが、寒さで足を速めた。空が光った。雪になるな、と思った瞬間、道の端に馬車が停っているのが見えた。後を振り返った。

　あたりは闇に返った。地の底から雷鳴が響いた。が、グレゴールの目にはスタイニッツが無防備に両手を垂らして立っている姿がはっきりと残っていた。牢で見た時とは別人のようだった。相変らず閉じた墓のようだったが、仮面がひび割れたように見えた瞬間、そこにあったものが向けられているのがはっきりと感じられた。

身を翻して逃れようとした途端に、雷に打たれたような衝撃を受けた。脚が縺れ、泥の中に突っ伏した。

スタイニッツはほんの三歩ばかりのところに立って、彼を見下ろしていた。上等な外套を雨が流れ落ちていた。冷たい凶暴さと優越感が、今やむきだしになっていた。グレゴールが怒りに喚きながら襲い掛かってくるのを心待ちにしていた。その姿で、頭が冷えた。匕首が一本あればな、と考えながら、スタイニッツを打った。触れてもいない以上利きはしなかったが、同時に、転ぶように立ち上がって、腕で相手の喉を捕え、叩き伏せながら走り抜けた。

スタイニッツは咳き込みながら身を起し、拳銃を出した。馬車の中の二人が飛び出してきた。これ見よがしに気配を示しながら脇をすり抜けた。雨と闇の中でも過たずに背中に狙いが付けられるのを感じたが、脚は停めなかった。スタイニッツが引金を引くのを待って方向を変えた。銃声が聞え、左腕をもぎ取られたような衝撃を感じたが、走り続けた。ただ、感覚だけを閉じた。自分の気配が草叢と雨の中に消えるのが判った。もう一度銃声がしたが、スタイニッツが自分を見失ったことを、グレゴールは知っていた。

裏口の扉は、グレゴールが開けようとする前に開いた。ヴィリは彼を中に引きずり込み、閂を下ろした。グレゴールは泳ぐように腰掛を求めて食卓に歩み寄り、突っ伏した。

女中がタオルと毛布を持って入って来た。ヴィリは一言も発せずにグレゴールの濡れた服を脱がせに掛かった。上着の袖を鋏で切り裂きに掛かるに及んで、グレゴールは漸く顔を上げて、弱々しく抗議した。

「堪忍してくれよ、高かったんだ」

そこでヴィリは、血と泥に塗れた衣類を無傷で脱がせるのに素晴しい技術を発揮することになった。左腕の傷口を洗って清潔な布で縛り上げ、濡れた体を拭いて毛布で包み、泥だらけの顔と頭を濡らした海綿で綺麗にした。グレゴールはぐったりとなされるがままにされていた。女中は文句一つ言わずにグレゴールの衣類を布で挟んで叩きはじめた。

ゼルカが顔をのぞかせた。一瞬、恐慌を来したのが判った。グレゴールは仏頂面で溜息を吐いた。

「でも金の半分は確保したぜ」とゼルカは抗議した。「半分は取られちまったけどな」

じきに医者がやって来た。弾は傷を抜けていた。戦争に行ったことがあるという医者は、手当てを終えると、こんなのは負傷のうちには入らないと断言した。グレゴールは顔を背けたまま呻き、ヴィリは医者を丁重に追い出した。それからグレゴールを二階の寝室に連れて行った。部屋も、布団も暖かかった。そういえば台所には湯まで沸してあった。

「でも怪我をしているなんて思わなかったわ」とヴィリは、まだ幾らか気の立った口調で言った。

「横になって」

グレゴールは言われるがままに寝台に入った。傷口は疼くし、頭は割れるように痛かった。彼女は脇に腰を下ろし、ひんやりした手を額に当てた。何をどうされたかは判らないが、苦痛は和らいだ。グレゴールはびくりとしたが、結局は彼女が触れるに任せた。

「別にどこも壊れちゃいないわ。一眠りしたら出て行くのよ」

グレゴールは彼女の腿に額を付けた。

「お尋ね者の情婦なんて御免よ」

堪え難い眠気に引き込まれようとしたところで、グレゴールの感覚は外に引かれた。痛みで気が遠くなった。ヴィリはまっすぐに背中を起して家の前の街道を窺ったまま、もう一度グレゴールの額に触れた。馬車が、ぬかるみに車輪を取られながら近付いていた。スタイニッツの気配にグレゴールは震え上がった。ヴィリは立って、出て行った。

頭痛に呻きながら、何か反撃の手段はないかと考えた。下のゼルカに、銃はあるかと訊ねようとした。

動かないで。隠れてて。

車輪の音は今や耳でも聞えた。家の前で止った。ヴィリは階下の部屋で銃に飛び付いたゼルカに軽く触れて制止すると、扉の前で部屋着の裾を直した。それから、自分で扉を開けた。

部下を二人従え、ずぶ濡れになったスタイニッツが、何とか威厳を取り繕おうとしながら帽子を取った。おやまあ、とヴィリはさも軽蔑したようにグレゴールに伝えてきた。おやまあ。小綺麗な坊ちゃんだこと。あなたの方がよほど恐ろしげだわ。

スタイニッツはむっとした。「犯罪人を捜索中です。中を調べさせて下さい」

彼女がそんな不遜な顔をするのを、グレゴールは見たこともなかった。いや、見たという訳ではないが、何かひどく傲り高ぶったものが頭を擡げるのを感じた。何をする気だ、と訊いた。その時には彼女はもう、それまで伏せていた目を上げ、まっすぐスタイニッツに向けていた。

グレゴールは本能的に頭を抱えた。スタイニッツは逃げ遅れた。部下たちは言うまでもなかった。ヴィリが解き放った感覚は、彼らが受け止めるにはあまりにも強烈だった。家が燃え上がったように、グレゴールには見えた。感覚をきつく閉じ、窓の硝子が甲高い音を放って震える音を呆然と聞いた。

「わたしには、あなたを中にお入れする気はありません」

「後で困ったことになりますよ」スタイニッツは視野を焼かれて何も見えないまま言い募った。

「おかしなことをおっしゃるのねえ」ヴィリは笑った。かすかに声が漏れただけだったが、まるで耳を聾する哄笑のように響き渡った。「その方がよろしければ裏の納屋でも探してみてはいかが。でも勝手に入り込んでいてもわたしのせいじゃありませんからね」

全ては、始まった時と同様に、突然、収まった。呆けた来訪者を外に残したまま、ヴィリは扉を閉じ、閂を掛けた。軽く溜息を吐いた。それから、ごく普通の足取りで階段を上がり、戻って来た。

ふいに灰色に還ったように見える部屋を眺めながら、グレゴールは怖けて身を起していた。ヴィリは戸口で微笑んだ。それから、椅子に脱いだ部屋着を掛けると、シュミーズ姿で寝台の脇にやってきた。

「少し詰めて」

グレゴールが言われるがままに詰めると、すぐ脇に潜り込んできた。「夜が明ける前に出て行ってね」彼の髪に軽く触れた。「それからね、あれは本当よ」

「あれって何だ」

「停車場であなたを見たってこと。寝たいと思ったってこと」

「おれ、今日はできないよ」

「助かるわ」彼女は目を閉じて、傷のない方の腕に頬を擦り寄せた。「言ったでしょ。犯罪人の情婦になんかなりたくないの。それじゃ人生滅茶滅茶だわ」幸福そうに溜息を吐いた。

「亭主のところに帰るのは滅茶滅茶じゃないのか」

「詰らないけどね」

「じゃ、これは好都合か」

「とってもね」目を開いた。眠そうな、ぼんやりした目だった。ほんの一瞬、焦点が合ったように思えたが、すぐに瞼に隠されてしまった。「あなたが好きよ、グレゴール」

「おれが出て行くから言うんだろ」

「そうだけど、でも好きよ」

傷は相変らず疼いたし、頭は痛かった。何よりひどい疲労感で身じろぎもできなかった。それなのに、グレゴールは満足だった。眠りに落ちながら、おれもお前が好きだよ、と言った。


肩に触れる冷たい空気で、グレゴールは目を覚した。

ヴィリが窓際に立ち、窓掛の隙間から外を眺めていた。その年はじめての雪がうっすらと積もっていた。スタイニッツは凍えながらグレゴールを呪っていた。馬車はまだ停っていた。誰も眠ってはいなかった。グレゴールは起き上がり、彼女の傍らに立った。その年は
怯えてもいた。感覚が戻って来ないのではないかと恐れているのだ。裏にも一人、配置されていた。頭痛と吐気に悩まされながら、交代の時間が来るのを焦れていた。

「兎穴から飛び出すようなもんだ」窓の外から目を離さずにグレゴールは言った。それから、ヴィリを見遣った。彼女は目を細めた。

相手の体の温もりに欲望の疼きを覚えたのが自分だけではないことを知って、グレゴ

ールは少しばかり仇を取ったような気になった。窓掛を摑んだ彼女の手を取り、接吻した。

「じゃあな」

それから、シーツを巻いたまま振り返りもせずに部屋を出て行った。ひどく軽い足音で階段を駆け下りるのを、ヴィリは窓際に立ったまま聞いた。声を出さずにゼルカを揺り起すと、台所に飛び込んで半ば乾いた服を着、銃をもって起きて来たゼルカと一緒に裏庭に走り出した。小競り合いがあった——だが、ほんの小競り合いだけだった。表の馬車にいたスタイニッツが駆け付けた時には、雪の上の足跡しか残っていなかった。

猟　犬

　僕も行きますか、と訊きはしたが、断られることは判っていた。獲物の首の剝製が放つ死臭に満ちた、地蜘蛛の巣めいたシュロスベルクの山荘が、奥に巣くう主以上に、ジェルジュは好きではなかった。スタイニッツは自分で自動車の扉を開けて降り、従僕に恭しく迎えられて中に消えた。気配は短い螺旋を描いて階段を上り、僅かに薄れたが、消えはしなかった。マレクも鈍ったな、とジェルジュは考えた。歳のせいか、諦めのせいか。不躾に覗くなと言わんばかりに立ち塞がってみせるだけだ。

　幌を上げたままの自動車の運転席で、ジェルジュは軽く伸びをした。シュロスベルクの森は黄ばんだ葉を傾き始めた日差しにざわめかせている。中では使用人が動き回っている。老人一人の滞在を支えるのに必要とは到底思えない人数だ。スタイニッツは単調な声で話し続けた。マレクに遮られて霞んだ大公の意識の表面を、時折、苛立ちが掻き乱した。判り切ったなりゆきだ。大して面白くはない。抑えていた感覚を緩め、拡散させた。それは水が浸すように森を浸し、車を導き入れた私道を越え、恐れ気もなく廃れた聖域の縁を侵す散策者や自動車を取り込みながら、街のざわめきが聞えはじめる辺りまで広がった。教会の塔を見上げる視線を拾い上げて距離を測った。四キロか、五キロ。素晴しく調子がいい。高速鉄道の高架を列車が通過する音まで聞えた。

薄く張り広げた感覚の中央にぶら下がり、ジェルジュはどこを見るともない目を空にむけた。太陽は更に傾き、今は梢に掛かっていた。土に染みついてほとんど感じ取れなくなった無数の気配の上を、幾つものきらめきが、軽快にうねりながら跳ねた。軽い緊張が下生えの中を慎重に這っている——はっきり感じ取れるのは、逸って宙を叩く尾の感触だけだ。屋敷のむこうには暖かな明るみが幾つも群れていた。雌鹿たちはジェルジュの存在を感じ取って、目を上げた。

何が言いたい、と大公が低い声で唸った。一体何のことを言っている。

殿下が私にどれほどの恩を施して下さっているかお考えいただきたいのです、とスタイニッツが答えるのが聞えた。声の響きより、感情を欠いた黒い目の方がはっきりと見て取れた。共和国には忠実でなければなりませんが、私を生き延びさせているのは、殿下と、殿下をお支えする忠実な一握りの存在です。ですから私はできる限りのことをさせていただきましたし、させていただくつもりでおります。これはそのうちのひとつに過ぎません。

お前の二股掛けについてこれ以上聞きたくはない。耳の穢れだ。はっきり言え。

皇帝陛下がハンガリーの王位に復位することはありません。

長い沈黙があった。普通ならいたたまれなくなりそうな沈黙だが、スタイニッツは平然と無表情を保っていた。

どこから洩れたのだ？

陛下は今朝、スイスのお住いから姿を消しました。皇后陛下もです。

捜し出せ、と大公は言った。その怒気は感覚を閉じていてさえ感じ取れそうだった。

連れ戻すのだ、すぐに。

オーストリア政府は既に知っております。じきに旧協商側も知ることになるでしょう。

ハンガリーにも通知することになっております。連れ戻しても手遅れです。

道化めが。

その道化が殿下を信じていないことはご存知だったのではありませんか。

あの馬鹿者は自分以外の誰のことも信じてはおらん。

帝冠を戴くにはまことに不向きなお方ですな。

口が過ぎるぞ、と大公はうんざりしたように釘を刺した。どうするつもりだ。

陛下には陛下の望むように振舞っていただくしかないでしょう。政治的にはもはや死んだも同然です。

放っておくのか。

ハンガリー政府が丁重に出迎えて国境までお送りするでしょう。王なきホルティ摂政の〈玉座〉は磐石です。春先よりは騒ぎになるでしょうが、それだけです。

大公は短く罵声を洩らした。

もうひとつ問題があります。

何だ。

ラースロー・イェラチがブダペストにおります。

わたしは知らんぞ。

ディートリヒシュタイン伯が出入りしていると聞きました。今はイェラチの屋敷です。

大公は黙り込んだ。

この状況下でハンガリー側の手に落ちると厄介なことになるのではありませんか。

一々お伺いなぞ立てなくていい。兎も角、わたしは何も知らん。好きなように処理すればよかろう。

大いに結構です。ウィーンに留まるには、身辺は綺麗にしておかなければなりません。どうか私をご信頼下さい。ブダの王宮に道化を住まわせようなどとは、二度とお考えになりませんよう。

ジェルジュは立ち上がって、幌を掛けた。スタイニッツが出て来る。空は暗くなり、空気は冷え始めていた。スタイニッツが乗り込むのを待って、車を出した。

「軽率にも程がある」とスタイニッツは言った。「カール一世をブダペストに戻すだと。

そんなことになれば大公殿下は国外追放だ。私も政府にはそう勧めざるを得ない。次には自分の番が回ってくるとしてもな。陛下はどこにおられる」

「離陸を確認した後は不明です。ハンガリーには入っているでしょう。今夜中にマティアスから連絡がある筈です」

「もう一箇所、崩しておいてやらなければならないところがある」

「イェラチですか」

「血迷ってホルティの咽喉を掻き切ろうなどと企てられては困るからな。大公が手を引いたことを知れば諦めてくれるだろう。やりかけの仕事はあるか」

「オットーに任せます」

「一週間休暇を取ってブダペストに行ってほしい。この任務は非公式だ。ヤノシュには会うな。イェラチに直接、私が手を引くよう頼んでいると言えばいい」

「拒否したら」

「連れて来い。手段は任せる。ただし、丁重にな。ウィーンに来れば、私が直接話す」

「今夜発ちます。明日の夜には戻ります」

「二つばかり面倒がある。イェラチのところにはディートリヒシュタインが送り込まれている。会って、大公が引き上げを命じたと伝えろ。挑発はなしだ」

「僕の方から挑発したことはありませんよ。もうひとつは」

「ヨヴァン・ウティエシュニッチという名に覚えがあるか」

ジェルジュは答えなかった。二度と聞くことはないと思っていた名だ。スタイニッツの口に上ったことが不思議だった。

「イェラチが連れ歩いている。不躾な接近を試みたブダペストの連中が何人か、問答無用で叩き潰された。〈狂犬〉ヨヴァン、だそうだ」

「名の上げ方としては利口じゃない」

「イェラチは派手好みだ。その〈狂犬〉が君のことを話すのを、ヤノシュが聞いている」

「僕のことを？」

「顔を合わせたら生きては帰さないそうだ」スタイニッツはくすくす笑った。「ヤノシュは困惑したが、イェラチは面白がって煽っている」

「どういう連中です」

「正気ではない――イェラチはそう振舞うのが好きだ。大公を激怒させたことも二度や三度ではない。本人は平然としていた。最後にはハンガリーに追い払われたが、切られはしなかった。優秀だったからな」

「よくご存知ですね」

「一緒に過すには愉快な相手だが、仕事では付き合い切れん」溜息を吐いた。「荷が重過ぎるか」

「個人的な問題が絡むのはありがたくありません」

「それが判っているならいい。揉めるな」

ヨアヒム・フォン・ディートリヒシュタイン伯の目覚めはこの上なく爽やかなものだった。無闇とゴシック風の木彫で飾り、重苦しい緞帳を掛けた寝台の中で目を覚すと、「見よ、恐ろしき炎を」を鼻歌で歌いながら顔を洗い、自分で髭を当った。黒い絹の部屋着に袖を通した。呼鈴で朝食を要求した。イェラチの歓待は至れり尽せりなのだ。陶製の礼拝堂のようなストーヴの側でほどよく暖まった安楽椅子に身を埋め、チョコレートを匙でかき混ぜて味を見、三度の拒絶の末漸く今回の滞在で満足の行くものになった菓子パンを手に取ると、心の底から、生れて来てよかった、という気分になった。おそらくはむこう何千回か、こうした朝が続くことになるだろう。齧ろうとしたところで外の気配に気付いたが、それは万事が順調に動き始めた証拠だった。扉の外で、護衛のクレムニッツとの低い遣り取りが聞えた。構わずに齧って、口の縁に付いた細かい破片を指で取った。

壁に掛けた緞帳が斜に持ち上げられた。ジェルジュ・エスケルスが、前を開けた分厚い外套の首からゴーグルを下げ、防寒用の手袋を手に入って来た。

「飛行機でも飛ばして来たのかね。君は色々と多才だな」

しまった、と思ったのは一瞬のことだった。先に言葉を掛けるのは不自然だ。それから、意識を閉ざしていても、どうせ浮ついた上機嫌は見透かされていると考えた。大丈夫、疑うほどこっちに関心は持っていない。

「自動車でウィーンからだ」

「夜っぴてか。何にせよご苦労なことだ」チョコレートを飲んだ。「イェラチは留守だ。昼には戻る」

「聞いた」

「出直せ」

「君にも伝言がある」

百も承知で菓子パンを齧った。「誰の」

「大公殿下からだ。すぐに戻って来い、と」

ストーヴの縁に載せておいたポットを取って、チョコレートを注ぎ足し、匙でかき混ぜた。「妙だな」

「何が」

「君が大公殿下の伝言を持って来るとはね。普通ならもう少し人を選ぶ。君の口から何を聞いても信じないことを、殿下はご存知の筈だ」

ジェルジュはディートリヒシュタインの膝の上に新聞を投げ出した。折って表になった部分の短報に印が付いていた。菓子パンを盆の上に置いてから、取り上げて、目を細めて読んだ。

「信じるも信じないもない」とジェルジュは言った。「陛下は君らが進めていた準備が整う前に国境を越えて、王党派の軍と合流した。ハンガリーを征服するつもりらしい。大公は手を引いた」

「スタイニッツの差金か」

「何だって」

「陛下を唆したのはスタイニッツか」

「まさか」

「まあ、いい」

「ハンガリー側に君の身柄が押えられた場合、困るのは大公殿下だ。陛下をハンガリー王に復位させる計画に加担していたことがオーストリア政府に知れたら、国外追放は免れない」

「うまく立ち回るさ。私だって素人じゃない」ディートリヒシュタインは新聞を放り出し、銀の匙を添えたジャムの小皿に手を伸ばした。「伝言は確かに受け取ったよ」一口、舐めた。「報せを待ってるんだ」目を上げて、ジェルジュを見詰めた。自分の大胆さに胸が高鳴った。「個人的な朗報をね。そうしたらウィーンに戻る」相手の顔をかすかな疑念が過ったような気がしたが、結局は常の無関心が勝ったらしかった。いつもなら茶碗のひとつかふたつ叩き壊さずにはいられないくらい腹立たしい無関心が、今日は快かった。「車は置いておけばいい。昼にまた来るんだろう」

ジェルジュは出て行った。ディートリヒシュタインは目を閉じた。階段を下りながら手袋とゴーグルをポケットに突っ込むのが判った。ハンガリー語で従僕に何か言った。車のことだろう。そのまま外へ出た。

ほとんど感じられないほどの影が視野を過った。階段の下から扉を潜り、街路を音もなく付いて行く。ディートリヒシュタインは微笑した。


漸く建物の屋根の高さを越えた太陽が、通りの向うに並ぶ邸宅の壁を照らし出した。ジェルジュはポケットに両手を入れて歩いた。一晩中運転して強張った体を解したかったのだ。十五分ばかり通りを下って環状道路に出たら左に折れる。そのまま少し行くとカフェがあるのを知っていた。朝食を取ろうと考えた。熱いコーヒーと卵と焼き立てのパン。ディートリヒシュタインと話す間中羨ましかったのはあの朝食だ。

歌劇場の前を通り過ぎたところで、誰かの軽い、目配せのような合図を感じた。足は停めなかった。誰もいなかったし、いたとしても立ち止る理由はない。ただ、それで気が付いた。全てが見えているのに、ひとつだけ、何かが見えていない。視野の一部が剝落したようだった。その下で、何かがまたちらりと動いた。まばらな車の流れを縫うようにして、無理に通りを渡った。建物の下を潜った。

無愛想な共同住宅が幾つも連なり、見捨てられたような中庭が続く道を、ジェルジュは歩いた。次第に歩調が速くなった。ほとんど駆けるような足取りになる頃には、誰を追っているのか確信していた。イェラチの屋敷を出たところから尾けられていたと考えれば辻褄は合う。合わないのは、自分が彼を追っていることだ。

建物の窓は閉ざされている。一階の工房や倉庫も、その上の住居も。中で立ち働く人の気配ははっきりと感じられた。窓硝子に遮られて聞えない歌も聞えた。次の中庭で、道は行き止りだった。足を停めた。感覚の上にぼやけた灰色の染みのようなものを記す、気配とも言えない気配が消えた。

振り返った。ほとんど本能的な動作だった。中庭に面した窓の硝子が、一斉に鳴った。衝撃が空気を切り裂いた。はね付けようとしてから、失策に気付いた。押し切られ、躱し切れずに叩き潰された。

冷たい敷石の上で痙攣する体を丸めるようにして立ち上がろうとした。感覚を動かそうとすると目の底に激痛が走った。足音がした。引きずり起された。首を前に振るようにして辛うじて支えた。ヨヴァン、と言ったつもりだったが、声は出なかった。奇妙な形に欠け落ちた視野の中で、相手の瞳孔が小さく収縮するのがはっきりと見えた。

額から貫かれた。歯を食い縛って声を殺した。体はまだ動いた。腕を振り回すようにして頭部を殴り付けた。利いたのかどうかも判らぬままに襟首を摑み、力任せに鳩尾を突いた。

咽喉を鳴らすような喘ぎを聞いた。ヨヴァンは急に重くなり、しがみ付きながら倒れてきた。あとずさると、頽れた。見下ろした途端に痛みで目の前が薄暗く霞んだ。

泳ぐように大通りに出た。扉の閉まりかけた市電にぶら下がり、体を押し込んだ。兎も角、少しでも遠ざかっておきたかった。手探りで座席に坐り、目を閉じた。市電が加速し、右側に大きく傾いだ。

　正午を告げる鐘の音が響き渡り、ヨヴァン・ウティエシュニッチは目を開いた。俄に活気付いた街のざわめきが聞えてきた。中庭の敷石に俯せに倒れていた。腹部に鈍痛を覚えた。手の中に焼けるような何かを握っていた。

　古めかしい懐中時計だ。

　体を起し、軽く指で撫でて、ポケットに突っ込んだ。それでもまだ熱かった。一番上に、殴り付けた瞬間の衝撃が刻まれていた。立ち上がって、残った気配を追って通りに出た。息をする度に胃の辺りがずきずきした。無意識に片脚を庇っていた。倒れる時に捻ったのだろう。痕跡はそこで途切れていた。左目の縁が内出血で腫れ上がっていることに、通行人の目で見てはじめて気が付いた。

　イェラチの屋敷に戻ると、そのまま階段を上がった。上の階の自分の部屋に下がろうとして、中から呼び止められた。仕方なく、踊り場の両開きの扉を押し開けた。

　上着を脱いだディートリヒシュタインが、姿見にむかって騎兵刀を構えていた。鏡を凝視したのは、背後に立ったヨヴァンの痣に驚いたからだった。ヨヴァンはポケットから時計を取り出し、鎖で下げて肩越しに揺らしてみせた。

　ディートリヒシュタインは剣を下げ、持ち替えて時計に手を伸ばした。指が触れる前に顔を顰めた。

「何だ、これは」

「奴が持ってればこうもなる」

ディートリヒシュタインはヨヴァンを窺った。その視線を、そっけなくはね付けた。

「殺したのか」

「叩き潰したよ。今頃はそこらに潜り込んで死にかけてるさ」

ディートリヒシュタインはクレムニッツに支えさせた姿見に向き直ってもとの構えを取った。「甘いな」上の構えから振り下ろす動作を二度ばかり取った。「まさかそれで満足という訳じゃあるまい。見付け出して止めを刺せ」

「言われなくてもやる」

それから使用人を呼んで氷を持って来させた。何とか見られる状態にしておきたかったのだ。上等の麻布を絞って氷を包み、長椅子に身を投げ出して左目に押し当てた。

「切開した方がいいぞ」とディートリシュタインが言った。

イェラチが戻って来たのは、麻布を二度ほど絞り直した後だった。驚くほど頭の小さなボルゾイが、爪を鳴らし、引き綱を床に引きずって駆け込んできた。ヨヴァンは体を起して場所を空けてやった。犬が膝に寄り掛かるのにも、イェラチに頭の中をひと撫でされるのにも抗わなかった。

これ見よがしに溜息を吐くのが聞えた。「野良犬みたいに路地裏で喉頸に食らい付ければ満足だったのか」

ヨヴァンはイェラチのずんぐりした姿を見上げた。

「油断する奴が悪い」とディートリヒシュタインが口を挟んだ。

「あなたの失策については後で話をさせていただこう、伯爵。まずは私の犬を叱っておかないとな――何とか言ったらどうだ」

「充分にやれる筈でした」

「もちろん、やれるだろう。でなければお前を拾い上げて仕込んだりはしない。あの男にまともに相手にされなかったのが我慢できないと言いはしなかったか、と聞いているのだ」

「ヨアヒムの言う通りです――油断したのは奴が悪い。しかもぼくだと判っていた」

「また舐められたか」イェラチはこれ見よがしに嘲笑した。「お前なぞ相手にする値打ちがないという態度をされたか。それを殴り倒したのか。答えろ、ヨヴァン、満足か」

「殴り倒したことは認めて下さい」

「不意打ちでなければどうだった」

ヨヴァンは躊躇った。それからイェラチを睨み付けて言った。「五分です」

「本当にそう思うか」

「証拠が必要なら午後にでも奴をここに引きずってきますよ。生きてだろうと死んでだろうとね」

　イェラチはちょうど鏡像になるように自分の右の蟀谷(こめかみ)を示した。

「それがどうかしましたか」

「奴にやられたのだろう」

　ヨヴァンは肯定した。

「殴り倒す前か、後か」

「――後です」

「当然だな。感覚が麻痺(まひ)しただろう」

「一瞬です」

「それで当て身を食わされた」鳩尾を指さした。「不意打ちを食わせて、叩(たた)き潰したつもりでいた相手に。首の骨を折られなくて良かったな。感覚なぞなくとも、気の利いた奴ならそのくらいはやる。お前は相手にされなかったのだよ、またしてもな」

「あいつは滅多に殺しはしませんよ」とディートリヒシュタインは言った。「あまりにも人を馬鹿にしてるんでね」

「ではあなたの方に移らせていただこうか、伯爵。そのゲオルク・エスケルスが今朝来たのは何のためだ」

「あなたが昨日言っておられた通りですよ。大公が手を引いたそうです。ウィーンに戻れと言われました」

「それだけか。あなたがゲオルク・エスケルスについて言っておられたことを信じるなら、まずありそうにないな。ウィーンの顧問官殿は何のためにわざわざ秘蔵っ子を送り込んで来た」

「今はもう顧問官殿じゃありませんよ。あなたに話があると言っていました」

「どんな」

「たぶん同じでしょう」

「たぶん！」イェラチは芝居掛かった身振りで天を仰いだ。「たぶん！　よろしいかな、伯爵、あなたとこの猛り立った阿呆が何をやったか説明させていただいても」

大仰ですね、とディートリヒシュタインは抗弁した。「別にいいでしょう、使い走りの一人や二人」

「伝言を携えた使者をいきなり沈黙させることが？　軍隊なら銃殺ものだ」

「ここは軍隊じゃない」

「あなたにとっては幸いだな」

「知りたいだけのことは引き出してありますよ。あなたが言っていた通り、陛下を煽ったのはスタイニッツだ。奴は嘘が吐けないんでね」

「それから」

「それから？」

「私が知らなければならないのはその続きだ」

抗弁しようとしたディートリヒシュタインを遮って、イェラチはもういいと言わんばかりに手を振った。「陛下はショプロンにおられる。うまくすれば明日か、明後日には軍を率いてブダペストに入られるだろう。だが残念ながら、あなたにはこちらに留まっていただく。エスケルスを見付け出すまではな」

おそろしく不器用に引きずられているのは判っていた。女たちはジェルジュの脇を抱え、柔らかい土の上を戸口にむかって運んでいた。

目は焼け付いて開くことができなかった。感覚は痛みだけを返して来た。体が重かった。女たちの愚痴を聞くまでもないが、すっかり忘れていたことだった。足の方を持ち上げることをようやく思い付いた一人が、両脚を抱え込みながら、触れようとした。乾いた柔らかい指を感じて逃れようとしたが、その小さな手は驚くほど強靭でもあった。痛みが薄らいだ。同時に、抵抗しようと言う気も失せた。

寝台に横たえられ、手際よくシャツまで剝ぎ取られた。体を支えて起された。厚い、丸い器の縁が唇に触れた。枯草のような匂いのするどろりとした液体が口に入った。舌が痺れた。薄甘い何かで誤魔化した苦味のせいではない。頭を振ろうとすると、宥めるように軽く押えられた。大人しく唇を開いて、少しずつ、ゆっくりと飲んだ。柔らかく洗い晒した布が口元を拭った。女たちの感覚が沈みすぎないよう自分を受け止めるのを感じながら、覚醒にしがみ付いていた手を離した。

ぼんやりとした目覚めが数時間毎に訪れた。起き上がって、女たちが印しておいてくれた感触を頼りに階下に下り、用を足した。食事は匙で口まで運ばれた。薬を飲まされた。鈍い刃物で力任せに引き裂かれたような衝撃と苦痛は次第に揺らぎ、薄らいで、尖った小さな痛みだけが残った。固く身を縮めていた感覚が目を覚し、潰された部分を伸ばしながらもとの姿に返ろうとしていた。傷の重さに呆れはしたが、恐怖は感じなかった。薬による軽い麻痺が、彼を抑え、守っていた。ゆっくりと、少しずつ動かせばいい。麻痺を押して手の届いた場所は確実に彼の領域になった。

眠ったまま、ジェルジュは慎重に感覚を広げた。針で刺すような痛みを感じながら、深い眠りの底に横たわって動かない四肢を取り戻した。体が短く痙攣した。目が覚めかけた。それからまた眠った。いつもの馴染み深い眠りだ。感覚は肌を薄く這い、温まった寝床に残る曖昧で穏やかな気配を捉えている。

視界は次第に明るみを取り戻し、部屋はぼんやりと温かい気配に満ちた。

誰が父親、と囁く声がした。

ヴィリが教えておいたのよ。

目を覚すわ。

こんな怪我でよく辿り着いたこと。

ラッケンバッハーじゃないの。

惚れっぽいから。

里子に出したんじゃなかったっけ。

子供には二度と会わせないと脅されたって。

上の子は？

ヴィリは泣いてた。

死んだわ。

非道い男。

影のように捉えどころのない女たちは、低い囁きをひっきりなしに交しながら部屋を行き来し、ジェルジュに触れ、ああでもないこうでもないと言い合い、噂話に興じ、ジェルジュが耳を澄ますと、沈黙した。押し殺した笑いが聞えた気がしたが、探り当てることはできなかった。部屋の中を回って廊下に出、階段を下り、手洗いに続く印だけが宙に浮び上がった。

鳥の囀りが聞えた。窓が見えた。窓掛は上げられていたが、そのむこうにあるのは灰色の空だけだった。誰かが坐っていた。火を入れたストーヴの熱が感じられた。

遠慮はしなくていいよ、と言われた。

頭痛とともに、体が横たわる寝台の清潔な温かさを感じながら、ジェルジュはその場に留まった。

ヴィリの息子だろう。

軽く触れられるのを感じたが、抗おうとは思わなかった。相手はくすくす笑って、わたしを覚えておいでかい、と言った。この家も、女たちも、確かに知っていた。記憶のどこかに、像を結ばない感触だけが畳み込まれていた。

間違いない、ヴィリの生んだ男の子だ。随分大きくなったんだね。運び込むのに往生したって。一体どうやってここに来たんだろうね。

そんなに難しかっただろうか、と考えた。市電を二度、乗り換えた。途中でドナウ川を越えた。下りて歩くのは辛かったが、別に迷いはしなかった。

市電でかい、と相手は言った。そんなものに乗って来る人ははじめてだ。ヴィリはお前を連れて出て行った。それきり二度と、里子に出すことになった時でさえ、連れて来ようとはしなかった。自分が出て行くことを選んだように、お前のことも外の世界で暮させたいと思ったからさ。だからお前がここに帰って来られる筈はないんだけどね。

ジェルジュは答えなかった。確かなのは、角ひとつ、戸口ひとつ間違えなかったことだ。もしかするとあれは裏庭だったのかもしれないが、それでも間違えなかったことに違いはない。

探したんだけどね。ずっと町にいたんだって。どうして見付けられなかったんだろうね。あたしたちは目がいいんだけどね。気が付いた時には、お前はもう余所に行った後だった。ウィーンのお殿様がお前を引き取ったと聞いて、諦めた。だってその方がずっといいからね。ずっと幸せだからね。

僕にはよく判りません。自分で選んだことじゃありませんから。

辛くはないかい。

大したことはありません。
非道い怪我をして。
友人に殴られただけです。殴られるだけのことはしています。
鳥の囀りが聞えた。切り取られた空間の中で、それは奇妙なくらいはっきりと響いた。
餌付けでもしているんですか。

まさか。あれは誇り高いからね。餌なんかやっても見向きもしないよ。少なくとも今時分はね。挨拶に来てくれているだけさ。それに少し威張って見せたいだけさ。あの枝で鳴くと、わたしが見るのを知ってるんだよ。それから飛ぶんだ。翼を小さく畳んで素早く飛んだり、大きく羽ばたいてどこまでも高く上がって見せたりね。自慢するだけのことはあるよ。同じ年に孵った仲間の中では一番強い翼を持っているし、飛ぶのも上手だ。

灰色の窓の外で、小さな光が瞬くように感じられた。もう一度囀りながら尾を軽く動かした。

猛々しい囀りようだろう。夏はもっと非道かった。まるであの木の枝から全世界を支配していると言わんばかりだった。鷹も、烏も自分の敵じゃないって。実際、誰もあれを捕まえたりはできなかったしね。そりゃもう気持ちがいいくらいのものさ、ああいう生きものの自惚れの骨頂というのは。だってそれは本当なんだから。
相手は窓の外の小さな鳥に軽く触れた。飛び立つ合図だった。ジェルジュは微笑んだ。

翼で体の丸みを支え、空を支えに羽ばたいて前へと押し出す感覚があまりにも快かったからだ。
でもそろそろ餌をやる準備をしなくちゃね。冬ってのは、小鳥にとっては、そりゃあ惨めな季節だ。二月なんか目も当てられない。うっかり忘れていると、痩せ衰えて戻って来て、そのまま雪の中に落ちてるからね。可哀想だから拾い上げて家に入れるけど、風切羽根まで濡れそぼって、震えて、目を閉じてぐったりしてる。そうなったらもう助からない。何羽もの小鳥をそうやって看取ったよ。うちの軒先は小鳥の共同墓地みたいなもんさ。

相手の気配がふいに遠ざかった。廊下に軽い足音が聞えた。女たちの誰かが様子を見に来たのだ。ジェルジュは寝返りを打ち、枕に顔を埋めた。よくお考え、と言われた気がした。あたしたちは鷹でも梟でも鳥でもない。林檎の木の枝で囀る小鳥だよ。

目覚めはあっけなかった。眠りの底から離れて浮び上がり、半覚醒状態を簡単に通り過ぎて、寝返りで皺になったシーツに埋もれている自分を見出した。薬は完全に切れていた。目元に手をやった。目隠しをされていた。幾らかの腹立ちとともに後にずらして外した。感覚が広がった。鈍い、小さな痛みが頭の中でひとつ鳴った。家の中は無人のようだった。体を起し、曇りを拭うように瞬いてから窓を見遣った。日に焼けた窓掛の赤い花模様が、光に浮び上がっていた。

椅子の上にあった下着を着け、シャツに袖を通した。洗って、アイロンが掛けられていた。取り敢えずの身支度だけをし、外套と上着を持って階下に下りた。台所に入った。竈には熾火が残って、まだ暖かかった。卓子の上に並べられていたタオルと石鹼を取り、剃刀と小さな鏡を持って裏庭に出た。霧が残っていた。畝だけが残った菜園と、大きな林檎の木があった。勝手口の脇のポンプを押し、下に宛がった盥に水を取って、手の平で石鹼を泡立て、顔を洗った。髭を剃ろうと、鏡を取って覗き込んだ。

明るい朝だった。屋根を回り込んだ太陽が鏡に映った。左目がずきりとした。手で影を作って鏡を覗き込んだ。溜息を吐いた。見えてはいるが瞳孔が開いたままだ。入る光を調整しながら様子を見たが、眩しいのでやめにした。左目を瞑ったまま髭を剃り、タオルで顔を拭いながら中に入った。

足を停めた。灰色の目が、こちらを見ながら視界の隅を過った。鏡で見る自分の目によく似ていた。台所を見回し、卓子の上に目を留めて微笑した。黒い絹の布が置かれていた。畳んで左目を覆い、頭の後で結んで留めた。上着と外套に袖を通しながら、もう一度外に出た。

低い柵が道と庭とを仕切っていた。木戸に手を掛けて、振り返った。林檎の木の脇にある窓を見遣った。家は相変らず無人のように思えたが、そこに伯母たちが息を潜めていることを――祖母がこちらを見ていることを、ジェルジュは知っていた。あなたたちが何をしようと、僕なら戻りたい時にはいつでも戻って来られますよ、と言った。家の中は静まりかえっていたが、笑いの気配のようなものはかすかに感じ取れた。

市電がドナウ川を渡る間、額を押えるようにして、ジェルジュは左目を覆っていた。川面(かわも)の照り返しが目隠し越しにもひどく眩しかったのだ。感覚は規則正しく小さな痛みを返してきた。乗り降りする乗客の意識のざわめきは快くさえあったが、市電がカーヴを切る時、外に向けると、ずきりと来た。軽く押して反応を見ながら、拙(まず)いな、と考えた。痛みを堪(こら)えれば二、三度は動かせそうだが、無理をしていることはすぐにばれる。相手の意識から姿を消すなどという芸当も無理だ。つまりは逃げも隠れもできない。まあいいか、と考えた。切り抜ける手段は幾らでもある。兎(と)も角(かく)空腹だった。大通りで市電を降り、カフェに入った。ヤノシュに電話を掛けた。出たのは当人だった。

「電話は拙いですよ」とヤノシュは言った。「本当はどこにいるか聞きたいんですが」

メトロポール、とジェルジュは言った。返答はなかった。狼狽(ろうばい)が手に取れそうだった。

「メトロポールだよ。エリザベート大通りに面したところに大きいカフェがあるだろう、半地下にレストランのある」

「盗聴されてます。交換手が――」

「ここにいるのはすぐに知れる。逃げ隠れできる状態じゃないからね」

「拙いな」とヤノシュは言った。「ウティエシュニッチが時計をちらつかせて言い触らして歩いたんですよ、あなたを叩(たた)き潰(つぶ)したって。ブダペスト中が色めき立ってます」

燻(いぶ)り出しに掛かっていたか、とジェルジュは考えた。「非道(ひど)い状態だが、何とかできる。スタイニッツ男爵には報告したか」

「未確認情報と断った上でですが」

「返答は」

「特にありません。正午まで待ったら、定時報告と一緒にもう一度と思っていました。消えてから四十八時間ですから」

「兎も角、生きてはいるし、潰されてもいない」

「来てくれると助かるんですけど」

「僕は休暇中だ」

「王党派の軍がブダペストのすぐ手前まで来てるのに」

「君だって大事になるとは思ってないだろう。状況はウィーンで掌握している。必要なら指示が来る。スタイニッツには、今夜中に戻ると伝えておいてくれないか」

「本当に大丈夫なんですか」

「まあたぶんね。ところでキニジの番号を知らないか」

電話を一旦(いったん)切ってから、ジェルジュは再び交換嬢を呼び出して番号を告げた。滑らかな応対に僅(わず)かな躊躇(ちゅうちょ)があった。なるほどな、と思いながら電話が繋(つな)がるのを待った。名乗って、いきなり切り出した。

「今、メトロポールにいるんだが」

それから、半地下を見下ろす手摺のそばの席に陣取った。大仰な列柱と飾りの緞帳が頃合の物陰を作ってくれている。小さいビールと、香辛料を利かした豆と豚肉の煮込みを頼んだ。右手でフォークを持って食べ始めたところで、軽い疼痛が走った。薄い顎鬚と口髭で顔の下半分を覆った男が入って来て、こちらに気付いたところだった。目が合うと、にやりと笑った。それから足早にやって来た。

「随分探したぞ」と立ったまま嬉しげに言った。「どこに潜り込んでた」

「見付けられなかったのか」

「市電の終点で降りたところまではすぐに摑めた。その後がな」

この世の裏側だよ、とジェルジュは考えたが、口にはしなかった。女たちが自信を持つだけのことはあるらしい。

「非道いやられようだな。目をどうかしたか」

「見えない訳じゃないが瞳孔が開きっぱなしだ」

「こっぴどく殴られるとそうなる」キニジは、ざまあみろ、と言わんばかりの顔で頷いた。「そのうち治る」

「何人連れて来てる」

キニジは聞き返した。

「外だよ。この状態じゃ見えなくてね」ビールを一口飲んだ。

「君が相手だと話が早くていい」

「別に急ぐことはないだろう。食事くらい取らせてくれ。君も坐ったらどうだ」

「引きずり出されたいか」

ジェルジュはキニジを見据えた。感覚を少しだけ押した。鈍い痛みとともにグラスが短く鳴った。キニジが僅かに怯んだのは、押し殺したつもりの表情からでも充分に見て取れた。

「誰かがあんたの自惚れの鼻を叩き折ってくれないものかと昔から思ってた。スタイニッツの下で働いてた頃からだ。ウティエシュニッチ様々だよ。しかもおれの縄張りでだ。部下の一人や二人、くれてやるさ」

「四人だろう」

キニジは気色ばんだ。

「独立以来、君のところが随分頑張って人集めをしてきたのは知ってるが、それでも集められたのは十二人だ。正確な数字の筈だよ。捕物に使えるような奴は五人、無理をさせても七人ってところだ。ところでウティエシュニッチはゲザとイムレを叩き潰した。パールはまだふらついてる。ミハーイは自宅療養中だ」

キニジは短くヤノシュを罵った。「余計なお世話だ」

「これは僕の問題なんだよ。ひとつ聞かせてほしいんだが、君の目下の最重要課題は何だ。僕を捕まえて頭を開けることか」

「何が言いたい」

「やれるものならやってみろ、ってことさ。君と手下くらい何とか片付けられるよ。損をするのはどう考えても僕じゃない」

「当て推量で取引できると思うか」

「よく考えることだ。これ以上人手が減ったら、イェラチをどうする」

キニジは腰を下ろした。ジェルジュは皿の残りに取り掛かった。遠慮会釈のない味付けが嬉しかった。

「コーヒーは君の奢りだ。本題に入るのは少し待ってくれ」

「よく食えるな」

「空腹なんだ」

それから無言で食べ続けた。時々、ビールを飲んだ。パンの残りで皿を舐めたように綺麗に拭って食べてしまった。少し考えて、それ以上何か食べるのはやめにした。

キニジは給仕を呼んでコーヒーを取った。皿が片付けられ、小さなグラスに入った熱いコーヒーが来るまで、彼らは黙っていた。ジェルジュは砂糖を二つ入れて、匙で潰し、軽く回した。

「あんたが来たのはイェラチのためか」

「僕は休暇中だ。ブダペストでの行動は、あくまで個人的な行動だ」

キニジは溜息を吐いた。忠義だな、と言った。「上司が誰であれ、個人的なご用なんぞ務めていると痛い目に遭うぞ。スタイニッツは相変らず大公に付いてるんだろう」

「大公の意思に従うことが大公を救うこととは限らない。今はオーストリア政府の意向が第一だ」

「じゃ、あれは本当か、マティアスがカール王の随行の中にいるってのは」

「マティアスが。それは初耳だ。ただ、これで陛下が復位なさる可能性はほぼ断たれた。大公は手を引かざるを得なくなった」

「引いたのか」

「一昨日（おととい）の朝、イェラチのところに寄ったよ。ディートリヒシュタインに、だからウィーンに戻るよう伝えた」

「まだいる」

「それは彼の責任だ。僕の知ったことじゃない」

「帰して貰（もら）えないらしい。事実上の囚人だ。で、ウティエシュニッチにやられたか」

「個人的なごたごただ。スタイニッツもイェラチも関係ない」

「焚（た）き付けているのはイェラチだろ」

「だとしてもだよ」

キニジはずんぐりした指でグラスを摘（つま）むと、口元に運んだ。話が見えないな、と言った。

「君がいてくれたんで、ゆっくり食事ができた」と言って、ジェルジュは笑った。「イェラチとウティエシュニッチのことを聞きたいんだ。君が一番詳しい筈だ」

「ウティエシュニッチのことは良くは知らん。戦争の終り頃からイェラチが連れて歩いていたが、正式な職員だったことはないし、おれたちと行動したこともない。独立でイェラチが辞めてから、またブダペストに現れるまでは、ああいう奴だということも知らなかった」

「〈狂犬〉ヨヴァン？」

「クロアチア人か」

「ボスニア人だ。ザヴァチルの部下だった。僕が奴を殺した時、一緒にいた」

キニジがジェルジュを見据えた。それ、やめてくれないか、とジェルジュが言った。

「頭に響くんだ」

「奴の目の前で上官を殺したのか」

「そういうことになるな」

「奴のことはやらなかったのか」

「必要だとは思わなかった」

「それで生き延びて、戦争中に河岸を変えたか——仕返しのために」

「馬鹿げた想像はやめてくれ。僕が知ってるのは、会うなり彼が僕を殺そうとしたということだけだ」

「逃げた方がいいんじゃないか」

「これからもう一度行く」

「止めを刺されに」

「たぶんそうすべきなんだろうな。道義的には全くもって正しいよ。ただ、そうはなりたくない。だから来て貰った」

「あんたの言う通りだ。これ以上〈狂犬〉とは遣り合いたくない。全滅させられちまうからな」

「イェラチはどうする」

「監視はしてる。煩さがられない程度にな。王党派の爺さん連中と会っちゃ気勢を上げてるが、それ以上のことはしていない。人数を集めてもいないし、蜂起する気配もない。それさえ、カール王がショプロンに入ってからはやってない。手に手に得物を持った王党派が列車を停めて勢ぞろいしても、動く気配はない」

「来たのか」

「交戦中だ。あれを交戦と言えるならな。近くの宿屋で呑みながら見物させてるが、息の掛かった奴は見当らないそうだ」

「諦めたか」

「そう願ってるよ」

「暴発の可能性はあるかな」

「どんな」

「今、ホルティを暗殺したらどうなる」

　まさか、とキニジは言った。「イェラチは厄介な上司だったが、玄人中の玄人だった。

そんなことをすれば収拾が付かないことは判ってるだろ」

　それでもキニジの顔色は蒼かった。ジェルジュは頷いた。

「スタイニッツ男爵が案じているのは、まさにそういうことだよ」

「あり得ない」

「一応はね。ただ、万が一の可能性も取り除いておきたいというのがスタイニッツ男爵の意向だ」

「消すのか」

「ハンガリー国内からはね」

「ウティエシュニッチをどうするつもりだ」

「イェラチのところにいるのは彼だけか」

「少なくとも、ブダペストではね。在職中に稼いで建てた豪勢な家で、矢鱈人を使って派手に暮しているが、おれたちにとって問題なのはあいつだけだ」

「イェラチには忠実か」

「犬みたいにな。おれたちはよくそう言ってたもんだよ」

「じゃあ問題はない。イェラチを説得すればいい」

「説得できなければ」

「この状態じゃ手加減は辛いな」

あんたな、と言ってキニジは溜息を吐いた。「自分がやられる可能性は考えないのか」

「その時は君らに任せるよ。国外追放にすればいい」

「ウティエシュニッチは」

「最低限でも、君らの邪魔にならないようにはしておく」ジェルジュはコーヒーを取って、空けた。美味しかった。頭に染み渡るようだ。「イェラチの居所は掴んでるかい」

「今日は外で昼食だ。ブロディ・シャンドール通りの店で、取り巻き連中を連れてな」

「取り巻き?」

「ウティエシュニッチは勿論だが、ディートリヒシュタインと、あの何とかいう護衛がいる」

「クレムニッツは張りぼてだ」

「いつもならそうも言えるだろうさ。慎重にな。無理をすると本当に潰れるぞ」

「これ以上君を喜ばせる気はないよ」ジェルジュはポケットを探った。キニジはかぶりを振った。

「奢っておく」

「感謝の印だと思っていいのかな」

「お望みなら」

「ついでに一つ、頼んでおきたいことがある――夕方、六時か七時になると思うが、イェラチを乗せて車で国境を通過できるようにしておいてくれないか」

「潜れよ」
「無理だ」
判った、とキニジは言った。ジェルジュは礼を言ってカフェを出た。

歩いても十分とは掛からなかった。鉄の輪に蠟燭まがいの電球を立て、壁に下手糞な壁画を描いた店は、街路からの光で明るかった。窓際で、疎らな客が静かに食事をしていた。ジェルジュは給仕に、イェラチ氏に会いたいと告げた。客のいない奥を色硝子を嵌め込んだ仕切りが塞いでいた。給仕はすぐに戻って来た。中に通された。

軽い痛みを感じた。会食用の机の端から、ヨヴァンがこちらを見詰めていた。さらけ出そうとは思わなかったが、抵抗もしなかった。あの視線に抗し続けることなど今は不可能だ。クレムニッツは入口近いところに坐っており、ディートリヒシュタインはヨヴァンの向い側で、不機嫌そうにジェルジュを眺めていた。コーヒーが終ったところだった。二人の間に腰を下ろした男が手招きした。薄い白髪を綺麗に撫で付けた、血色のいい男だった。

ジェルジュは折り目正しく一揖して、切り出した。ラースロー・イェラチは薄く笑みを浮かべた。

「美しい」とドイツ語で言った。「申し分ないハンガリー語だ。スタイニッツがまだ君にかくも美しい言葉を仕込むことができたのは、私にとっては欣快の至りだよ。だが残念なことに、ここにいる君の友人たちは我々の言葉を解さない。ドイツ語で話すしかないな」

「どちらでも僕は結構ですよ」

イェラチは目を細めた。痛みが軽く響いた。品定めされていた。

「何とも非道くやられたものだな。しかも自信満々と来ている」

「別に殴り合いをしに来た訳ではありません。立って、歩いて、口が利ければ充分な用件です」

「言って見ろ」

「スタイニッツ男爵がすぐにウィーンでお会いしたいと」

「何もかも投げ出してかね」

「勿論です」

「今は困るな」

「僕が次の一手を打てば詰になることをご理解下さい」

イェラチは笑った。「さすがはスタイニッツのお弟子だ。私が一番気に食わなかった遣口だよ。理詰めで退路を一つずつ塞いで、最後のひとつを閉ざされたくなければ言うことを聞けと迫る。そんな遣口を、私が何故、大人しく受け入れると思う」

「あなたがこの上なく正気な方だからですよ」

「スタイニッツは私がどんな男か話さなかったのかね」

「正気でないかのように振舞うのが好きだ、と」

「相変らず嫌味な奴だ。君にそんなことを言って何になる」

「少なくともあなたを信頼する理由にはなります。でなければここへは来ません。僕はむしろ、この二日間を失ったせいであなたにはお目に掛かれないのではないかと思っていました。とっくに、少なくともブダペストを——もしかするとハンガリーを離れただろうと。特別な明敏さを必要とするような判断ではありません。春に、カール王が偽造旅券を使ってハンガリーに入国した時には、出ていた結論に過ぎない。今回の試みの後には誰にとっても明らかなことです」

「それを口にできるかね、君は」

「正統性はどうあれ、カール一世の行いは政治的山師のそれです」

「口を慎め、エスケルス」ディートリヒシュタインが物憂げに口を挟んだ。

「その山師が、今は軍を率いてそこまで来ている。今夜にもブダペストに入城するだろう」

「軍と言えるようなものでないことは、誰よりあなたがよくご存知でしょう。ブダペストに入れるかどうかもね。万が一全てが巧く行ったとして、後をどう捌くか考えておいでですか」

「協商側に再占領はさせん。忌々しい成り上がりのチェコにもな。我々の王が誰であるかは我々が決める。私がここにいるのはそのためだ」

「そのためだった、とおっしゃるべきでしょう」

「それがスタイニッツの結論か」

「大公の結論でもあります」

ディートリヒシュタインが陰気な顔でジェルジュを睨んだ。「そう仕向けたのはスタイニッツだろう」

ジェルジュは返答に詰った。

「答えられないか」

「残念ながら」

イェラチは溜息を吐いた。「スタイニッツは相変らず大公に忠実ということだな」

「馬鹿を言うな、こいつらは――」

「いつ嗅ぎ当てた」

「三箇月ほど前です」

「泳がせたのか」

「悪意には取らないで下さい。スタイニッツ男爵が直接お話しするでしょう。僕の口からは申し上げられません」

おい、イェラチ、とディートリヒシュタインが声を荒らげた。イェラチの指示とヨヴァンの反応は見て取ることもできないほど素早かった。クレムニッツが気付く前に、ジェルジュが遮った。かなり強い衝撃があった。一瞬、朦朧とした。

「彼のことは放っておいて貰いましょう」と言った。「大公を生き延びさせるのがスタイニッツ男爵の義務だとしたら、僕は彼を無事に帰らせなければなりません」

何のことだ、とディートリヒシュタインは聞いて来た。何のつもりだ。

言っただろう。君がブダペストの防諜の連中に捕まったら大公はお仕舞だ。

ディートリヒシュタインは目を逸らした。おそろしく居心地が悪そうだった。イェラチは面白そうにジェルジュを見詰めた。頭に軽く響いた。

「可能かどうかは別として、最低限の国際的承認は必要でした。陛下はそれを理解しておられなかった。ハプスブルク家最後の君主が剣の上に坐ることはできない、ということも。あなたがここにおられるのは今や無意味です」

「それでも残ると言ったら」

「最悪の可能性を想定せざるを得ませんね」

「スタイニッツは何か言っていたか」

「血迷ってホルティの咽喉を搔き切ろうなぞと企まれては困る、と」

イェラチは虚を突かれたようだった。「スタイニッツがそう言ったのか」それから笑い出した。「何という発想だ。ホルティの咽喉を搔き切る！　君はどう思っているか知らんが、正気じゃないのはあいつの方だ。ホルティの咽喉を搔き切る！」イェラチは笑い続けた。「何て馬鹿な」

「キニジも大して意外とは思っていませんでしたよ」

「言ったのか」

「一応、警告はしておきました」

イェラチは深く息を吐いた。どうにか真顔になりはしたが、時折、笑いの名残が口元をかすめた。「スタイニッツめ、一滴も飲んでないような顔をして、相変らず正体をなくした酔っ払い同然の考えを玩ぶ」

「心配は無用だと」

「君は正気かね」とイェラチは尋ねた。「いや、答えて貰うまでもない。君はそう信じているだろう。私の目にはとてもそうは見えないとしてもな。スタイニッツのことも正気だと思っているだろう。だから仕込まれた通りの足算引算で私が手を引くなぞと思い込む。ひとつ、教えておいてやろう――スタイニッツは私が知る中では一番異常な男だよ。君に口で教える正気の算術の下で、恐ろしく狂った算術を玩んでいる。あいつが冴えているのはそこさ。でなければどうして私がホルティの暗殺を目論むかもしれんなぞと思い付くのかね」

「現実の問題としては――」

「現実なぞどうでもいい。何故スタイニッツがそれを思い付いたか判るか。この状況でホルティの咽喉を掻き切ったらどうなるか想像して、その空恐ろしさに恍惚としたからさ。奴のことだ、もっと狂った想像も玩んでいることだろう。それからはたと気が付く。ここで自分が考え付く以上、ブダペストにいるもう一人だって、同じことを考えていてもおかしくない。そこで正気の権化のような顔で君を呼び付け、私を連れて来いと命じるという寸法だ。奴は正しい。私にはそれができる。このヨヴァンに、行ってホルティを殺せと命じるだけだ。キニジがどんなに警戒しようと何の役にも立たん。なるほど、政府は大混乱だ。君が言うところの山師の王とその一党は喜び勇んでブダペストに入城するだろう。帝国復興の可能性に震え上がったチェコとは戦争になるだろうし、散々痛め付けられて小さくなっていたボリシェヴィキの手先どもは内戦を焚き付けて歩くだろう。協商の軍事介入も計算に入れておくべきかね。君のような青二才に口先で教え諭されるまでもない。どうなるかは重々承知だ。そしてそれが堪らないのだよ」

「戦争がですか」

「戦争になぞさせせん。どこの国の軍隊だろうと、一歩たりともこの国には踏み込ませません。内戦なぞもっての外だ。協商側がどんな脅しを掛けてこようとはね付けて見せる」イェラチは微笑んだ。「無茶な話かね。だが私にはできる。どんな手段を使ってかはまだ見当も付かないがね。スタイニッツが大公を嵌めようが、大公が手を引こうが、そんなことで私を止めようなぞとは笑止千万だ。スタイニッツには私がどれほど正気を失っているか思い知らせて、悔しがらせてやるとしよう。嫉ましさのあまり、だろうがね」

イェラチは口を噤んだ。ジェルジュは困惑して黙っていた。イェラチは舌打ちをした。

「どうした、君の番だぞ」

「僕の番?」

「一手で私を止めて見せるんだろう。大いに結構だ。私は人が正気からその先へと踏み越える一線というのを珍重していてね――たとえばこのヨヴァンだ。私が彼を見付けた時にはボスニアの刑務所の独房で、剝き出しの土の床に放り出されていた。チフスで衰弱しきって、仲間からも見捨てられたところを逮捕されたらしい。見るも哀れな状態だった。それが衰え果てた感覚で私を探り当てて言うのさ。ここから出してくれればどんなことでもする、とね。別段驚きはしない。筋金入りの叛徒でも、あそこに三月も放り込んでおけばそう言い出す。まして病み上がりではな。生き延びたい一心でそんなことを言っても聞かんぞ、と答えたら、付けを払わせたい相手がいるから死ぬ訳には行かない、と言った。つまりは君のことだ。誇りに思っていいぞ、ジェルジュ・エスケルス。君はヨヴァンがどれほど勇敢で、どれほど祖国に身も心も捧げ尽していたか良く知っているだろう。それが、生き延びて君に報復するためだけに、国も理想も捨てて、私に身を売った」

「言い訳する気はありません」

「必要もないな。勘違いして貰っては困る。指揮官を殺された復讐をしたいと言われても、私は、戦争だ、諦めろと言っただろう。だが彼は、君の侮辱に報いたいと言った。ザヴァチルとマルコ・カラヴィチを殺した時、彼には止めを刺さずに立ち去ったことに対してな。体も起せないほど衰弱して、放っておけば何日もせずに死ぬ者の口から聞く言葉としちゃ気が利いているだろう。だから私は、できる限りのことをしてやった。もとより資質は申し分ない。眠り込んだままだった感覚に最初のひと蹴りを入れる仕事は君がやってくれた。あとは引き出して、鍛えるだけだ。君に関するほとんど眉唾な噂を事実だと仮定しても、何とか渡り合える程度には仕上げたつもりだよ。この前のあれには失望したがね。物陰から飛び出して食らい付くだけなら、一人で墓から這い出してくれば良かっただけの話だ。おまけに君はヨヴァンを殴り倒して逃げ出した。何とも盛り上がりを欠く結末だ」

「僕の負けは認めます」

「だが君は生きているし、立って歩いている。恐れ気もなく私の目の前に現れて投了を迫りさえする。片が付いたとは到底言えんな」

「何をお望みです」

「打てるなら、確かに君の一手で詰むだろう——ヨヴァンを潰されたら、ホルティを消すどころかキニジと犬どもに食い殺されかねない。ブダペストは去るしかないな。だが投了はしない。君にはできないからな」

「できると思わなければ来ません」

「少し動かしただけで痛みに縮み上がる有様でかね。別の日にしても構わんぞ。私がヨヴァンに約束したのは、君の侮辱に対して堂々と報いる機会を与えることだけだ。もっともそうなると私は当分忙しいし、ヨヴァンにも働いて貰わなければならない——君だってスタイニッツのために走り回ることになるだろうから、随分先のことだな」

「お気遣いいただく必要はありません。油断したのは僕が悪い。だからこの状態は僕の失点としてそちらに差し上げます」

イェラチは笑った。ディートリヒシュタインに顎をしゃくった。「この男は君のことを散々に腐したが、君の傲慢さに関しては当っていたな。あっぱれなものだ」それから低く、やれ、と言った。

短い、強烈な振動が走った。

卓子の上の硝子の器が、甲高い響きを立てて震えていた。部屋中が、仕切りの色硝子まで、同じ音を響かせていた。イェラチは綺麗に揃った細かな水紋が走る飲みさしのコーヒーから目を上げた。ジェルジュが、身じろぎもせずにヨヴァンを見据えていた。ふと目が陰ったように見えた。軽く顔を歪めた。力を失ったヨヴァンの体は椅子の背に倒れ掛かり、そのまま滑り落ちかけて、隣の椅子の背を摑んだ。ディートリヒシュタインが何か喚こうとした。

クレムニッツが背を向けて、仕切りを細く開けた。ディートリヒシュタインは口を噤んだ。ヨヴァンが呻きながら体を起した。片手で目を覆っていた。誰に向けるともない罵声を洩らした。何かがびくりと動くような気配がした。が、それだけだった。痛みに喘いだ。

「それくらいにしておけ」とイェラチは言い、クレムニッツが差し出した紙きれに手を差し出した。電報だった。溜息を吐いた。「ひとつ忠告しておくが、エスケルス、君のその遣口は恨みを買うだけだぞ」封を切った。「手を出すなら、止めを刺せ。スタイニッツはそう言わなかったか。でなければ揉めるな」文面に目を落した。

「揉めるなとは言われました」

イェラチは舌打ちをした。車を回させろ、と言って立ち上がった。クレムニッツは出て行った。「王党派は総崩れだ。潮時だな」ヨヴァンの腕を取って引きずり起した。

ジェルジュはポケットからハンカチを出した。綺麗に洗ってアイロンが掛けられているのを見て手を止めたが、卓子越しにヨヴァンに差し出した。使えよ、と言った。ヨヴァンは大人しくハンカチを取って右目に当てた。片目だけ涙が止らなくなっていた。イェラチの手を振り払うと、壁に手を触れながら出口に向い始めた。畜生、ともう一度繰り返した。卓子の下から犬が走り出て、後に従った。

店の前に、運転手が車を停めて待っていた。回り込んで助手席に乗り込むと、イェラチは当然のようにヨヴァンとジェルジュを後に坐らせた。

「詰めろ」とディートリヒシュタインが言った。

「残念だが満員だ。僕の乗ってきた車がイェラチのところにある。ウィーンに戻ったら事務所に返しておいてくれると有難い」

「私が捕まったら困ると言っただろう」

「キニジの部下たちくらい、君とクレムニッツで充分だ。素人じゃないんだろう」扉を閉めた。ディートリヒシュタインが何か叫び始めた。窓を開けた。「大公を困らせるなよ」

　車は走り出した。

「国境の通過は手配済みです。オーストリアの方は着いたら僕が処理します」

　任せる、とイェラチは言った。「私の犬を邪険に扱わないでくれよ」

　どちらのことなのかは判らなかった。ボルゾイは前脚をジェルジュの膝に乗せてすっかり寛いでいたし、ヨヴァンはハンカチで片目を覆ったまま身じろぎもしなかった。

　寝てろよ、とジェルジュは小声で話し掛けた。ヨヴァンは無事な方の片目を開けた。

　平気なのか。

　かなり堪えてる。でも君ほどじゃない。

　二時間休ませてくれ。そうしたら交代する。

　判った、とジェルジュは答えた。目を瞑って、感覚を軽く押し開いた。辛うじて車の周囲数メートルの視野は確保できた。ヨヴァンが意識を閉ざし、奥に潜り込むのが感じられた。頭の芯が鈍く疼いた。

　ウィーンに着いたのは真夜中過ぎだった。合鍵を使って車を正面から中庭に入れた。上の階にはまだ灯が点いていた。階段を上り、無人の事務所を抜けて執務室まで案内した。扉は中から開いた。スタイニッツはイェラチだけを入れた。

　ヨヴァンとジェルジュは次の間の長椅子に腰を下ろした。ヨヴァンは犬の首輪に指を掛け、肩に手を回した。涙は止っていたが、細く折ったハンカチで右目を覆い、頭の後で結んで留めてあった。

「君には勝てないのかな」とヨヴァンは洩らした。

ジェルジュは答えなかった。暖炉の上の飾り鏡に自分とヨヴァンの頭部が映っているのに気が付いたのだ。相変らず、背恰好は奇妙なくらいによく似ていた。今は不器用な目隠しまで一緒だった。昔はよく兄弟と間違われたものだ――ボスニアで、マルコ・カラヴィチの命令に従っていた時には。

「ひとつ、言っていいか」とジェルジュは言った。

「何だ」

「最初のは非道かった。あれで殆ど完全に潰れた。でも二度目のは利いてない」

「負け惜しみはいいよ」

「完全ではないにせよ、利かせない方法はある」

「技術の問題か」

「技術と、反射神経だ」

今度はヨヴァンが黙り込む番だった。暫くしてから、君は速いな、と言った。

「もっと速い奴もいる」

「さっきのあれよりもか」

ジェルジュは考え込んだ。「あれじゃ逃がす。擦るのがやっとだろう。躱すのも速い」

「誰」

「ルドルフ・ケーラー」

「川船に乗ってた奴か」

　ジェルジュは躊躇った。ヨヴァンが知っているとは思わなかったのだ。川船に乗ってた奴だ、と答えるのに暫く掛かった。

「何故殺さなかった」とヨヴァンが訊いた。

「あんな老人の玩具になるのは御免だ」

「ベオグラードでだ」

「僕にはそんな権利はない。裏切り者だ。なのに君は僕の命を二度も救おうとした」

「二度も」

「最初はボスニアの山の中だ。覚えているだろう。僕が撃たれた時だ。君は僕を馬に乗せて、医者のところに担ぎ込んだ」

「獣医だよ」

「そう、獣医だった。ただ、手当てはできた」

「二度は覚えがない」

「ザヴァチルが銃を抜いた時のことを覚えてないか」

「そうだっけ」

「僕は覚えてる」

「そうだっけ」

「君は飛び出してザヴァチルを止めようとした」

「止められなかったじゃないか」

「同じことだよ。どうして裏切り者を庇う」

「君に裏切られたとは思えないんだよ、今でも。裏切られたことは悔しくない。だけど、君がぼくを、殺すにも値しないように扱ったことは我慢できない」

「殺せないんだ」

二人は黙り込んだ。

「君が納得できないと言うなら、もう一度やっていい。回復したら、いつでも受ける」

「もういいよ」とヨヴァンは言った。「君には勝てない。どんな奴なのか忘れてた。ほとんど覚えていなかった。やっと思い出した」短く笑った。「イェラチは正しいよ。君はほんとにいかれてた。殆ど正気じゃなかった。ぼくはそれで始終肝を冷やした。君の感覚のことを知っていても同じだっただろうな。よくまああんなことを――」笑いながらかぶりを振った。「無理だ。ぼくが感覚を動かそうとした瞬間に突いただろう。あの速さには追い付けるかもしれない。だけど君は次のいかれた手を考え出して来る」

「そんなに変か」

「変だ」

ジェルジュは黙り込んだ。何の気配も洩れて来ない部屋の中から笑い声だけが聞えた。

ヨヴァンがひどく奇妙な顔をした。

「イェラチは本気だったのか」とジェルジュは訊いた。

「命じられたら、ぼくはやったよ。彼がそのつもりでいたのも間違いない。だけどね」

溜息を吐いた。「こんなものなのかな」

「イェラチと何年やってる」とジェルジュは聞いた。

「三年かそこらだ」

「続けるのか」

「たぶんね」

「だったら慣れた方がいい——こんなものだ」

「辞めたくならないか」

「時々はね」溜息を吐いた。「もっと他にすることがあるだろうと思うこともある。だけどこれは最悪だ」

ヨヴァンは唸ったただけだった。

それから、ポケットを弄ってジェルジュに時計を寄越した。押し問答しながら二度から三度、遣ったり取ったりした後で、時計は結局ヨヴァンのポケットに収まった。それから眠り込まないために半睡状態で話し続けていたが、扉が開き、それまで感じ取ることのできなかったスタイニッツとイェラチの気配が現れた途端、寝込んでいたところを襲われたように狼狽した。二人は慌てて立ち上がった。イェラチは恐ろしく冷やかな眼差しをヨヴァンに向けた。スタイニッツはジェルジュの目隠しを一瞥(いちべつ)すると、無表情に言った。

「揉(も)めるなと言った筈(はず)だ」

「申し訳ありません」

「二週間休みをやる。その間に何とかしろ」

確かに最悪だな、とヨヴァンは言った。

雲雀（ひばり）

中庭に赤い車があるのは事務所の窓からでも見えた。綺麗（きれい）に塗ったブリキの玩具のような車は、何人かの職員の証言によれば、エンジンの塊だった。長く延びたボンネットに凄（すさ）まじい馬力の動力装置が収められている。それが車のほとんど全てだ。後ろに、控え目な風防に隔てられて、申し訳程度の運転席が続く。座席は二つしかなかった。

窓に張り付いたまま、カール・メニッヒは兄を呼んだ。

知ってる、とオットーは机に向ったまま答えた。

誰のだ。

エスケルスさんがイギリスから転がしてきた。

カールは唸った。あんなに派手好きだったか。

良くない兆候だ、とオットーは考えた。この仕事をやっている人間が急に派手好みになるとしたら、理由は二つしかない。誰かから金を貰うようになったか、辞めたくなったかだ。この場合は後者だが、弟には言わなかった。恐慌を来すだろう。

朝、あの車が中庭に入って来るのを見た時には、オットーも困惑したのだ。エンジンの音を聞いて窓から覗くと、ジェルジュ・エスケルスが車から降り、中庭を別棟へと横切るのが見えた。普及品の自動車のかたかたという音とはまるで違う、官能的な響きが耳に残った。

高いのかな、とカールが言った。

ひと財産だ。

おれたちも買えないかな。金貯めてさ。

死なずに済めば特別手当が貰えるようなやばい橋を何度か渡り、爪に火を点すようにして貯め込み、お袋が説得できれば、二年後には買えるだろう。それから二人で肩寄せ合わせて乗るのだ。オットーはかぶりを振った。

「馬鹿なこと考えてないで仕事しろ」

カールは窓際を離れて、下から回ってきた書類の半分を読み始めた。残りはオットーが読んでいた。カールが読む内容は自然に頭に入ってきたが、そもそも自分が読んでいる分にさえ集中できなかった。ジェルジュが出て来る前に、辻褄くらいは付けておかなければならない。

危ない橋なぞ幾ら渡ったって昇進はできない、とジェルジュが言ったのを思い出した。

だから彼は、カールが何と言おうと、余程のことでもない限り外になど出ずに内勤に精を出すことにしたのだ。あんな自動車なぞとんでもない。

それでも限界があることはよく知っていた。一九二八年のウィーンは、一九〇八年のウィーンとそれほど違う訳ではない。少なくとも、ここに坐っている限りは。


ジェルジュは最後の数段を抑えた足取りで上がった。半ば以上を事務所に侵食された屋敷の上階は、明るく、静かだった。

扉を開けた老従僕が、無言で、ジェルジュを奥に通した。寝室の窓際は明るんで、光が部屋の奥の寝台まで柔らかく散乱し、細く開けた窓からの風が部屋の空気をゆっくりと動かしていた。アルトゥール・フォン・スタイニッツはまどろんでいた。彼が明るく風通しのいい部屋の好きなことを、ジェルジュは知っていた。階下の執務室で息が詰る思いをする必要はもうない。薬品臭に混じって乾いた匂いが潜んでいた。本人が漠然とした不快と衰弱しか感じていなかった頃から、ジェルジュが嗅ぎ取っていた匂いだ。医師の診断を受けた時には、腫瘍はすでに切除不可能だった。痛み止めを打ち始めると同時に、スタイニッツは仕事から手を引いた。

ほとんど麻痺した感覚が、それでも微かに部屋を満たしていた。自分の存在が眠りに閉ざされた意識に届くのを、ジェルジュは待った。

「グレゴール・エスケルスはどうした」スタイニッツは目を閉じたまま言った。

「死亡を確認しました」

「死因は」

「心臓だそうです」殆ど苦しみもしなかった、とは言わなかった。昼食の後で、庭に出た途端に倒れて死んだのだとは。棺の中の遺体には、何かに噎せたような驚きしか残っていなかった。どうしようもなく不公平なことが、世の中にはある。

「後始末は済んだようだな」

「あの車ですか」

「凄い音だ。事務所が恐慌を来している。遺産を貰った以上は辞めるだろうと言うのでな」

「あなたが生きておられる限りは続けます」

「私は死ぬ」

「辞めるとしてもその後の話です」

「今なら、君にここを確保してやれる。この半年、ここを切り回して来たのが君であることは周知の事実だ。ディートリヒシュタインではなく君がここに坐ることを歓迎する者も多い。大公殿下はお怒りになるだろうがね」

「ヨーゼフ＝フェルディナント・ハプスブルク氏は一私人にすぎません」

「公式にはな。私なら、今でも、立場も後楯もなしに、あのご老体を怒らせたりはしない」

「辞めて、消え失せれば忘れてくれますよ」

「それなら早く消えればいい。私が生きている間にだ」

「そのまま行方を晦ますよう外に出したことは知っています。感謝しています。葬儀には間に合いました。あの胡散臭い男の欲にまみれた友人連中を一渡り脅し付けて、フローラと息子に遺産を渡すこともできた。僕もたっぷり取ったことは、あの車を見ればお判りの通りです。ただ、オットーにはさせられないこともある」

「メニッヒは充分以上に使えると思うがね」

「そのように仕込んでいます。僕が辞めた途端にここが滅茶滅茶になるのは御免です。あいつがいれば大公お気に入りのディートリヒシュタインだって一通りの仕事はできるでしょう。ただ、あなたの後始末は僕の仕事です」

午後にもう一度顔を出します、と言ってジェルジュは立ち上がった。それが十五年来、ウィーンでの彼らの習慣だった。ドアに手を掛けたところで、スタイニッツが呼び止めた。振り返ると、目を瞑ったまま、言った。

「私が死んだら、君は八つ裂きにされるぞ」

執務室に戻ってからもジェルジュは、書類をスタイニッツの名前で処理しながら考え続けた。ディートリヒシュタインに八つ裂きにされるなどと、本気で案じているとは。むこうには大公の後楯がある。だが帝国はとうの昔に崩壊した。当の本人は真に受けるべき相手でさえない。綺麗に始末を付けてウィーンを去れば、ギゼラを譲ることになった時と同様、むしろ感謝してくれる筈だ。

スタイニッツの方が炯眼なのだと思いたくはなかった。判断力が鈍っているようには見えないが、痛み止めで朦朧としている可能性はある。だが、何かが引っ掛かった。僕はそれほど非力かな、と考えた。大公が厄介な相手なのは確かだとしても、救い出せばいいのは自分だけだ。それさえままならない状況など思い付かない。

オットー・メニッヒが扉を叩こうとしているのに気付いて、ジェルジュは我に返った。外の車の影響にはじめて思い至った。入って来た顔は完璧に事務的に無表情だったが、動揺はその下から、低い響きのように聞えて来た。

彼が頭の中に纏めた内容を、ジェルジュは順に見ながら整理をし、幾つかの点については意見を求め、必要な件には簡単な指示を出した。二、三の問題は一任した。オットーの判断能力は感覚以上に信用できる。

一段落付く頃には十一時を回っていた。

「ファルカシュは」とジェルジュが言った。

オットーはほっとした顔をした。どう切り出すべきか考えていたのだ。「昨日、戻って来てます。今は病院です」

「連れ出せるか」

午後の間に下宿に戻しておく、とオットーは言った。

全身不随に陥ったファルカシュを病院から連れ出すのは、実際には相当な手間だった。担当医は拒否した。そちらの面倒はカールに見させて、何とか車椅子に乗せようとしたが、ファルカシュは横臥したまま硬直していた。車椅子を戻して担架を持ち出そうとしたところで、看護婦に見付かった。どうにか誤魔化しはしたが、車ではとても運べないことが判明した。

結局、毛布で包んで担架に乗せ、市電で運ぶことにした。職員の白い上着を二枚くすねればなんとかできると考えたのだ。ここぞとばかりに常識論をぶつカールを説得するのは至難の業だった。と言ってもその常識論たるや、歩いて運ぶ、という非常識極まるものだったが。エスケルスさんは三時に来るぞ、が一番利いた文句だった。カールは市電の運転手に銃を突き付けて全ての停車場を飛ばそうと言った。それを止めるのもまた一苦労だった。

ラザールガッセの小汚い下宿の扉をこじ開け、ファルカシュを寝台に安置した。ジェルジュがやって来るまでに、辛うじて、こんなのは大したことじゃありません、という様子を繕う準備が出来た。車の音が聞えた。カールがうっとりして見せた。階段を上がってくる足音がした。

ジェルジュは入って来ると、足も止めずに手袋を外して外套を椅子の上に放り出し、寝台に近付いた。感覚を抑えていた力を緩めるのが判った。甲高い響きに似た何かに、オットーは軽く顔を顰め、カールは魚のように口をぱくつかせた。ジェルジュが寝台に腰を下ろし、ファルカシュの顔を眺めた。視線は滑らかに内側へと入り込んだ。低い声で、僕だ、判るか、と言った。

オットーは感覚を閉ざそうとした。潰された人間の内側など見たくなかったのだ。何もかもがずたずたに引きちぎられ、断片になって散らばっている。そんなところに、かつてファルカシュだった何かが生き残っていると考えること自体、オットーには堪え難かった。あんな目に遭わされるくらいならおれは死ぬ、と考えた。

だが、目は逸らさなかった。突き上げるような衝撃に、ジェルジュが眉を顰めるのが見えた。接触は保ったままだ。何かが、ジェルジュに視線を向けた。触れて、軽くゆさぶった。再び衝撃があった。剝き出しの感覚が目を覚す衝撃だった。

ファルカシュの体は相変らず寝台の上で硬直していた。だが、オットーとカールの存在には気が付いたらしかった。急速に意識が戻って来た。逆上しかけたファルカシュを、ジェルジュは柔らかく絡め取った。

ファルカシュの手を取ると、ジェルジュは親指の付け根を摑んで、その感触をファルカシュに感じ取らせた。脱力した体がマットレスに落ちて音を立てた。触覚に反応して体が痙攣した。ファルカシュは恐慌を来しかけたが、ジェルジュは感覚を広げ、深い眠りの底にある時のような、最小限の知覚まで落着かせた。それから一つずつ五感を繫がせた。その都度、ファルカシュの体は衝撃で強ばった。ジェルジュは寝台に腰を下ろしたまま眠っているように見えた。彼がゆっくりと呼吸するのに合わせて、ファルカシュの胸はかすかに上下した。

　オットーの目には、ファルカシュは目覚めるというよりも眠りに落ちつつあるように見えた。重い瞼を上げて周りを窺うまでに、二時間ほど掛かった。まずジェルジュを、それからオットーとカールを、最後に自分のいる場所を確認すると、ファルカシュは安心したように目を瞑った。ジェルジュが何か問い掛けた――聞える問いではなかったが、オットーには判った。

「ええ、大丈夫です」とファルカシュは掠れた声で言った。「すっかり大丈夫です」

「病院に戻るか」

「いえ」まだ幾らか混乱しているようだった。「いえ、いいです、ここで」

　ゆっくり休め、とジェルジュは言うと、外套を取って外へ出た。オットーとカールも後に続いた。階段を下り、家主の細君に、病気だから暫く世話をしてやって欲しいと頼んで幾らか握らせた。道に出る前に、ジェルジュは足を止め、上着のポケットから小さな壜を出して蓋を外し、一滴、舌に垂らした。

「それ、やめた方がいいですよ」とオットーは言った。

　ジェルジュはオットーを見遣った。目の焦点が定まっていないのに、オットーは気が付いた。感覚は固く閉ざされたままだ。

「大丈夫ですか」

「運転は難しいな。事故を起す」

抗議の声を上げるカールに、病院に連絡を取っておくよう言って、オットーは運転席に乗り込んだ。ジェルジュは無言で脇に坐った。薬が回るにつれて、軽い麻痺状態に陥りつつあった。オットーはそれが嫌いだった。ひどく不健康に思えたのだ。

「不健康?」

「傍で見ていて気持ちのいいものではありません」

ジェルジュは答えなかった。感覚が霧に巻かれたように鈍るのを楽しんでいた。

「放っておくんですか」とオットーは尋ねた。「ベルリンじゃお互い手出ししないって話が付いていた筈でしょう」

「ボリシェヴィキの言質には一文の値打ちもない。いつものことだ」

「報復は」

「僕たちはやくざじゃない。やっていることは変らないとしてもね。抗議をしておけば充分だ」

「利きません」

「利かせる手だては知ってるだろう」と言って、ジェルジュは言葉を切った。「任せるよ。必要なら僕も行く」

「オレグとカールがいれば充分です。ウィーンじゃお目零しいただかない限り何の仕事もできないってことは、連中も承知ですからね。ベルリンも締めますか」

「教えてやればヘーレンファーンがやるだろう」

オットーはくすくす笑った。「そりゃやくざよりひどいな」

「だから辞めるんだ。性に合わない」

ハンドルを握ったまま、オットーは真顔になった。

「君には言っておく。スタイニッツが死んだら、僕は辞める。続ける理由はない。ディートリヒシュタインの下で働けるとも思わない」

「引き継ぎはどうするんです」

「スタイニッツとディートリヒシュタインの問題だよ。僕には関係がない」

「彼が死んだらそうは行きません。慣習に従うなら、ディートリヒシュタインは引き継ぎを要求できる。この半年間、実質的に事務所の指揮を執って来たのがあなただとなれば尚更だ。あんな非力な奴に頭の中をかき回されて無事に済むと思いますか」

「奴には無理だよ」

「モルヒネを使うと聞きました」

ジェルジュはしばらく無言のままだったが、やがて穏やかに笑みを浮べた。その前に逃げ出すさ、と言った。オットーは聞いてはいなかった。

不吉なものを嗅ぎ当てる嗅覚こそは、彼が自分に認めていた数少ない取柄だった。

元枢密顧問官アルトゥール・スタイニッツが死んだのは、五月の終りのことだった。柩は列車でケメルンに運ばれ、そこにある墓所に納められた。ジェルジュは埋葬には立会わなかった。スタイニッツの痕跡を跡形もなく消し去る仕事が残っていた。

処分すべき書類はスタイニッツが生きている間に家に持ち帰って焼いた。死ねば監視を受ける立場になる。弔問の客を迎え終り、棺が運び出されてすぐに、顧問官が住居に使っていた階は床板に至るまで綺麗に裸にされた。事務所に改装するという名目だったが、調度も含め、運び出されたものは全て焼却させた。小物はジェルジュが処分した。自分の思考の痕跡を留めているものは一片もディートリヒシュタインに渡すなと命じられていたのだ。

焼き捨てた書類や調度以上に顧問官の記憶と思考を刻み付けられた自分自身が、最後に残った。目立たないよう続けてきた身辺の整理を、彼は一週間で済ませた。家はそのままにした。急に買手は付かない。車の後に括り付けるトランクに入りきらない持物は処分した。事務所に顔を出すのはその日が最後になる筈だった。メニッヒ兄弟に挨拶をしたら、午後にはウィーンを離れるつもりでいた。

オットー・メニッヒは不機嫌だった。カールは感傷的だった。どちらも後のことにまるで自信がなかったのだ。ヨアヒム・ディートリヒシュタインが運転手付きの車を乗り付け、護衛のクレムニッツを従えて中庭に降り立った時には、ジェルジュはほっとした。じゃあ僕は行くから、と言っても、二人ともさすがに止めようとはしなかった。こんなところで顔を合わせたら騒ぎになるのは目に見えている。

ディートリヒシュタインは作り込んだ尊大さを漂わせる視線で中庭に停められた赤い

自動車を一瞥（いちべつ）すると、守衛の最敬礼を受けて入口を通り、階段を上がった。写真を見せ言い含めておいて正解だったな、とオットーは考えた。呼び止められようものなら、傷付いて金切り声を上げるに決まっている。ジェルジュは存在しない人間のようにディートリヒシュタインとクレムニッツの脇をすり抜け、出て行った。入れ違いに入って来たディートリヒシュタインは言った。

「ゲオルク・エスケルスの身柄は押えてあるだろうな」

何ですかそれは、と言い掛けたカールを押えて、オットーは立ち上がり、恭しく椅子を勧めた。

「奴の行動には不審なところが多すぎた。何故ここにいない」

あんたが来たからだよ、とカールが愚痴った。オットーは役人面で聞き流しながら、役人じみた声で答えた。

「何しろ三箇月前に退職した人間ですから。不正があればスタイニッツ氏が何らかの処分をしているでしょう」

「その後も出入りしてたのは知ってるぞ」

「スタイニッツ氏の養い子です」

「スタイニッツは売国奴だった。君もそれは承知だと思うがね」

「ロシア人を泳がせておくのは既定の方針です。無論、今後どうなさるかには検討の余地があるでしょうが」

「それにしても親しく行き来していたようだな」

「酒でエスケルスさんの相手ができるのはあいつらくらいです。ただ、スタイニッツ氏は毎回報告書を出させている筈ですよ。後で持って行かせます」

「自分で焼いてなけりゃですけどね」とカールが言った。止める暇もなかった。

「焼いた？」

「言い掛かりを付けられそうなものはみんな灰にしてから辞めたんですよ。来るのが遅過ぎましたね」

つまんねえこと言うなよ、とオットーはカールに言った。おれはこの場を何とか救いたいだけなんだからさ。じゃ、芝居の小役人みたいにぺこぺこするのはやめろよ、情けない、とカールは言い返した。

「お前たちはそれを黙認したのか」

「黙認も何も、当時のここの長はスタイニッツ氏ですし」

ディートリヒシュタインは黙り込んだ。その背後に立ち、巨大な背中で扉を塞いでいるクレムニッツは、カールに疑わしげな視線を向けた。こいつをぶちのめしてやったらヨアヒム坊ちゃまはどんな顔をすると思う、とカールは言った。

オットーは答えなかった。神経の全てが中庭に向けられていた。カールも黙り込んだ。

ディートリヒシュタインが窓の外に目を遣った。

ジェルジュ・エスケルスが、奇妙なくらいに無防備に、赤い自動車のボンネットの脇に立っていた。くすんだ金髪の女が平手打ちを食わせるのが見えた。

不意打ちなぞ滅多にあるものではない。

彼女が来ることには気付いていた。大公の街の屋敷の、集中しない限りぼんやりとしか窺えない気配の中から現れて、まだ暗く冷たい舗装の間に靴の踵を取られないよう歩いて来た。ディートリヒシュタインと一緒に帰るつもりでいたのだ。

それこそ何百回も彼女の気配に顔を上げたことを、ジェルジュは覚えていた。自分を消し去った彼の前を、ギゼラは気も付かずに通り過ぎる。苦痛は次第に薄らいだ。そのうちには何も感じなくなった。人間はどんなことにでも慣れる。

今日は顔は上げなかった。屈み込んでクランクを回した。不意打ちなのは自分の心の動きだ。スタイニッツはもういない。ディートリヒシュタインとも、大公とも、今は無縁だ。存在しないかのように振舞う理由などひとつもない。彼女が目を向けた。車は息を吹き返した。ジェルジュはゆっくりと体を起し、彼女を見遣った。

建物の中で、オットーが狼狽するのが判った。ディートリヒシュタインが気付いた。ギゼラは足を停めた。くすんだ色合いの髪に縁取られた細い顔が白くなり、それからゆっくりと紅潮した。視線に絡み取られたような気がした。瞳に自分の姿が映るのが見えるくらいの距離で、ジェルジュは軽く怯んだ。平手打ちを食らった。

ディートリヒシュタインがオットーの部屋を走り出た。金切り声を上げようとする彼女に、ジェルジュは車の扉を開け、乗って、と短く囁いた。一瞬の躊躇の後、ギゼラは従った。ディートリヒシュタインが図体の重いクレムニッツを連れて階段を駆け下りてくる前に、ジェルジュは車を出した。

街を抜け、並木の続くまだ青い麦畑に抜けるまで、ジェルジュは黙り込んでいた。ギゼラは泣いた。車を停めても、暫くは顔を覆って泣いていた。

君を連れ出すつもりだった、とジェルジュは低い声で言った。

「いつ」

「あの時。最初に会った晩。温室で」

彼女は上ずった短い笑い声を上げた。「連れ出す？」そんな行為に欠片ほどもロマンチックなところはない。「随分と大胆ね」

「スタイニッツ男爵に止められなければそうしていた」

「私を守って下さったのね」ギゼラは言葉を切った。死んだスタイニッツに皮肉を言いたくはなかったのだ。「アルトゥールはいい人だったわ。本当に素敵な方。お母様もいつもそう言っていたし、私にも優しかったわ」

「大公が命じれば僕など簡単に殺されてしまうと、彼は言った。ひどい侮辱だと思った。そんな脅しは怖くも何ともない、卑屈な態度を取るのはあなたの勝手だが、僕はそんな風にはならないと見得を切った。ただ、その時はもう大人しく馬車に乗っていた。馬鹿みたいだろう」

「どうして」

「自信がなかった。殺されることがじゃない。僕はスタイニッツ男爵に従って、彼が開いてくれる世界で生きて行くのだと思っていた。それを捨てる勇気がなかった。あとで後悔した。そんな風に生きて行くことが辛くて仕方なくなった時にはね。君を連れ出して、愛して、殺されてしまえばどんなによかっただろうと思った」

「幾つだったかしら。十七？　十八？」

「まだ十九にはなっていなかった」

「嬉しいけど、そんなことのために死ぬなんて馬鹿よ」

「もう一つ言うことがある。大公は君に求婚していいと言ったのに、僕は拒んだ。貴族の養子になれと言われたからだ」

　ギゼラは何も言わなかった。ひどく傷付いた様子だった。ジェルジュは口籠った。

「大公の言いなりになる者は幾らでもいる。僕はそうなりたくない」

「何故今更こんなことを聞かせるの」顔を上げた。声が震えていた。「取り返しは付かないわ」

「取り返せるとは思わない。謝りたかっただけだ。それから頼みごとをひとつする」

「何を」

「もう一度、愛していいかな」

　その午後、交わったのは一度だけだった。

彼女の肌は触れただけで柔らかな生気を放ち、指を滑らせ、唇を這わせ、体を押し付けるだけで、ジェルジュを陶然とさせるほど強く香った。幾重にも花弁を重ね、頭を垂れる、萎れかけた花のようだった。半ば閉じられた重い花弁を押し開くと、喘ぐように吐息を漏らした。ジェルジュは彼女に捉えられたまま、芳香に息を詰らせた。目も眩む陶酔の底に、暗い深淵が口を開くのを感じた。

長い間、二人は身じろぎもせずに抱きあっていた。恐ろしいくらいに幸福だった。体を動かしたら二度と同じようには抱きあえない気がした。致命的な傷を負ったようにも思えた。傷に傷を重ね、血に血を混ぜ合わせ、喘ぎながら死に至るのを待っているようでもあった。

午後の日差しに照らされていた部屋は、陰り、冷え始めた。古い宿屋の一室だった。彼女は体を起すと、ジェルジュの唇に指を触れた。

「心配はいらないわ。ヨアヒムは何も言わない。私には興味がないの」

相手が僕となれば、また別だろう、とジェルジュは考えた。だが抗弁はしなかった。なるようになればいい。後のことを考える必要など、もうない。

翌朝、ギゼラは封筒に入れたカードを届けてきた。教えた通り、中には一行も書いていなかった。台所で朝食を取りながら、ジェルジュはそのカードに幾度も視線で触れた。彼女の興奮を感じるのは快かった。指で、正午にヘルデンプラッツで、となぞった跡よりも、伝言を刻み込みながら彼女が感じていたものの方が嬉しかった。

郊外の宿屋で、ジェルジュは彼女を抱いた。夏の風と日差しに暖められた彼女の体は誇らかで奔放だった。幾度となく、彼らは交わった。自分がこれほど貪欲なことを、ジェルジュはその午後まで知らなかった。

まだ日が高いうちに宿を引き払った。田舎道を飛ばし、幾つもの村を走り抜けた。それから、畑を抜ける道に面した小さな家の前で車を停めた。貸家の看板が出ていた。車を降り、彼女の手を引いて門を潜った。

百姓家にしては気の利いた造りだった。おそらくは別荘だろう。前庭には大きな林檎の木があり、古びたロープでぶらんこが下げてあった。垣根の茂みが建物を半ば道から隠していた。玄関の脇に薔薇が植えられていた。

「閉ってるわ」とギゼラは言った。

ジェルジュは彼女からピンを借りて屈み込み、やめなさいよ、と言う間に錠を開けた。小さな居間兼食堂には、質素な家具が置いたままになっていた。両側に寝室が二つ。それから台所と物入れと地下室。ジェルジュは彼女の手を握ったまま見て回った。

毎朝、彼女はカールスプラッツの家に白紙のカードを送り、彼は指定された場所に過たず現れた。彼女の目からすれば、それはちょっとした魔法だった。ブルクリンクでもショッテントーアでも、彼女がそこに出るなり、ジェルジュの車が横付けされる。ディートリヒシュタインが口を歪めて、ああいう下司には似合いだと言った車は、嫌でも目に付く筈だった。それなのに、目の前で彼が微笑み、運転席から手を伸ばしてドアを開けるまで、ギゼラはその存在に気が付かなかった。

乗り心地のいい車ではなかった。屋敷の車寄せに回され、恭しく引き開けられた扉から乗り込むと音もなく滑り出す重々しい乗物とはまるで別物だった。本当にこれって人間を乗せるためのものなのかしら、と最初は思った。動力機関が唸りを上げ、車輪が道を噛む感覚が直に伝わって来るのが恐ろしかった。それから、好きになった。怪物めいた忠実な機械は、繊細に、しかも完璧に制御されて、滑らかに速度を上げた。

田舎の家に行き着くのに三十分とは掛からなかった。

十五年前のほっそりした若者の顔を、ギゼラはもう思い出せなかった。幾らか低くなった声の響きも、微笑もそのままなのに、霧の中を手探りするように求めて来た記憶は、目の前の男の強靭なしなやかさに溶け込んで、消えた。愛し合った後、よく馴れた獣のように傍らに身を横たえているジェルジュが、彼女は好きだった。半ば閉ざされてどこにも向けられていない眼差しは、林檎の木陰のざわめきや、太陽を吸って黄色く熟したまだ熱い麦の穂や、低く飛び交う小鳥の気配を捉えている。真夏の小鳥は木漏日のように輝くのだとジェルジュは言った。囀る度に、或いは林檎の木の枝から重力に身を任せて落下しながら小さな翼を開き、羽毛に包まれた体の重みを受け止める度に、小さく、それでも見紛いようがないほど強く、瞬くのだ、と。うねりに乗るように空気の抵抗に身を任せて低く飛ぶ彼らの羽音が聞えた。ギゼラの手を取るようにして、薔薇のうっすらと埃をかぶった葉や、指を近づけただけで弾かれそうなほど青い蕾や、半ば開きかけたまま眠りに就こうとしている花に触れさせることもあった。花が息衝いていることを、ギゼラははじめて知った。先端を窄めた蕾はきつく巻いた花弁の底に香を蓄えて、穏やかに呼吸していた。

　ジェルジュは彼女を連れてどこにでも出掛けた。無数の人の目に曝されても、寛いだ様子で彼女の手を取り、フロアに出て踊った。

「大丈夫、誰も君が君だとは思っていないし、僕が僕であることにはまして気付かない」

　そう囁きながら、音楽に入り交じって反響する人の気配に耳を傾けていた。快げでさえあった。踊りながら、壁際の金髪の男を、幾らか意地の悪い微笑を浮べて眺めた。相手は彼らに気付きもしなかった。ケーラーだ、と彼は言った。

「軍の奴だよ。僕のフェンシング仲間だ」

「挨拶しないの」

「説教を食わせようと探してるのさ。馬鹿はやめろってね」

　穏やかで、自信に満ちていた。昔、シュロスベルクの庭の外れで見た牡鹿が、ちょうどそんな様子をしていたものだ。誰も自分を狩ることはできないと確信している獣の穏やかさは恐ろしかった。彼女はジェルジュの肩に頬を押し当てた。その少し下に、掌ほどの引き攣った傷跡があることを——本人は気に掛けるそぶりさえ見せなくとも、触れると、まだ開いて血を溢れさせるようにびくりとすることを、ギゼラは知っていた。

七月の朝、呼鈴が鳴る前に、ジェルジュは目を覚した。パジャマのまま起き上がって出て行くと、踊り場にいたオットー・メニッヒが指に挟んだカードの封筒を見せた。ジェルジュは扉を開け、奪い取った。

「ばれてますよ」とオットーは言った。

台所に待たせたまま、顔を洗って髭を剃り、シャツとズボンだけを身に着けた。暑い朝だった。封筒の上から待ち合わせの時間と場所を読んで、ポケットに入れた。それから、台所に行った。オットーは勝手に窓を開け、コーヒーを淹れ、買って来た新聞を読んで待っていた。

「カールは」

「新しい事務所を見に行ってます」新聞を閉じた。「どっちから始めましょう」

辞めたのだ、ということは判った。「新しい事務所の方からにしようか」

「ディートリヒシュタインみたいな愚物の下で仕事をするのは、おれは御免です。朝から晩まで金切り声で人を呼び付けるのは構いませんが、おれやカールをあなたの手先と決め込んで牙を剥くんじゃ話にならない。残りの連中も半分は辞めました」

「壊滅状態だな」

「奴が外務省から連れてきた連中が後を埋めてます。で、今、辞めた連中に声を掛けて歩いているところです。おれのところはもう少しましな面子を揃えたいんでね」

「内閣官房か」

「大公紐付き(ひもつ)のディートリヒシュタインがあそこに坐(すわ)っている限り、おれは幾らでも好きなことができます。政府の連中は帝室や帝室に近い連中の影響を嫌ってますからね。でなけりゃこんないい話はありません。ディートリヒシュタインの機関を骨抜きにして、吸収する。そうすればさすがの古狐も政治に睨(にら)みを利かせる手立てを失う。おれはそう約束しました」

ジェルジュは答えなかった。が、ひどく愉快そうな顔をした。「君がそんなに野心家だったとは、想像したこともなかったな」

「逃げても無駄です」とオットーは言った。「椅子を提供されてるのはあなたですよ。世が世なら男爵様だ」

「人間の最低線だ」

「巫山戯(ふざけ)ないで下さい。あなたを推薦したのはおれなんですからね」

「話がきな臭すぎる。僕は政治が苦手だ」

「そっちはおれが引き受けます」

ジェルジュは尚更(なおさら)愉快そうな顔をした。「別に傀儡(かいらい)を立てなくたっていいだろう、自分ですればいい」

「局長って柄ですか」

「僕も傀儡って柄じゃない」

「あなたは引き受けると思ってました。確かに傀儡って柄じゃないとしてもね。でなけりゃ何故」オットーは言葉を切った。ジェルジュが察したのに気付いたからだ。「ディートリヒシュタインの女房に手なんか付けるんです」

「ケーラーも同じことを言いに来たよ」

「いつ」

「昨日の夜だ。僕が酒壜を持ってチチェフのところへ行ったのが気に入らなかったらしい。辞めたからと言って彼らの為に働くつもりなど毛頭ないことをはっきりさせてから酔い潰して帰って来たんだが、それを確認しに来たんだ。それから、訊かれた」

「何故あんな女と？」

ジェルジュは肩を竦めた。

「意趣返しじゃなかろうという点では一致しました。あなたはそういう人じゃない。とすればスノビズムか、感傷かだ」

「君らはシニカルすぎる」

「ケーラー大佐の提案は断ったんですね」

「残念ながらね」

「おれの提案も？」

「誰の提案もだ」

オットーは溜息を吐いた。「おれはケーラー大佐より幾らかあなたをよく知っているつもりでいます。スノビズムではなく感傷だと判る程度にはね。ただ、感傷に足を取られて墓穴を掘るのは褒められたことじゃない」

「墓穴？」

「ディートリヒシュタインはオレグにあなたを見張らせてる。それは知ってますね」

「ああ、知ってる」

「車を消したでしょう。昨日、オレグに泣き付かれました。どうすればあんなことができる、ディートリヒシュタインには何と言い訳すればいい、と」

ジェルジュは微笑んだ。が、目は笑っていなかった。「何と答えた」

「消えてるのはお前の目からだけだ、周りの通行人を見てろ、幾らエスケルスの旦那だって、そこらにいる二十人や三十人の目から車を消すことはできない、と」

「君には教えたっけ」

「あなたにかもられたんですよ、カールと二人でね。オレグじゃどうしようもない。大体、あなたはそれだってやってのけかねない」

「まさか」ジェルジュはかぶりをふった。「買い被りすぎだよ」

そう言いながらもうやる気になっている、とオットーは思った。「十人なら」

「やれるかもしれないな」

「ディートリヒシュタインは怒り狂っています。あなたはあの男に力をひけらかした。それがどれくらい奴を怒らせるかは御存知でしょう。奴は普通どうします」

「どうにもできないよ」

「それはどうですかね」オットーは攻撃的な薄笑いを浮べた。「おれじゃ尚更だ。それでも手の一つや二つはないでもない」

「君を敵に回したくはないね。結構な策士だ」

「ディートリヒシュタインを自制させている奴はもっと策士です。余程のことを約束しているのでない限り、奴が黙っている訳がない。悪いことは言いません。喉頸を掻き切られたくなければ、さっさと行方を晦ますことです」

ジェルジュは真顔になった。殆ど隠そうとさえしていなかった感情が、ふいに読み取れなくなった。

「忠告は有難くいただいておこう」

「聞く気はない、と」

「そうも言える」

オットーは溜息を吐いた。死にたいんですか、と言ってから、それがまるで無意味な質問であることに思い至った。ケーラーには前から警告されていたのだ——スタイニッツが死んだら、あいつは支離滅裂を始めるぞ、と。これがまさにそれだ。しかも自分でも知っている。立ち上がった。

「拙いことになったと思ったらおれを呼んで下さい。できるだけのことはしてみます。もっとも、あなたが人の助けを求めなければならない状況で、おれがどの程度役に立つか知りませんがね」

古い女友達との約束は違える訳に行かないと言って、ギゼラはバートイシュルに発った。電報を打てばすぐ戻って来る約束だったが、それが彼女の駆引きであることは判っていた。

いつまで続くのだろう、とジェルジュは自問した。続けられる限りは、いつまででもだ。スノビズムだろうと感傷だろうと、ギゼラを手放すつもりはない。彼女といると、世界は十五年の間、手を伸ばして触れられるのを傍らで待っていたように思えた。身を浸し、渇きを癒し、感覚を開いてその美しさを享受するための場所なのだと――生れてきたのはそのためだったのだと感じることができた。ただ、それが続くことは恐ろしかった。続くとは到底思えないだけに恐ろしかった。

ギゼラはディートリヒシュタインと別れるつもりでいる――どの道、結婚と言えるようなものではなかったのだ、と彼女は言った。ディートリヒシュタインが稀にでも彼女を抱いたのは最初の二、三年だけで、それからは指も触れようとはしない、と。ディートリヒシュタインの性向からすれば大した努力だとは言わなかった。十年も連れ添って欠片ほども怪しんでいないのは、そもそも彼女が夫に関心を持っていないからだ。自分がどれほど残酷だったかを考えた。ギゼラにも、ディートリヒシュタインにも、自分自身にもだ。従順を装って大公が名乗れと言う名を名乗り、一生飼犬に甘んじる覚悟でギゼラを妻に迎えていれば、誰もこれほど傷付きはしなかっただろう。

ギゼラが望んでいるのはそれだった――大公の前に罷り出て、忠誠を誓い、改めてギゼラの手を乞うのだ。イシュル行きの列車に乗る前に、ギゼラはジェルジュに軽く接吻して、考えて、と言った。何もかもやりなおせるのよ。考えて。考えたところで何が変るとも思えなかった。今更自分を、政治的延命の道具として大公に与えるつもりはない。だが、彼女なしでは三日と過せなかった。ジェルジュは一旦解いてあった荷物を纏めた。この季節のイシュルはウィーンよりよほど快適だ。出発しなかったのは、ウィーンに戻ると言う電報を受け取ったからだ。それから、大公の呼出しを受けた。

屋敷は陰気だった。昔から陰気だったが、これほど荒廃はしていなかった。色褪せてさえ見えるお仕着せの従僕に付いて、空洞めいた屋敷の階段を上がった。上の階にギゼラがいるのが感じられた。

彼女の柔らかに輝く温かい気配の中に、まだ固く閉ざされた何かが感じられた。妊娠していた。

部屋の扉は内側から引き開けられた。マレクだった。大公は窓際の安楽椅子に腰を下ろしたまま軽く合図した――押え付ける必要も、無礼を働かないよう引き離しておく必要も、今日はないと言うのだ。

「昨日、イシュルからまっすぐにここに来たのだよ。確かにあれではディートリヒシュタインのところへは帰れまい」大公は薄く笑って見せた。ギゼラによく似ていた。ジェルジュが置き去りにしてから十五年の間、彼女が浮べ続けた憂鬱な微笑が、あらゆる人間的な感情や欲求が風化して崩れ去り、ただ保身と打算だけが動き続ける顔に盗み取られているのは奇妙なものだった。「ギゼラはお前との結婚を望んでおる。役所は認めても教会は認めん類の結婚だが、自分と子供のそばを離れずに暮してくれる以上のことは望まんそうだ。悪くはない。わたしに逆らうようなことはもうあるまいからな。子供が産まれれば尚更だ」

「僕に何を期待できるものか、もっとよく御存知だと思っていました」

大公は満足げに溜息を吐いた。「ギゼラと子供を餌に檻を宛がおうなぞとは考えるだけ無駄だとは思っていた。だが、ギゼラにはそうは言えん。一応説得はしたと言わねばな」

ギゼラを捨てる可能性を、大公が考えていないのは妙なことだった。

上の階の少し離れた場所を、ギゼラは行き来している。うわの空で小間使いに指図をする。ジェルジュがいることを知っている。彼が大公に何と答えるかが不安なのだ。

自分でもどうしたいのか判らなかった。踵を返して出て行くことはできる。ギゼラは失われるだろう。略奪することもできる。大して難しくはない。だが大公は、どちらの可能性も案じてはいなかった。ジェルジュが大人しくなされるがままになることを確信していた。

「お前から何もかもを奪おうとは、わたしは考えていない。追い詰めて逆上されては堪らんからな。だからと言って何もかも与えるのも面白くない」

「ギゼラは譲れません」

「そんなことはわたしも考えてはおらん」

「子供もです」

「当然だろう。ギゼラも子供も取っていいと、わたしは言わなかったか。どうせ誰も止められん。あれが同意すればだがな」

「では一体何が」

「お前はスタイニッツの仕事を引き継ぐこともできた」

ジェルジュは答えなかった。答える理由はないと思ったからだ。

「平穏な生活が望みだろう」

「あなたには関係のないことです」

「だがこのままお前がギゼラを連れて去ったとなれば、わたしは兎も角、ヨアヒムにはお前を追い回すだけの充分な理由があることになる。ギゼラには酷な話だ。個人的な問題に限るなら、わたしが言って諦めさせよう。だが、お前が果すべき義務を果さずに去ったとなるとな」

「僕の義務？」

「まずお前はヨアヒムに、いかなる裏切りもなかったということを証明しなければならない。それからお前の職務について、完全な説明がなされなければならない。職務中に得た知識に関しては引き継ぎが必要だ」

「文書で残してあります」

「それでは不充分だと言っている。特に忠誠の問題についてはな。釈明は別の形で為さ(な)れねばならん」

　静かな怒りを、ジェルジュは抑えた。辞めるとなれば、殺すか、廃人にするかでなければ大公が満足しないであろうことは知っていた筈(はず)だ。今更腹を立ててもどうにもならない。

「お前には機会をやりたいのだよ。ギゼラが初めて自分で選んだ男を、ただ潰(つぶ)して病院に放り込んでおく訳にもいくまい。ヨアヒムがシュロスベルクでお前を待っている。戻って来たら、好きなようにするがいい」

　居室から罷り出ながら、ジェルジュはギゼラに軽く触れた。何度も、そうやって呼んだことがあったのだ。彼女が階段の上に姿を現した時、ジェルジュは帽子を被(かぶ)って外に出ようとするところだった。振り返って、彼女を見上げた。

　一週間したらまた来る――いや、十日かな。その時に返事が欲しい。君が嫌だと言えば、僕は一人でウィーンを離れる。

　蒸暑い日だった。鬱蒼(うっそう)と茂った木立を抜け、山荘の前庭に車を停める頃には、降り出さんばかりになっていた。運転席にシートを掛けた。

迎えに出たのはオレグだった。何か言いたげなそぶりを、ジェルジュはそっけなく無視した。玄関の天井から下げられた大時代な照明は、埃除け(ほこりよ)の布で覆われたままだった。使用人は一人もいなかった。

二階の部屋の扉を、クレムニッツが内側から引き開けた。中を苛々(いらいら)と歩き回っていたディートリヒシュタインが足を止めた。ジェルジュは埃除けの外套(がいとう)と上着を脱いでオレグに渡し、命じられるままに、大きな安楽椅子に腰を下ろした。左袖(そで)のカフスボタンを外し、まくり上げた。クレムニッツは手際よくゴムの管で肘(ひじ)の上を縛り、注射器の針を静脈に刺した。血管を冷たい薬液が流れ始めるのが感じられた。

窓の外の、草叢(くさむら)の息遣いが薄らいだ。動揺を気取らせないよう袖口を留めた。目を瞑(つむ)った。湿った風が、開け放った窓に下がる窓掛を吹き上げた。世界は徐々に鮮やかさを失い、じきに誰の存在も感じなくなった。

オレグが自分を見ているのに気が付いた。焦点が合うのに幾らか時間が掛かった。

「君は辞めると思ってたがね」

「オットーの手下ってのは堪忍です。手玉に取られるだけだ」

ジェルジュは笑った。簡単なゲームだよ、と言った。済んだら立って帰るだけだ。

「窓を閉めろ」とディートリヒシュタインは言った。

雨が降り始めていた。ジェルジュは外に停めてある自動車のことを考えた。クレムニッツが屈み込んでジェルジュの瞳孔を覗き込み、薬が効いていることを確認した。ディートリヒシュタインが顎をしゃくって合図をした。力任せにこじ開けられた。感覚が麻痺を振り切って抗おうとするのを自分で抑え込んだ。

ディートリヒシュタインの鈍重な侵入は鈍い刃物で切り裂かれるように感じられた。自分でも感じずにおこうとした感情——ギゼラの妊娠を知った瞬間の感情が、肉片のようにえぐり出された。ギゼラの声、ギゼラの体、重く纏わりつくようなギゼラの抱擁が甦った。本能的に意識を閉ざそうとした。弾き出されたディートリヒシュタインの苦痛を感じる方が、糞、と叫ぶのを聞くより僅かに早かった。

殴り付けられた。何度か殴打されると感覚は完全に麻痺した。捕えられ、五感からも剝がされた。虚空に宙吊りにされた気がした。素手で裂くように開かれ、記憶を引きずり出された。

気が付くと、軍用の折畳み寝台に転がされていた。

起き上がって、地下室の隅に置かれた琺瑯引きの洗面器に空の胃を搾って吐き、そのまま床に坐り込んで目を閉じた。感覚は動かさないようにした。何かに反応する度に起る鈍い痛みは、むしろジェルジュを安堵させた。本当に潰されていれば動かすことさえできない。暫くそのまま坐り込んでいた。それから、低い踏み段の上にある鉄の扉を見遣った。オレグがいた。ジェルジュが意識を取り戻したことに気が付くと奥に消え、やがて水と砂糖の塊を持って戻って来た。

ジェルジュが砂糖を口に含み、時間を掛けて水を飲むのを、オレグは黙って眺めていた。それから、十二時にクレムニッツが来て交代します、と言った。

「二時間後です。その時にもう一度薬を打ちます。今のうちに――」

「僕は逃げないよ」コップを渡しながら、ジェルジュは言った。自分の声が掠(かす)れているのに少し戸惑った。「気にする必要はない。大丈夫だ」

胃が落着いてから、寝台に這(は)い上がって眠った。真夜中過ぎに揺り起こされた。クレムニッツだった。無言でジェルジュを殴り付けると、左腕を掴(つか)んで袖を肘まで捲(まく)り上げ、手際よく注射器の針を血管に刺した。

薬液の冷たさは堪え難いくらいだった。クレムニッツが出て行ってしまうと、ジェルジュは仰向(あおむ)けに横たわった。天井の電球が眩(まぶ)しかった。すぐに意識は混濁した。


後になって思い出せたのは、感覚が麻痺を振り切って世界が堪え難いほど鮮やかな色彩を取り戻す瞬間であり、土気色の顔をしたディートリヒシュタインの苦痛と呪いの声であり、気を失い掛けるまで続けられる殴打であり、それに続く、ぞっとするような無感覚の時間だった。どこから来るのかも既に定かではない苦痛に喘(あえ)ぎながら、目を見開き、五感を手繰り寄せ、感覚に手を伸ばした。蒼褪(あおざ)めた男の顔が奇妙な鮮やかさで浮び上がり、消えた。衝撃とともに、再び、苦痛に身を捩(よじ)るだけの虚無の中に投げ込まれた。ディートリヒシュタインが引き上げると、クレムニッツはジェルジュにモルヒネを打った。抵抗はしなかった。終った後の苦痛も、訊問の最中の苦痛と同じくらいひどい。薬だけが、空の胃を搾る吐気と、世界が灰色の断片と化す頭痛を辛うじて和らげ、翌日をやり過すための休息を与えてくれた。水を一杯だけ飲み、寝台に倒れ込んだ。ディートリヒシュタインの前に引き出されるまで眠った。

やがて時間の感覚が失せた。苦痛と無感覚が交互に訪れるのが判るだけだった。その区別も次第に曖昧になりつつあった。人間の世界に掛けていた指が一本ずつ滑って外れていくようだった。最後の一本が外れれば虚無の底に飲み込まれる。ディートリヒシュタインが触れるたび麻痺を振り切って起る強烈な振動を、ジェルジュは死に物狂いで抑え付けた。その振動が野放しになれば、人格など簡単に消し飛んでしまう。何とか五感を取り戻し、感覚を体に繋ぎ止めようと喘いだ。

それから、ふいに、放り出された。暗闇から這い出すようにして目を開いた。押し殺した嗚咽を耳にした。それが、散り散りになりかけた自分をどうにか纏め上げてはじめて聞いた声だった。ディートリヒシュタインが顔を両手で覆い、身を震わせて泣いていた。終ったのだと判った。ジェルジュはふらつきながら立ち上がった。そのまま歩いて出て行けばいい。それからどこででも倒れて、眠って、目を覚した時には、何をすればいいか考えることもできるだろう。

ディートリヒシュタインが、腱の目立つ両手の中から頬の削げた顔を上げた。掠れた金切り声が喉から漏れた。

「クレムニッツ、こいつを殺せ」

正面から食らった一発で、自分が再び無数の断片になって消し飛んだような気がした。二発目は漠然とした衝撃としか感じなかった。クレムニッツが、喉を摑んで絞め上げてきた。頭の底のどこかが反応した。

空気は甲高い振動に震えていた。弾き飛ばされたクレムニッツは床に倒れていた。ディートリヒシュタインも、咄嗟に感覚を閉ざしたオレグも竦み上がって動けなかった。ジェルジュは辛うじて感覚を抑えたまま、開いた片手で、どうにか叩き潰さずに済んだクレムニッツを示した。口を開くこともできなかった。僅かでも手を弛めたら制御できなくなる。意識が霞み始めた。重い体を引きずって歩き出した。せめて階段までは行き着こうと考えた。それから、一段ずつ下りて行けばいい。

だが行き着けたのは部屋の戸口までだった。扉の握りはひどく頼りない感触を残して溶け去った。扉そのものが歪んで崩れ始めた。何もない場所に額がぶつかった。膝から力が抜けた。体を支えようと虚空に手を伸ばしたところで、自分自身が消滅した。

「オレグ」とディートリヒシュタインは竦んだまま掠れた声で囁いた。「銃だ」

持ってません、とオレグは答えた。

「何だと」

「持ってません」

止める暇もなく、ディートリヒシュタインは俯せに倒れたジェルジュに近付いた。素手で止めを刺そうとしたのかもしれない。ジェルジュの体がびくりと痙攣した。ディートリヒシュタインは慌てて接触を断った。

「やめといた方がいいです。その人は意識がない状態の方が物騒です」

「クレムニッツは」

「死んじゃいませんけど、気を失ってます」

「電話して誰か呼べ」ディートリヒシュタインは金切り声を上げた。「誰だっていい。すぐにだ」


受話器を取っても、暫く何の声もしなかった。切ろうとしたところで漸く、おれだけど、と囁くのが聞えた。オットーは銜えていた煙草を灰皿に置こうとしたが、書類の山のどこかに埋もれているらしく見つからなかった。仕方なく、床に捨てて踏み消した。

「あんた、まだエスケルスの旦那に幾らか恩義を感じてるか」とオレグが言った。

「今どこだ」

「どうなんだよ」

「今どこだと聞いている」

その声の調子だけで充分だったらしい。「シュロスベルク。大公の山荘だ」

「すぐ行く」と言って電話を切った。机の引出しを開けて銃を出し、コート掛けに引っかけてあった上着と外套を纏めて取った。どうでもいいことを喋り散らす声が聞えていた隣室は静まり返った。扉を開けると、カードをやっていたカールがもの問いたげな顔でオットーを見上げた。頷くと、付いて来た。

彼らの車が着いた時、オレグは山荘の入口の階段に腰を下ろしていた。

「ディートリヒシュタインはどうした」

「電話しても誰も出ませんと言ったら、伸びたクレムニッツを抱えて、止めを刺してくれる奴を探しに行った」オレグは溜息を吐いた。「助かったよ。むこうが先に戻って来たら、おれはどうすればいい」

「むこうじゃねえだろ、こっちだろ」と冷やかな口調でカールが言った。「忠義な奴だよな」

ジェルジュは上の部屋に倒れたままだった。オットーの顔から白く血の気が引くのを見て、オレグは囁いた。

「どうしようもなかったんだよ」

オットーは答えずにジェルジュの蟀谷に手を触れた。呼び掛けはしなかった。ジェルジュが自分の存在を感じているのは判っていた。目を開いた。口が何か言うように動いた。

「判ってます。動けますか」と聞いた。

外へ行って車のエンジンを掛けてこい、と言った。カールは階下へと姿を消した。オットーはひどくぞんざいな動作でオレグを呼び、ジェルジュを助け起させた。二人掛かりで支えて階段を下り、外に出て、乗ってきた車の後部座席に横たえた。オットーが扉を閉めると、カールはそのまま車を出した。

「どこへ連れてくんだ」とオレグが訊いた。

オットーは鼻で笑った。「そんなことお前に言うかよ」

オットーとオレグはジェルジュの車でウィーンに戻った。オレグが何を言っても、オットーは黙っていた。おれどうなるんだ、と詰め寄ると、うるせえな、と言われた。それから宥められた。ちゃんと考えてやるから安心しろ。リンクシュトラーセに入る前のカフェで降ろされ、待っているように言われた。

「誰にも見つかるなよ」

そのまま、オットーは大公の屋敷に向った。

扱いは冷たいものだった。取り次ぎに出て来た従僕は言った。

「殿下はどなたにもお会いにならない」

オットーは階段の上に目を向けた。いるのは判っていた。別に隠そうともしていない。ゲオルク・エスケルスのことでお話があるんですがね、と呼び掛けた。返答はなかったが、ひどく年老いた男が現れて、上がってくるように合図をした。

薄暗い廊下から、更に薄暗い部屋に案内された。奥に、坐ったままの老人がいた。干涸びて、遠目ではほとんど置物のように見えた。固く意識を閉ざしていた。こちらを探りさえしない。探る値打ちもないと考えているようだった。ただ、見えない目を冷淡に向けているだけだ。

扉が閉ざされた。近寄るにつれて、オットーは自分の歩き方がぎこちないのに気が付いた。何もない、だだっ広い部屋が、奥にいる人物と彼との距離を強調していた。糞、とこれ見よがしに頭の中で叫んだ。ジェルジュなら、不調法をさらけ出すべく作り出された距離に怯んだりはしないだろう。あれはこういう用途のために育てられた男、やんごとない方々の前に平然と罷り出て、しかも無礼がないよう育てられた男だ。

「お目通り願うにはいつでもこんな具合にやる必要があるんですかね」とオットーは投げ出すように言った。「次は祈る前に跪くとしましょう」

大公は笑みを浮べた。

「手短に用件だけ申し上げましょう。ゲオルク・エスケルスの身柄を引き取らせて貰いました」

「彼に会ったのかね」大公は大して興味もなさそうに訊ねた。

「ディートリヒシュタインはとっくに彼を空っぽにしています。もう用はないでしょう」

「君がああいう男を使っていたとしたら」と言って大公は言葉を切った。「そしてその男が辞めると言い出したら、どうするね」

オットーは沈黙した。それから答えた。「潰します」

「なかなか正直だ」

「ただし、その男に忠義な部下がいたら、多少は面倒なことになります」

「ディートリヒシュタインのところへ行ったらいい」

「傀儡と取引をする気はありません」

「取引？」

「はっきり申し上げましょう。おれは共和主義者です。今のところはね。もう二、三年もあれば、殿下がディートリヒシュタインを使って確保なさろうとしている影響力を、綺麗さっぱり消し去ることもできると考えています」

「君は幾つだね」

「三十二です」

「若いというのは実に傲慢なことだな」

「氏も育ちも悪いにしてはとおっしゃってはいかがです。エスケルスをディートリヒシュタインの気紛れに任せるとおっしゃるなら、それはそれで結構でしょう。その場合、二、三年は二、三週間に短縮されることになります」

「ほう、どうやってだ」

「細民どもは、戦争、と言いますがね」

　大公ははじめてオットーの顔を見据えた。オットーは続けた。「まずは引き抜きから始めます。応じない奴は二度と使いものにならないように潰します。二、三週間で、ディートリヒシュタインの手元に使える奴は誰も残っていない、ということになる。奴はそれでおしまい。政府の連中もあなたに遠慮する理由はなくなる。どうなさるおつもりで」

「君の取引とは脅しのことか」

「早まらずに聞いて下さい。万事は御意向次第。つまらない内輪の争いで貴重な人材を潰さなけりゃ、そちらも二、三年は安泰だし、お互いに協力もできる」

「共和主義はどうした」

「先行きのことなんか誰も知りませんからね」

大公は唸った。或いは溜息を吐いたのかもしれなかった。先刻の老人が書物机のところで何やら書きはじめた。書きながら、ペンの綴る内容をオットーに見せた。大公が手を差し出すと、インクを含ませたペンを硬い革の板に添え、書き上がったものと一緒に渡した。老人の目を使って、大公は一枚に署名をした。ディートリヒシュタイン宛の手紙だった。もう一通をオットーに渡した。

「判っちゃいないですな」オットーは大公の使った革の下敷を当て、気取った顔付きでジェルジュの筆蹟を真似て署名した。「ゲオルク・エスケルスというのは、なまじなお貴族様なぞ及びも付かないほど高慢ちきな男ですよ。こんなもんに名前を書かせなくたって、仕返しなぞ思い付きもしないし、足を洗えば二度とこの世界には戻っちゃ来ません。おれたちの所だろうと余所だろうとね」大公に渡した。「これはおれの言質としてお預かり下さい。何かあったら、どうせ尻拭いはこっちの仕事です」

オットーが戻って来たのは三十分後のことだった。オレグが顔を上げると、通りの暗がりに立っていた。出て行って、切り出した。

「今ずっと考えてたんだけどさ——辞めたらそっちで使ってくれるかな」

途端に、拳で殴られた。頭に血が上った。カール抜きのオットーがまるで非力なのは充分に承知だった。ディートリヒシュタインよりひどいくらいだ。それに不意打ちを食わされるとは。殴り返そうとすると、今度は目の上に直撃を食らった。更に殴り返そうとすると、手を上げて止められた。気を引くように短く舌打ちした。

「いい話を聞きたくないか」

「何で殴るんだよ」

「お前、青痣もなしに、メニッヒ兄弟がエスケルスさんを連れてっちまいました、で済むと思うか」

オレグは暫く考え込んだ。それから言った。「おれ、戻る気ないぜ」

「おれたちと組みたいんだろ？」

オレグは釈然としないままに頷いた。オットーは畳んだ紙切れでオレグの胸をぱたぱた叩いた。

「すぐディートリヒシュタインのところへ帰ってこれを渡せ」

オレグは疑わしげな顔で考え込んだ。それから紙切れを取って、言った。

「判った——渡すんだな」

「物判りのいい奴はいい」とオットーは言った。「次に大事なのは忠義だ。ディートリヒシュタインをちゃんと納得させてやれ。手当ての話はあとでゆっくりやろう」

何故ジェルジュがそんなにあの貸家にこだわるのか、オットーには理解できなかった。ディートリヒシュタインに頭を開けられた以上、場所は知れている。そんな度胸のある相手とは思えなかったが、大公の意向を無視してこちらとの全面戦争に入る気さえあれば、いつでも襲撃が掛けられる。

もっとも、クレムニッツがああでは、むこうも今夜は行動不能だと考えてよさそうだった。ディートリヒシュタインの事務所の掌握ぶりはまだいい加減なものだ。万が一のことがあっても、オレグが止めてくれるだろう。

玄関を入っていくと、食堂でカールが煙草を吸っていた。通いの家政婦が賄いも引き受けてくれた、と言って、台所を顎(あご)でしゃくった。オットーは鍋(なべ)のグラーシュを冷たいまま皿に取って戻った。医者の往診も頼んだ、とカールは言った。

「脈取っただけだったけどな」憤懣(ふんまん)やる方ない口調だった。「脈取って、聴診器当てて、多少衰弱してますが大丈夫でしょう、だとさ」

それが判れば上出来だ、とオットーは思った。少なくとも心臓が止まる心配はしなくていいらしい。閉ざされた扉のむこうで、ジェルジュは眠っていた。内側に潜り込むような深い眠りだった。

その晩はオットーが泊り込み、向い側の寝室で、銃を枕の下に入れて寝た。朝、カールがやってきて交代した。夕方、戻って食事を取った。ジェルジュは眠ったままだった。

夜半近く、むこうの寝室の鍵が掛けられるかすかな音で目が覚めた。起き上がって、様子を見に行った。と言っても、内鍵が掛けられたことを確認するだけだった。ジェルジュが目を覚していた。呼び掛けても、返事はなかった。

途端に、衝撃で気が遠くなりかけた。感覚を閉じて、扉をこじ開けようとした。自力であれが抑え込めるとは思えない。むこうに行ってろ、というくぐもった声が聞えた。もう一度、来た。膝から力が抜けた。三度目、額から後頭部まで打ち抜かれ、視界が粉々に砕かれるに至って、オットーは這って玄関へと逃げ出した。扉を閉め、車までよろめき出た。そのまま、車の座席に潜り込み、感覚を閉じて寒さに震えていた。ジェルジュが感覚を抑え込むか、消耗しきって失神するのを待つしかない。

中に戻れたのは漸く明け方になってからだった。鍵は開いていた。寝室はもぬけの殻だった。扉のむこうから水の音が聞えた。覗くと、ジェルジュは風呂桶の中に坐り、シャワーの水に打たれていた。オットーの方を見ようともせずに手探りで水を止め、縁にすがるようにして立ち上がった。タオルを渡すと、頭から被った。感覚が暴発するのを辛うじて抑えているだけだった。濡れたままの体に部屋着を纏いながら、掠れてはいるが異様なくらいはっきりした声で言った。

「空腹なんだ。何か食べるものはあるかな」

それから、タオルを被ったまま夜食のスープを飲んだ。最初は実を避けて汁だけを少しずつ口に含んでいたが、そのうち我慢ができなくなって、細かく裂いた鳥の身やら何やらを食べはじめた。皿が空になろうというところで、匙を下ろしたまま動きが止った。オットーは手を伸ばして、スープの皿を引いた。

頭が皿のあった場所に落ちてきた。寝息を立てていた。

シュロスベルクから帰る車の中で、ディートリヒシュタインは錯乱状態に陥った。運転手は後部座席で彼が額を窓に打ち付け始めたのに仰天した。慌てて車を止めると、顔を上げて何か喚き出した。屋敷の階段は抱え込むようにして引きずり上げなければならなかった。寝室に連れて入り、従僕の手を借りて無理矢理寝台に放り込んだ。医者を呼んで鎮静剤を打たせようとしたが、注射器を見ただけで怯えて暴れだした。仕方なく医者を下がらせ、何もしません、と何度も保証しなければならなかった。それで漸く大人しくなった。

オレグが戻って来たのは八時過ぎだった。寝室に入ると、ディートリヒシュタインは寝台に潜り込んだまま、体を丸めてすすり泣いていた。話しかけても、何の反応もなかった。それから眠り込んだ。三日間、死んだように眠り続けた。

四日目の午後、オレグは呼び出された。白いシャツを着たディートリヒシュタインは、カーテンを閉め切った部屋で、小さな常夜灯だけに照らされて、積み上げた枕に寄り掛かって体を起していた。

エスケルスは始末したか、と掠れた声で言った。

「邪魔が入りました」とオレグは報告した。「オットー・メニッヒが大公殿下に直訴して身柄を引き取って行ったもので」

ディートリヒシュタインは一言、ひどく疑り深そうな口調で、何故、と尋ねただけだった。オレグは大公の書簡を渡した。ディートリヒシュタインはそれを丁寧に三回、読み返した。それからもう一度、何故、と聞き返した。

「我々を潰して見せると大公に言ったようです」

ディートリヒシュタインは溜息を吐いた。「お前の意見は」

おれの意見？　とオレグは自問した。ディートリヒシュタインが人に意見なぞ求めたことがあっただろうか。

「私だって少しは学習するんだよ」と言った口調を聞いて、オレグはぞっとした。ジェルジュ・エスケルスそのままの口調だった。言ってから、ディートリヒシュタインは自嘲に口を歪めた。「奴ならそう言う。お前は私よりメニッヒを知ってる筈だ、と言う――違うか」

答えていいものかどうか、オレグは迷った。それから答えた。「オットー・メニッヒは利口だし冷静な男ですが、切れると決めるとどんなことでもしでかします。奴がそう言うなら、そうするだけの覚悟はあるんでしょう」

ありがとう、とディートリヒシュタインは言った。それもまた、かつてなら口にしなかったであろう言葉だ。

「下がっていい」目を閉じた。

衰弱したディートリヒシュタインの意識が、ほんの一瞬、見て取れた。重さに抗することも難しいほどの敗北感だった。


数日の間、ジェルジュは寝台に横になったまま、目を瞑(つむ)って動かなかった。薬が抜けていく反動が間欠的な神経の興奮を引き起す——その度に感覚が暴発するのを押え込み、収まるのを待った。たいていは疲れ果てて眠った。それから、起きて食事をしたり、髭(ひげ)を当ったり、冷たい汗で湿ったパジャマを替えたりした。発作は次第に弱まり、間遠になりつつあった。あと三日あれば充分動けるようになるだろうとオットーは踏んでいた。一週間欲しいが、三日が限界だ。

オレグは呆(あき)れ顔をした。「よくよく頑丈な人だな——ディートリヒシュタインは阿片(あへん)チンキ飲んで寝たきりだぜ」

「怒ってるか」とオットーは訊(き)いた。

「自棄(やけ)を起してる」

「やる気だと思うか」

「やるね」

「何日引き延ばせる」

「やると決められたら、警告する暇しかないな」

「三日くれ。三日あれば、エスケルスさんはどこかへ動かす」

オレグは同意した。なしで済むなら戦争はなし、というのが、二人の合意だった。かたかた音を立てる車を転がして、オットーは田舎道を戻った。赤い車が道に引き出されていた。開いたボンネットの上に屈み込んで、ジェルジュは中を弄り回していた。前に回ってエンジンを掛け、その低い唸りに満足したように微笑んだ。エンジンを切ると、屈み込んだまま、降りて来たオットーに顔を上げた。

「自分がどんな状態かは判ってますよね」

ジェルジュはオットーを見遣った。不服そうではあったが、事実は事実として認めざるを得ないようだった。オットーは付け加えた。

「ディートリヒシュタインは屋敷で寝たきりです。動けませんよ」

「ギゼラは」

「大公のところにいます。法的には離婚済みで、帰る気はなさそうです。一人割いて監視させてますからご心配なく」

ジェルジュは布で手を拭き、ボンネットを革のベルトで締め、シートを掛けた。それから大人しく家に入りながら言った。

「あと何日だ」

「オレグが三日稼ぎます」

ジェルジュは台所に入って、家政婦が作っていった薄甘いレモン水をグラスに注いで飲んだ。戻って来て、腰掛に坐った。顔色が蒼かった。疲れた様子だった。

「三日すれば、実用には充分に耐える。君らには感謝してるよ。だがもう充分だ」

「おれが恐れているのは、あなたがディートリヒシュタインと揉めることです」とオットーは言った。「今、それをやられると、おれたちは奴のところと戦争ってことになります」

「大人しくしていろと」

「無茶をしでかすつもりなら拘束します。おれには逮捕の権限があるのをお忘れなく」

「権限で逮捕ができるならね」

「腕尽くでもやれますよ」

ジェルジュは笑った。面白いゲームでも持ち掛けられたかのようだった。「理想的な状況というのはこうだな――私は逃げ出し、君は私を捕まえようとするが見付からない。君は苦り切り、ディートリヒシュタインは怒り狂う」

「ディートリヒシュタインがでかい顔しておれを責めるってのは嬉しくないですね」

「何か考えるよ」

八月の素晴しい朝だった。ジェルジュは早朝から起きだして、庭木に水をやった。オットーが目を覚したのはその物音でだった。カールと三人でひどく量の多い朝食を取り、胸焼けしたオットーが胃薬を飲んで行ってしまうと、ジェルジュは荷造りを始めた。カールスプラッツの家からオットーが持ち出したトランクひとつだったが、中から封筒に入った書類を出し、時間を掛けて選り分けた。昼食の時に、家政婦に言った——家は今日の午後に空けること、できれば夕方戻って来て掃除をし、鍵を家主に返して欲しいこと、などをだ。それから、かなりの額の現金を渡した。

気温は確実に上がり続けた。ジェルジュはカールを村にやって、居酒屋から冷えた白葡萄酒を買って来させた。戻って来ると、ジェルジュは着替えて腰を下ろしていた。上着は戸口に置いたトランクの上に掛けてあった。食卓の上には既にグラスが二つ用意されており、冷えて汗をかいた緑色の罎を紙袋から取りだすと、嬉しげな様子で抜きにかかった。

ラジオが雑音としか思えない音を立てていた。ジェルジュはほとんど口を利かなかった。不規則なざらついた音の底に響く音楽に耳を傾けているようでもあった。微醺で眠気がさしているようにも見えた。だが、二人で最後の一杯を空けてしまうと、立ち上がって上着を着た。

「ウィーンに戻るだろう」と言いながら、上着の下から落ちた封筒を渡した。「送って行くよ」

「ちょっと待って下さい。ウィーンは駄目です。オットーに怒られます」

「ほんの十分だ。忘れものがある」台所に立った。裏口の扉を閉める音が聞えた。戻って来て窓を閉じた。

「それにこれは受け取れません」

ジェルジュは卓の上に鍵を置き、トランクを提げて外に出る所だった。カールはドアを閉めて後に追いすがり、封筒の中身を引っ張り出しながら言った。

「こんなもん貰ったなんて言ったら」

中に入っていたのは有価証券類だった。

「大した値打ちはないよ。国外に持ち出しても換金は出来ない。国内でももうガソリン代くらいにしかならないな」

トランクを車の後に括り付け、エンジンを掛けた。運転席に腰を下ろすと、戸口の前に立ったままのカールを呼んだ。カールがしぶしぶ乗り込むと車を出した。

「代りという訳じゃないが、頼みたいことがある」田舎道を幾らか抑え気味に走らせながらジェルジュは言った。「この車、貰ってくれないか」

ジェルジュはカールをミヒャエラーキルヒェの前で下ろした。カールは電話を探しに向い側のカフェに飛び込んだ。繋がるまでに少し掛かった。オットーは非道く困惑していた。興奮したカールの話がおよそ要領を得なかったからだ。少しずつ、根掘り葉掘り、何を言われたのかを訊ねた。暫くしてからオットーは電話のむこうで唸った。

「何で逃がすんだ」

「おい、何のことだよ、それ」カールは同じくらい不機嫌になって言い返した。「おれは看守か。冗談じゃないぜ」

「冗談じゃないのはおれの方だ。お前、オレグんとこと殺し合いをやりたいのか」

「エスケルスさんは、兄貴は全部判ってるって言ってたぜ」

電話のむこうは沈黙した。それから、電話を切って戻って来い、と言った。

「やだよ」

押し問答になった。カールはねちねちと嫌みを言った。抗弁した。駄々を捏ねた。

「兄貴が何と言ったって、おれはあの車、貰うからな」

「兎も角、帰って来い。それから話をしよう、な」

「車は」

カール、とオットーは言った。「あの人、おれんとこにまだ回線が一本しか来てないの知ってるんだよ。さっさと切れ。頼む」

大公の屋敷に付けておいたシュトローベルが飛び込んで来た時、オレグは最初に誰に報告すべきか迷った。結局オットーに電話を掛けたが、回線が塞がっていると告げられた。仕方なく、上着を取って立ち上がった。奥の執務室にいるディートリヒシュタインに報告するためだ。

ディートリヒシュタインは眼鏡を掛けて、溜まった書類を片付けていた。脇に水の入ったグラスが置かれていた。オレグが入っていくと、顔を上げた。

「ゲオルク・エスケルスが大公の屋敷にいます」とオレグは言った。

恐れていたようなことは何も起らなかった。逆上も、叱責も、金切り声もなかった。

ディートリヒシュタインは書類を揃えて机の上に置き、眼鏡を置いて立ち上がった。それから後の棚を開け、拳銃を取り出すと、装塡してあることを確認してポケットに入れた。まるでオレグがそこにはいないような動作だった。上着の前鈕を掛けると、言った。

「これは私の個人的な行動だ。電話をして、メニッヒにそう言え」

「繋がりません」

ディートリヒシュタインは肩を竦めて見せた。

「一緒に行きますか」

「手は出すな」とディートリヒシュタインは言った。「私がやる」


大公の屋敷に、使用人は何人も残っていなかった。階下には老いた従僕が一人いるだけだ。それも、腰掛に坐ったまま眠っている。大公が奥の部屋で彼の侵入に気付いたことも、マレクを呼んだことも、彼には判った。それが何も意味しないことが不思議だった。ジェルジュにとって、この屋敷は今や往来も同然だった。

更に階段を上がった。三階の一室の扉を叩き、そっと押し開けた。ギゼラがいた。立って、呆然と両手を垂らしていて、それから飛びついて来た。

「どこにいたの」

「言えない」

「何だか痩せたみたい」

それはジェルジュには幾らか心外だった。一時でも痕跡を留める何かを与えることが、ディートリヒシュタインにできるとは考えたこともなかった。ギゼラに軽く唇を触れた。

「答は」

ギゼラは一瞬、躊躇った。ジェルジュはもう一度軽く唇を触れながら、彼女の内側を愛撫しようとした。ギゼラが彼を睨んだ。

「ずるはなし」

「ずるなんかしないよ」

「どうしても行かなきゃ駄目？」

「少なくとも僕はね」

ギゼラはもう一度、ジェルジュの幾らか窶れた顔を眺めた。それから言った。「じゃ、行くわ」

「道に車を停めたままだ。急いで」

ジェルジュは部屋の奥の衣裳部屋に入り、彼女の手提げ鞄と小振りなトランクを引っ張り出した。

「いらない」

「今晩の着替えくらいはいるよ」

ギゼラは入って来て、手際よく掛かっている服を外してトランクに収め、引出しの中身を入れ始めた。入れながら、ジェルジュに手提げ鞄を差し出した。ジェルジュは鏡台の所へ行って、上にある化粧品の壜の類を回収した。

「どのくらい積めるの？」

「そのトランクなら大丈夫」

いずれにせよ、あるのはディートリヒシュタインのところを出る時に持ち出したものだけだ。入れるだけ入れてしまうと、ギゼラはジェルジュの助けを求めた。

「蓋が閉まらないわ」

返事がなかった。外を覗くと、マレクが化粧台の脇の扉から入ってきたところだった。ジェルジュがひと呼吸した。最後に残っていた香水の壜を取り、鞄に入れて蓋を閉じた。

「殿下は下においでですね」

それから返事も聞かずに奥へ行って、ギゼラのトランクを閉めてやった。片手にトランクと鞄を提げ、もう片方の手で彼女の手を取って、マレクを促した。階下に下り、扉の前に鞄とトランクを置いた。ギゼラの肩を抱いて中に入った。

色褪せた埃っぽい部屋で、大公は彼らを待っていた。ジェルジュはその部屋を知っていた。スタイニッツ男爵に連れられてはじめて足を踏み入れた時、どれほど眩く危険な場所に思えたかを、まだ覚えていた。二度目に、公然たる反抗のために訪れた時、それでもまだ幾許かの冒瀆を感じて躊躇ったことも思い出した。窓から差す光で顔さえ見ることができないこともあった。今や、大公の居室は壁布や敷物ごと、色褪せ、風化して埃に変るのを待つだけのように思えた。部屋の寸法まで、奥に坐る老人ごと、縮んだような気がした。

まだ敬意を払うべき何かが残っているかのように、ジェルジュは大公に一揖した。意識を閉ざしてはいなかった。隠すべきものなどひとつもないからだ。漸く自由になったと感じた。大公にはもういかなる負い目も、義務も、怨恨さえ、感じてはいなかった。

「ギゼラは連れて行きます」とジェルジュは告げた。許しは求めなかった。ギゼラが大公の頰に接吻した。


玄関を入る前から、ジェルジュがそこにいることを、ディートリヒシュタインは感じ取っていた。眠りこけている従僕を無視して、階段を上がった。奥の大きな扉を出てきたところだった。片手でトランクと手提げ鞄を持ち、もう一方でギゼラの手を取っていた。ディートリヒシュタインに気が付くと、ギゼラは隠れるようにジェルジュに身を寄せたが、ジェルジュはただ彼を見詰めただけだった。

階段を上がりながら、上着の内側から銃を抜き出した。撃鉄を上げながら腕を伸ばし、突き付けるように銃口を向けた。引金を絞ろうとしたところで、場違いなくらい平静な、オレグ、という声を聞いた。

オレグが、ジェルジュの命じるままに、背後から二、三段を駆け上がる音がした。何をされたのか判る暇もなく全身の力が抜けた。指が撃鉄を戻していた。オレグに後から抱き留められた。最後に、銃が手から滑り落ちた。咎めるようにかぶりを振るオレグに、ジェルジュが肩を竦めた。ギゼラの視覚だな、と考えた時には、もう気配でしか感じられなかった。それもすぐに消えた。

失神したディートリヒシュタインを屋敷に連れ帰ってから、オレグは事務所に戻ってオットー・メニッヒに電話を掛けた。ジェルジュが国内にいる限り、見付けだすのはオットーの仕事だと思ったのである。

覚えのある声が出て、局長は休暇で不在だ、と告げた。ファルカシュだった。無駄とは思いつつ、カールの所在を尋ねたが、ファルカシュはうんざりした口調で答えた。

「あいつらが片っぽだけ休暇を取るわきゃないだろ、オレグ」

そこでしぶしぶ、エスケルスの旦那を見付けて連れ戻してくれと頼まなければならなかった。むこうは黙り込んだ。

「面倒はいやだぜ」と暫くしてから相手は言った。「あの人が逃げるっていうなら、逃げるだろうさ。止め立てしたら大怪我する」

「ディートリヒシュタインが殴り倒された」

へえ、とファルカシュは言った。「御感想は」

「そんな気の毒なこと聞けるか」

むこうはせせら笑った。「格が違います、って言ってやれよ」誰かが遠くで何か言うのが聞えた。「あ、いやちょっと待て」しばらくがさがさする音がした。「メニッヒさんのメモが残ってる――ディートリヒシュタイン氏から連絡があった場合には、ことの如何に拘らず協力に努めること、だってさ」溜息を吐いた。「おれ、やだな」

　オレグはすぐに飛んで行って、ファルカシュと打ち合わせをした。

　まずは普通の警察組織を使うしかないだろうというので、二人の意見は一致した。それからすぐに、ジェルジュの車を手配した。

　オレグとファルカシュは、週末まで、オットーの事務所に泊り込んだ。週中に回線は二本になったが、二本とも鳴りっぱなしだった。問題の車は否が応でも目に付いたし、走りっぷりもまた人目も警察も憚らなかったので、停めて職務質問することはできないとしても、通報だけは多かったのである。

　最初の通報では、メルクを抜けてザルツブルクへと向っているという話だった。そのままバイエルンに抜ける可能性に備えて、国境で捕えるよう手配したが、問題の車はオーバーザルツブルクで姿を消した。次に発見されたのはインスブルックの手前だった。それからグラーツへ抜け、ノイジードル湖畔の田舎道で警察と壮絶な抜きつ抜かれつを展開した揚句（地元の一警官の運転が、どうしたものか抜群に巧かったのである――オレグとファルカシュはそれぞれにその名前を控えた）、いきなり速度を上げて追跡を振り切った。最後に通報があったのは日曜日の朝だった。バーデンのとあるホテルの中庭に、問題の車があると言うのだった。

オレグはディートリヒシュタインのところに電話を掛けた。三人はお仕着せを着た使用人の運転する荘重極まりないお車でバーデンに向った。オレグとファルカシュは幾らか興奮していた。ディートリヒシュタインは陰気だった。

「何故そんなところに戻って来る」と言うのだった。ひどく傷付いた彼の自尊心は、頼むから放っておいてくれと言いたかったのだ。「誰が乗ってる」と付け加えたのは、彼の頭だった。それが何をどう考えるのか追求するのを、ディートリヒシュタインはとうに諦めていた。

中庭に乗り入れるなり、問題の車が一番目立つ場所に堂々と停めてあるのが見えた。幾らか埃を被っていた。若いボーイが磨いていた。オレグが話しかけると、何か興奮して話しながら上の階の窓を見上げた。

「昨日の夕方に着いたそうです」とオレグは階段を上がりながら低い声で言った。あえて誰がとは言わなかった。ジェルジュがそこにいないことは、三人ともすでに知っていたからだ。オレグは無言で怒り狂い、ファルカシュは困惑していた。ディートリヒシュタインは意識を貝のように閉じたまま黙り込んでいた。ファルカシュが教えられた部屋の扉を叩いた。

「開いてるよ」と言う声がした。三人は部屋に入り、扉を閉めた。

　オットー・メニッヒは食卓に着いて素手で海老を剝いて貪り食っていた。腰にシーツを巻いているだけだった。机の周りには女が三人いて、こちらは海老よりマヨネーズに御執心らしかった。奥の寝台に男の肩と女の尻が見えた。

「これはこれは閣下」オットーは上機嫌で言った。それから手をテーブルクロスに擦り、ついでに口を拭き、シャンパンを流し込んで続けた。「誰かお捜しで」

「下にエスケルスの車があった。奴はどこだ」

　寝台の方から声がした。「あれ、おれたちの車ですよ」

　オットーは頷いた。「貰ったんです」

「いつ」

「一週間前です。それから随分乗り回しましてね。ザルツブルクまでは行ったかな」

「馬鹿みたいにガソリン食いますけどね」と寝台のカールが言った。

　ディートリヒシュタインの顔が紫色に変るのを、オットーは見た。殴られるのではないかと思うほどだった。が、ディートリヒシュタインはそのまま戸口の脇の長椅子に坐り込んだ。オットーは空いているグラスにシャンパンを注ぎ、立って、ディートリヒシュタインに差し出した。

「これで、ウィーンはおれとあんたで山分けです」とオットーは言った。「何の不満がありますか」

　ディートリヒシュタインは大人しくグラスを取って飲み干した。大変結構、とオットーは考えた。カールは起き上がり、両手を車に見立ててノイジードル湖の決闘を再現して見せていた。名前を聞いとけ、とオットーは言った。

「でさ、お前らなら知ってるだろ、あのお巡りの名前」とカールは言った。

オレグはポケットを探った。ファルカシュは手帳を出した。

解説

豊崎由美（書評家）

第一次世界大戦の約十年前から一九二八年にかけてのヨーロッパを、他者の頭の中に入り、探り、動かすことができる〈感覚〉を具えた間諜たちが跋扈する。佐藤亜紀の『天使』と『雲雀』は、オーストリア＝ハンガリー帝国の終焉とハプスブルク家の斜陽を、史実とフィクションを巧みに織りまぜた筆致で描くインテリジェンス（知性／諜報）歴史小説だ。

　主人公はジェルジュ・エスケルス。グレゴール（またの名をライタ男爵）という馬泥棒から度胸と才覚でのし上がった悪党の私生児として生まれ、育ての親であるヴァイオリン弾きが路上で野垂れ死にすると、顧問官と呼ばれる男にウィーンに引き取られ、十歳から〈感覚〉の英才教育を施される。顧問官の右腕コンラート・ベルクマンの荒っぽい洗礼を受けて、めきめきと磨かれていく能力。顧問官のボスであるヨーゼフ・フェルディナント大公の姪ギゼラとの出会いと宿命の恋。弱冠十八歳で与えられる初めての任務。ペテルブルクで無政府主義者たちの結社に潜入し、コンラートと顧問官の連絡係として暗躍するも、そこで宿敵となるアレッサンドロ・メザーリに遭遇し、目の前でコンラートを殺されてしまう。

〈男は死体を離し、ジェルジュを引きずり起した。壁に叩き付けられる勢いで感覚まで押え込まれた。頭蓋の底が唸りはじめたが、男は平然と力を加えた。握り潰されないようにするのがやっとだった。咽喉に掛った手首を摑んだ。ナイフを握った手を捉えた腕が震えはじめた。腹を蹴り付けた。頭の中を押え付けていた力が僅かに緩んだ。箍が外れたように感覚が暴発した。

文字通り、裏返しになった。弾き飛ばされた相手の叫びを聞きながら、無我夢中で体を取り戻し、コンラートの銃に身を投げ出した。一撃されて目が眩み、体が潰れた。ほとんど見もせずに殴り返した。手を伸ばして銃を摑み、向けた。

誰もいなかった。〉

〈感覚〉を使った初めての死闘。この時、一九一四年。以降、ジェルジュは顧問官に命じられるまま、ヨーロッパ各地で、同盟国（オーストリア＝ハンガリー帝国・ドイツ帝国ほか）が協商国（ロシア帝国・フランス共和国・イギリス帝国ほか）に対して仕掛ける工作や諜報活動に身を投じていくのだ。

その間に出会う大勢の〈感覚〉を具えた者たち。敵となる者、友情を育んでいく者。顧問官の仕事の後釜を狙うがゆえに、秘蔵っ子のジェルジュを憎み、何かというと邪魔をしてくる美貌の伯爵ディートリヒシュタイン。情熱的な情事を繰り返すことになる、年老いた元帥の後妻レオノーレ。外務省の役人で、〈感覚〉を通して情報をやり取りす

る任務を通じてジェルジュと親しくなり、やがて単独講和という大きな画策を共に仕掛

けることになるダーフィット。国家の戦後処理のみならず、ジェルジュ自身の戦後処理

の手助けもすることになるオットー&カール兄弟。グレゴール・エスケルスと、彼に買

われてジェルジュを産むことになったヴィリ。宿敵のメザーリ。ファム・ファタルのギ

ゼラ。

大勢の人物が登場し、世界大戦という大事の中、さまざまな出来事が起こり、死ぬ者は死に、生き残る者は生き残っていき、彼らの来し方や思いが物語の「ここぞ!」という箇所で明らかにされていくことで、恐ろしいほどの〈感覚〉の持ち主であるジェルジュの像がじょじょに、多角的に、くっきりと立ち上がっていく。

ポストモダン文学的な奇は衒わず、基本的には時系列順に物語は進んでいき、その無駄のない記述の中に効果的に過去のエピソードを挿入する落ち着いたストーリーテリング。「男」「女」「悪人」「善人」といったレッテルを顔に貼り付けてはいない、それぞれがそれぞれに物語世界の中で一個人として生きている人間になっているキャラクタライゼーション。深い教養に裏打ちされた精緻な資料渉猟。調べたことすべてを投入したいエゴのために物語を無駄に長大化させるという、多くの長篇作家がはまりがちな過ちを避ける冷静さ。佐藤文学を愛する読者が賞賛する多くの美点の中でも、わたしがとりわけ陶然となるのは文章表現だ。

先にジェルジュとメザーリの初めての死闘の一部を引用紹介したが、この小説は〈感

覚〉を具えた者が多々登場するゆえに、彼らがどのように相手の中に入り、意志を探り、支配しようと試み、拳ではなく〈感覚〉で殴ろうとするのかの表現は必須。しかし、おそらくではあるが、作者にその能力はない。ないものを言語で表現しなければならないわけだけれど、それは視覚表現よりも格段に難しい。映画やドラマや芝居や漫画でなら、たとえば眉間に力をこめるか、片眉を上げるかした主人公の前で、相手が顔を歪めたり、呆然となったり、苦しんだ挙げ句倒れたりすればいいのかもしれないが、小説ではそうはいかない。や、そういう簡単な描写でお茶を濁す作家もいるかもしれないが、佐藤亜紀はそんなズルをしたりはしない。

〈浅くゆっくりと呼吸しながら、体を緩め、蟀谷の緊張を解いた。頭蓋の底が騒めき始めた。内側から押し上げる力を感じた。

それを少しずつ膨れ上がらせた。酒を飲んだ状態で押すのに似ていたが、はるかに自然で、殆ど快くさえあった。中庭の木に小鳥が来ているのを見付けた。小さな体の重みや羽毛のふくらみ、陽の光に溶けて滴る枝先の水滴まで感じ取れた。彼はその暖かい塊を手の中に包み込むように感覚で包んだ。それから、軽くつついた。小鳥は驚いて飛び去った。更に体の力を抜いた。捉えられる全てのものが眩いくらいに鮮明になり、影は濃さを増した。どこにも注意を向けることができなくなった。どこかに気を引かれると、その強烈な色彩が視野を塗り潰そうとするからだ。抑え込もうとしたが突き上げる力に振り切られた。衝撃とともに、世界が暗転した〉

これは、十六歳のジェルジュがコンラートに教えられた方法にのっとり、〈感覚を完全に解放する〉ことで感覚者としての自死を試みる場面。

〈愛撫は随分と長く続いた。五感が溶け去ったような錯覚に陥ってから漸く、感覚を絡み合わせて相手を貪った。彼らの感覚は交わる体を包んでお互いを呑み込み、触れ合う皮膚との区別を失った。甘い果肉に包まれた固い種子のように感じられるのがお互いの肉体なのか、入り込めば入り込むほど固く内側に巻き込まれながら熱を放つ意識なのかもはっきりとしなかった。寝台の中で交わっている、一番重く、脆く、敏感な一部は、肉体と感覚に幾重にも包まれて、身を捩り、痙攣した。〉

こちらは、感覚を具えたレオノーレとの情交の描写。

〈軽い共振を起していた。相手の感覚があまりにも強いのだ。不愉快ではなかった。意識の表面がダーフィットの声に洗われているような気がした。取り出して宙に浮べるように、ダーフィットは縺れた毛糸玉のようなもの、ひどく複雑な知恵の輪のようなものを示した。あらゆる事柄を、ダーフィットは高さと広がりだけではなく、時間の経過まで深さや距離として把握できるような、空間的認識として整理していた。

途方もなく複雑だった。しかも明晰で、厳格で、精確だった。ジェルジュはその思考の建造物の周囲を回り、欠落した部分を指摘し、当て嵌めるべきものを見せた。〉

これは、外務省役人ダーフィット（後に、ジェルジュと特別な関係であることがわかる）との、感覚を介した接触の表現。

サイキック同士の対決シーンだけでなく、作者はこの小説の中でジェルジュが異能を使う場面すべてにおいて、わたしたち五感に囚われた人間には経験しえない感覚を文章で表現しきっているのだ。解説から先に読む悪い癖がある皆さん（わたしもですが）、これから本編に入り、ジェルジュの物語に寄り添っていくあなたの頭の中に浮かぶ「！」が、〈感覚〉を持たないわたしにすらありありと見えます。佐藤亜紀が異能をどれほど優雅に、スリリングに、泰然とした筆致で描いていくことか。存分に驚嘆なさってください。

　とはいえ、佐藤亜紀の小説は決して易しく／優しくはない。状況の説明はその場では最小限に留められ、各エピソードのシークエンスの中に情報をちりばめることで全体像を提示。ゆえに、平気で読み飛ばしたり、自分が理想とする物語の鋳型に無理やり当てはめようとしたりする荒っぽい読み方をする読者は取り残されることになる。しかし、目の前に広がった物語に虚心坦懐に入っていき、予断を持たず、伸びやかにその世界を愉しみ、素直に丁寧に登場人物の言動を追いかけることができる読者には、必ずや大きな歓びを与えてくれる小説家なのだ。

　選ばれし者の恍惚と孤独。帝国と名家の栄光と没落。その悲哀と諦観。エスピオナージュ（諜報）小説の不穏と、歴史小説の教養と、ビルドゥングスロマンの快感と、恋愛小説の甘美と、サイキックウォーの興奮を具えた『天使』と『雲雀』が、今回一冊にまとまって文庫復刊されることが嬉しくて、嬉しくて嬉しくてならない。この一冊で佐藤亜紀の小説に出合うあなたが羨ましくてならない。それが宝の山のほんのとば口にすぎないことを、今のわたしは知っているから。

書誌一覧

『天使』　単行本　二〇〇二年十一月　文藝春秋
　　　　　文庫版　二〇〇五年一月　文春文庫
『雲雀』　単行本　二〇〇四年三月　文藝春秋
　　　　　文庫版　二〇〇七年五月　文春文庫

本書は、右記文春文庫を底本とし、合本したものです。
角川文庫化にあたり、加筆・修正を行い、新たに解説を付しました。

天使・雲雀

佐藤亜紀

令和２年　８月25日　初版発行
令和６年　12月５日　３版発行

発行者●山下直久

発行●株式会社KADOKAWA
〒102-8177　東京都千代田区富士見2-13-3
電話　0570-002-301（ナビダイヤル）

角川文庫 22277

印刷所●株式会社KADOKAWA
製本所●株式会社KADOKAWA

表紙画●和田三造

●お問い合わせ
https://www.kadokawa.co.jp/（「お問い合わせ」へお進みください）
※内容によっては、お答えできない場合があります。
※サポートは日本国内のみとさせていただきます。
※Japanese text only

ISBN 978-4-04-109268-2　C0193

角川文庫発刊に際して

角川源義

第二次世界大戦の敗北は、軍事力の敗北であった以上に、私たちの若い文化力の敗退であった。私たちの文化が戦争に対して如何に無力であり、単なるあだ花に過ぎなかったかを、私たちは身を以て体験し痛感した。西洋近代文化の摂取にとって、明治以後八十年の歳月は決して短かすぎたとは言えない。にもかかわらず、近代文化の伝統を確立し、自由な批判と柔軟な良識に富む文化層として自らを形成することに私たちは失敗して来た。そしてこれは、各層への文化の普及滲透を任務とする出版人の責任でもあった。

一九四五年以来、私たちは再び振出しに戻り、第一歩から踏み出すことを余儀なくされた。これは大きな不幸ではあるが、反面、これまでの混沌・未熟・歪曲の中にあった我が国の文化に秩序と確たる基礎を齎らすためには絶好の機会でもある。角川書店は、このような祖国の文化的危機にあたり、微力をも顧みず再建の礎石たるべき抱負と決意とをもって出発したが、ここに創立以来の念願を果すべく角川文庫を発刊する。これまで刊行されたあらゆる全集叢書文庫類の長所と短所とを検討し、古今東西の不朽の典籍を、良心的編集のもとに、廉価に、そして書架にふさわしい美本として、多くのひとびとに提供しようとする。しかし私たちは徒らに百科全書的な知識のジレッタントを作ることを目的とせず、あくまで祖国の文化に秩序と再建への道を示し、この文庫を角川書店の栄ある事業として、今後永久に継続発展せしめ、学芸と教養との殿堂として大成せんことを期したい。多くの読書子の愛情ある忠言と支持とによって、この希望と抱負とを完遂せしめられんことを願う。

一九四九年五月三日